ちくま文庫

フラナリー・オコナー全短篇 上

横山貞子 訳

筑摩書房

目次

初期作品　325

フラナリー・オコナー全短篇　上

27 Short Stories by Flannery O'Connor
(1) *A Good Man Is Hard to Find*
(2) *The River*
(3) *The Life You Save May Be Your Own*
(4) *A Stroke of Good Fortune*
(5) *A Temple of the Holy Ghost*
(6) *The Artificial Nigger*
(7) *A Circle in the Fire*
(8) *A Late Encounter with the Enemy*
(9) *Good Country People*
(10) *The Displaced Person*
(11) *Everything That Rises Must Converge*
(12) *Greenleaf*
(13) *A View of the Woods*
(14) *The Enduring Chill*
(15) *The Comforts of Home*
(16) *The Lame Shall Enter First*
(17) *Revelation*
(18) *Parker's Back*
(19) *Judgement Day*
(20) *The Geranium*
(21) *The Barber*
(22) *Wildcat*
(23) *The Crop*
(24) *The Turkey*
(25) *The Train*
(26) *The Partridge Festival*
(27) *Why Do the Heathen Rage ?*

短篇集「善人はなかなかいない」

善人はなかなかいない

「悪竜は道の辺にありて、通る者をねらう。心して、呑まるることなかれ。われらは魂の父のもとに行く。されど、悪竜のかたわらを過ぎることを避け得ず。」

（エルサレムの聖シリルの言葉）

おばあちゃんはフロリダへ行きたくなかった。東テネシーの親戚を訪ねたくて、ベイリーの気をかえさせようと躍起になっていた。ベイリーは一人息子で、同居している。椅子に浅くかけ、食卓にかがみこんで、新聞のオレンジ色の紙を使ったページのスポーツ欄に読みふけっている。

「ねえベイリー、ちょっとこれ読んで。」おばあちゃんはやせた腰に片手をおいて、もう一方の手にもった新聞を息子のはげ頭の上でバタバタ動かした。「自分からはみ出しものを名のってる男が、連邦監獄を脱走してフロリダに向かったって。ほら、そいつがどんなことをしでかしたか、読んでごらん。こういう犯罪者がうろついてるところに子供たちをつれていくなんて、とんでもない。そんなことしたら、良心が許さないよ。」

ベイリーがスポーツ欄を読みつづけているので、おばあちゃんは矛先をかえて子供たちの母親のほうを向いた。スラックスをはいた若い女で、大きくて無邪気な顔はキャベツのようだ。頭に緑色の布を巻いて、上で結んである。結び目の先が二つ、兎の耳みたいに立っている。ソファにすわって、赤ん坊にあんずの砂糖煮を、びんからじかにたべさせている。おばあちゃんは言った。「フロリダは子供たちも前に行ったことがあるしね。どこか別のところへつれていくほうがいいよ。ちがうところを見て、見聞を広められるように。東テネシーにはまだ行ってないよね。」

母親は聞いていないふうだが、八つになるジョン・ウェズリー、がっちりして眼鏡をかけた子、が口を出した。「フロリダに行きたくねえなら家にいればいいじゃんか。」この子と妹のジューン・スターは床にすわって、新聞の漫画欄を見ている。

「どんないいことがあったって、この人、留守番なんかしないよ。」ジューン・スターは黄色い髪の頭をあげないままで言った。

「そう、でもね、もしかして、あの〈はみ出しもの〉って男につかまったらどうする?」おばあちゃんがきく。

「つらをぶんなぐってやるさ」とジョン・ウェズリー。

「この人、百万ドルもらったって、留守番なんかしないよ。行かないと損だと思って。どこへでもついてくるんだから。」ジューン・スターが言う。

「そんなことを言うなら、今度から髪をカールしてやらないよ。」おばあちゃんがやりかえす。

ジューン・スターは、私のカールは天然だとうそぶく。

翌朝、真先にしたくをして車に乗りこんだのはおばあちゃんだった。かどがカバの頭のようにふくらんだ大きな黒い手さげかばんをもちこみ、その下に、猫のピティー・シング（ギルバート・アンド・サリヴァンのオペレッタ「ミカド」の登場人物の名）を入れた籠をかくした。三日も猫を置き去りにするなど、到底できない。どんなにさびしがるかしれないし、それに、万一ガス・バーナーで爪をといだりしたら、ガスもれで窒息死してしまう。息子のベイリーは猫をつれてモーテルに泊まるのをいやがる。

おばあちゃんは後部座席のまんなかに、ジョン・ウェズリーとジューン・スターにはさまれてすわった。ベイリーと子供たちの母親と赤ん坊は前の席におさまり、アトランタを出発したのは午前八時四十五分。車の走行記録は五五八九〇を示していた。おばあちゃんはこの数字を書きとめておいた。帰りついた時、どれだけの距離を旅してきたかわかればおもしろいだろうと思ったのだ。郊外に出るのに二十分かかった。

おばあちゃんはくつろいで、白い木綿の手袋をぬぎ、ハンドバッグといっしょに後ろの窓ぎわに置いた。子供たちの母親は、あいかわらずのスラックス姿で、いつもの緑色のスカーフを頭に巻いている。だがおばあちゃんは、白いすみれを飾った紺色の水夫型麦わら帽をかぶり、紺地に白のこまかい水玉もようのドレスを着ている。衿と袖口はレースで縁取りした白のオーガンジーで、えりもとには匂い袋つきのすみれの造花をつけている。もし事故があって、ハイウェイで死体をさらすことになっても、ひとめでこの人はレディーだとわかるだろう。

おばあちゃんは話しつづける。暑くも寒くもないし、今日はいいドライブ日よりになりそうだね。ベイリー、制限速度は時速九十キロだよ。パトロールってのは広告板の後ろだの、木の茂みのかげなんかにかくれていて、こっちがスピードをおとすひまもないうちに飛び出してくるから、気をつけないと。おばあちゃんは景色のおもしろさをくわしく指摘する。ストーン・マウンテン。ハイウェイの両側に迫ってくる青い花崗岩。あざやかな赤に、ところどころ紫のまじった粘土の川岸。地面に緑のレース細工を繰りひろげる野菜畑。白銀の日光をいっぱいにあびる木々のすばらしいこと。ちっぽけな木でさえ、きらきら輝いているでしょ。子供たちは漫画雑誌を読み、母親はとっくに眠りこけている。

「早いとこジョージア州をぬけようよ。こんなとこ見てもしょうがねえ。」ジョン・ウェズリーが言う。

「私が子供だったら、生まれ故郷をそんなふうには言わないよ。テネシーには山が多いし、ジョージアは丘が多いの」とおばあちゃんは言ってきかす。

「テネシーなんて、ど田舎のごみためだし、ジョージアだってきったねえとこさ。」

「言えてる」とジューン・スター。

おばあちゃんは静脈の浮くやせた手を組んだ。「私の若いころはね、子供は生まれ故郷の州だの、両親だの、いろんなものを、もっと尊敬したものだよ。昔の人はちゃんとしていた。あ、見てごらん、あそこにかわいらしい黒い坊やがいる!」おばあちゃんは、小屋の戸口に立っている黒人の子供を指さした。「絵になるだろ?」みんなは振りかえって、後ろの窓から小さい黒人をながめた。その子は手をふった。

「あの子、ズボンをはいてなかった」とジューン・スターが言った。

「たぶん、もってないんでしょ。」おばあちゃんが説明を加える。「田舎の黒人の子はね、私たちのようにものをもってはいないの。私に絵がかけたら、あれをかくんだけど。」

子供たちは漫画雑誌を交換した。

おばあちゃんは赤ん坊をあずかろうと声をかけ、母親は前の席から背もたれごしに赤ん坊を渡した。受けとった赤ん坊をひざにのせてゆすりながら、おばあちゃんは窓外をすぎてゆくあれこれを話してきかせる。目をむき、口をすぼめて、しわだらけのやせた顔を、赤ん坊のすべすべしたやわらかい顔に近づける。赤ん坊は時どきかすかな笑顔で答える。一行は大きな綿畑をすぎた。畑のまんなかに柵でかこった墓が五つ六つ、小島のように見えている。「ほらごらん。墓地がある。」おばあちゃんは指さして教えた。

「昔からの、家族代々の埋葬地だよ。大農園付属のね。」

「大農園てどこ？」ジョン・ウェズリーがたずねる。

「風と共に去りぬ。アハハ」とおばあちゃんが受ける。

もってきた漫画をぜんぶ見てしまうと、子供たちは弁当をあけてたべた。おばあちゃんはピーナッツバター・サンドイッチを一切れ、それにオリーブを一個たべた。空き箱や紙ナプキンを窓から捨てないように、子供たちに注意した。なんにもすることがなくなると、ゲームをはじめた。だれかが雲を一つ選び、ほかの二人にその雲のかたちがなにに似ているかを当てさせる。ジョン・ウェズリーは雌牛に似た雲を選んだ。ジューン・スターが雌牛のかたちと言うと、ジョン・ウェズリーは、そうじゃなくて自動車のかたちだと言う。兄ちゃんはずるいとジューン・スターがおこりだし、二人はおばあちゃんをはさんでたたき合いをはじめた。

二人ともおとなしくするなら、お話をしてあげよう、とおばあちゃんが割って入った。話をはじめると、おばあちゃんは目をぎょろつかせたり、首を振ったり、ひどく劇的だ。昔、私がお嬢さんだったころ、ジョージア州ジャスパーのエドガー・アトキンス・ティーガーデンという人から求婚されてね。その人はとても男前の紳士で、毎週土曜の午後に、自分の名の頭文字を三つ、E・A・Tと刻んだ西瓜を届けてくれるの。さて、ある土曜日のこと、ティーガーデンさんは西瓜をもってきたけれど、あいにくみんな留守でした。そこでこの紳士は、ポーチに西瓜を置くと、馬車でジャスパーに帰っていきました。ところが、私は西瓜を受け取らなかった。なぜかというと、E・A・T！（たべろ）と書いてあるのを見た黒人の男の子が、その西瓜をたべてしまったからでしたとさ。

この話はジョン・ウェズリーの笑いの虫を刺激して、彼はげらげら笑い続けた。だが、ジューン・スターはすこしもおもしろがらない。土曜日に西瓜しかもってこないような男とは、あたし結婚なんかしない、と言う。おばあちゃんは話を続ける。ティーガーデンさんと結婚してたらよかった。あの人は紳士で、コカコーラの株が発売された最初に買いこんでね、つい最近まで生きていたけど、大金持になったんだよ。

一行は「塔」という店に車を止めて、バーベキュー・サンドイッチをたべることにした。ティモシー郊外の森林開拓地にある、一部木造、一部しっくいの建物で、ガソリンスタンドとダンスホールも兼業している。亭主はレッド・サミー・バッツというふとった男で、建物のあちこち、それにハイウェイの前後数キロにわたって、広告がいくつも出ている。「**レッド・サミーの名物バーベキューをどうぞ。レッド・サミーの店が一番！　レッド・サム！　陽気なでぶ。退役軍人！　だれにも好かれるレッド・サミー！**」

レッド・サミーは店の外で、地べたに横になり、頭をトラックの下に突っ込んでいた。そばに小さなムクロジの木があり、そこにつないだ三十センチばかりの灰色の猿が、しきりに声をたてている。子供たちが車から飛び出して走ってくるのを見るなり、猿は木の梢に身をかくし、一番高い枝に逃げた。

暗くて長細い店の中は、一方のはしがカウンター席、もう片方にテーブル席、中間がダンス用のスペースになっている。一同はジュークボックスわきの長テーブルに席をとる。背が高く、髪や目の色が薄くて顔はあさぐろいレッド・サムのおかみさんが、注文を取りにきた。子供たちの母親はジュークボックスに十セント硬貨を入れて、「テネシーワルツ」をかけた。この曲をきくと、いつも踊りたくなるとおばあちゃんが言う。息子のベイリーを踊りにさそったが、相手はにらみつけるだけで、にべもない。生まれつき陽気なこういう気性を息子は受けついでいないし、おまけに旅行で神経がつかれている。おばあちゃんは茶色の目を輝かせ、頭を左右にふって、腰かけたまま踊っているつもりになった。ジューン・スターがタップダンスのできるのにしてと言いだし、母親は十セント玉をもうひとつ入れてテンポの速い曲をかけた。ジューン・スターはフロアに出て、タップを踊りはじめた。

「かわいいこと。ねえ、うちの子にならない?」レッド・サミーのおかみさんがカウンターからのりだして声をかけた。

「いやですよーだ。百万ドルもらったって、こんなぼろ家に住むもんか。」ジューン・スターは走って席にもどった。

おかみさんは口を引きつらせ、それでも礼儀正しく言った。「なんてかわいい子でしょ。」

「はずかしくないの？」おばあちゃんがたしなめる。

レッド・サムが入ってきて、カウンターでぐずぐずしてないで、さっさと注文のものをつくるんだ、とおかみさんに言いつけた。カーキ色のズボンがかろうじて腰骨にかかり、穀物袋のようにふくらんだ腹が、シャツの中でゆれている。サムは近くのテーブルに腰をおろすと、ため息ともヨーデルともつかない声を出した。「やってゆけませんよ。とてもやってゆけない。」灰色のハンカチで汗ばんだ赤ら顔をふく。「このごろは、だれを信用すればいいのかわからない。ちがいますかね。」

「昔とちがって、気風がわるくなりましたよね」とおばあちゃんが言う。

「先週、クライスラーに乗ったやつが二人やってきたんですよ。古いもんだがいい車でね、乗ってる連中もちゃんとしたようすに見えた。工場で働いてるっていうから、ガソリン代をつけにしてやってね。まったく、どうしてそんなことをしちまったのか。」

「それは、あんたが善人だからですよ！」おばあちゃんは即座にそう言った。

「そうか、なるほどね。」レッド・サムはこの答えに打たれたようにつぶやいた。

おかみさんが料理をはこんできた。盆を使わずに、片手に二つずつ持ち、一つを腕にのせて、五皿をいっぺんにはこぶ。「神様のつくったこの緑の大地に、信用できる人間なんて一人もいないんだからね。例外なんて一人もなし。ええ、一人もいませんとも。」おかみさんは亭主に目をやりながら、意味ありげに繰り返す。

「あの犯罪者のこと読みました？　あの〈はみ出しもの〉、脱獄したっていう。」おばあちゃんがたずねた。

「そいつがここに押し込んできても、あたしはたまげたりしませんよ。ここに店があると知って、やってきたとしたって、なんにもおどろくことはない。レジの中にはたった二セントだってそいつにわかっても、あたしはもう全然……」

レッド・サムが押さえた。「もうたくさん。お客さんにコーラをもってくるんだ。」おかみさんは注文の品を取りにいった。

レッド・サミーが言う。「善人はなかなかいないもんだ。なにもかも悪くなる一方ですね。昔は網戸に錠をかけずに出かけたもんだが。もうそんなことはできっこないさね。」

サミーはおばあちゃんと、古き良き時代の話をかわした。おばあちゃんの意見では、今のようになったのは、すべてヨーロッパのせいなのだ。連中のやりかたときたら、アメリカ人はお金でできていると思っているに相違ないと言い、サミーは言ってみてもはじまらないことだが、まったくその通りだと応じた。子供たちは白い陽光にあふれた戸外へかけ出して、ムクロジのこまかい葉陰にいる猿を見ていた。猿は蚤取りにいそがしい。珍味を味わうように、一匹ずつていねいに歯で噛みつぶす。

一行は暑い午後の日射しの中を出発した。おばあちゃんはうたた寝をしては、自分のいびきで数分おきに目をさます。トゥームスボローのはずれで目がさめ、若いころ一度たずねた大農園屋敷がこの近くにあるのを思いだした。その家は正面に白い円柱が六本あり、門から屋敷まで、樫の木の広い並木道が通じている。道の両側には蔦をからませた格子づくりの小さいあずまやがある。恋人と庭をそぞろ歩きしたあと、そのあずまやで休むのだ。その屋敷に行く道の曲がり角を、おばあちゃんははっきり思いだした。息子のベイリーは、古い屋敷を見たりして時間を無駄にするのをいやがるだろう。だが、その屋敷のことを話すうちに、そこをもう一度見たい思いはますますつのった。あの小さな一対のあずまやは、今でもあるだろうか。「その家には秘密の壁板があるんだよ。」おばあちゃんはたくみに言った。嘘の話だが、心では本当であれと願っていた。「なんでも、北軍のシャーマン将軍が攻めてきた時に、家伝来の銀器を全部そこにかくしたんだけど、それっきり見つからないんだって。」

ジョン・ウェズリーが言った。「うわあ！　そこ、見にいこう。銀器をさがすんだ。家中の壁板をひっぺがしてやるぜ！　そこ、だれが住んでる？　どこを曲がるんだって？　パパ、寄っていこうよ。」

ジューン・スターが金切り声をあげた。「秘密の壁板のある家って、まだ見たことない！　そこに行ってみようよ。ねえパパ、秘密の壁板のある家に行こうよ！」

「すぐそばなんだよ。二十分もかかりゃしない」とおばあちゃんが言う。

ベイリーは進行方向から目をそらさない。あごを嚙みしめ、にこりともしない。「だめ。」

子供たちはぎゃあぎゃあわめきだした。秘密の壁板のある家が見たいよー。ジョン・ウェズリーは前部座席の後ろをけとばすし、ジューン・スターは母親の肩にまつわりついて泣き声をあげた。せっかく旅行にきても、おもしろいことはなんにもなしだとか、子供がやりたいことをちっともやらせてくれないとか。赤ん坊は大声で泣きだし、ジョン・ウェズリーは父親の背中が痛くなるほど座席をける。

「わかった！」そう叫ぶと、父親は道ばたに車を寄せた。「みんなだまるんだ。静かにしないか。だまらないと、どこへも行かないぞ。」

「子供にはいい教育になるんだけどね」とおばあちゃんは小声で言う。

「わかった。よくきけよ。こういうことで寄り道するのは今度だけだからな。一度こっきりだよ。」

「二キロばかり戻って、舗装してない道を曲がるの。通りすぎた時、しっかり見ておいたから」とおばあちゃんが指図する。

「舗装なしの道？」ベイリーはがっくりきた。

向きを変えて舗装なしの道をめざす途中、おばあちゃんはその屋敷を思いだしてはいろいろしゃべった。正面入り口の上のきれいなガラスだの、ホールのろうそく照明だの。秘密の壁板は、たぶん暖炉の中にあるんじゃないかとジョン・ウェズリーが言う。

「家の中には入れないよ。だれか住んでいるかもしれない」とベイリーが言う。

「みんなが入り口で話してるあいだに、おれが裏にまわって、窓から入るさ。」ジョン・ウェズリーが言いだした。

「みんな、車に乗ったままでいましょう」と母親が言う。

土のままの道に入ると、車はピンクの土埃を巻き上げ、がたがた走った。おばあちゃんは舗装道路のなかった時代のことを思いだし、五十キロが一日がかりだったと話した。舗装なしの道は坂が多く、いきなり陥没していたり、危険な崖のふちで急カーブしたりする。突然、丘の上に出て、周囲数キロにも及ぶ森を上から見渡すかと思うと、すぐにまた凹地にかかり、今度は土埃をあびた木々が空をふさぐ。

「まだかね。そんなら、おれはもう引き返すからな」とベイリーが言う。

道のようすは、ここ数カ月というもの、だれも通ったことがないように見えた。

「もうちょっとだから」と言ったとたん、おばあちゃんはぎょっとした。あんまり困ったので、顔に血がのぼり、目をカッとひらいて飛びあがった。そのとたん、すみに置いてあった手さげかばんをひっくりかえした。かばんの下の籠にかぶせてあった新聞紙がもちあがり、猫のピティー・シングがニャアとないて、ベイリーの肩に飛び乗った。

子供たちは床に落ち、母親は赤ん坊をしっかりだいたまま、ドアから外に放りだされた。おばあちゃんは前部座席に落ちた。車は堤防の下の谷に落ち、一回転したあげく、ちゃんと天井を上にして止まった。ベイリーは運転席についたままだ。その首には猫が毛虫のようにしがみついている。白い大きな顔にオレンジ色の鼻で、灰色のぶちのある猫だ。

手足が動かせるとわかると、子供たちはさっそく車からはい出して、「わあ、**事故**だあ！」と叫んだ。おばあちゃんはダッシュボードの下に丸まって、自分がけがをしていればいいのにと思っていた。そうすれば、ベイリーの怒りもすぐに爆発することはないだろう。事故の直前に気づいた恐ろしいことというのは、あんなにはっきり思いだしたあの屋敷が、ジョージア州ではなくテネシー州にあることだった。

ベイリーは両手で猫を引きはがすと、窓ごしに松の木めがけて投げつけた。それから外へ出て、子供たちの母親をさがした。彼女は赤土の堀のふちにもたれ、泣きさけぶ赤ん坊をだいていた。顔に切り傷ができ、肩を骨折しただけだった。

「わあ、**事故**だ**事故**だあ！」子供たちは有頂天になって叫んだ。

「だけど、だれも死んでない。」ジューン・スターはがっかりして言った。おばあちゃんが車から足を引きずって出てきた。帽子はきっちりピンで留めつけたままで、つばの前が折れて気どったふうに突き立ち、すみれの花束が垂れている。大人たちはショックを鎮めようと堀の中にすわったが、子供たちはじっとしていない。みんなふるえている。

「たぶん、通りかかる車があるんじゃない?」そう言う母親の声はかすれている。

「私、内臓を痛めたらしいの。」おばあちゃんはわき腹をおさえて言ったが、だれも応じない。ベイリーはふるえがひどく、歯がガチガチ音をたてる。黄色地にあかるい空色のオウム模様のスポーツシャツを着ている。顔の色がシャツとおなじ黄色に見える。おばあちゃんは心に決めた。あの屋敷がじつはテネシー州にあることは言わないでおこう。

道路は三メートルばかり上になる。道の反対側の木々のてっぺんが、わずかに見える。みんながすわっている堀のうしろは、樹高のある木々の、暗くて深い森が続いている。まもなく、すこし離れた丘の上に車が見えた。こちらに注意を向けているらしく、ゆっくり走ってくる。おばあちゃんは立ち上がって、むこうの目を引こうと大げさに手をふった。車はあいかわらずゆっくり進み、曲がりかどで見えなくなり、やがてまた姿を見せ、さらに速度を落として、さっき一行が越えてきた丘の上に来かかった。それは大型で黒く、霊柩車のような古い車だった。男が三人乗っている。

みんなのいる真上で車は止まり、運転していた人は表情を殺した目つきで、みんなのいるところをしばらくじっと見つめた。なにも言わない。それからふり向いて、同乗の二人に小声でなにか話し、そろって車をおりた。一人は胸に銀色で雄馬を描いた赤地のスウェット・シャツに黒いズボンのふとった青年だ。みんなのいる右側にまわりこんで立ちどまると、口を締まりなくあけ、にやにや笑いを浮かべた。もう一人はカーキ色のズボンに紺の縞のコート。灰色の帽子を目深にかぶって、顔がほとんど見えない。ゆっくりと左側にやってきた。二人とも口をきかない。

運転していた男は車のそばに立ったまま、みんなを見おろしている。ほかの二人より年がいっている。髪が半白になりかけ、銀ぶちの眼鏡をかけているのが、学者ふうの感じを与える。面長な顔にはしわがあり、シャツも肌着もなしでいる。きつすぎるブルージーンズをはき、黒い帽子と拳銃をもっている。ほかの二人も拳銃を手にしている。

「**事故**なんだよー！」子供たちは叫んだ。

おばあちゃんは、眼鏡の男を見知っているような、妙な気がした。長年の知り合いのような見覚えのある顔だが、だれだかは思いだせない。その男は車をはなれると、すべらないように慎重な足どりで堤防を降りはじめた。茶と白のコンビの靴をはいている。靴下なしで、やせた足首は日焼けしている。「こんにちは。ちょっとひっくりかえったようだね。」

「二回転したんですよ。」おばあちゃんが言った。

男が訂正する。「一回転さ。事故るところが見えたのさ。ハイラム、この車がまだ走れるかどうか、ためしてみな。」灰色帽子の青年に、男はもの静かに命じた。

「その拳銃はなんのため？」ジョン・ウェズリーがきいた。「それでなにをやらかすんだよ？」

男は母親に声をかけた。「奥さん、お子さんに、そばでじっとしてるように言ってくれないかね？　子供がいるといらいらするんだ。みんなそのまま、じっとしていてもらいたい。」

「あたしたちにむかって命令する気？」とジューン・スターが言いかえす。みんなのうしろの森はぽっかりと暗い大きな口をあけている。「こっちへおいで」と母親が言った。

ベイリーがいきなり言いだした。「おいみんな、たいへんなことになったぞ！　これは……」

おばあちゃんが悲鳴をあげた。よろよろ立ち上がって相手を見つめた。「あんた、あの〈はみ出しもの〉ね！　ひとめでわかった。」

「そのとおり。」男は有名なのがまんざらでもないらしく、ちょっと笑った。「しかしね奥さんよ、おれだと気づかないほうが一家の身のためだったのにな。」

ベイリーは激しくふり向くと、自分の母親にののしりを浴びせた。それは子供たちでさえショックを受けるようなひどいものだった。おばあちゃんは声をたてて泣きだし、〈はみ出しもの〉は顔をあからめた。

「奥さん、気を鎮めなさいよ。男は時どき、心にもないことを言うもんでね。息子さんも本心では、あんな言いかたをする気はなかったのさ。」

「あんた、レディーを撃ったりしませんよね、ね。」おばあちゃんは袖口から清潔なハンカチを取り出して、涙の跡を軽くたたいた。

〈はみ出しもの〉は靴の先で土に小さな穴を掘り、またそれを埋めもどした。「そうしたくないのは山々だがね。」

おばあちゃんは悲鳴に近い声で言った。「ねえ、あんたはいい人ですよ。そこらの人とは全然ちがいますよ。いい家庭の生まれにちがいないわ!」

「そうさ、世界一りっぱな家庭さ。」にっこりすると、白くてしっかりした歯並びが見える。「神様がつくりなすった中で、うちのおふくろは最高だし、おやじの心は金無垢だったよ。」赤いスウェット・シャツの青年は一家のうしろにまわり、拳銃を腰だめにして立った。〈はみ出しもの〉は地べたにしゃがみこんだ。「子供たちを見張れよ、ボビー・リー。子供は勘にさわるからな。」男は目のまえに身を寄せあう六人を眺めて、言葉に苦しむふうだ。空をあおいでこう言った。「雲ひとつないぜ。太陽は見えないのに、雲のほうもないな。」

「ほんとうにいい日よりですよ」とおばあちゃんが切りだした。「ねえ、あんた、自分から〈はみ出しもの〉なんて名のっちゃいけません。あんた、根はいい人なんだから。

ひとめ見ればわかることですよ。」

ベイリーは叫んだ。「だまれ！　みんなだまるんだ。おれが話をつける。」走り出す直前のランナーのような姿勢でひざを折ったものの、ベイリーは動かなかった。

「そいつはどうも」と挨拶して、〈はみ出しもの〉は拳銃の台尻で地面に小さな丸を描いた。

「これ、修理には三十分ばかりかかるな。」あげたエンジンフードごしにハイラムが声をかけてきた。

「よし。はじめはこいつとあの子だ。ボビー・リーとおまえで、向こうへつれていきな。」〈はみ出しもの〉はベイリーとジョン・ウェズリーを指さした。それからベイリーに言った。「若い連中が、ききたいことがあるそうだ。いっしょに森の中へ行ってもらいたいね。」

「おい、これは大変なことになるぞ！　どういうことか、だれにもわかってない。」ベイリーの声はかすれた。シャツのオウムとおなじ青色になった目は、強い光をおび、じっと身動きしなくなった。

おばあちゃんはいっしょに森へいくつもりで身づくろいするように、帽子のつばに手をやった。だが、つばは外れて手におさまった。立ったまま、つばの破片を見つめたおばあちゃんは、やがてそれを地面に落とした。ハイラムは老人を介護するように、ベイリーの腕をとって立たせた。ジョン・ウェズリーは父親の手をにぎり、ボビー・リーが後ろにつく。森のほうに向かった四人が暗い木立のはずれにかかると、ベイリーはふりかえり、灰色の松の枯れ木の幹にもたれて叫んだ。「すぐにもどるからね、母さん。待っててくれよ。」

「いますぐもどっておいで！」おばあちゃんは金切り声をあげたが、四人はそのまま森に姿を消した。

「ベイリーや！」おばあちゃんは悲しい声をふりしぼったが、目のまえに〈はみ出しもの〉がしゃがみこんでいるのに気づいた。「あんたは善人だとわかっていますよ。」おばあちゃんは必死に言った。「あんたはそこらの人とちがいますよ。」

「いいや、おれは善人じゃないよ。」〈はみ出しもの〉はおばあちゃんの言葉をじっくり考えるように、しばらく間をおいてから言った。「それでも、世界一の極悪人てこともない。おやじはおれのことを、子供たちの中でもひとりだけ別だって言ってたな。『人生に疑問をもたずに一生すごす人もいれば、なぜ人生がこうなのか、わけを知りたがる人もいるもんだ。この子は知りたがるほうの仲間だな。なんにでも首を突っこみたがる。』そう言われたよ。」男は黒い帽子をかぶると、いきなり目をあげ、それからばつがわるそうにして、森の奥をすかし見た。「レディーの前でシャツなしでいて、すまないね。」男は肩をちょっとすぼめた。「脱獄したあと、三人とも四人服を埋めてね。ちゃんとしたのが手にはいるまで、まにあわせだよ。出会った人たちから借りたのさ。」

「ちっともかまいませんよ。ベイリーの着替えが、かばんにあると思うけど。」

「自分で見るからいいよ」と〈はみ出しもの〉が言う。

「あの人をどこへ連れてくの？」子供たちの母親が叫んだ。

「おやじも変わりものでね」と〈はみ出しもの〉は話を続ける。「なかなかのしたたかものだった。それでも警察沙汰になったことなんか一度もない。うまくかわすコツを知ってたんだ。」

おばあちゃんが言う。「あんただって、その気になればまっとうになれるのに。ひとつ所におちついて、安楽に暮らして、追われる心配なしにいられるって、どんなにいいか。」

〈はみ出しもの〉は拳銃の台尻で地面を引っかきながら、言われたことをじっと考えているらしい。「そうなんだ。いつでもだれかに追われているんだ」とつぶやいた。

おばあちゃんは、男の帽子のうしろの肩甲骨がひどく薄いのに目をとめた。立っている自分の前に男がしゃがんでいるので、上から見おろすかっこうになる。「祈ることはあるの？」とおばあちゃんはたずねた。

男は首をふった。肩甲骨のあいだで黒い帽子が動くのが見えるだけだ。「いいや」と男は答えた。

森から拳銃の射撃音がきこえ、続けて二発めがきこえた。あとはしんとしている。おばあちゃんは急にふりかえった。木立の上をわたる風が、長い満足の吐息をつくのがきこえる。「ベイリーや！」おばあちゃんは叫んだ。

「おれはしばらく、ゴスペル・シンガーをやっていたんだよ。」〈はみ出しもの〉は話し続ける。「いろんなことをやってきたもんだ。陸軍にも海軍にもいたし、内地勤務も外地勤務もやった。二度結婚したし、葬儀屋もした。鉄道工夫も、農夫もやった。竜巻にやられたこともあるし、人間が生きながら焼かれるのを一度見たことがある。」男は女の子と母親を見あげた。二人は青ざめ、うつろな目をして身を寄せあっている。「女がむちで打たれるのも見たよ。」

おばあちゃんが口を入れた。「祈りなさい。祈る。祈る。祈るの……」

〈はみ出しもの〉はまるで夢みるような口調で言った。「おれは悪い子だったおぼえはない。ただ、世渡りをするうち、どこかでまちがいをしでかして、刑務所送りになったのさ。生き埋めにされたんだ。」彼は顔をあげ、じっとおばあちゃんを見つめて注意を引きつけた。

「その時こそ、祈りはじめる機会でしたよ。最初の刑務所入りの時は、なにをやったの？」

〈はみ出しもの〉はもう一度、雲のない空を見あげた。「右を向いても壁。左を向いても壁。上を見れば天井。下は床。やったことなんかおぼえちゃいないよ。そこにずっとすわり続けて、おれはいったいなにをやったのか、考えてみたんだがね、いまだに思いだせない。時どきはっきりしそうになることもあるんだが、やっぱりだめだ。」

「もしかすると、まちがいで投獄されたのかもね。」おばあちゃんはあやふやに言った。

「ちがうね。まちがいじゃなかった。おれの判決書が出たよ。」

「なにか盗んだんでしょう。」

〈はみ出しもの〉は鼻で笑った。「人のものなんかほしくないよ。刑務所の精神科医の説明だと、おれのやったのは父親殺しだってさ。そんなのは嘘だとわかってる。おれのおやじは一九一九年にインフルエンザで死んだんで、全然おれのせいじゃない。おやじの墓はマウント・ホープウェルのバプティスト教会にあるんだから、そこへ行ってみりゃわかる。」

「お祈りをすれば、イエスさまが助けてくれますよ。」おばあちゃんが言った。

「その通りだね。」〈はみ出しもの〉が答えた。

「それじゃ祈ったら?」おばあちゃんは突然の喜びにふるえた。

「おれに助けはいらないよ。自分でちゃんとやっていく。」

ボビー・リーとハイラムが、ぶらぶらと森から帰ってきた。ボビー・リーは黄色地に青いオウム模様のシャツをぶらさげている。

「シャツを放ってくれよ、ボビー・リー」と〈はみ出しもの〉が声をかけた。ふわりと空中を飛んで肩に落ちたシャツを着こんだ。おばあちゃんはそのシャツが連想させることを口にできずにいた。〈はみ出しもの〉はボタンをかけながら話し続ける。「いや、奥さん。犯罪のほうは問題じゃないんだ。人殺しでも、タイヤをはずして盗んでも、なにをしようとね。どうせおそかれ早かれ、自分のしたことは忘れてしまって、ただ罰を受けるだけになるんだ。」

子供たちの母親は呼吸困難におちいった時のようにあえぎはじめた。「奥さん、その子供さんといっしょに、ボビー・リーとハイラムのつきそいで、あっちへ行ってだんなと合流してもらいたいね。」

「ええ、どうも」と母親はかすかに答えた。左腕はだらりと垂れ、右腕にはぐっすり眠りこんだ赤ん坊をかかえている。堀から出ようとつとめるようすを見て〈はみ出しもの〉が言った。「奥さんを上げてやれよ、ハイラム。ボビー・リー、お嬢ちゃんの手をとってやれ。」

「こいつの手なんかいらない。豚みたいなやつ。」ジューン・スターが言った。

ふとった青年は顔を赤らめて笑い、女の子の腕をつかんで引きあげると、ハイラムと母親のあとについて森に向かった。

〈はみ出しもの〉のそばにひとり残されたおばあちゃんは声を失った。空には雲ひとつなく、太陽も見えない。まわりは森ばかりだ。目のまえの男に、祈れと言いたかった。何度か口をぱくぱくさせたあげく、ようやく声が出た。気がつくと、「イエス様、イエス様」と言っていた。自分では、イエス様があんたを救ってくれますと言っているつもりだったが、これだけだと、畜生！ 畜生！ と呪っているようにもきこえる。〈はみ出しもの〉は同意するふうに言った。「そうだよ。イエスはあらゆるものの釣り合いを取っぱらったんだ。イエスもおれもおなじ立場だよ。ただちがうのは、イエスのほうはなんにも罪を犯してなくて、おれは犯しているところだ。おれには判決書があるから。ただし、だよ、おれはその書類を見せてもらってないんだ。いま、おれが〈はみ出しもの〉と名のってるわけはそれだよ。ずっと前にこう言ったんだ。名のりをこしらえて、することなすことに署名をして、写しをとっておく。そうすれば自分がなにをしたかわかるし、罪と罰とを照らしあわせて、釣り合いがとれてるかどうかたしかめられる。結局は、正当なあつかいをしてもらえなかったことの証拠になるだろう。おれが〈はみ出しもの〉を自称するわけは、犯した罪の合計と、くらった罰の合計がうまく合わないからさ。」

森からするどい悲鳴があがり、続いて拳銃の音がした。「どうだね、奥さん。こってり罰をくらうやつもいれば、まったく罰なしのやつもいるなんておかしいと思わないかね？」

「イエス様！」とおばあちゃんは叫んだ。「あんた、いい血筋なんでしょ！　レディーを撃つはずがない！　りっぱな家系なんでしょ！　お願い！　ね、レディーを撃つもんじゃないの。お金は全部あげる。」

〈はみ出しもの〉は森のほうに目をやった。「奥さん、死体が葬儀屋に心付けをやったためしはないよ。」

また射撃音が二発きこえた。水をほしがって鳴く老いしなびた七面鳥のように、おばあちゃんは首をのばし、心臓が破れるほど叫んだ。「ベイリーや、ベイリーやあ。」

〈はみ出しもの〉は話を続ける。「死人をよみがえらせたのはイエス・キリストだけだよな。そんなことはしないほうがよかった。イエスはあらゆるものの釣り合いを取っぱらったんだ。イエスが言ったとおりのことをやったとすれば、おれたちはすべてを投げ出してイエスに従うほかない。もし、イエスが言ったとおりのことをやらなかったとすれば、おれたちとしては、残されたわずかな時間を、せいぜいしたいほうだいやって楽しむしかないだろう——殺しとか、放火とか、その他もろもろの悪事を。悪事だけが楽しみさ。」話すうちにだんだん声が大きくなる。

「もしかすると、イエス様は死人をよみがえらせなかったかも。」なにを言っているかよくわからないまま、おばあちゃんはつぶやいた。目まいがして、堀の中にひざを折ってすわりこんだ。

「おれはそこにいたわけじゃないから、イエスが死人をよみがえらせなかったとは言い切れない。」〈はみ出しもの〉が言う。「おれはその場にいたかった。」彼はこぶしで地面を打った。「いられなくて残念だよ。もしいたら、はっきりわかったのに。そうだろうが。」声が高くなった。「もしその場にいたら、はっきりわかったのに。そうすれば、おれはこういう人間にならずにすんだんだ。」泣きわめく声に変わる寸前だった。おばあちゃんはその一瞬、頭が澄みわたった。目の前に、泣きださんばかりの男の顔がある。男に向かっておばあちゃんはつぶやいた。「まあ、あんたは私の赤ちゃんだよ。私の実の子供だよ！」おばあちゃんは手をのばして男の肩にふれた。〈はみ出しもの〉は蛇にかまれたように後ろに飛びのいて、胸に三発撃ちこんだ。それから拳銃を置き、眼鏡をはずして拭きはじめた。

ハイラムとボビー・リーが森から戻ってきた。堀の上に立って、おばあちゃんを見おろした。血だまりの中に、子供がするようなあぐらをかいて、すわるとも横たわるともつかないかっこうで、その顔は雲ひとつない空を見上げてほほえんでいる。

眼鏡をはずした〈はみ出しもの〉は、目のふちが赤くなり、蒼ざめた無防備な顔つきをしていた。「そいつをはこんで、ほかの連中のところに放ってこい。」そう言うと、脚にじゃれつく猫をつまみあげた。

「よくしゃべるやつだったな。」堀にすべり降りてきたボビー・リーがヨーデルのような高い裏声で言う。

〈はみ出しもの〉が言う。「この人も善人になっていたろうよ。一生のうち、一分ごとに撃ってやる人がいたらの話だがな。」

「楽しんだんだね」とボビー・リー。

「だまれ、ボビー・リー。」〈はみ出しもの〉が言った。「人生には、ほんとの楽しみなんかあるものか。」

河

暗い居間のまんなかに、子供はむっつりと元気なく立っていた。父親が格子縞のコートをぞんざいに着せてやっている。右腕が袖を通っていないのに、父親はさっさとボタンを掛け終えると、男の子をドアのほうに押しやった。半開きのドアで、あざのある青白い手が待っている。

「この子、ちゃんとしてもらってないんですね。」ホールから大声がする。

父親は小声で言った。「まったくもう《フォア・クライスツ・セーク》（キリストにかけて）。そんならそっちでちゃんとしてやってくれないか。まだ朝の六時なんだ。」父親はバスローブをはおり、はだしでいる。ドアまで子供をつれていって渡し、戸締まりをしようとしたのに、女は室内に入ってきていた。グリーンピース色の長いコートにつばなしのフェルト帽子をかぶり、ガリガリにやせたそばかすだらけの女だ。

「それと、電車賃をいただきます。子供さんと乗ることになるんで。」

父親は寝室へ金をとりに行った。戻ってくると、男の子と女は部屋のまんなかにいた。女はあたりの品定め中だ。「ここにきて子守りをしろって言われても、こんなに煙草の吸いがら臭くちゃ、とても我慢できやしない。」そう言いながら子供のコートを着せ直している。

「じゃ、こまかいの。」父親は金をわたすと、ドアを大きくあけて待った。

女は金を数え終わると、コートのポケットにしまい、それから蓄音機のそばにかかっている水彩画を見にいった。「いま何時かくらい、ちゃんとわかってますよ。」きつい色がばらばらに置かれた上を黒い線が何本も走るその絵を、女は念入りに眺めた。「わかってなきゃおかしいでしょう。仕事のはじまるのが夜の十時で、朝の五時まで働いて、それからヴァイン・ストリート線の電車でここまでくるのに一時間なんだから。」

「ああ、そう。それじゃ、子供は夜の八時か九時くらいに送ってきてくれるね？」

「もっとおそくなるかも。いっしょに河にいって、癒しを受けるつもりなんです。このへんにはめったにこない説教師さんがくるんですよ。こんな絵をわざわざ買うなんて。」女は水彩画を見ながらうなずいた。「私なら自分でかきますよ。」

「それじゃまた、ミセス・コニン。」父親はドアをたたいてうながした。

寝室から抑揚のない呼び声がした。「氷嚢をもってきてよ。」

「かわいそうに。お母さんが病気だなんて。どこが悪いんです？」ミセス・コニンがきく。

「わからないんだ。」父親は小声で言う。

「説教師さんに頼んで、祈ってもらいますよ。大勢の病気を治しているんです。ベヴェル・サマーズっていう人でね。奥さんも、いつか会うといいんじゃないですかね。」

「たぶんね。それじゃまた、夜に。」父親は二人を放ったままで寝室に姿を消した。

男の子は鼻水と涙だらけの顔で、だまって相手を見つめた。四歳か五歳くらい。面長で、角張ったあごをして、半分閉じた目は左右にひどく離れている。外に出してもらうのを待つ老いぼれた羊のように、忍耐強くだまっている。

「あの説教師さんね、あんたもきっと好きになるよ。」女は言う。「ベヴェル・サマーズ先生。歌う声がそりゃいいんだから。」

寝室のドアがいきなりあいて、父親が頭だけ突き出した。「じゃ坊や、行っておいで。楽しんでくるんだよ。」

撃たれたように飛び上がると、男の子は「バイバイ」と言った。

ミセス・コニンはもう一度水彩画を眺めた。それから二人はホールを出て、エレベーターのスイッチを押した。「私ならあんな絵はかかないね。」

道路の両側は明かりのついていない空きビルで、灰色の朝の光をさえぎっている。「もうすこしすると晴れてくるよ。河で説教があるのは、今年はこれでおしまい。ぼくちゃん、鼻水を拭いときなさい。」

袖で鼻の下をこすりはじめるのをミセス・コニンが止めた。「お行儀がよくないね。

ハンカチはどこ？」

相手が待っているので、男の子はポケットに手を入れてさがすふりをする。「子供が出かけるのに、身支度のめんどうを見てやらない親もいるんだね。」コーヒー・ショップの窓に映る自分の顔に向かってミセス・コニンはつぶやいた。「さあ、ちゃんとしようね。」自分のポケットから赤と青の花模様のハンカチを出すと、かがんで子供の鼻に当てがった。「ほら、ちんとかんで。」男の子は言われた通りにした。「それは貸してあげるよ。ポケットにしまっときなさい。」

男の子はハンカチをたたんで大事にポケットにしまい、二人は道のかどまで歩いて、まだ開店してないドラッグストアの壁にもたれ、市電を待った。ミセス・コニンはコートのえりを立てて、後ろ側が帽子につくようにした。だんだんまぶたが下がりはじめ、壁にもたれたまま眠ってしまうふうだ。男の子はつかまっている手に力をこめた。

「名前はなんていうの？」ミセス・コニンは眠そうな声で言った。「名字のほうはわかってるけど、やっぱり名前を知らないと。」

その子の名はハリー・アシュフィールドだったが、それまで思いもしなかったことを子供はとっさにやった。名前を変えたのだ。「ベヴェル」と答えた。

ミセス・コニンは壁から身を起こした。「なんてぐうでん（偶然）だ！　あの説教師さんとおなじ名前だなんて！」

「ベヴェル。」男の子はまた言った。

その子が急にたいした人になったように、ミセス・コニンはじっと見つめた。「なにがなんでも、今日あの先生に会わなくちゃ。そのかたはね、そこらへんにいる説教師なんかとは別もの。癒しの力があるんだよ。もっとも、ミスタ・コニンは治せなかったね。うちの人は信仰はもたないけど、なんでも一度は試してみるって言ってた。胃をとても痛がってね。」

人通りのない道路のはずれから街路電車が黄色の点のようにあらわれた。

「うちのは今、国立病院に入院してるんだよ。胃を三分の一切り取ったのさ。ともかく胃が残ったんだから、イエス様に感謝しなさいって私は言うんだけど、あの人はだれにも感謝なんかするもんかって。でも、まったくね、名前がベヴェルだなんて!」

二人は線路まで歩いていって電車を待った。「その先生、ぼくを治してくれる?」ベヴェルがきいた。

「どこか具合がわるい?」

「おなかすいてる。」ベヴェルは自分の心の満たされなさをどうあらわしたらいいか迷ったあげく、この言葉に決めた。

「朝は食べてないのかい?」

「おなかがすくひまがなかった。」

「まあ、それじゃ、家に着いたらいっしょになにか食べようね。私もおなかがすいてるんだよ。」

電車に乗ると、運転手のそばの席にすわった。ミセス・コニンはベヴェルをひざにのせた。「さあ、おとなしくするんだよ。しばらく眠るからね。ひざから降りるんじゃないよ。」そう言うと頭を座席の背にもたせかけた。子供が見ているうちにまぶたがゆっくり閉じ、口がぽっかりあいて、いくつか残っている長い歯がのぞいた。金色のや、顔より色のわるい歯が見えた。そのうち、歌う骸骨みたいに大きな寝息をたてはじめた。電車には運転手と二人のほかだれも乗っていない。相手が眠ってしまうと男の子は花模様のハンカチを取り出してひろげ、ていねいに調べた。それからたたんで、コートの裏打ちのジッパーをすこしあけ、そこに隠した。そのうち男の子のほうも眠りこんだ。

ミセス・コニンの家は電車の終点から一キロ近くあって、道から少し入ったところだった。茶色の薄い煉瓦造りにトタン屋根で、入り口にポーチがある。ポーチには年齢のちがう男の子が三人いて、どの子にもそばかすがある。背の高い女の子もいる。アルミのヘア・カーラーをたくさん使って髪を巻き上げているので、頭がトタン屋根のようにギラギラしている。男の子たちは後について家に入り、ベヴェルを取り巻いた。にこりともしないで、だまってベヴェルを見つめた。

「この子はベヴェル。」ミセス・コニンはコートをぬぎながら言った。「あの説教師さんとおなじ名前なんだよ。うちの子はね、これがJ・C、これがスパイヴィー、こっちがシンクレア。それからポーチにいるのはサラ・ミルドレッド。さ、あんたもコートをぬいでベッドの柱にかけておくといいよ。」

三人の男の子はベヴェルがボタンをはずしてコートをぬぐのをじろじろ見ていた。コートをベッドの柱にかけるあいだも目を離さない。かけ終わると今度はコートをじっと見ている。やがて三人は突然背を向けると部屋を出た。ポーチでなにか相談をはじめた。ベヴェルは立ったまま部屋を見まわした。台所と寝室兼用の部屋だ。家全体は二室で、それぞれにポーチがついている。ベヴェルの足もとで薄い色の犬の尻尾が動いていた。犬が壁で背中をこするにつれて、二枚の床板のあいだを尻尾が行ったりきたりする。尻尾を踏みつけてやろうと足をおろしたが、そんな攻撃はたっぷり経験ずみのハウンド犬はちゃんとよけた。

壁一面に写真やカレンダーが掛かっている。歯のない口をすぼめたじいさんばあさんの写真が、それぞれ丸い額に納まっている。もうひとつの写真は男ので、二つにわけたモジャモジャの髪から突き出た眉毛が鼻の上でつながっている。顔のほかのところはなにも生えていない崖のようにつるつるだ。「それがうちの人の写真。」ミセス・コニンは料理用ストーブから向きなおって、ベヴェルといっしょにしばらくその写真を眺めた。「今はもう、こんなふうじゃなくなったけどね。」その写真のつぎに目をとめたのは、ベッドの上にある色彩画だった。男が白いシーツを着ている。髪は長くて、頭のまわりに円光がかかり、板にのこぎりを当てている。子供が何人かまわりで見ている。どういう人なのかきこうとしたとたん、例の男の子三人がまた入ってきて、外に出ようとうながした。ベッドの下にもぐって脚にしがみついていようと思ったが、三人はそばかすのある顔をならべてなにも言わず、じっとそこに立ったままだ。やがてベヴェルは三人についてポーチに出ると、三人からいくらか距離をおいて、家のかどをまわっていった。黄色い雑草の生えた空き地を通って豚小屋についた。百五十センチ四方ばかりの板でかこった中に子豚がいっぱいいる。その中に男の子がうっかり入るようにしむける。それが三人組のねらいだ。豚小屋の板にもたれて、だまって待っている。

ベヴェルはのろのろ歩いた。うまく歩けないふうに、わざと両脚をもつれさせた。いつだったか公園で、ベビーシッターに放っておかれた時、知らない男の子たちになぐられたことがある。なにが起こったのかわけがわからなかった。終わってからやっと、知らない子にいじめられたのだと気がついたのだった。生ごみの強烈な臭いがして、動物があばれる音がきこえる。かこいからすこし離れたところで立ち止まって待つ。青ざめているが、ベヴェルは頑固だ。

三人組は動かない。なにか起こったみたいだ。ベヴェルの後ろからやってくるなにかを見つめているらしい。だが、後ろを向くのはこわくて、そのままでいた。三人組のそばかす顔は青ざめ、目はガラスのように冷たい灰色だ。耳だけがぴくっと動く。なにも起こらない。とうとう、まんなかにいるのが言った。「母ちゃんに殺されるぞ。」背をむけてがっくり肩をおとし、かこいの上によじのぼると、中をのぞいた。

ベヴェルは地べたに腰をおろし、ほっとして三人組を見上げ、にやりと笑った。かこいの上に乗った子がけわしい顔でにらんだ。「おい、ここにあがれないんなら、いちばん下の板をはずしてみな。そうすれば中が見られるぜ。」親切からそう言ってくれているようにもみえた。

ベヴェルはほんものの豚を見たことがない。絵本では、小さくて太ったピンク色の動物で、巻いた短い尻尾があって、丸い顔が笑っていて、蝶ネクタイをしている。ベヴェルはかがんで板に取りつき、力いっぱい引っぱった。

年下の子が言う。「もっと引っぱるんだ。いいあんばいに腐ってるからな。そこの釘をぬきな。」

言われたとおり、朽ちた板から赤くさびた長い釘をぬいた。

「ほれ、板を持ち上げて顔を突っこんでみな……」おちついた声がうながした。

言われるまでもなくもう顔を突っこんでいたベヴェルは、向こうから突き出た別の顔にぶつかった。ぬれて臭い灰色の顔だ。そいつはすき間を抜けて外に出る勢いでベヴェルを仰向けに押し倒した。荒い鼻息がきこえたと思うと、そいつはまた突っかかってきてベヴェルをひっくり返し、背中を押しまくった。悲鳴をあげて黄色い草原を逃げる後ろを、そいつがはねてくる。

コニン家の息子たち三人は動かずにそのようすを眺めていた。かこいの上に乗った子は、ゆるんだ板を足でおさえている。三人のきつい顔つきは別に明るくはならないが、それでも、切実な欲望がいくらか満たされたあんばいで、すこしは愉快そうだった。「豚を逃がしたから、あいつきっと母ちゃんにおこられるぜ。」いちばん小さいのがそう言った。

裏のポーチにいたミセス・コニンは、階段まで逃げてきたベヴェルを抱き上げた。豚は床下にもぐっておとなしくなり、ぜいぜい息をきらせている。だが子供のほうは五分ばかり、声をかぎりに泣き叫んでいた。ようやく落ち着かせると、ミセス・コニンは子供をひざに抱いて朝食を食べさせてやった。例の豚はポーチへの二段ある階段を登り、ふきげんに頭を低くして台所の網戸ごしにのぞいた。足が長くて猫背で、片耳が喰いちぎられている。

「あっちへ行きな！」ミセス・コニンがどなった。「あの豚、ミスタ・パラダイスにそっくりだよ。ガソリンスタンドをやっていてね。癒しの集まりに行く時、きっと会えるよ。耳のところにガンができててね。自分には癒しはきかないってことを見せびらかしに、いつでもやってくるのさ。」

豚はしばらくのぞいていたが、のろのろと行ってしまった。「そんな人、会いたくないよ」とベヴェルは言った。

みんなは河へ歩いていった。先頭はミセス・コニンと子供、その後ろに例の三人息子が一列になって続き、最後には背の高い娘サラ・ミルドレッド。だれかが道をはずれたら叱りつける役目だ。一行は全体として、へさきと船尾が高くなった古いボートの骨組みのように見えた。そのボートはハイウェイのはしっこをゆっくり移動してゆく。一行を追い抜くつもりか、日曜日の白い太陽が灰色のわずかな雲をさっさと通り越して、すこし離れてついてくる。ベヴェルはミセス・コニンと手をつなぎ、道の外側を歩いている。コンクリート舗装の道の端の、オレンジ色と紫の側溝を見下ろしている。

今度は運がよかった。ふつうのベビー・シッターだと、家にきてただすわっているか、せいぜい公園につれていくだけだのに、この人はお出かけにつれてってくれる。家じゃないところのほうが、いろいろ新しいものを見られる。今朝だってもう、自分がイエス・キリストという大工さんにつくられたんだってわかった。それまでは、自分をつくったのはスレードウォーっていうお医者だと思っていた。黄色いひげのあるふとった人で、注射をする。ぼくの名前をハーバートだと思っている。でも、冗談なのかもしれない。家ではみんな冗談ばかり言う。そうだ、これをもっと早く思いだしていれば、イエス・キリストという言葉も「うわー」とか「やれやれ」とか「ちくしょう」とかいう意味にとれたかもしれない。それとも、いつかなにかでみんなをだました人のことだったろうか。ベッドの壁にかかっている絵の、白いシーツを着た人はだれかときくと、ミセス・コニンは口をあんぐりあいてじっと顔を見つめた。それからこう言った。「あれはイエス様。」言ったあともベヴェルの顔から目を離さないでいる。

そのうち立ちあがって、別の部屋から本を一冊もってきた。「ほら、見てごらん。うちのひいおばあさんの本だよ。どんなことがあっても手放さないって決めてる、大事な本。」ミセス・コニンはしみのついたページの茶色になった文字を指さした。「エマ・スティーヴンズ・オークリー、一八三二年。ほらね、もってる値打ちのある本だろう？書いてあるのは福音書の中身どおり、ほんとうのことばかりだよ。」つぎのページをめくると、題名を読んでくれた。「イエス・キリストの生涯。十二歳以下の子供のために」それからミセス・コニンはその本の中身を読んできかせた。

あせた茶色い表紙の小さい本で、紙の切り口に金が塗ってあり、古いパテのような匂いがする。絵がたくさんある。大工がたくさんの豚を追い払って、一人の男を助けている絵もある。灰色でこわい顔をしたほんものの豚どもだ。ミセス・コニンが説明してくれた。この人の中にいた豚の大群を、イエス様が全部追い払ったんだよ。読み終わるとベヴェルを床にすわらせ、もう一度絵を見るようにしてくれた。

癒しの集まりに出かける直前、ミセス・コニンの気づかないうちに、ベヴェルはこっそりその本をコートの裏打ちの中にかくした。コートの片側が本の重さで垂れ下がった。歩いているベヴェルの気持ちは夢のようで明るかった。やがてハイウェイをそれて、スイカズラが茂るあいだを曲がりくねる赤土の道に入ると、ベヴェルはぴょんぴょん飛び跳ねてミセス・コニンの手を引っぱった。今は一行よりも先に進む太陽を追い抜いてやろうという意気ごみだ。

赤土の道をしばらく歩き、それから紫色の雑草のはえた原を横切ると、影をつくる林に入った。地面には松葉が厚くつもっている。林に入るのははじめてで、見知らない国に入るようにあちこち見まわしながら、ベヴェルは注意深く歩いた。一行はかさかさ音をたてる赤い落ち葉をふみながら、まがりくねる下り坂を進んだ。すべりそうになってそのへんの枝につかまったとたん、木の洞の暗闇に光る凍るような緑金色の目と視線が合った。丘を下りきったとたんに林は急にとぎれ、白黒まだらの牛があちこちに散らばる牧場がひらけた。牧場は一段また一段と低くなり、その向こうがオレンジ色の広い河だ。日光が反射してダイヤモンドのように輝いている。

岸には人が集まって歌っていた。人の群れの後ろには長いテーブルがいくつか置いてあり、河岸の道路をやってきた乗用車やトラックが何台か駐車している。一行はいそいで牧場を通り過ぎた。手をかざしてまぶしい光をさえぎり、河のようすをながめると、説教師がもう河の中に立っているのが見えたからだ。ミセス・コニンはもってきたバスケットをテーブルにおき、息子たちが食べもののまわりでうろうろしないように人の群れの中に押しやった。それからベヴェルの手をとって、ゆっくりと前にすすんだ。

説教師は岸から三メートルばかり離れて、ひざくらいの深さの水中に立っていた。背の高い若者で、カーキ色のズボンをぬれないようにたくしあげている。青いシャツを着て赤のスカーフを首にまき、帽子なしだ。明るい色の髪がほほひげにつながり、ほほのくぼみに達している。骨ばった顔に河の光が反射して赤く見える。せいぜい十九歳くらいにしか見えない。両手を後ろに組んで頭をそらせ、岸にいる人の歌声にかぶせて、鼻にかかった高い声で歌っている。

高音で終わる賛美歌を歌いおさめると、若者は立ったままだまって水面を見下ろし、足の位置をかえた。それから岸にいる群衆に目をやった。人びとはかたまりあって、じっと待っていた。厳粛な期待に満ちた顔で、全員が若者に注目している。若者はもう一度足の位置をかえた。

「みなさんはここにやってきた。そのわけを、おれはわかっているつもりだ。いや、もしかすると、わかってないかもしれない。」若者は鼻にかかった声で言った。

「イエスを求めてくるのでなければ、おれを求めてくることはない。河に入って苦しみを取り去れるものか、それを見にやってきただけなら、イエスを求めてきたことにはならない。苦しみを取り去るなんて、おれはだれにも言ったことはない。」若者はそこで言葉を切ると、目をふせてひざのあたりを見た。

「女の人を癒すのを見たんですよ！」群衆の中から突然高い声があがった。「きた時にはろくに歩けなかったのが、自分の足でずんずん帰っていった。私はそれを見たんです！」

説教師は片足を水から上げ、また別の足を上げた。にっこりしそうになったが、そこで止めた。「そういうことを求めてきたのなら、さっさと帰ることだ。」それから頭を高くあげ、両腕をひろげて叫んだ。「みんな、おれの言うことをきいてくれ！　河といえばただひとつあるだけ。それは生命の河。イエスの血でつくられた河なのだ。その河にこそ苦しみをひたさなければならない。信仰の河、生命の河、愛の河、イエスの血による豊かな赤い河に！」

若者は声の調子をかえた。やわらかい音楽的な声になった。「この唯一の河からすべての河は流れ出して、またおなじ唯一の河に戻ってゆく。大海のように。信じるならば、あなたはその河に苦しみを置き、苦しみから解き放たれる。なぜならその河こそ、罪を運び去るためにつくられた河なのだから。その河は苦しみに満ちている。苦しみそのものである。キリストの王国をさしてゆっくりと流れ、罪を洗い流すのだ。今おれが足を入れている、この赤い河とおなじように。」

若者は歌うような調子で続けた。「よくききなさい。福音書のマルコ伝にはけがれた男のことが書いてある。ルカ伝には目の見えない男の話がある。ヨハネ伝には死んだ男の話がある！　みんな、よくききなさい！　この唯一の河を赤くしているのとおなじ血が、レプラでけがれた男をきよめ、盲目の目をひらき、死んだ人を生き返らせた！」若者は叫んだ。「悩みをかかえた人びとよ！　その悩みを血の河にひたしなさい！　苦しみの河につけなさい！　苦しみがキリストの王国にむかって流れてゆくのを見守りなさい！」

この説教のあいだベヴェルはぼんやりして、空高く舞う二羽の鳥を目で追っていた。河の対岸には赤と金色のササフラスの茂みがあり、その後ろは暗青色の木々のはえた丘で、ぼつぼつとある松の木が高くそびえている。もっと遠くのほうには、町がいぼのかたまりのように盛り上がって、山の中腹に延びているのが見えた。二羽の鳥は空から降りてきて、いちばん高い松の木のてっぺんにとまり、空を支えているように肩をいからせている。

説教師が言う。「この生命の河に自分の苦しみを置きたい、そう思う人は進み出てきなさい。あなたの悲しみをここに置きなさい。しかし、これっきりで終わりだと思わないように。なぜなら、この赤い河はここで終わるわけではない。いいですか。この赤い苦しみの河は流れ続ける。ゆっくりと流れてキリストの王国に向かうのだから。この赤い河は洗礼を受けるのにいい。信仰をゆだねるのにいい。苦しみを置くのにいい。しかし、ここの泥水があなたを救うわけじゃないんだ。今週はこの河沿いをあちこちめぐった。火曜日にはフォーチュン・レーク、つぎの日はアイデアル、金曜日には、家内といっしょにルラウィローに出かけて、病人を見舞った。そこの人は病気が癒されるのを見てはいない。」そう言うと説教師はぱっと顔を赤くした。「そんなことがあるなんて、おれは決して言ったことはない。」

話している最中に、蝶のようにふらふら動く人影が前へ進みでた。腕をばたつかせ、首がいまにも落ちそうにぐらぐらしているおばあさんだ。なんとか河岸にたどりつくと、かがんで両腕を水につけ、はげしくかきまわした。それからもっと低くかがみ、顔を水につっこんだ。やっと顔をあげると、立ちあがった。ぐっしょりぬれている。あいかわらずばたばた両腕を動かしながら、その場で二度ばかりぐるぐる廻りをした。とうとうだれかがおばあさんを群れに引き戻した。

だれかが荒々しい声で叫ぶ。「あのばあさん、もう十三年もあんなふうなんだぞ。ほれ、帽子をまわして、あの若いのに金を恵んでやれよ。金めあてでここまできてるんだから。」河の中に立っている若者に向けたあてこすりだ。叫んでいるのは大柄な老人で、灰色の大きな古い車のバンパーにすわっているところは丸くすり減った石のようだ。左のこめかみのところにできた紫色のこぶが見えるように、灰色の帽子をななめにかぶっている。だから片耳はかくれている。背を丸めて両手をひざのあいだに垂らし、小さな目はなかば閉じている。

ベヴェルはその姿をちらっと見ただけで、ミセス・コニンのコートの合わせめにかくれた。

河の中の若者は老人のほうにすばやく目をやると、こぶしを振りあげた。「イエスを信じるか、悪魔を信じるかだ！　どっちを信じるのか、はっきりするんだ！」群れの中からもったいぶった女の声があがった。「私はね、自分の体験でちゃんとわかっているよ。この説教師さんには癒しの力がある。私はね、目がみえるようになったんだよ！　イエス様にかけて！」

説教師はすばやく両腕をあげると、生命の河だのキリストの王国だの、これまで話したことをまたくり返し、例のバンパーに腰かけた老人はけわしい目つきでそのようすをにらんだ。ベヴェルはミセス・コニンのコートからちらちらと老人のほうをのぞいた。

作業服の上に茶色のコートを着た男が身をかがめて、片手をすばやく河の水につけて動かすと、すぐ元に戻った。女が赤ん坊を抱いて河岸に近づき、赤ん坊の足を水にひたした。別の男が群れからすこし離れて靴をぬぎ、流れの中に入っていった。水の中に何分間かじっと立って、それ以上はできないほど頭を後ろにそりかえらせていた。やがて河から上がり、また靴をはいた。人びとのこうした動きの中で説教師は歌いつづけ、まわりのことを気にとめていないようすだ。

歌が終わるなり、ミセス・コニンはベヴェルをたかだかと抱き上げて言った。「先生、きいてください。今日、街からつれてきて、めんどうをみている子です。母親が病気なんで、この子は先生に祈ってもらいたいんです。この子の名前はベヴェル、ベヴェルなんです！」そこでミセス・コニンはふり向いて群衆を見渡した。「先生とおなじ名前だなんて、すごいぐうでんですよね！」

ささやき声がひろがり、ベヴェルはミセス・コニンの肩ごしに群衆のほうへふり返ってにやりとしてみせた。「ベヴェル！」と得意そうに大声で名乗った。

ミセス・コニンが言った。「ねえベヴェル、あんた、洗礼を受けてる？」

男の子はにやりとしただけだ。

「この子ったら、洗礼を受けてないらしいですよ。」ミセス・コニンはあきれたというふうに眉をあげて説教師のほうを見た。

「子供をこっちによこすんだ。」説教師は一歩前に踏み出して子供をつかまえた。

説教師は片腕で子供を抱いて、にやにや笑う顔をじっと見た。ベヴェルはおどけて目をぐるぐるさせ、相手の顔をのぞきこんだ。「ぼくの名前はベヴヴーール」と、大きな深みのある声で言い、舌を突きだして左右に動かした。

説教師は笑わない。やせた顔は厳しく、ほとんど色のない空が細い灰色の目に映っている。車のバンパーに腰かけた老人が大声で笑った。ベヴェルは説教師のえりをしっかりつかんだ。もうにやにや笑いは消えている。これは冗談ごとではないんだと、子供は突然感じた。これまで暮らした家ではなにもかも冗談にしていた。説教師の顔つきでとっさにわかった。この人が言ったりしたりすることは決して冗談ではない。「この名前、母さんがつけたんだ。」子供はいそいで言った。

「洗礼を受けたことはあるのか？」説教師がきいた。

「それってなに？」子供は小声できき返した。

「おれが洗礼を授ければ、おまえはキリストの王国に行ける。苦しみの河で浄められて、深い生命の河を行くんだ。そうしたいか？」

「うん」と答えて子供は考えた。そうすれば、ぼくはもうあの街のアパートへは帰らない。河の中を行くんだ。

相手は言った。「これまでとはちがう人になるんだ。おまえは価値ある者になる。」それからまた群衆に向かうと、説教師は語り続けた。肩車をしてもらったベヴェルは、河に反射する白い日射しを眺めていた。急に説教師が言った。「さあ、これからおまえに洗礼を授けるぞ。」それっきりなんの説明もせず、説教師は子供の足首をぎゅっとにぎりしめると、いきなりさかさにして頭を水に突っ込んだ。しばらくそのままで洗礼の言葉をのべた。やがて水から引き上げると、あえいでいる子供を厳しく見た。ベヴェルは暗い目を大きくあけている。説教師は言った。「おまえは価値ある者になった。これまでは数にも入っていなかったんだ。」

男の子はショックのあまり口もきけない。泥水を吐きだし、ぬれた袖で目や顔をこすった。

ミセス・コニンが叫んだ。「お母さんのことを忘れないで！ この子は母親のために祈ってもらいたいんですよ。母親が病気なんです。」

説教師は言った。「主よ、私たちは苦しむ人のために祈ります。その人はこの場で信仰を告白することはできませんが。お母さんは入院しているのか？ どこか痛むのか？」

子供はまじまじと説教師を見つめた。「まだ起きてないんだ。」子供は困りきって高い声で言った。「二日酔いなんだ。」あたりは静まりかえった。水面に落ちる日射しの音がきこえるかと思うほどだ。

説教師はあきれ返り、おこった顔をした。ほほから赤みが消えて、目に映る空の色が暗くなった。岸のほうで大笑いする声があがり、ミスタ・パラダイスが叫んだ。「ははあ、二日酔いの女を癒すんだってよ！」じいさんはこぶしでひざをたたきはじめた。

「この子には長い一日でしたよ。」ミセス・コニンは子供の手を引いてアパートの入り口に立ち、パーティーで盛り上がっている室内をけわしい目で見た。「いつもならもっと早く寝るんでしょうに。」ベヴェルは片目をとじ、もういっぽうの目をやっと半分あけている。鼻水をたらし、口で息をしている。ぬれた格子縞のコートの片側が垂れ下がっている。

ミセス・コニンは見当をつけた。あの黒のパンツをはいているのが母親だろう。黒いサテンの長いパンツ、素足にサンダル履きで、爪が赤く塗ってある。ソファに上体をもたせ、あぐらをかいてひじ掛けに頭をもたせかけている。そのままで立とうともしない。「お帰り、ハリー。今日はおもしろかった？」面長な顔は青白く、すべすべで無表情だ。サツマイモ色のまっすぐな髪を後ろに流している。

父親が金をとりにいった。ほかに二組のカップルがいる。金髪にスミレ色がかった青い目の男が椅子にかけたまま声をかけた。「おいハリー、どうだ、おもしろかったかね？」

「この子はハリーじゃなく、ベヴェルですよ」とミセス・コニンが言った。

あの女がソファから言った。「ハリーよ。ベヴェルなんていったいだれのこと？　きいたこともない。」

男の子は立ったまま眠りこんでしまうふうだ。頭がだんだん前に垂れる。急にぐいと頭を立てて、片目だけあけた。もういっぽうはとじたままでいる。

ミセス・コニンはびっくりした。「今朝、名前はベヴェルだって自分でそう言ったんですよ。説教師の先生とおなじ名前でね。今日は一日河に行って、説教をきいて癒しを受けていたんですよ。この子が自分でそう言ったんですから。説教師の名前とおんなじだって。」

母親が言った。「ベヴェルだって！　おどろいた！　なんてひどい名前。」

ミセス・コニンが言う。「その先生の名前はベヴェルです。このへんではいちばんの説教師ですよ。それにね、」ミセス・コニンはいどむような口調でつけ加えた。「その先生が今朝、この子に洗礼を授けてくれたんです。」

母親はソファの上で身を起こした。「なんて厚かましい！」

「それだけじゃありません。」ミセス・コニンはつづけた。「その先生は癒すことができるんです。あんたが癒されるように祈ってくれたんですから。」

「癒される！」母親は叫ぶように言った。「まったくもう《フォア・クライスツ・セーク》（キリストにかけて）、いったい、なにから癒されるっていうの！」

「奥さんの苦しみから。」ミセス・コニンは冷然と言い放った。

父親はとってきた金を渡そうと、ミセス・コニンのそばで待っていた。目が充血している。「つづけてくれよ。うちの奥さんの苦しみのことをもっときかせてもらおう。はっきりした正体がつかめなくてね……」父親は紙幣をひらひらふり、声がだんだん小さくなった。「祈禱でなおるなら、とても安あがりだ。」

　ミセス・コニンはすべてを見通す骸骨のようにじっと立ち、部屋のようすを見渡した。それから、金を受けとらずに背中を向けて出てゆき、ドアをとじた。父親はあやふやに笑って向きをかえ、肩をすくめた。ほかの人たちはハリーに目をそそいでいる。子供はよたよたと寝室に向かう。

「ハリー、こっちへおいで。」母親に呼ばれて自動的に向きをかえ、目をあけようともせずにそっちへ進む。子供がそばまでたどりつくと母親は、「今日あったことを話しなさい」と言った。そしてコートをぬがせはじめた。

「わかんない」と子供は答える。

「ちゃんとわかってるんでしょ。」母親はコートの片側がへんに重いのに気づいた。裏地のジッパーをはずすと、本とよごれたハンカチが落ちた。「これ、どこからもってきたの？」

「しらない。」子供は落ちたものをつかもうとした。「ぼくのだよ。あの人がくれたんだ。」

　母親はハンカチをほうりだすと、子供の手がとどかないように本を高くあげて読みはじめた。やがて、おかしくてたまらないといったおおげさな表情をうかべた。ほかの連中がやってきて、肩ごしに本をのぞいた。「やれやれ《マイ・ゴッド》（神よ）」とだれかが言った。

男のひとりが厚い眼鏡ごしにしげしげと本に見入った。「これは値打ちものだぜ。収集家が夢中になるようなしろものだ。」男はその本を取り上げると、別の椅子におさまった。

連れの女が言った。「ジョージに取られちゃだめよ。」

本を見ているジョージが言った。「ほんとに値打ちものだぜ。一八三一年出版だ。」

ベヴェルはまた自分の寝室をめざした。ドアをしめ、暗い中をのろのろベッドに向かって進み、腰かけて靴をぬぐと、ベッドにもぐりこんだ。一分ばかりすると光が射しこんできて、背の高い母親の影が見えた。足音をたてない爪先歩きで寝室を横ぎり、ベッドのはしに腰かけた。「そのまぬけな説教師が、私のことをなんて言ってたの?」小さなささやき声だ。「今日はおまえ、どんな嘘を言ってまわってたの?」

目をとじたベヴェルは、ずっと遠くから声がするように感じた。自分が河に沈んでいて、母親が水の上から話しかけているようだ。母親は子供の肩をつかんでゆすぶり、耳もとに口を寄せた。「ハリーったら。その人はなんて言ったのよ。」子供を引き起こしてすわらせた。子供のほうは河から引き上げられたような気がした。「さあ、言いなさい。」母親のにがい息が子供の顔をおおった。

ベヴェルは闇の中で楕円形の青白いものが近くにあるのを見た。そしてつぶやいた。「ぼくはもう、前とはちがうんだって言われた。価値ある者になったんだ。」

そのうち母親は子供のシャツの合わせ目をつかみ、寝る位置に戻した。ちょっと身をかがめ、子供の額に軽く唇をつけると、部屋を出ていった。ドアのすきまから洩れる光で、尻のゆれるのが見えた。

早く目がさめたわけではなかったが、起きてみるとアパートはまだ暗く、閉めきってあった。しばらく横になったまま、鼻をほじくったり目やにを取ったりしていた。それから起きあがって窓をのぞいてみた。あわい日光がガラス越しにさしこんだ。道路をへだてたエンパイア・ホテルの上階の窓に黒人の掃除婦が見える。組んだ腕に頭をもたせて下のほうを眺めている。ベヴェルは起きて靴をはき、便所にいってから表の部屋に入った。コーヒー・テーブルに出しっぱなしのアンチョビー・ペーストを塗ったクラッカーを二枚食べ、びんに残っていたジンジャーエールを飲んでから、あの本をさがした。だが見つからない。

アパートはしんとしていた。冷蔵庫のかすかな音がするだけだ。キッチンに行って、レーズン入りパンの切れはしをいくつか見つけ、びんに半分残っていたピーナッツバターをつけて、キッチン用の高い椅子にすわり、手製のサンドイッチをゆっくりかんだ。時どき鼻汁がたれてくるのを肩でぬぐった。食べ終わるとチョコレートミルクを見つけて飲んだ。ジンジャーエールのほうがよかったのだが、せん抜きに手が届かなかった。

冷蔵庫にある残りものをしばらく調べた。入れ忘れのしなびた野菜、たくさん買いこんだがしぼるのがめんどうでそのままの、茶色になったオレンジ、チーズが三、四種類、なにか生臭いものの入った紙袋、あとは豚の骨が一本。冷蔵庫をあけたまま、ベヴェルは暗い居間に戻ってソファにかけた。

酔っぱらった親たちはぐっすり寝こんでいて、午後一時ごろまで起きないだろう。それからお昼を食べに出かけることになるだろう。ぼくにはおとな用の椅子だと低すぎるし、子供用の椅子だときゅうくつだし高すぎる。ベヴェルはそう思いながらソファのまんなかにすわり、かかとでソファを蹴っていた。それから立って居間をうろうろし、灰皿に残った吸いがらをじっと眺めた。そうするのがいつもの習慣だといったようすだ。自分の部屋には絵本や積み木があるのだが、だいたいどれもこわれている。持っているのをこわすのが、新しいのを買ってもらう早道なのだ。親が起きるのを待つあいだは、なにか食べるほかすることがない。それでもベヴェルは太ってはいない。

灰皿をいくつか床にあけることにした。全部じゃなくいくつかなら、母親は偶然落ちたのだと思うだろう。二つぶちまけて、灰を指で念入りにじゅうたんにこすりつけた。それから床に寝ころんで足を上に突き出し、しげしげと眺めた。靴はまだぬれている。ベヴェルは河のことを考えはじめた。

そのうち、時間をかけてゆっくりと、ベヴェルの顔つきがかわった。自分がそれと知らずに今までさがし求めていたものが現れ、次第に見えてくるようだった。自分がなにをしたいのか、それが突然わかった。

起きあがり、足音をたてないで親たちの寝室に入った。薄明かりの中で、母親のハンドバッグをさがした。青白い長い腕がベッドから床にたれているのがちらりと見えた。その向こうには父親の体が白く盛り上がっている。上にいろいろ積み上げた寝室用たんすを目でさがした。とうとう、目当てのものが椅子の背にかけてあるのをみつけた。電車の回数券を一枚、それから半分残っているライフ・セーヴァー・ドロップの包みを取りだした。それからアパートを出て、四つ角で電車に乗った。かばんは持ち出さなかった。その住まいから持って出たいものはなにひとつなかったからだ。

終点で電車を降り、まえの日にミセス・コニンと歩いた道を進んだ。あの家にはだれもいない。それはわかっていた。三人息子と娘は学校に行っているし、ミセス・コニンは掃除の仕事をしに行くのだときいていた。家の庭を通りすぎ、河に行く道を歩いていった。薄い煉瓦の家々は遠くなり、しばらくつづいた土の道が終わって、ハイウェイのはしを歩いていった。薄黄色の太陽は頭の上にあって、暑かった。

オレンジ色の給油機のある小屋の前を通った。店の中でなにもせずに外を眺めている老人がいたが、ベヴェルは気がつかなかった。ミスタ・パラダイスはオレンジジュースを飲んでいた。ゆっくり飲みながら、格子縞のコートを着たちびが河のほうへ降りてゆくのを、細めた目で見た。からになったびんをベンチにおき、目を細くしたまま、袖で口をふいた。売り物の棚から長さ三十センチ、直径五センチもあるペパミント・キャンディーの棒を取り上げると、ズボンの後ろポケットに突っこんだ。それから車に乗り、男の子の後を追ってハイウェイに出た。

紫色の雑草が点々と生えた野原にたどりついたころには、ベヴェルは埃まみれで汗ぐっしょりだった。できるだけいそいで野原を横切って林に入った。林の中で、昨日通った道をさがしまわった。とうとう松の落ち葉の中に踏み跡をみつけた。そこを進むと、木々のあいだを曲がりくねってゆく急な坂道に出た。

ミスタ・パラダイスは道ばたに車を置いて、毎日のようにすわる場所まで歩いてきた。目の前を流れる河にじっと目をやって、餌をつけない釣り竿を水に垂らした。遠くから見る人は、草むらに半分かくれた丸石だと思うだろう。

じいさんがいるのにベヴェルは全然気づかなかった。赤みがかった黄色にきらきら光る河だけを見ていた。靴もコートも着たままで河に突き進んだ。水がガブッと口に入った。飲みこんでしまい、いくらか吐き出した。胸までの深さのところで立ち止まってあたりを見わたした。空は薄青く澄みわたって雲ひとつない。太陽のある場所だけ穴があいているように見える。空の終わるところは一面に木々が広がっている。着ているコートが水面に広がって、奇妙に陽気な睡蓮の葉のように見える。ベヴェルは日射しの中でにやっと笑った。説教師なんてやっとひまつぶしをやるのはもうごめんだ。自分で自分に洗礼を授けて、今度こそ、河の中にあるキリストの王国にたどりつくまで、河をまっすぐ進むのだ。時間をむだにする気はない。水中に頭を沈めると、前に向かって歩きだした。

すぐに息が切れ、水を吐きだして、水面に頭を出した。もう一度水にもぐってみたが、おなじことだった。河はベヴェルを受け入れてくれない。またやってみたが、むせて頭を出した。あの説教師が頭から水に突っ込んだ時とおなじだ。あの時も、顔を押し戻してくるなにかと戦わなければならなかった。ベヴェルは進むのをやめて、不意にこう思った。これも冗談なんだ。ただの冗談だった！　なんにもならないことのために、こんなに遠くまできてしまった。きたない河を打ったり蹴ったりして、ばたばた暴れた。足はもう河底にとどかない。苦しみと怒りにかられて、一声低く叫んだ。その時大声がきこえ、そっちに顔を向けた。大きな豚みたいなものが、紅白の縞の棒をふりあげて追いかけてくる。ベヴェルはもう一度水に沈んだ。すると今度は、待ちかまえていた流れが長い手をやさしく伸ばしてベヴェルをとらえ、深いところへ、下流のほうへとすばやく押しやった。ベヴェルはおどろきに打たれた。それから、とても速く流されるので、どこかへ行き着くにちがいないとわかった。怒りとおそれはすべて消え去った。

ミスタ・パラダイスの頭は水面に見えたり隠れたりした。とうとう、ずっと下流のほうで、じいさんは古代の水棲の怪獣のように水から姿をあらわした。手ぶらのまま、河すじのずっと先のほうをかすんだ目で見わたしていた。

生きのこるために

　ミスタ・シフトレットがはじめてやってきたのは、老婆と娘がポーチにすわっている時だった。老婆は浅く椅子に腰かけて前かがみになり、沈みかける夕陽のまぶしさを、手をかざして避けていた。娘のほうは遠くを見ることができない。あきずに自分の指をおもちゃにしている。二人だけでこの一軒家に住んでいる。ミスタ・シフトレットは初めて見る顔だったが、それでも、まだ近くまでこないうちに、これはただの浮浪者で、警戒するまでもないやつだと、老婆は値踏みしていた。コートの左袖がまんなかから折り返して止めてあり、腕が半分しかないのがわかる。やせこけた体が、風に押されているように軽くかしいでいる。黒の外出用スーツ、茶色のフェルト帽子をあみだにかぶり、ブリキの道具箱をさげている。男はのんびりした足どりで敷地内の道をやってくる。低い山の頂きで、かろうじてバランスをとっている夕陽のほうを見たりしている。

　男が前庭に入りかけるまで、老婆はじっとしていた。やおら片手をにぎりしめ、腰にあてると、すっくと立ち上がった。裾の短い、青いオーガンジーのドレスを着た大柄な娘は、いきなり飛びあがり、興奮して足を踏み鳴らし、男を指さして、言葉をなさない叫びをあげた。

ミスタ・シフトレットは前庭に入ったところで足を止め、道具箱を下に置くと、障害など全然ない人に対するように、帽子をちょっとあげて娘に挨拶した。それから老婆に向かって、今度は帽子を取って挨拶した。黒くてつやつやした長い髪を真ん中で分け、両側は耳にかぶさっている。額が顔の半分ほどあり、そこから下は、鋼鉄製のわなのようなあごにかけて、ようやく顔つきらしいものがある。若いらしいが、人生なるものを十分に理解しているらしく、態度には抑制された不満がうかがえる。

「こんばんは」と老婆が挨拶した。杉材の門柱くらいの背たけで、男ものの灰色の帽子を目深にかぶっている。

浮浪者はそっちに目をやったが、挨拶は返さない。背を向けて夕陽を眺めている。ちゃんとした腕と短いほうの腕とをゆっくり広げて、空の大きさを示す身振りをする。そうすると奇形の十字架型ができる。老婆は腕組みをして、あの太陽はうちのだからねと言わんばかりに男をじっと見ている。娘のほうは両手をぶらんと垂れ、顔を突きだして男を見ている。娘の髪はピンクがかった金髪で、目は孔雀の首のように青い。

五十秒ばかりおなじポーズをとっていた男は、道具箱をもつとポーチまできて、一段めに腰をおろした。「奥さん。」鼻にかかるしっかりした声だ。「あんな夕陽が毎日見られるんだったら、財産はたいてもいいぜ。」

「日が沈む時はいつだってあんなもんさ。」そう言うと老婆は腰をおろした。娘もそれにならい、それから、すぐ近くに舞いおりた鳥でも見るように、用心深くこっそりと男のようすをうかがった。男は体をかしげてズボンのポケットに手をつっこみ、チューインガムの包みを取り出して、娘に一つやった。受け取った娘は紙をはがし、口にいれて噛みはじめたが、そのあいだも男から目をはなさない。老婆もすすめられたが、上唇をあげて歯がないのを見せて断った。

ミスタ・シフトレットの薄青い鋭い目は、前庭にあるものをなにもかも見てとっていた。家の角にある井戸、大きなイチジクの木、その下にニワトリが三、四羽いて、そろそろねぐらにつこうと、さびた自動車のうしろにある鶏小屋のほうへ移動している。

「車を運転するのかね？」男はたずねた。

「あれなら、もう十五年も動いてないのさ。つれあいが死んでから動かなくなったんだ」と老婆が言う。

「まったく、なにもかも昔のようじゃなくなったね。世界は腐っちまったよ」と男が言う。

「そのとおりだとも。おまえさんはこのへんの人かね？」

「名前はトム・T・シフトレット。」男はタイヤのほうを見ながらつぶやいた。

「お初に」と老婆は挨拶した。「私はルシネル・クレーターだよ。娘もルシネル・クレーター。シフトレットさんは、なにをしていなさる?」

車は一九二八年か二九年のフォードだな、と男は見当をつけた。「奥さん、」と切りだすと、男は老婆に全神経を集中した。「いいかね、よくききなさいよ。アトランタに医者がいたとさ。そいつはナイフでもって、人間の心臓を、人間の心臓をだよ、」男はくりかえして、身をのりだした。「胸から切り取って、手の上にのせたんだそうだ。」彼は手のひらを上にむけて、人間の心臓の重みをはかるようにした。「それから、卵からかえって一日めの雛を調べるみたいに、人間の心臓を調べたっていうんだ。ねえ、奥さん。」そこで首をかしげ、効果をあげようとたっぷり間をとった。薄色の目がきらきらした。「その医者は、奥さんやおれ同様、心臓のことなんかなにも知っちゃいなかったのさ。」

「そうだともさ」と老婆。

「なあ、そいつがナイフでもって心臓のあっちこっちを切りきざんだところで、なんにもわかりゃしないのさ。おれたち同様にね。奥さんはどう思う?」

「べつになんにも。」老婆の答えは賢かった。「で、おまえさんはどこからきなすった?」

男は答えない。ポケットからきざみ煙草の袋と煙草用の紙をひっぱりだして、シガレットを一本巻いた。手が一つにしてはじつに器用にやってのけ、それを上唇にくっつけた。それからマッチ箱を出し、一本とって靴でシュッと火をつけた。燃えるマッチを手に、炎の神秘を研究してでもいるようにじっと見つめた。指がこげそうになる。娘は炎をさして、声にならない声でわめき、しきりに指をふりたてる。マッチが燃えつきる寸前、男は鼻の先に火をつけるようなしぐさで前かがみになり、手巻き煙草に火をつけた。消えたマッチを放りすてると、男は夕闇に灰色の煙を吐いた。顔に狡猾な表情が浮かんだ。「奥さん、最近はね、人はいろんなことをやるもんだ。おれの名前はトム・T・シフトレット、テネシー州のターウォーターからきた。そう言っても、奥さんとは初対面だ。それが嘘ではないと、どうしてわかるかね？　じつはアーロン・スパークスって名で、ジョージア州のシングルベリーからきたとしてもわかるまい。じつはジョージ・スピードって名で、アラバマ州のルーシーからきたんだったらどうなんだ。それとも、ミシシッピ州はトーラフォールズからきたトムスン・ブライトじゃないと、どうして言える？」

老婆はいらいらした。「あんたのことなんか、なんにも知らないさ。」

「奥さんよ。ふらっとやってきたよそ者が嘘をついたって、だれも気になんぞしないぜ。おれに言えるいちばんいいことはさ、おれは男だってことだ。いいかね。」男はそこで言葉を切り、不気味におちついた調子でしゃべりだした。「男っていったいなにかね？」

老婆は口をもぐもぐさせた。「ミスタ・シフトレット、あのブリキの箱にはなにが入っているのかね？」

「道具さ。おれは大工なんだ。」

「おまえさんが仕事をさがしにきたんだったら、食べものと寝る場所の世話はしてやろう。だけど、給料は払えないよ。仕事をはじめるまえに、それははっきり言っておくからね。」

返事はすぐには返ってこない。男は特に表情も変えない。ポーチの屋根を支える柱にもたれている。やがてゆっくり話しだした。「奥さん、人によっては、なにかのほうが金以上に大切だってやつもいるんですよ。」老婆は口をはさもうとせずに揺り椅子を動かし、娘のほうは、男が話しながら右の人さし指で自分の首をこするのをじっと眺めていた。男の話はつづく。おおかたの人は金に惹かれているものだ。しかし、人間はなんのためにつくられたのか？ 金のためにつくられたと思うか、と相手に質問を向けたが、老婆は答えずに揺り椅子を動かすだけだった。頭の中では、この男、屋外便所の屋根をつけかえてくれないものかなどと考えていた。男はいろんな質問をしたが、老婆のほうはなにも答えなかった。男の話では、年は二十八歳で、いろんなことをやってきた。ゴスペル・シンガー、鉄道作業員、葬儀屋の助手、それに、三カ月間ラジオに出演したこともある。アンクル・ロイとその楽団レッド・クリーク・ラングラーズとの共演だった。それに、軍隊に入って祖国のために血を流して戦ったこともある。戦争でいろんな外地にも行った。外国の人は、アメリカとちがうしかたで暮らしていて、それをあたりまえだと思っている。だが、おれはそんなふうには育ってこなかったんだ。

イチジクの木の枝にふとった黄色い月がかかった。月は、そこで雛といっしょにねぐらにつきそうなあんばいにみえる。男はさらにいろいろ言う。人間、世間を知るためには故郷を出て方々を見なくちゃとか、神が創造した時のままのすばらしい夕陽を毎日見られる、こういう人里離れたところで自分は暮らしたかったのだとか。

「結婚してるのかね？　それとも独身？」と老婆がたずねた。

長い沈黙があった。やっと男は口をきった。「奥さん、今日び、純真な女性なんて、どこをさがしたらいるのかね？　いくらでもいるようなくず女なんぞ、おれはごめんだよ。」

娘は深く身をかがめていた。頭がひざまでくるほどだ。前に垂れた髪を手で寄せて三角の隙間をつくり、そこから男を見ていたのだが、いきなり床にくずおれて泣き声をたてた。ミスタ・シフトレットは娘を支えて椅子にすわらせてやった。

「娘さんかね？」

「ひとり娘でね。世界でいちばんかわいい子さ。かけがえのない、大事な子なんだよ。これで、頭も働いてね。掃除、洗濯、炊事はこなすし、ニワトリに餌もやるし、鍬打ちもする。手箱いっぱいの宝石をくれると言われたって、この子を渡すのはごめんだね。」

男はやさしく言った。「そうだとも。どんな男にもくれてやっちゃいけない。」
老婆は言った。「どんな男が求婚してきても、ここでいっしょに暮らすっていうのが条件さ。」

庭先の車のバンパーが光を反射しているのをミスタ・シフトレットはじっと見つめた。
短いほうの腕を突きだして、家から庭から井戸まで、ぐるっと指さすようにした。「奥さん、おれは片腕じゃあるが、この農園にあるものならなんだって直してみせるよ。おれだって男だ。」ここで気むずかしげな威厳を見せた。「たしかに、五体満足じゃないがね。おれには……」そこでこれから言うことの重要さを強調して、こぶしでドンドン床をたたいた。「おれにはね、道徳的知性ってものがあるんだ！」彼は暗い場所からドアの明かりのほうへ顔を突き出して、このあり得ない真実を自分が口にしたことにおどろいているような表情で、じっと老婆を見つめた。

彼女のほうは一向に心を動かされたようすはない。「ここにいて、働いてくれれば食事は出す、そう言ったんだよ。寝る場所は、あそこの車の中でいいかね？」

男はよろこんでにやっとした。「奥さん、昔の坊主は棺桶の中で寝たそうだぜ。」

「今ほど進歩していなかったのさ」と老婆は言った。

翌朝、男は屋外便所の屋根のつけかえをはじめた。娘のほうのルシネルは石にすわって仕事ぶりを眺めた。一週間ほどのうちに男の働きがもたらした変化はめざましいものだった。表の出入り口と裏口の階段板を修理し、新しい豚小屋を建て、垣根を直し、生まれつき耳がきこえず一度も話したことのないルシネルに教えこんで、「鳥《バード》」という言葉を発音できるようにした。ばら色の顔をした大柄な娘は男について歩き、「ブブブブルズ、ドビビビルド」と言いながら手をたたいた。老婆は遠くからそのようすを見て、ひそかによろこんでいた。娘むこがほしくてならなかったのだ。

ミスタ・シフトレットは、車の窓から足を突きだして、せまくて硬い後部座席で眠った。ベッド・サイド・テーブル代わりの木箱の上に剃刀と水を入れた空き缶を置き、後ろの窓に小さな鏡を立てかけた。上着はきちんとハンガーにかけて、窓につるした。

日暮れどきになると男はポーチの階段に腰をおろした。その左右では老婆と娘のルシネルがそれぞれの揺り椅子を猛然と揺らしていた。老婆にとっては長いつきあいの三つの山の稜線が、暗青色の空に黒く浮きあがり、その上には惑星がかかり、西に傾いた月がかかった。ミスタ・シフトレットは語った。おれがなぜこの農園にあれこれ手を入れるかというと、自分としての関心があるからなんだと言う。車も動くようにしてみるつもりだと言う。

おれはフードをあげて機械の仕組みをしらべてみたがね、あれは車をていねいにしっかり作っていた時代にできたものだね。近ごろじゃ、分業式の流れ作業で、だれかがこのボルトを締めれば、あっちのボルトは別のやつが締める、そっちのボルトはまた別のやつがって具合だからね。車がべらぼうな値段になるのはそのせいさ。大勢の人間に手間賃を払うわけだから。一人だけにやらせれば、ずっと安くつくはずだ。それに、自分の作品だと思えば、その車に愛着をもつだろうし、仕上がりもずっとよくなるはずだ。

そのとおりだとも、と老婆は賛成した。

ミスタ・シフトレットは言った。世の中がわるいのは、だれも人のことを構おうとしないで、めんどうがって放っておくからなのだ。もし自分がここに腰を据える気がなくて、人のことは放っておいたら、ルシネルに教えこんで、一言とはいえ話せるようになんぞ、到底できなかったはずだ。

老婆は言った。「ほかの言葉も教えてやっておくれよ。」

「なんて言わせたい?」

老婆は歯のない口で意味ありげににやりと笑った。「いとしい人ってさ。」

ミスタ・シフトレットには彼女の腹づもりなど、とっくにわかっていた。

翌日、彼は車をいじりはじめた。その日の夕方、ファン・ベルトを買ってもよければ車は動くようになると言った。

お金は出すと老婆は言い、それから「あの子のことだがね」と、娘を指さした。ルシネルは母親から三十センチと離れない場所で床にすわり、じっと男を見ている。暗がりの中でも目の青さがわかる。「あの子をここからつれてゆきたいなんて男があらわれたら、こう言ってやるつもりだよ。『こんなかわいい子を私から引き離すようなことは、だれにもさせませんよ！』って。だけど、もしその男が『いや、引き離そうとは思っていない。ここにこのままいさせてやりたい』って言えば、私はこう言うだろうね。『そりゃそうでしょうよ。ずっと住める場所と、世界一かわいい娘を手にいれる機会を逃す人がどこにいます？　あんたは智恵のある人だもの』って。」

ミスタ・シフトレットはさりげなくきいた。「娘さんはいくつ？」

「十五か十六、そんなところさ。」じつはもうじき三十になるのだが、無邪気なままでいるので、見当のつけようもない。

「この車、塗装しなおすといいと思うね。さびてきたらこまるんじゃないかな。」ミスタ・シフトレットは言う。

「それはまたのことにしよう」と老婆は言う。

翌日、男は町まで歩いていって、必要なパーツとガソリンを一缶買ってきた。午後もおそくなって、小屋からひどい音がきこえてきた。ルシネルが発作をおこしたかと思って、老婆はあわてて家から飛び出した。娘は鶏小屋の上にすわり、足を振りたてて叫んでいる。「ブブブブルズ、ドビビビーイ！」だが、車にどぎもを抜かれて、娘は音をたてるのをやめた。すさまじいうなりをあげて小屋から飛びだした車は、荒々しくしかも堂々と進んだ。運転するミスタ・シフトレットはしゃんと背筋をのばしている。今しがた死者をよみがえらせたところと言いたげな、まじめで謙虚な顔をしている。

その晩ポーチの揺り椅子で、老婆はさっそく用談をはじめた。「あんたは無邪気な女をさがしているんだったね。」思いやりのある口調だ。「どこにでもいるくず女はいやなんだね。」

ミスタ・シフトレットは「そうだとも」と答える。

老婆は続ける。「話のできない者は、口答えもしないし、呪ったりもしない。そういうのこそ、あんたの求めている女だよ。ほら、ここにいる。」老女は娘を指さした。そのルシネルは椅子にあぐらをかき、足を両手でいじっている。

男は認めた。「そのとおりだ。この人ならおれをこまらせるようなことはない。」

老婆は言った。「土曜日に、あんたとこの子と私と、町まで車で出かけて、結婚するとしよう。」

ミスタ・シフトレットはポーチの階段でくつろいだ姿勢をとった。

「いますぐには結婚できないよ。あんたのやりたいことは、なんでも金がかかる。おれは金をもってないからね。」

「なんに金がかかる?」

「かかるさ。このごろはお手軽にすませるやつもいるがね、おれのやりかたはそうじゃない。ちゃんとした花嫁らしく、新婚旅行にもつれてってやりたい。そうできないような女と結婚するのはごめんだね。つまり、ホテルに泊まって飲み食いするのさ。」男は断固として言った。「ホテルにつれていって、うまいものをご馳走してやれないんだったら、相手がウインザー侯爵夫人だって結婚するのはお断りだね。

おれはそういうふうに育ったんだし、自分ではどうしようもない。そうするもんだと母親にしこまれたんだからね。」

老婆はつぶやいた。「ルシネルはホテルってどんなものかも知らないよ。」それから、揺り椅子にすわったまま体を前にずらせた。「いいかね、ミスタ・シフトレット。あんたはずっと住める家と、深い井戸と、世界一無邪気な女の子を手に入れるんだよ。金なんかいるものかね。はっきり言っておくけど、ひとりぼっちで貧しくて、片腕しかない浮浪者には、ここよりほかに落ち着ける場所なんぞないよ。」

このあからさまな意地の悪い言葉は、樹のてっぺんにノスリの群れが住みついたように、ミスタ・シフトレットの頭の中にしっかりときざみこまれた。しばらくものが言えなかった。煙草を一本巻いて火をつけて、それからいつもとかわらない声で言った。「奥さん、人間は二つのものでできている。肉体と精神だ。」

老婆は歯ぐきを嚙みしめた。

男はくり返す。「肉体と精神だ。肉体は家のようなもんだ。どこにも行きはしない。

だがね、精神のほうは車みたいに、いつでも動いている。いつでも……」

「ミスタ・シフトレット、まあおききよ。うちの井戸は涸れたことがないし、この家は冬でもあったかい。ここのものはなにひとつ抵当に入ってはいない。役場にいって、自分で調べてみるといい。それにあそこの納屋にはりっぱな車もある。」老婆は慎重に餌を並べたてた。「土曜日までに車を塗りかえてもいいよ。塗料代は支払うから。」

冬眠中の蛇が火に迫られて目をさますように、暗がりのなかでミスタ・シフトレットはにやりとした。すぐに平静を取り戻すと、こう言った。「おれが言いたいのは、人間にはほかのなによりも精神が大事だってことさ。金がいくらかかろうと、結婚した週末には、花嫁をホテルに泊めてやらなくちゃ。おれは自分の精神がそうしろと命じるままに動くんだ。」

老婆はふきげんな声で言った。「十五ドル出すよ。それで週末旅行にいっておいで。これでせいいっぱいさ。」

「それっぽっちじゃ、ガソリン代と宿泊費にも足りないね。花嫁は食事もできないぜ。」

「十七ドル五十セント。それしかないんだから、もっとしぼり取ろうたって無駄だよ。お昼の弁当は作ってやるから。」

ミスタ・シフトレットは「しぼり取る」という言葉に深く傷ついた。老婆はベッドのマットレスに縫いこんだ金がもっとたくさんあるにきまっている。だが、初対面の時に自分のほうから、金に関心はないんだと言ってしまっている。「それでやりくりしてみるよ」とだけ言って、あとはもうやりあわず、すぐにその場を立ち去った。

土曜日に、三人は車で町に出かけた。車の塗装はまだ乾ききっていなかった。役場で結婚の届けをした。老婆が証人に立った。役場から出てくると、ミスタ・シフトレットはカラーをつけた首をしきりにひねった。まるでだれかに押さえられ、侮辱されたみたいにいらいらした顔をしている。「こんなの、全然不満だね。役場の女事務員がちょこちょこと済ましただけじゃないか。書類に書きこむのと、血液検査だけだ。やつらにおれの血のなにがわかる？　おれの心臓をえぐり取って切り裂いてみたって、やつらにはおれのことなんかなんにもわかりゃしないんだ。おれはあんなことじゃ満足できない。」

「法律上はあれで十分なんだからね。」老婆はするどく言い返した。

「へっ、法律か。」ミスタ・シフトレットはつばを吐いた。「おれは法律ってものが気にくわないんだ。」

車はダーク・グリーンに塗りかえてあった。窓のすぐ下の位置に黄色の帯がぐるりと取り巻いている。三人はフロント・シートに乗りこんだ。老婆は言う。「ルシネルはきれいじゃないか。赤ちゃん人形みたいだよ。」ルシネルは母親が古トランクの中から引っ張りだした白いドレスを着こみ、木製の赤いさくらんぼの束をつけたパナマ帽をかぶっている。おだやかな表情には時おり、砂漠にかすかに萌えて消える若草のように、ひそかで孤独な思いが浮かぶ。老婆は言う。「あんたは大当たりだよ。」

ミスタ・シフトレットはルシネルを見ようともしなかった。車で農園に戻った。老婆を降ろし、弁当を積みこむためだ。新婚夫婦が出発する段になって、老婆は車の窓ガラスを両手でつかみ、じっと中を見つめて動かない。目尻から涙がこぼれ、汚いしわをつたって流れおちた。「一日も別れているなんて、これまでなかったことだよ。」

ミスタ・シフトレットは車のエンジンをかけた。

「ほかの男にだったら決してこの子を渡しはしなかったよ。あんたなら大丈夫だと見込んだんだよ。行っておいで、かわいい子。」老婆は娘の白いドレスの袖をつかんだ。ルシネルはまっすぐ母親を見たが、そこにだれもいないような目つきだった。ミスタ・シフトレットは車を出し、老婆もそれ以上つかまっているわけにはいかなくなった。

その日の午後はからっと晴れ上がり、空は青かった。車は時速五十キロしか出なかったが、ミスタ・シフトレットはすごい急坂やら急カーブを頭のなかでつくり出してすっかりいい気分になり、午前中のふきげんさを忘れた。これまでずっと車がほしかったのだが、金がなくて買えなかったのだ。できるだけスピードをあげた。暗くなる前にモービルまで行っておきたかった。

時どき、車のことを考えるのをしばらくやめて、隣にいるルシネルを見た。農園の前庭を出るなり弁当を食べてしまったルシネルは、帽子の飾りのさくらんぼを一つずつむしっては、窓から投げ捨てている。それを見ると、車を運転している上きげんも忘れて、気がめいった。百六十キロばかり走ったところで、また腹がへったろうと見当をつけ、通りかかった小さい町にあるアルミ壁の食堂の前で車を停めた。店の名はホット・スポットだ。ルシネルをつれて入り、ハムとゆでたとうもろこしを注文してやった。車に乗っていたせいで眠くなったルシネルは、スツールにすわるなり、カウンターに頭をつけて目をとじた。ホット・スポットにはほかにだれもいなかった。ミスタ・シフトレットと、カウンターの内側にいる顔色の冴えない少年だけだ。その子は油じみたふきんを肩にかけている。料理ができる前に、ルシネルはぐっすり眠りこんでいた。

「目をさましたら食うように言ってくれ。支払っておくから。」ミスタ・シフトレットは少年に言った。

少年は眠る女の上にかがみこんで、長い桃色がかった金髪だの、半分閉じた目だのを眺めた。それから身をおこし、ミスタ・シフトレットに向かってこうつぶやいた。「このひと、天使みたいだ。」

ミスタ・シフトレットは説明した。「なに、ヒッチハイカーさ。おれは待っちゃいられない。タスカルーサまで行くんだから。」

少年はもう一度かがむと、指先でルシネルの金髪の一房にそっとさわった。ミスタ・

シフトレットは出ていった。

一人で運転しているうちに、まえよりもっと気が沈んできた。午後の気温はだんだん蒸し暑くなってきて、そのへんの地形は変哲もない真っ平らだ。空の奥ではごくゆっくりと、雷の音もたてずに、嵐が支度をしている気配だ。土地をからからに干しあげておいてから降るつもりらしい。一人じゃないほうがよかったと何度か思った。車をもっている者にはもたない人への責任があると感じてもいた。それでヒッチハイカーはいないかと、道ばたに注意していた。

時どき交通標語が目についた。「運転注意。生きのこるために。」せまい道路の両側は乾ききった野原で、ぽつんぽつんと整地した所もあり、そこには小さな家やガソリンスタンドが建っている。車は西日をまともに受けるようになった。フロントガラスごしに見る太陽は赤さを増してゆくボールのようで、すこし平べったく見える。オーバーオールを着て灰色の帽子をかぶった少年が道ばたに立っていたので、スピードを落としてその子の前に停めた。少年はべつに親指を立てて乗せてくれという意思表示をしてはいない。ただそこに立っていただけだが、足もとには厚紙製の小型スーツケースがあり、帽子のかぶりかたがはっきりと、いま家出をしてきたんだと語っていた。ミスタ・シフトレットは声をかけた。「おまえ、乗せてもらいたいんだろう。」乗りたいとも乗りたくないとも言わないまま、少年はドアをあけて車に入り、ミスタ・シフトレットはまた走りだした。その子はひざにかばんをのせ、その上で両腕を組んだ。相手から顔をそむけ、窓から外を見ている。ミスタ・シフトレットは気押される気がした。しばらくして声をかけた。「なあ、おれには世界一いいおふくろがいるんだ。だからおまえのおふくろは世界で二番めってことになる。」

少年は一瞬、暗い目で相手を見て、また窓のほうを向いた。

ミスタ・シフトレットは話し続ける。「男の子にとっちゃ、母親ほどいいものはないよな。祈ることを最初に教えてくれるのは母親だ。だれもかまってくれない時でも、母親だけはちがう。正しいことと、正しくないことの区別を教えてくれるのも母親さ。息子が正しいことをしたと、ちゃんとわかってくれる。おれはなあ、あの年とったおふくろを残して家を出た日をつくづく後悔するね。あの日のことが、これまでのおれの一生でいちばん悔やまれるよ。」

少年はすわったまま姿勢をかえたが、やはり相手のほうは見ようとしない。組んでいた腕をほどいて、片手をドアの取っ手にかけた。

「おれのおふくろは天使だった。」ミスタ・シフトレットはひどくわざとらしい声で言った。「神様が天国から与えてくれたそのおふくろを、おれは置き去りにしたんだ。」目が急に涙で曇った。車は停まってしまいそうだ。

少年はおこってふり向いた。「悪魔のところへいっちまえ。おれの母ちゃんなんぞ、だらしのないばばあさ。おまえの母ちゃんなんか臭いスカンクさ！」そう叫ぶなり、少年はかばんをもって車から外の溝へと飛び降りた。

ミスタ・シフトレットは強いショックを受けて、あいたドアもそのままで三十メートルばかり進んだ。少年の帽子とおなじ灰色の、かぶらのかたちをした雲が太陽をかくし、べつのもっとおそろしげな形の雲が、車の後ろから迫ってくる。この腐りきった世界が自分を呑み込もうとしている。ミスタ・シフトレットはそう感じた。片腕をあげ、それから胸に打ちつけて祈った。「おお主よ！　いますぐ現れて、堕落した者たちをこの世から洗い去ってください！」

かぶらのかたちの雲はゆっくりと降りてきた。何分かたつと、後ろから高笑いするような雷鳴が轟きわたり、缶詰のプルトップほどもある、信じられないくらい大きな雨粒が、ミスタ・シフトレットの車を襲ってきた。すばやくアクセルを踏みこむと、ミスタ・シフトレットは半分しかないほうの腕を窓から突きだし、激しい夕立と競争しながらモービルへといそいだ。

不意打ちの幸運

　ルビーはアパートの玄関を入ると、三号サイズの豆の缶詰を四個つめた紙袋をホールのテーブルに置いた。袋をかかえたままでは歩けないほど疲れて、その場にどさんと腰をおろした。かろうじてバランスを保つルビーの頭は、袋の上にはみ出した大きな赤っぽい野菜のようだ。テーブルの向こうにある、黄色い点々の出た暗い鏡をぼんやりと眺めた。右のほほにべたべたしたコラード（ケールの一種）の葉っぱがついている。こんなものをつけたままで帰り道を歩いてきたのか。いらいらして腕で葉っぱをはらうと、ルビーは立ち上がった。押し殺した怒りをこめて「コラード、コラード」とつぶやいた。立つと背が低くて、骨壺のように下がふくらんだ体型をしている。桑の実に似た赤紫色の髪をソーセージ型の巻き毛にしているのだが、暑さのせいと、食品店までの道が遠いのとで、いくつかがほどけて、それぞれとんでもない方向に突きだしている。「コラードの野菜料理なんて！」今度はその言葉を有毒な種みたいに、口から吐き捨てた。

　ルビーとビル・ヒルはここ五年というもの、コラードなんぞ食べてないし、今も料理する気はない。ルーファスのためにわざわざ買ってきたのだが、それも一度こっきりにしたい。二年軍隊に行ってたからって、ひどく偉くなったつもりで、食べたいものを並べたてるんだろうが、そう言いなりにはならないからね。なにか特別に食べたいものはときいてやったら、気のきいた料理を頼む才覚もなくて、コラードが食べたいだなんて。もうすこしましな人間に成長したかと思ったのに。相変わらず床拭きの雑巾同様なんだから。

ルーファスというのは弟で、ヨーロッパ戦域から帰還したばかりだ。二人が育ったピットマンの村がなくなってしまったので、ルーファスは姉のところへやってきた。ピットマンで暮らしていた人たちは全員、あんなところには住まないと決めるだけの分別をもっていた。死ぬか、それとも都会に引っ越すかしたのだ。フロリダからきた行商人のビル・B・ヒルと結婚して、ルビーは都会に出た。ピットマンがまだあったら、ルーファスはきっとあそこへ帰ったろう。ピットマンの道を歩くニワトリが一羽でも残っていたら、ルーファスはそのニワトリといっしょにいてやるためにあの村で暮らすだろう。だが、現に本人が目の前にいるのだ。まったく役立たずのでくのぼう。「あの子に会って五分とたたないうちにわかった」とビル・ヒルに言うと、夫は無表情なまま答えた。「おれは三分でわかったぜ。」こういう気質の夫に、ああいう気質の弟を見られるのはほんとうに情けない。

たぶん、どうしようもないのだろう。ルーファスはほかの兄弟たちとおなじだ。家族のなかでルビーだけがちがっていた。即興の才覚というものがあった。ルビーはハンドバッグからちびた鉛筆を出して紙袋に書いた。ビル、これを上まで運んで。それから覚悟を決めて階段に向かった。四階までのぼるのだ。

階段はこの建物の中心にあいた狭くて暗い裂け目で、チョコレート色のカーペットを敷いてある。床から自然に生えているみたいだ。ルビーにとって、階段は尖塔のように突き立っている気がする。まさにそびえ立っている。最下段に立ったとたん、階段はぐいとそびえ立ち、ルビーのためにわざわざいつもより急な傾斜をつくる。見上げるうちにルビーは口をまげ、しんからうんざりした表情になった。こんな階段をのぼるような体具合ではない。どこか病気なのだ。マダム・ゾリーダにそう言われる前から、自分でもおかしいと思っていた。

マダム・ゾリーダは手相見で、ハイウェイ八十七番地に住んでいる。「長くかかる病気ですね」と言った。それから、私にはわかっているけど、全部話したりはしませんよという思い入れたっぷりなささやき声でこう言った。「その病気のおかげで、思いがけない幸運がくるでしょう！」それからにやっと笑って椅子にもたれた。がっしりした体、緑色の目。その目は油をさしたようによく動くのだ。わざわざ言ってもらうまでもない。そんなことはルビーにもわかっていた。そのうち幸運がめぐってくる。それは引っ越しだ。ここ二カ月ばかり、やがて移転することになるとルビーは強く予感していた。ビル・ヒルはこれ以上引っ越しを延期するまい。ルビーを死なせたくないからだ。分譲地に住みたい——そう思いながら、手すりにつかまって体をかがめ、ルビーは階段をのぼりはじめた。ドラッグストアも食品店も映画館もすぐ近くにある分譲地がいい。いま住んでいる下町では、店屋のならぶ通りまで八ブロック、スーパー・マーケットまではもっと先だ。この五年間はそれほど不平も言わずにやってきたけど、まだ若いのに病気になってしまったのだから、これ以上ここに住めとは夫も言わないはずだ。ちゃんと目をつけている家がある。メドウクレスト・ハイツにある一棟二戸建てのバンガローで、黄色の日よけがついている。五段めで足を止めて息をついた。まだ若いのに——三十四歳だもの——五段くらいでへばるなんて。でも、気にしないことにしよう。エンストをおこすには若すぎる。

三十四歳だもの、老けたとは言えない。ルビーは思いだした。三十四歳のころの母親は、しなびきった黄色いりんごみたいだった。それも酸っぱいりんご。母親ときたらいつでも不機嫌で、なにもかも不満だという顔をしていた。いまの自分と、おなじ年齢の母親とをくらべてみる。母さんの髪は白髪まじりで灰色になっていた。私のは、染めないままでも白髪なんぞない。母さんが早く老けたのは子供たちのせいだ。八人も産んで。死産が二人。一人は生まれて一年足らずで死んだ。もう一人は草刈り機にひかれて死んだ。子供が死ぬたびに母さんは少しずつ死んでいった。あんなに早く老けこむなんて、なにさ。母さんはなんにも知らなかったからだ。無知のせいだ。正真正銘の無知！

それに二人の妹たち。結婚して四年のうちに、どっちも四人ずつ子供を産んだりして。なんで我慢できるのだろう？　いつでも医者通いで、医療器具でいじくりまわされて。母親がルーファスを産んだ時のことをルビーはおぼえている。兄弟姉妹の中でルビーだけが、赤ん坊が生まれるのに耐えられなかった。出産の騒ぎを避けようと、かんかん照りの夏の日、ひとりでメルジーまで二キロ歩いていって、映画館にすわりっぱなしで西部劇二本、ホラー映画一本、続きものを一本見て、それからまた歩いて帰った。帰ってみると出産はちょうど始まるところで、一晩中叫び声をきかされるはめになった。その時生まれたのがルーファスだ。まったく、あの子ときたら！　おまけに、大人になった今は、皿拭きの布巾ほどの値打ちもない。ルビーから見ると、ルーファスは生まれる前から、どこでもない所で待っていたみたいだ。じっと待っていて、母親を三十四歳の若さで老けこませてしまった。ルビーは階段の手すりをぎゅっとつかみ、頭を振りながらもう一段のぼった。まったくあの子にはがっかりさせられる。弟がヨーロッパ戦域から帰還することを、知り合いのみんなに話してまわった。ところが、やってきた弟ときたら、豚小屋から一度も外に出たことがないみたいに間が抜けているんだから。

おまけに老けて見える。十四歳も若いのに、ルビーよりも年上みたいだ。ルビーは年よりもずっと若く見える。三十四歳はまだ老ける年じゃないけど。それに私は結婚しているし。ルビーは結婚のことを思うとにっこりせずにはいられない。妹たちよりずっといい結婚をしたのだから。妹たちは実家の近所の人といっしょになった。「こんなに息切れがするなんて。」ルビーはまた足を止めてつぶやいた。しばらくすわることにした。階段は各階に二十八段ある。二十八段も。

腰を下ろしたルビーは、尻の下になにかがあるのを感じて飛び上がった。息をつめて、下にあるものを引っ張り出した。ハートレイ・ギルフィートの拳銃だった。長さ九インチのブリキ製のやつ。ハートレイは六歳で、五階に住んでいる。共用の階段におもちゃを置きっぱなしにするなんて、もし家の子だったらぎゅっというほど、何度でも叱りつけてやるのに。階段からころげ落ちてけがをしたかもしれないのに。あのばかな母親に言ってやったところで、どうせ放っておくに決まっている。あの母親のすることときたら、息子に向かっておおげさな声をあげ、まわりの人たちに息子がどんなに賢いかをしゃべりたてるだけなんだから。「あの子の父親が残した一粒種なんですよ！」死ぬ前に夫はこう言い残したのだそうだ。「おまえに与えてやれるのはあの子だけだ」って。その時あの母親はこう答えたそうだ。「ロッドマン、おまえさんは私に幸運をくれたんだよ！」だからそれ以来、息子のことをかわいい幸運ちゃんと呼んでいる。ルビーはつぶやいた。「あの子の幸運の座なんてぼろぼろにしてやりたい！」

のぼりかけの階段がシーソーのように上下に揺れだした。吐きたくない。もうあれはたくさんだ。いやだ。いやだ。吐いたりはしない。ルビーはじっと階段にすわってめまいと吐き気の収まるのを待った。いやだ。お医者にはぜったいかからない。お医者なんて、こっちが病院に行く気もないのにつかまえて、入院だとか言って閉じこめるんだから。自分の体は自分がいちばんよくわかる。私はずっとそれでやってきたんだ。病気で寝込むこともなく、歯を抜いたこともなく、子供も産まず、自分の力でやってきた。不注意だったら、今ごろは五人の子持ちになっていたところだ。

この息切れは心臓病のせいだろうかと、ルビーは何度か思ったものだ。階段を上がる時、たまに心臓のあたりが痛むことがある。病気になるなら心臓病がいい。お医者も心臓を切除するなんてできっこないから。私を病院につれていく気なら、頭をぶんなぐって気絶でもさせないかぎり無理だ。無理やり病院につれていかれないとして、もし死んだらどうする？

いいや、死ぬものか。

でも、もし死んだら？

この不吉な考えをルビーは振りはらった。まだ三十四歳だもの。体の調子がずっとおかしいなんてことは一度もない。ふとっているし、血色がいい。もう一度、三十四歳当時の母親と自分をくらべ、腕をつまんでみて、ルビーはにっこりした。父親のほうも母親のほうも、ごくめだたない人だったのに、それにしては自分はよくやってきた。両親は干からびたタイプだった。干からびた上に、ピットマンの村が両親にしみついて、もっと干からびさせた。両親とピットマンの村と、両方が干からびて縮んだあげく、かちかちになってしまった。私はそういう家と村の出身なんだ！　私みたいに活き活きした女が！　ルビーは手すりにつかまって身を起こし、ひとり笑いを浮かべた。私は暖かみがあって、たっぷりした美人だ。もちろん、ふとりすぎてはいない。ふとり気味のほうがビル・ヒルの好みに合うのだ。最近すこし体重がふえたが、ビルは気がつかない。あの人はこのごろ、なぜだかわからないけど、前よりも幸せそうにしている。ルビーは自分の完全さを感じた。完全なものが階段を上がってゆく。一階ぶんの階段を上がり終えて、満足して振り返った。ビル・ヒルがこの階段から落ちたら、さっそく引っ越すことになるだろう。だが、そんなことが起こるより前に引っ越す！　マダム・ゾリーダにはそれがわかっていた。ルビーは声をたてて笑い、二階のホールにさしかかった。ミスタ・ジェーガーの部屋のドアがいきなりあいて、どきっとさせられた。ああ、あの人だ。二階に住んでいる変人だ。

老人はホールを通るルビーをのぞいた。ドアから上半身を出して「こりゃどうも」と頭を下げて言った。「おはよう！」山羊みたいな顔をしている。レーズンくらいの小さな目で、あごひげを生やし、緑とも黒ともつかない上着を着ている。

「おはよう。お元気？」

老人は叫んだ。「元気だとも。こんなにいい天気じゃないか。」年は七十八歳。白かびが生えたような顔。午前中は研究をしてすごし、午後になると散歩で、歩道を行ったり来たりして、子供たちを引きとめて質問する。ホールに足音がするとドアをあけてのぞく。

「ええ、いい天気ね。」ルビーはだるそうに言った。

「今日は記念すべき誕生日なんだ。知ってるかね？」

「えーと」とルビー。この人ったら、いつでもこの手の質問をしてくる。だれも知らないような歴史上のことについてだ。質問しておいてから、そのことについて長い演説をする。高校で歴史の教師をしていたのだそうだ。

「あててごらん。」

「アブラハム・リンカーン。」ルビーは小声で言ってみた。

「はは、やる気がないな。ほら、もう一度。」

「ジョージ・ワシントン。」そう言いながら、ルビーはもう階段を上がりかけた。

「はずかしくないのかね！ あんたの旦那さんはフロリダ出身だってのに。フロリダ！ フロリダ！ 今日はフロリダの誕生日なんだよ。さあ、入りなさい。」老人は長い指でルビーをまねくと、室内に引っ込んだ。

階段を二段降りて、「もう行かなくちゃ」と言いながら、ルビーはドアからのぞきこんだ。その部屋は大きめの押入れくらいで、壁一面に各地方の建物の絵はがきが張ってある。それが広さの幻想を与えている。天井から下がる透明な電灯が一つ、ミスタ・ジェーガーと小さなテーブルを照らしている。

「さあ、これを見てごらん。」老人は本の上に身をかがめて、指で行を追う。「『一五一六年四月三日、復活祭の日曜日、彼はこの大陸のこの地点に到着した。』彼ってだれのことか、わかるかね？」

「ええ、クリストファ・コロンブス？」

「ポンス・デ・レオンだ！」老人は叫んだ。「ポンス・デ・レオン。あんた、フロリダのことを知っていなくちゃだめじゃないか。旦那さんはフロリダ出身なんだろう。」

「そう、マイアミ生まれ。テネシー生まれなんかじゃなく。」ルビーは言った。

「フロリダは高貴な州ではないがね、重要な州ではある。」ジェーガーさんは言う。

「そりゃ、重要な州でしょうよ。」

「ポンス・デ・レオンとはなにものか。あんた、知ってるかね？」

「フロリダの創立者。」ルビーはさっと答えた。

「スペイン人なんだ。その人がなにをさがしていたか、知っているかね？」

「フロリダをさがしてたんでしょう。」

「ポンス・デ・レオンは若さの泉をさがしていた。」ミスタ・ジェーガーはそう言って目をとじた。

「へえ」とルビーはつぶやく。

「その泉の水を飲むと、不断の若さを保つことができたそうだ。つまり、ポンス・デ・レオンはずっと若いままでいようとしたのさ。」

「その人、その泉を見つけた？」ルビーはたずねた。

ミスタ・ジェーガーは目をとじたまま、しばらく黙っていた。やがてこう言った。

「見つけたと思うかね？　その人が見つけたと思うのかね？　もしその人が見つけたとしたら、ほかの人はだれもそこへ行かないと思うかね？　その泉の水を飲まなかった人が、この世に一人でもいると思うかね？」

「考えたことない」とルビーは答えた。

「このごろは考えようとする人がいなくなったな。」ミスタ・ジェーガーはこぼした。

「私、もう行かなくちゃ。」

「その泉は見つかったのさ。」ミスタ・ジェーガーが言う。

「どこ？」とルビーがきく。

「おれはその水を飲んだんだ。」

「どこに行けばあるわけ？」ルビーは顔を寄せた。ミスタ・ジェーガーの体臭がした。

アメリカハゲタカの翼の下に鼻を突っ込んだみたいだ。

「おれの心の中に。」老人は片手を胸にあてた。

ルビーは身を起こした。「ああ、私、もう行かなくちゃ。弟が帰ってると思うし。」そう言いながらドアの敷居をまたいだ。

「旦那さんにきいてみるといい。今日が記念すべき日だと知っているかってね。」ミスタ・ジェーガーは愛想よく言った。

「ええ、そうします。」声に背を向けたルビーはドアがしまるのを待った。カチャッという音がしたので振り返り、ドアがしまったのを確かめてから、ほっと息をついて暗い階段に立ち向かった。「とほうもない、」と論評した。のぼるにつれて階段はますます暗く、けわしくなる。

五段上がると息切れがしてきた。あえぎながらさらに何段か上がり、そこで立ち止まった。お腹が痛む。なにかの塊がどこかを押しているような痛みだ。数日前にもおなじことがあった。いちばん心配なのがこの痛みだ。ガンという言葉を思いついたが、すぐうち消した。そんなおそろしいことがあっていいわけがない。今、おなじ痛みがして、またがんのことを思ったが、マダム・ゾリーダの預言を頼りに、その不安をまっぷたつに切って捨てた。この病気は幸運をまねくのだ。ルビーはもう一度、またもう一度と不安を切り捨てた。ようやく、その不安はきれぎれになって散っていった。つぎの階で休むことにしよう。ああ、まったく、そこまで行き着けるのだろうか？　着いたらラヴァーン・ワッツのところでおしゃべりをしよう。三階に住んでいる人で、仕事は足のウオノメ治療医の秘書。仲よしの友人だ。

三階にたどりつくと、ひざの中が炭酸水の気泡でいっぱいになったみたいにジンジンした。ルビーはラヴァーンの住まいのドアをハートレイ・ギルフィートの拳銃の握りでたたいた。ドアの外枠にもたれて息を入れているうち、まわりの床が突然落ちこんでいった。壁が真っ黒になり、体が空中でくるくる廻るようで、息ができない。墜落しそうな気がして、こわくてならない。ドアがあいたが、そこはずっと遠くて、立っているラヴァーンの姿が十センチくらいの高さに見える。

のっぽで麦わら色の髪のラヴァーンは、ドアをあけたとたんになんともこっけいなありさまに出くわしたといわんばかりに、腰のあたりをたたいてげらげら笑いだした。「拳銃なんかもって！」大声で叫んだ。「拳銃なんかもっちゃって。その顔はなによ！」ラヴァーンは笑いが止まらず、よろよろとソファに戻り、どさっと腰かけて両脚を腰より高く上げた。

床がせり上がってきてルビーの目に見えるようになり、まだぐらぐらするものの、消えてなくなりはしなくなった。集中して床を見つめながら、ルビーは足を踏み出した。部屋の向こう側に椅子がある。そこに見当を定めると、慎重に一歩一歩進んだ。

「あんたってば、西部もののショーにでも出演するわけ？　たいしたおどけものだ。」ラヴァーンが言った。

たどりついたルビーは椅子にかけ、かすれ声で「やめて」と言った。

ラヴァーンは身を乗り出してルビーを指さし、またソファに寝ころんで笑いはじめた。

ルビーが叫んだ。「やめて。やめてってば。気分が悪いのに。」

ラヴァーンは立ち上がると、二、三歩大股で部屋を横切った。身をかがめると、鍵穴からすかして見るように、片目でじっとルビーのようすを観察した。「顔が紫色になってる。」

「すごく気分が悪くて。」

ルビーを見つめていたラヴァーンは、やがて腕を組み、これ見よがしにお腹を突き出して、体を前後にゆすぶった。「拳銃なんか持って、なにしにきたの？　どこでそんなもの手に入れた？」

「拳銃の上にすわっちまったの。」ルビーがつぶやく。

ラヴァーンはお腹を突き出した姿勢のまま体をゆすっている。その顔にとても賢げな表情が浮かぶ。椅子にかけたルビーは前かがみになって、自分の足を見ている。部屋はひどく静かだ。ルビーはすわり直して足首をにらんだ。腫れあがっている！　またお決まりのせりふを頭の中でくりかえした。お医者になんかいかない。いってやるものか。

声に出してつぶやいた。「いくもんか、お医者になんか……」

「あんた、いつまでがんばるつもり？」ラヴァーンはそう言うとげらげら笑い出した。

「足首が腫れてる？」ルビーがきく。

「いつもとおなじだけど。」ラヴァーンはまたソファにどさっとすわった。「ちょっとふとったかな。」ソファのひじ掛けに足首をのせて左右に動かしている。「ねえ、この靴どう？」ギリギリスみたいな緑色で、かかとがひどく高くて細い。

「やっぱり腫れてると思う。」ルビーは言う。「三階までの階段を上がる時、とってもいやな気分になったんだ。まわり中が……」

「お医者にいけばいいのに。」

「お医者なんかに用はないもの。自分のことは自分でできる。ずっとそれでやってきたんだから。」

「ルーファスはいる？」

「しらない。生まれてこのかた、お医者にかかったことは一度もないんだから。私はずっと――どうして？」

「どうしてってなにが？」

「どうしてルーファスのことを？」

「あの子、かわいいじゃない。この靴を見せて感想をきいてみたい。」

ルビーはこわい顔をしてすわり直した。顔がピンクと紫のまだらになっている。「なんだってルーファスに？　まだほんの子供なのに。」ラヴァーンは三十歳だ。「あの子、女の靴なんかに興味ないわ。」

ラヴァーンは靴を片方脱いで中を見た。「九サイズのB。中になにがあるか、あの子はきっと知りたいだろうと思うな。」

ルビーは言う。「あの子はまだ子供だってば。あんたの足を眺めてるひまなんかないでしょ。そういうことに使う時間はないの。」

「時間はたっぷりあるくせに。」ラヴァーンが言う。

「まあね。」ルビーはルーファスのようすをはっきり思い出した。たっぷり時間をかけて待っている。生まれる前の、どこでもない場所で。母親をあんなに老い込ませるのをじっと待っている。

「あんた、やっぱり足首が腫れてるみたいね。」ラヴァーンが言う。

「そう。」ルビーは足首を動かしてみる。「そうなんだ。靴がきつい感じ。階段を上がってくる時、ひどく気分がわるくなってね。息切れがして、体じゅうがつまったみたいで。なんだかとっても——いやな気分。」

「お医者にいくことよ。」

「いや、いかない。」

「いったことある?」

「十歳の時、人につれていかれたけど、逃げて帰ったの。大人三人かかっても無駄だった。」

「その時はどこがわるかった?」

「あんた、なんでそんなふうにして私を見るの?」

「どんなふうに?」

「そのかっこうのこと。お腹を突き出してさ。」

「その時どこがわるかったかってきいてるだけよ。」

「ねぶとができたの。近所にいた黒人女が教えてくれた通りにやったら、ちゃんと直ったんだから。」ルビーは椅子に浅く掛け直して、なにもかもうまくいった頃のことをじっと思いだすふうだった。

ラヴァーンはおかしな身振りで部屋中を踊りまわった。ひざを曲げて二、三歩進み、それから後ろに戻って、片足をゆっくり、つらそうに蹴りだし、立つ足の位置に戻す。踊りながらしわがれた大声で、目をぎょろつかせて歌い出した。「アルファベットを踊りましょう。Mで、Oで、Tで、Hで、Eで、R! ほらできました、**は**、**は**、**お**、**や**、と!」それから両腕をひろげ、舞台の上を気どって挨拶した。

ルビーは言葉もなくあんぐり口をあけた。きつい表情は消えた。体の動きがすっかり止まっていたが、やがてぱっと立ち上がって叫んだ。「ちがう。私はちがう！」ラヴァーンは動くのをやめて、賢い表情でルビーを見た。

ルビーは叫んでいる。「ちがうってば！　私はそんなことにはならないからね。ビル・ヒルが気をつけてるもの！　ビル・ヒルはちゃんとやってる！　あの人、五年も続けてるんだから！　妊娠なんてするはずないんだ！」

「ビル・ヒルさんはね、四、五カ月まえにちょっとしくじったの。ちょっとしたまちがい。」

「なんにもしらないくせに。あんたなんか、結婚もしてないじゃないさ。男と寝たことも……」

「ひとりじゃなさそうね。きっと双子なんだ。早くお医者にいって、何人か確かめたら？」

「ちがうったら！」ルビーは金切り声で叫んだ。この人ったらりこうぶってなにさ！　病人が目の前にいてもわからないし、なにをするかといえば自分の足なんか眺めて、ルーファスに見せたいなんて。よく言うよ、ルーファスに見せるなんて。あの子はまだ子供だし、私は三十四歳なんだ。「ルーファスはただの子供なのに！」ルビーは声に出して嘆いた。

「そうすると子供が二人になる！」ラヴァーンが言う。

「そんな言いかたやめて！　すぐやめなさい！　子供なんか産まないからね！」

「アハハ」とラヴァーン。

「よくもそんなに、なんでもわかってるつもりになれるもんだ。あんた独り者でしょ。私が独り者だったら、結婚してる人に向かってそういうことをあれこれ言ったりはしないのに。」

「足首だけじゃなくて、あんた、体じゅうふくれてます。」

「こんな所にいて笑いものになるのはもうたくさん。」ルビーは注意深くドアに向かった。背筋をしっかり伸ばし、腹のあたりを見たいくせにわざと目をそらせていた。

「親子そろって、明日は気分がよくなるようにね。」ラヴァーンが言う。

「明日は心臓のぐあいがよくなってもらいたいわ。だけど、もうじき引っ越すつもり。こんなひどい階段を、心臓病をかかえて上がれるもんじゃないから。それに……」ルビーは威厳をこめて相手をにらんだ。「ルーファスはね、あんたの大きい足になんか興味ないからね。」

「その拳銃を早いところ始末したらどう？　だれかを撃ったりしないうちに。」ラヴァーンが言った。

　力をこめてドアをしめると、ルビーはいそいで自分の体を見まわした。たしかにお腹が出ている。だけど、ウェストがふといのは以前からのことだ。ほかのところにくらべて特にせり出しているわけではない。中年になって、いくらか体重が増えれば自然にそうなるし、ビル・ヒルは私がふとっても気にしない。むしろ、ふとるほうがうれしいみたいだ。ビル・ヒルの幸福そうな馬づらが目に浮かぶ。私を見てにっこりして、その笑いが目からだんだん下のほうに伝わって、歯まできた時とても幸せそうな顔になる。あの人が失敗なんかするわけがない。ルビーはスカートをこすった。ぴっちり張っている。でも、以前にもたしかこんなふうだったことがある。このスカートは――これはめったにはかないタイト・スカートだ。このかたちのは普段ほとんど着ない。たっぷりしたかたちのばかりだ。もっとも、ゆるすぎるものじゃないけど。でも、それは大して関係ない。ただふとっただけのことだ。

お腹に指をあててぎゅっと押し、すぐ離した。ゆっくりと階段へ向かった。足の下で床が動くような気がする。階段にかかった。すぐにあの痛みが戻ってきた。最初の一段で。「やだ。」ルビーは泣き声をあげた。「やだ。」ほんのちょっとした感じにすぎない。お腹の中の小さな一部分が動いているだけなのだが、息がつまった。自分の内臓が動くなんてことはない。「一段。たった一段なのに、こうなる。」まさかガンなんてことはないはずだ。終いには幸運がくるって、そうマダム・ゾリーダが言っていた。ルビーは泣きながらつぶやいた。「一段だけでこうなるなんて。」ぼんやりした頭で、自分ではじっと立っているつもりのまま何段か上がった。六段めで急にすわりこんだ。手すりから離れた手を床についた。

「いやだーー。」ルビーは手すりの支柱のあいだから丸ぽちゃの赤ら顔を突き出した。井戸のように下に落ちこんでいる階段中央の空間を見下ろし、長々と嘆きの声をあげた。その声はあたりに拡がり、下に落ちてゆきながらこだました。たて穴のような階段は暗緑色とチョコレート色から成り、底までとどいた嘆きの声はまた返ってきた。ルビーはあえいで目をとじた。ちがう。ちがう。赤ん坊なんかじゃない。胎内で母親が老け込むのを待ちかまえているものなんぞまっぴらだ。ビル・ヒルがやりそこなったなんて、そんなはずはない。用具は保証付きだって言ってたし、これまでずっとそれで大丈夫だったんだし、妊娠なんかするわけはない。ルビーは身ぶるいしてしっかり口をおさえた。顔にしわが寄ったような気がする。死産が二人、生後一年たらずで死んだ子が一人、しなびた黄色いりんごみたいにひかれて死んだ子が一人、まだ三十四歳だっていうのに老けこんでしまって。マダム・ゾリーダは、老けこんで終わりになるとは言わなかった。こう言ったんだ、最後には不意打ちの幸運がありますよって。引っ越し。あの占い師は、突然のいい引っ越しが結末だと預言したんだ。

落ち着きが戻ってくるのを感じた。やがて、いつもとほとんど変わらなくなった。あんなに簡単に取り乱すのじゃなかった。お腹で動くのはガスなんだ。マダム・ゾリーダの預言は当たらなかったためしがない。あの人には先が見える……

ルビーは飛び上がった。階段の洞穴の底でどんと音がして、それから階段を踏み鳴らしてだれかが駆け上がってくる。こんな上のほうまでぐらぐら揺れる。手すりのあいだからのぞくと、ハートレイ・ギルフィートだ。二丁の拳銃をかまえ、すごい勢いで駆け上がってくる。すると上の階から声が落ちてきた。「ハートレイ、静かにしなさい！家じゅうが揺れてますよ。」だが子供は平気なものだ。最初の踊り場をまわるのにひときわ大きな音をたてる。ミスタ・ジェーガーの部屋のドアがあくのが見えた。老人が現れて、目の前を風のように通り過ぎるシャツをつかむ。甲高い声が「放せよ、老いぼれ山羊の先公！」と叫び、老人の手を振りきる。足音はルビーのいるすぐ下まで迫り、攻撃的なシマリスの顔がルビーに突き当たり、頭を抜けて突進し、一直線にどこまでも進んで、暗黒の中で小さくなってゆく。

われにかえると、ルビーは階段にすわったまま手すりの支柱をにぎりしめていた。ほんの少しずつ呼吸が戻ってきて、階段がシーソーのように揺れるのも収まった。目をあけて、階段のくらい洞穴を見下ろした。ずっと前に上がりはじめたあの階段の、いちばん底まで。「幸運て、」うつろな声が各階にこだました。「赤ん坊のこと。」

「幸運て――赤ん坊のこと。」こだまが意地悪く返ってきた。

ルビーはまた、例の動きを感じた。小さな動き。自分のお腹の中ではない所だ、とルビーは思った。そのものはどこかわからない、どこでもない所にいて、時間の余裕をもって、あわてずゆっくり、しかもじっと待ちかまえているような気がした。

週末の滞在中、二人の少女はおたがいに一の宮、二の宮と呼び合っていた。それを言うたびに真っ赤になって、体がふるえるほどゲラゲラ笑うので、はっきり言って不器量にみえる。そばかすのあるジョアンのほうはなおさらだ。二人は茶色の制服を着てやってきた。聖スコラスティカ山修道院付属女子中学・高校では制服着用が規則だ。だが、到着するなり二人の女子中学生は、スーツケースをあけて制服をぬぎ、赤いスカートと派手なブラウスに着替えた。口紅を塗り、よそゆきの靴に履き替え、家中をハイヒールで歩きまわった。ホールにある大きな鏡の前にくると歩く速度を急におとして、自分の脚のかたちを眺める。二人はまねかれた家の女の子をまったく相手にしなかった。一人でお客にきたとしたら、きっと遊んでくれたのだろう。だが、二人できたのだからしかたがない。子供は仲間はずれになって、お客のすることをうさんくさそうに遠くから見ていた。

二人は十四歳で、女の子より二歳年上だが、どっちもあまり頭がよくない。だから修道院付属の学校に入れられたのだ。女の子の母親が言っていた。あの子たちが普通校にいってたら、男の子のことばかり考えてなんにも手につかなかったでしょうよ。修道院ではシスターがしっかり監督するからね。何時間かお客を観察したあげく、女の子は結論を出した。二人ともまったくの低脳。親戚といっても遠いまたいとこだから、あのばかさ加減があたしに遺伝していなくて助かった、と思った。スーザンは自分の名前をスウーザンと発音する。ひどくやせているが、赤毛であごのとがったかわいい顔だ。ジョアンのほうは生まれつきカールした黄色の髪で、鼻声でしゃべる。笑うと顔が紫色になる。どっちもつまらないことしか言わない。なにか話す時には決まって「あのさあ、つきあってる男の子がさあ、こないだねえ……」と切りだす。

二人は週末いっぱい滞在する予定だ。招いた側の母親は、おもてなしに同年輩の男の子を呼んであげたいけれど、あいにく知り合いがなくてねえ、と言った。女の子は突然いいことを思いついて叫んだ。「チートがいるじゃない！　チートを呼べばいい！　チートにきてもらって、お客さんを案内してもらうのよ！　ミス・カービーに迎えにいってもらって！」口に食べものを入れたままだったので、女の子はむせかえった。体を二つ折りにして笑いこけ、こぶしでテーブルを打ち、お客二人があっけにとられているようすを眺めた。笑いすぎて涙があふれ出し、太ったほほをぬらした。歯列矯正のブリッジが口の中でブリキみたいに光った。こんなおかしいことを思いついたのははじめてだ。

母親も控えめに笑い、ミス・カービーは顔を赤らめて、グリーンピースを一個のせたフォークを優雅に口にはこんだ。面長で金髪のこの人は学校の教師で、親子の家に下宿している。チート、つまりミスタ・チータムは裕福な農家の老人で、ミス・カービーに熱を上げていて、毎土曜日の午後に訪ねてくる。ベビーブルーの十五年前のポンティアックに乗ってくる。車は赤土の埃まみれで、中は黒人でぎっしりだ。一人十セントの料金を取って町まで送ってやる。みんなを町で降ろし、その帰りにミス・カービーを訪ねてくる。いつでもちょっとした贈りものをもってくる。ゆでたピーナッツ一袋とか、西瓜を一個とか、サトウキビ一束とか。ベビー・ルース・キャンディー・バーの特売品の大箱をもってきたこともある。さび色の髪が周りにわずかに残るはげ頭で、土の道とおなじような色の顔には、やはり土の道に似てタイヤの跡のようなしわがある。薄緑に細い黒の縞のシャツに青のズボン吊り。太鼓腹をしめつけるズボンのウェストのあたりを、太い親指で時どきそっと押す。歯にはひとつ残らず金冠をかぶせてある。ミス・カービーを眺めておどけたように目をぐるぐるさせ、「はっはっは」と声を出す。深靴の爪先を外に向け、両脚をひろげてポーチのぶらんこに腰を据えるのだ。

「この週末、チートは町に行かないと思いますよ。」そう言うミス・カービーは、これが冗談だとは全然気づいていない。それがまたおかしくて、女の子はあらためて笑いだし、椅子にのけぞった。そのはずみで落っこちて床にのび、まだヒーヒー笑っている。ばか笑いをやめないならあっちに行きなさい、と母親が叱った。

修道院のあるメイヴィルまでは七十キロあまりある。母親は前日にアロンゾ・マイヤーズに頼んで、週末の泊まり客として招待した二人の女子生徒を車で迎えにいってもらった。日曜の午後にはまた送ってもらうことに決めてある。体重百キロをこえるアロンゾは十八歳。タクシーの運転手で、どこかへ出かけるにはこの人に頼むしかない。黒くて短い葉巻を、吸うというよりは嚙むのだ。汗びっしょりの太った胸が黄色いナイロンのシャツからのぞいている。アロンゾの車に乗る時には窓を全部あけずにはいられない。

「アロンゾがいるじゃない！」女の子は床にころがったまま叫んだ。「アロンゾを呼んで、案内してもらったらいい！　アロンゾがいい！」

アロンゾの車できた二人は憤慨の声をあげた。

母親は内心、いい冗談だと思いはしたが、「もういいかげんにしなさい」と言って話題をかえた。なぜお互いに一の宮、二の宮って呼び合うの？　そうきかれた二人はひとしきりゲラゲラ笑ったあげく、やっとのことでわけを話した。シスター・パーペチュアが講話をしたの。メイヴィルの慈愛修道会でいちばん年長の修道女なのね。もしも若い男性が——そこで笑いの発作が起こって、二人はそれ以上つづけられなくなった。あんまり笑ったので、もう一度はじめからやりなおすほかなくなった。——もしも若い男性が——二人は頭をひざにつけた——女性はどうふるまうべきか——二人は終いに声をしぼりだした——万一、若い男性が車の後部座席で紳士らしくない行為をしようとした場合は、こう言いなさいって。〈やめてください。私は聖霊のやどる宮です!〉そうすれば相手は必ずやめるでしょうって。女の子は床にすわったままぽかんとしていた。なにがそんなにおかしいんだろう。ミスタ・チータムやアロンゾ・マイヤーズがこの二人にべたべたするのを想像するほうがよっぽどおかしいのに。思っただけで死にそうにおかしい。

母親は二人の話をきいてもにこりともせず、こう言った。「あんたたちってばかさんね。ほんとうにシスターの言うとおりなのよ。あんたたちはね、聖霊の宮なんです。」

礼儀正しく笑いをおさえながら、二人は母親の顔を見上げた。びっくりした顔をしている。シスター・パーペチュアとそっくりおなじ考えの人がここにもいるということが、どうやらわかりはじめたらしい。

ミス・カービーは硬い表情を保っている。この人にはどうせなにもわからないんだ、と女の子は思った。あたしは聖霊の宮。声に出さないで言ってみた。うん、なかなかいい言葉じゃない。だれかに贈りものをもらったみたいな気分。

夕食がすむと、母親はぐったりしてベッドに倒れこんだ。「あの子たちの相手をしていると、こっちまでおかしくなりそう。おもしろがるようなことをなにか見つけなくちゃ。ほんと、やりきれないわ。」

「いい人がいるじゃないの。」女の子がまたはじめた。

母親がさえぎった。「あのね、ミスタ・チータムの話ならもうたくさん。あんなこと言ってミス・カービーを困らせて。あの人のたった一人の友達なんですよ。」母親は起きあがって悲しげに窓の外を見た。「あの人はほんとに孤独なんだから。ミスタ・チータムの、あのひどい臭いのする車にだって乗りかねないくらい。」

女の子は考えた。そう、ミス・カービーだって聖霊のやどる宮なんだ。「ミスタ・チータムじゃなくて、ウィルキンズのとこのウェンデルとコリーよ。ブッチェルばあさんの農園にきているでしょ。孫なのよ。農園の仕事を手伝っているんだって。」

「あ、それはいい考えね。」母親は女の子を頼もしそうに見たが、やがてまた肩を落とした。「でも、ただのいなか者よね。あの女子中学生たち、どうせ相手にしないわよ。」

女の子は太鼓判を押す。「だいじょうぶ。ともかく男の子なんだから。十六歳だし、車ももってるし。なんでも、二人とも『神の教会』の説教師になるつもりだそうよ。なんにも知らなくてもなれるんだって。」

「そんなら二人をまかせても安心ね。」母親はすぐにブッチェルばあさんに電話をかけた。半時間も話しこんだあげく、ウェンデルとコリーに食事をしにきてもらい、そのあと女子中学生を共進会のお祭りにつれていってもらう約束を取りつけた。

スーザンとジョアンはとてもよろこんで、髪を洗ってアルミのヘア・カーラーで巻いてセットした。ベッドにあぐらをかいた女の子は、二人がカーラーをはずすのを眺めながら、ははん、ウェンデルとコリーなんて、会わないうちが花だよ、と思っていた。

「きっと好きになるわ。ウェンデルは百八十センチ、コリーは百九十五センチもあるの。髪が黒くて、スポーツ・ジャケットを着ていて、車のフロントガラスにりすの尻尾をつけているの。」

「あんたみたいな子供が、なんで男のことをそんなに知ってるわけ?」そう言いながらスーザンは鏡に顔を寄せ、目を大きくあけて見ている。

女の子はベッドにあお向けになり、天井板を数えはじめた。そのうちどこまで数えたかわからなくなった。心の中でぶつぶつつぶやいていた。もちろん、あの連中のことならよく知ってるに決まってるじゃない。世界大戦をいっしょに戦った仲間だもの。二人ともあたしの部下で、日本軍の神風攻撃から五回もあたしが助けてやったんだから。この子はおれと結婚するんだってウェンデルが言ったら、もう一人のほうが、いや、おれと結婚するんだってがんばってさ。それであたしが、どっちとも結婚なんかするもんか。二人とも軍法会議にかけてやるって言ってやったんだ。ただし、声に出して言ったのは「このへんでよく見かけるだけよ」と、それだけにしておいた。

二人がやってくると、女子中学生は一目見ただけで笑いだし、自分たちだけで附属中学のことばかり話しこむ。女子中学生のほうはぶらんこに並んですわり、ウェンデルとコリーはポーチの階段に腰かけている。ひざが肩の高さにくるようなぶざまなすわりかたで、猿のように両腕をだらりと下げている。二人ともやせて背が低く、赤ら顔でほほ骨が出っ張っていて、目はなにかの種みたいに小さくて色が薄い。ハーモニカとギターをもってきている。少女たちのようすをうかがいながら、片方がそっとハーモニカを吹きはじめた。もう一人もギターを軽く弾きながら歌いだしたが、少女たちのほうは見ようとせず、顔を空に向けて、自分の歌にしか関心がないようなふりをしている。歌はカントリー・ソングだが、ラブ・ソングのようでもあり、賛美歌のようでもある。

この家の女の子のほうは、目の高さにポーチの床がくるように、そばの藪に置いたたるの上に乗っている。日は沈みかけ、空は打ち身みたいな紫色になってきて、音楽の甘い悲しげな調べにふさわしい。ウェンデルは歌いながらにっこりして、少女たちのほうに目を向けはじめた。犬のように忠実な愛情を浮かべた表情でスーザンを見ながら歌った。

「わが魂のしたいまつる
イエス君のうるわしさよ
あしたの星か、谷の百合か
なにになぞらえて歌わん」

（『賛美歌』五一二番、日本基督教団出版部）

それから、おなじ表情を今度はジョアンに向けて歌った。

「なやめる時のわがなぐさめ
さびしき日のわが友
きみは谷の百合、あしたの星
うつし世にたぐいもなし」

（おなじ賛美歌の第二連）

二人の少女は顔を見合わせ、口をぎゅっと引きしめて笑いをこらえた。スーザンのほうが我慢できなくなって笑ってしまい、あわてて口をおさえた。歌い手は眉をしかめ、しばらくギターだけ弾いていた。それから、やはり賛美歌の「古い十字架」を歌い出し、今度は少女たちもお行儀よくきいた。それが終わるなり、「今度はこっちの番！」と宣言して、ウェンデルが歌うのをさえぎり、修道院付属校仕込みのみごとな歌いぶりを披露しはじめた。

「タントゥム　エルゴ　サクラメントゥム

ヴェネレムル　チェルヌイ
エト　アンティクウム　ドクメントゥム
ノヴォ　チェダト　リトゥイ」
〔かくも偉大な秘跡を
　伏して拝もう。
いにしえの式は過ぎ去って
　新しい祭式はできた。〕

まじめな顔をしていた少年たちが、これはもしかしたらからかわれているのかもしれないと、眉をしかめる。そのようすを女の子はたるの上でじっと見ていた。

「プレステト　フィデス　スップレメントゥム
センスウム　デフェクトゥイ
ジェニトリ　ジェニトクゥエ
ラウス　エト　ユビラツィオ

サルス　ホノル　ヴィルトゥス　クゥオクゥエ……」

〔願わくは信仰が
　五官の不足を補うように。
　父と子に
　　賛美と喜びとあれ。
　また栄えと誉れと力と……〕

灰色がかった紫の夕焼けを受けて、少年たちの顔は暗く赤らんだ。びっくりして、おこっているようだ。

「スィト　エト　ベネディクティオ
プロチェデンティ　アブ　ウトロクゥエ
コムパル　スィト　ラウダツィオ
　　　　　アーメン」

〔……祝福も。
二位から出で給う聖霊も
またともに賛えられ給え。
アーメン〕

（光明社刊『カトリック聖歌集』より）


最後の「アーメン」を長々と引っぱって歌いおさめると、後はしばらくしーんとした。「ユダヤの歌かなんかだな」とウェンデルが言って、ギターの音程を合わせはじめた。少女たちはばかみたいにくすくす笑い、いっぽう、たるの上の女の子はどんどん足を踏み鳴らしてどなった。「薄のろやーい！『神の教会』の大ばかものやーい！」すぐにたるから飛び降りると、女の子はすばやく家のかどをまわって姿を消した。少年たちは手すりから飛び降りて声の主をさがしたが、間にあわなかった。

母親はお客のために裏庭で夕食を出すことにした。ガーデン・パーティーのたびに引っ張り出す日本製のちょうちんをいくつもつるした下に食卓を準備させた。「あいつらといっしょに食べるなんていやだからね。」女の子はそう言って自分の皿を取り、台所に運んで、歯茎の色のわるいやせた料理人といっしょに夕食を食べた。

「なにが気に入らないわけ？」料理人がきいた。

「あの連中があんまりばかだから。」女の子は言った。

木々の葉は、ちょうちんの灯のあるあたりはオレンジ色に光り、もっと上のほうは暗い緑色で、灯の下のほうはやわらかい色に染まっている。そのせいでテーブルについた少女たちは実物よりもきれいに見える。女の子は時どき顔をあげて、台所の窓から外のようすを見おろした。

料理人は言った。「そんなにりこうぶってると、いまに神様が罰を下して、見えずきこえず、口もきけないようになるよ。そうなったらもう、りこうでなんかいられなくなるんだから。」

「そうなったって、だれかさんよりはまだましだからね」と女の子は言った。

夕食後、四人はお祭りに出かけた。女の子はお祭りには行きたいものの、あいつらといっしょはごめんだった。誘われたって行ってやるものか。二階に行き、両手を後ろに組んで頭を前に突きだし、細長い寝室を行ったりきたりした。凶暴でいながら夢をみているような顔つきをしている。電気をつけず、暗くなるままにしているので、寝室はせまく小ぢんまりして見える。決まった間隔をおいて、なにかの明かりが開けたままの窓にさし、壁に影を落とす。足をとめて暗い斜面を見下ろすと、銀色に光る池が見えた。その先を森がさえぎり、さらに遠くの星空には、長い光が一筋のび、沈んだ太陽をさがすようにぐるりとまわって消えていった。お祭りの場所を示すサーチライトだ。

遠くから蒸気オルガンの音がきこえるような気がする。きらきらする金色の明かりの中に並び立つテント、空高く昇っていってはまた降りてくる、ダイヤモンドの指輪のようなフェリス観覧車、きしみながら地面をぐるぐるまわるメリー・ゴー・ラウンドのうすが頭に浮かぶ。お祭りは五、六日つづき、期間中には小学生のための午後とか、黒人のための夜が組みこまれる。去年は小学生のための午後の時に行った。猿を見て、すごく太った人を見て、それから観覧車に乗った。閉めてあるテントがいくつかあった。成人にかぎるのだそうだ。そういうテントの看板をじっくり眺めた。色あせた看板にはタイツを着た人たちの姿が描いてあった。緊張と落ち着きを示す表情だ。ローマの兵士に舌を切断されるのを待つ殉教者の顔を思わせた。閉まっているテントの中身はきっと医学関係なんだと想像し、大きくなったらお医者になろうと決心した。

一年たったいまは気がかわって、エンジニアになることに決めている。だが、太くなったり短くなったりしながら弧を描くサーチライトを窓から眺めているうちに、お医者やエンジニアなんかよりもっとりっぱな人にならなくちゃ、という気がしてきた。聖者がいい。それこそ、知るかぎりのすべてをふくむ仕事だ。それでも、あたしは聖者にはなれない。それはわかっている。盗みも殺人もしたことはないけれど、あたしは生まれつきの嘘つきだし、怠けものだし、母さんに生意気な口をきくし、だれかれかまわず、わざと意地悪くするし。それに、いちばん悪いとされる傲慢の罪に取りつかれている。

卒業式の時学校にきて説教したバプティスト派の牧師をからかったりした。口をゆがめ、苦しそうに額に手をやって「おお、父なる神《かあーみ》よ、感謝を捧げます」と、牧師の口調と身振りをそっくりまねてやった。そんなことをしてはいけないと何度も注意されていたのに。聖者にはとてもなれないだろう。でも、手早く殺してくれるなら、殉教者にはなれそうな気がする。

じっと立って撃たれることはできそう。でも、油で煮られるのはいやだ。ライオンに引き裂かれるのは我慢できるだろうか？　殉教する場面を想像してみた。タイツを着て大きな競技場に引きだされている。初期キリスト教徒たちが檻に閉じこめられたまま火に焼かれ、その金色の明かりがライオンとあたしを照らしだす。先頭のライオンが飛びかかってくるが、あたしの足もとでひれ伏して悔い改める。ライオンどもはつぎつぎにやってきては、おなじことをくり返す。ライオンはみんなあたしを好きになって、いっしょに眠る。しかたがないのでローマ人はあたしを火あぶりにする。ところがどうしても燃えない。なかなか殺せないので、ついに一太刀で首をはねる。あたしは天国に直行する。女の子はこの想像を何度かくり返した。天国の入り口についたところで、またライオンのいる競技場にもどってくる。

やがて窓をはなれると、寝るしたくをして、祈りをとなえないでベッドにもぐった。寝室にはどっしりしたダブルベッドが二つある。お客の二人が使っているベッドに、なにか冷たくてぬるぬるしたものを隠しておいてやろうと考えたが、うまくいかない。死んだニワトリとか、なまの牛のレバーとか、思いつきはするが、そういうものはすぐには手に入らないし。蒸気オルガンの音が窓から入ってきて寝つけない。祈りをしなかったことを思いだした。起きあがって床にひざをつき、祈りはじめた。早口でとなえ、「使徒信条」の半ばをすぎたあたりで、放心してベッドにあごをのせた。この女の子の祈りは思いだした時だけで、だいたいがおざなりだ。なにかよくないことをしたり、音楽に感動したり、なくしものをしたりした時、そしてたまにはなんの理由もなく、熱烈な思いに駆られて、カルヴァリの丘にむかうイエス、重い十字架を負って三度倒れたイエスのことを熱烈に思うのだった。この十字架の道行きをたどっているうちに頭がからっぽになり、ふと気がつくと、まったくちがうことを考えている。犬だの、知っている女の子だの、いつかやろうと思っていることだの。今夜はウェンデルとコリーのことを思いだして、感謝とよろこびのあまり泣きそうになった。「主よ、主よ、感謝いたします。『神の教会』に私が入っていないことを感謝いたします!」立ちあがってベッドに入ってからもずっとそれをくりかえして、やがて眠ってしまった。

女子中学生が帰ってきたのは十二時まえだった。例のくすくす笑いで女の子は目がさめた。青い覆いのついた電気スタンドをつけて着替えをしているところで、壁から天井にやせた体の影がうつり、しきりに動いていた。起きあがった女の子は、お祭りでなにを見たか、ぜんぶ話してとたのんだ。スーザンは安もののキャンディーが入ったプラスティックのピストル、ジョアンは赤い水玉模様の猫をもって帰っていた。猫はボール紙製だ。「ねえ、猿が踊るのを見た？　デブ男と小人は？」

「変なのがいろいろいた。」ジョアンは今度はスーザンに向かって言った。「みんなおもしろかったけど、私、あれだけはいやだ。ね、わかるよね。」そこでなんともいえない表情をした。なにかにかぶりついたが、それを好きともきらいとも決めかねているような顔だ。

スーザンは着替えを中断して賛成の身振りを示し、それから女の子に向かって軽くうなずいた。「子供にきかれちゃまずいでしょ。」声を落として言ったのだが、ちゃんときとめた女の子は胸がどきどきした。

ベッドを出て、向こうのベッドの裾板によじ登った。二人は明かりを消して横になったが、女の子は動かない。目をこらすうちに、闇の中で二人の顔がかすかに見えてきた。女の子は口をきった。「年は下でも、あたしのほうが百万倍もりこうなんだからね。」「あんたの年じゃわからないことだってあるの。」スーザンがそう言うと、二人はまたくすくす笑いはじめた。

「あっちにもどりなさいよ。」ジョアンが言った。

女の子は動かない。「まえにね」と切りだした。闇の中で声がうつろに響いた。「あたし、ウサギがお産するのを見たことがある。」

沈黙がしばらく続いた。やがてスーザンが無関心をよそおって「それで？」ときいた。うまく引っかけてやった、と女の子は思った。そっちが隠していることを話すならね、とがんばった。ほんとうはウサギのお産など見たことはない。だが、二人がテントの中で見たものの話をはじめると、そんなことは忘れてしまった。

なにかちゃんと名前のついた奇形なのだが、呼び名はおぼえていないと二人は言う。そのテントの中は黒い幕で二つに分けてあって、一方が男性用、もう一方が女性用だ。その奇形の持ち主は舞台を左右に移動して、まず男たちに話し、それから女のほうにきて話した。どっちの話も筒抜けにきこえた。その人は男たちにこう話した。「これから見せますが、もし笑ったりすれば、神様はその人をこういう体にするでしょう。」高くも低くもない、鼻にかかった、のろくて田舎くさくて平べったい声だった。「このように私をつくったのは神様です。笑ったりする人には神様が罰をくだして、こういう体にするでしょう。神様は私に、こういう体でいることを望まれた。だから私は神様のなさりかたにけちをつける気はありません。なんのために見せるかといえば、こうして生まれついたことを精いっぱい活かさなければならないからです。紳士淑女の態度で見ていただきたい。こういう体を使って自分を慰めたことはないし、性のよろこびは知りません。ただ、精いっぱい生きています。こう生まれついたことに不平は言いません。」その言葉のあと、テントの向こう側はしばらく静まり返った。とうとう、その奇形の持ち主が女の席の舞台に移ってきて、おなじせりふをくり返した。

女の子は全身がこわばるのを感じた。謎そのものよりも、答えのほうがもっとむずかしい。「その人、頭が二つあったわけ?」

「ちがう」とスーザンが言った。「男でも女でもある人。ドレスの裾をあげて、そこを見せたの。ブルーのドレスだった。」

男でも女でもあるとすれば、頭が二つ要るでしょ。そうききたいが、口には出さなかった。自分のベッドにもどってよく考えてみよう。そこで二人のベッドの裾板から降りかけた。

「ウサギの話はどうした?」ジョアンは忘れていない。

女の子は放心したようすで足を止め、裾板から頭だけのぞかせた。「口から産んだの。六匹。」

自分のベッドで、奇形をもつ人がテントの舞台を左右に動くようすを想像してみたが、眠くてはっきりしない。見物に集まった近在の人たちの顔はすぐ想像できる。男たちは礼拝の時よりも厳粛な顔つきで、女たちはまじめに礼節をもって、だが好奇心いっぱいの目つきで、賛美歌をはじめるピアノの音を待つように立っている。奇形の持ち主の声がきこえる。「神は私に、こういう体でいることを望んだ。だから私は神のやりかたにとやかく言う気はない。」そこで人びとは「アーメン、アーメン」と言う。

「神が私をこうつくり給うた。神に賛美を！」

「アーメン、アーメン」

「神はあなたにおなじことをなさったかもしれない。」

「アーメン、アーメン」

「だが、神はそうはなされなかった。」

「アーメン」

「身をおこすのだ。あなたは聖霊のやどる宮である！　神の宮である！　そのことを知らないのか？　神の聖霊があなたにやどる。それがわからないのか？」

「アーメン、アーメン」

「神の宮を汚すものがいれば、神はその人を滅ぼすだろう。笑うものがいれば、神はその人を私のような体にするだろう。神の宮は聖なるもの。アーメン、アーメン。」

「私は聖霊のやどる宮です。」

「アーメン」

　人びとは音を控えた手拍子を打ちはじめた。アーメンの声のあいだに規則正しいビートが入る。その手拍子は、そこに眠りかけの子供がいるのを知っているのか、次第に小さくなっていった。

翌日の午後、女子中学生は茶色の制服姿に戻り、女の子と母親が聖スコラスティカ山修道院まで送っていった。「ああ、いやんなっちゃう。また地下牢に戻される」と二人はぼやいた。アロンゾ・マイヤーズの運転するタクシーで、女の子が助手席にすわり、母親は後部座席のまんなかだ。左右の少女たちにお決まりのお愛想を言っている。きてくれてとてもうれしかったとか、ぜひまたきてねとか。そのうち、スーザンやジョアンの母親たちといっしょに付属中学・高校ですごしたころの思い出話がはじまる。そういうくだらないおしゃべりを無視して、女の子はドアにぴったり身を寄せて、窓から頭を出していた。日曜日ならアロンゾの体臭もましだろうと期待していたのだが、あいかわらずなのだ。髪が顔にかかるので、午後の青空に輝く象牙色の太陽を見ても平気だった。だが、髪をかきあげたとたんにまぶしくなって目を細めた。

聖スコラスティカ山修道院は町の中心の緑地にある煉瓦造りの建物だ。左右にガソリンスタンドと消防署がある。黒くて高い格子でかこった敷地に煉瓦張りのせまい通路があって、老木と花ざかりの椿の植え込みのあいだを抜けている。丸い大きな顔の修道女があたふたと出迎え、母親を抱きしめてキスした。おなじことをされるのを避けて、女の子は冷たい表情で片手を突き出し、目を合わせないようにした。修道女というのは相手が不器量な子供でもめげずに、やたらキスするくせがあるのだ。その修道女はぐっと力をこめて握手した。指の関節がぼきっと鳴った。「すぐ礼拝堂にいらっしゃい、降福式がはじまります」と言った。入るなり、もうこれだ。祈りを強制してくるんだから。磨きあげた廊下をいそぎながら女の子は思った。

　帰りの列車にまにあわなくなるわけでもないのに、むっとした顔のまま、女の子は礼拝堂に入った。片側に修道女たち、別の側に茶色の制服の少女たちがひざまずいている。香の匂いが立ちこめる。堂内の色調はあかるい緑と金色で、いくつものアーチが延びて聖壇の上で一つになる。聖体顕示台の前にひざまずいた司祭が低く身をかがめる。その後ろで白い法衣をつけた男の子が提げ香炉を振っている。女の子は母親と例の修道女のあいだでひざまずいた。全員で唱える「タントゥム・エルゴ」が進むうち、意地のわるい気持ちが消えて、女の子は自分がまことにいます神の御前にいることを実感した。意地わるにならないように、どうぞお助けくださいと、機械的に祈りはじめた。母に口答えをしないようにお助けください。生意気な話しかたをしないように、どうぞお助けください。そのうち心が静まって、やがてからっぽになった。だが、司祭が象牙色に輝く聖体を収めた聖体顕示台を掲げると、女の子はあの奇形の持ち主がいたというテントのことを思いだした。その人が言っている。「私はとやかく言うつもりはありません。神は私にこのようであれと望まれたのです。」

　修道院の玄関を出るとき、例の大柄な修道女がおどけたように身をかがめ、黒い修道衣で女の子をくるんで抱き寄せた。ベルトにつけた十字架像がほっぺたに当たって痛かった。抱擁が終わると修道女は薄青い小さな目で女の子を見つめた。

帰りは母親と後部座席にすわり、アロンゾは運転席で一人になった。後ろから見ると、首が脂肪太りで三段になっていて、耳の先が豚みたいにとがっている。母親がつとめて話題をさがし、あんた、お祭りに行ったの、ときいた。

「行った。一つ残らず見てきましたよ。いい時に行ったんだ。あれは来週からやらなくなるんだって。祭りの期間中はずっとやるはずだったのに。」

「なんで?」と母親がきく。

「営業停止。町から説教師さんたちが調べにきて、警察に訴えて、それで停止が決まったんだって。」

母親はそこで会話をやめ、丸顔の女の子は考えごとにふけった。窓から牧草地を眺めた。ゆるやかに起伏しながら緑の色を深め、遠くの暗い森まで続いている。夕陽は赤く大きくて、血に浸された聖体のように見える。沈んだ後、樹々の上の空に、赤っぽい粘土の道に似た一筋の光が残った。

人造黒人

目をさますと、部屋中に月光があふれていた。ミスタ・ヘッドは起きあがって、あたりをじっと眺めた。銀色になった床板、銀糸で織ったように見える枕カバー。一メートル半ほど離れたひげそり用の鏡に、月の半分が映っていた。部屋に入る許可をもらおうと、そこでちょっと立ち止まっているように見えた。やがて月は全身をあらわし、あらゆるものに荘厳な光を投げかけた。壁ぎわにある背のまっすぐな椅子は、緊張して注意をこらし、命令を待っているようだし、椅子の背にかけてある自分のズボンは、英雄が今しがた召使いにまかせた衣類のように、なんとなく高貴な気配を放っている。だが、月はまじめな顔をしている。月のまなざしは部屋中を見つめ、窓の外では厩舎の上を流れ過ぎ、じっと考えこんでいるふうだった。そのようすは、自分が老年に至った時の姿を見る若者のようだ。

ミスタ・ヘッドは月光にこう言ってやってもよかった。年をとるというのは特別の恩寵だ。人間は年齢を重ねることによってはじめて、人生をおだやかに理解できるようになり、若者のよい導き手になるものだと。すくなくとも自分の体験ではそうだった。

ベッドの足もとの鉄柱につかまって、時計が見えるように体を起こした。椅子のわきにバケツをさかさまに置いて、その上にめざまし時計がのせてある。あけがたの二時だった。めざましのベルはこわれているが、目をさますのに機械の助けなどまだ必要ない。六十歳とはいえ、どこも鈍ってはいない。体の反射のほうも精神の働きとおなじで、意志と強い性格が動かす。体つきや表情に、それがはっきりあらわれている。面長で、丸みをおびたあごはあけっぴろげな感じで、鼻は長くて低い。目はすばしこいが静かで、あらゆるものに奇跡を起こすこの月光の中では、人間の偉大な指導者の古い智恵と落着きをそなえた目のように見える。ダンテを導くために深夜呼び出されたウェルギリウス、いや、もっと言えば、神の光にめざめさせられてトビアスのところへ飛んでいった大天使ラファエルに似ているかもしれない。月光の射しこまない窓のすぐ下のところにわら布団が敷いてあって、ネルソンが眠っている。

ネルソンは横向きで、ひざをあごに、かかとを尻にくっつけて眠っている。新品の服と帽子は届いた時のまま箱に入れて、目がさめたらすぐ手がとどくように足もとに置いてある。小便壺は窓の下の影をはずれたところにあり、月光をあびて雪白に輝いている。まるで、この少年を守護している小天使のようだ。ミスタ・ヘッドはまた横になった。明日の道徳的使命はりっぱに果たせるものと確信した。ネルソンよりも早く起きて、朝食のしたくをすっかりしておくつもりだ。老人のほうが早く起きると、少年はいつもいらいらした。明日は四時に出発して、鉄道のすれちがい用の場所に五時半までに着くようにする。列車は五時四十五分に停車して二人をのせる。列車はそのためだけにそこに停車してくれるのだ。

少年ははじめて大きな都会に行く。生まれたのはあそこだから、行くのは二度めなんだと本人は言う。生まれたばかりでは西も東もわからなかったのだから、知らないも同然なんだと言ってきかせるが、少年はきく耳をもたず、あそこへ行くのは二度めなんだと言って譲らない。ミスタ・ヘッドが都会に行くのは今度で三回めになる。ネルソンは言うのだ。「おれなんかまだ十歳だけど、都会に行くのはこれで二度めなんだぜ。」

こういう言いぐさにミスタ・ヘッドは反対なのだ。

「このまえ行ったのが十五年も前なら、道なんかわかるのかい。いくらかかわってるかもしれないのに」とネルソンは言っている。

「おれが道に迷ったことがあるか？」

たしかにそういうことはこれまでなかったが、ネルソンは生意気な口答えをしないと気がすまないほうだ。「このへんは、迷うような道なんかないからな。」

ミスタ・ヘッドは予言した。「そのうち、自分が思うほどりこうじゃないことに気がつくさ。そういう日がきっとくるものだ。」この旅行は何カ月も前から計画していた。これを思いついたのは主として道徳的観点からだった。これから先、少年が決して忘れない教訓になるはずだ。都会生まれを自慢にするなんぞ根拠のないことだと、この旅行を通して学ぶことになる。都会は決してすばらしいところではないとわかる。都会にあるものはなんであれ見せるつもりでいる。その後ずっと、死ぬまで、田舎の暮らしに満足していられるように。あの子もこれでやっと、うぬぼれているほどには自分がりこうでないことに気がつくだろう。ミスタ・ヘッドはそう考えながらまた眠りこんだ。

豚の脂身を焼く匂いで飛び起きたら、三時半だった。わら布団はからで、新品の衣類の箱があいている。じいさんはズボンをはいてとなりの部屋へ急いだ。少年はトウモロコシ粉のパンを焼いているところで、脂身はもう火が通っていた。薄闇の中でテーブルに向かい、冷えたコーヒー容器からじかに飲んでいた。新しい上下揃いの服を着て、これも新品の灰色の帽子を深くかぶっている。頭のほうがすぐ追いつくからと考えて、大きめのを注文したので、サイズが合わないのだ。なにも言わないが、自分のほうが早起きした満足感が全身にあらわれている。

ミスタ・ヘッドはレンジに行ってフライパンの肉をテーブルに運んだ。「いそぐことはないんだ。どうせすぐ着くんだし、行ったところで都会が好きになると決まっちゃいないんだから。」そう言って向かいに腰掛けた。少年はゆっくり帽子のつばをあげて、すさまじいほど無表情な顔を見せた。顔かたちは老人にそっくりだ。祖父と孫なのだが、兄弟、それもあまり年のちがわない兄弟に見えるほどよく似ている。ミスタ・ヘッドは昼の光で見ると表情が若々しくて、ネルソンのほうは老けて見える。あらゆることをもう知ってしまって、忘れたがっている顔なのだ。

ミスタ・ヘッドには妻と娘がいた。妻が死ぬと娘は家出をした。何年かして、娘はネルソンをつれて戻ってきた。ある朝、起きてこないので行ってみると死んでいた。一歳児のネルソンの世話を老人がすることになった。おまえはアトランタ生まれだと話したのは失敗だった。あんなことを言わなければ、これが二度めのアトランタ行きだなどとネルソンががんばることもなかったのだ。

「全然気に入らないかもしれないぞ。黒いやつばっかりになってるかもしれない。」

少年は黒いやつなんかなんでもないという顔をしてみせた。

「まあいい。おまえは黒いやつを見たことがないからな。」

「おじいちゃん、寝坊したよ」とネルソンが言う。

「おまえは黒いやつを見たことがない。」ミスタ・ヘッドはくりかえす。「この郡じゃ、十二年前にあいつを追い出して以来、一人もいない。おまえが生まれる前のことだ。」

見たことなんぞあるわけはないと、決めつけるように少年を見た。

「アトランタにいたことがあるおれが、そういうのを見たことがないって、どうしてわかる？　いっぱい見たかもしれないじゃないか。」ネルソンが反論する。

ミスタ・ヘッドはうんざりした。「もし見たとしても、まだわからなかったはずだろ子をまっすぐかぶりなおし、外の便所に行った。

「見ればちゃんとわかるさ。」少年は立ちあがって、きれいに角の立ったつるつるの帽

う。生後六カ月じゃ、黒いやつとそうでないのと、区別がつくものか。」

すれちがい用に複線になった場所には、列車到着予定の時間よりもかなり早く着いた。いちばん手前の線路から六十センチほど離れて立つ。ミスタ・ヘッドは昼の弁当を入れた紙袋をもっている。ビスケットにいわしの缶詰一個だ。オレンジ色の粗野な太陽が東の山並みから昇り、二人の背後の空をにぶい赤に染めた。二人が顔を向けている西側の空はまだ灰色で、そこに透明な灰色の月がかかっている。月は指を押しつけた跡のようにかすかで、まったく光を失っている。線路切り替えの転轍機が入ったブリキの箱と黒い燃料タンク。それ以外にはここがすれちがい用の場所だと示すものはなにもない。森を切り開いた空き地のここでは線路は二車線あるが、空き地の終わる森の中に入ると一車線になる。列車は木のトンネルを抜けていきなり現れ、外気の冷たさにおそれをなして、また森の中に姿を消すように見えた。ミスタ・ヘッドは前もって乗車券を買う時、その場所に特別停車してもらうように係員にたのんでいた。内心、列車が停車しないのではないかと心配だった。もし停まらなければネルソンは言うにちがいない。「おじいちゃんを乗せるために列車が停まるなんて、そんなことありっこないと思ったよ。」役

にもたたない朝の月の下で、線路は白くもろそうに見えた。老人と少年は亡霊があらわれるのを待つように、じっと前方を見ていた。

突然、後ろをふり向く決心をする間もなく、深い警笛の音がきこえ、列車がゆっくりと姿を現した。空き地のはずれから二百メートルほど先の森の中にあるカーブを、ほとんど音もたてずにまわり、黄色の前照灯が輝く。停車するのかどうか、まだわからない。徐行するだけで停車しなかったら、ひどいばか扱いされたことになるな、と感じた。だが、老人もネルソンも腹を決めていた。停車しないなら、こっちも列車を無視してやる。

機関車が通りすぎ、熱くなった金属の匂いがした。それから二番めの客車が、ちょうど二人の立っている前に停まった。二人が乗るのを待っているのか、老いぼれて太ったブルドッグに似た車掌が昇降台にいる。もっとも、乗ろうが乗るまいが、たいして関心はないような顔をしている。「乗ったら右へ」と言う。

一秒もしないうちに乗車は完了し、静かな客室に入るころには列車はもう速度をあげていた。乗客はおおかた、まだ眠っている。座席のひじかけに頭をのせたり、座席二つ分に寝そべったり、通路に足を突きだしている人もいる。ミスタ・ヘッドは二つ並んだ空席のほうへネルソンを押し出した。「窓側にすわるんだ。」それがふだんの声なのだが、夜明けがたの車内ではひどく大声だった。「気にしなくっていい。だれもすわってないんだから。さっさとすわれ。」

少年は小声で言った。「きこえてるよ。そんなにどなるなよ。」席について窓ガラスのほうを見た。青ざめた幽霊のような顔が、青ざめた幽霊のような帽子をかぶってこっちをにらんでいる。祖父のほうもすばやく窓に目をやって、別の幽霊を見た。黒い帽子をかぶり、やはり青ざめた顔だがにやにやしている。

ミスタ・ヘッドは席に落ち着くと切符を取り出し、印刷してある字をはじめから終わりまで、声を出して読みあげた。ほかの乗客が身動きしはじめた。何人か目をさまして老人のほうを見た。「帽子をぬぐんだ」とネルソンに言い、自分もぬいでひざに置いた。長年のあいだに煙草色にかわった白髪が後頭部にいくらか残って、それが平たくなっている。前のほうははげて、しわが寄っている。ネルソンは帽子を取ってひざに置き、車掌が検札にくるのを待った。

通路の向こう側にいる男は二人分の座席に寝そべり、足を窓にかけ、頭は通路に突き出している。薄いブルーのスーツに黄色のシャツで、首のところのボタンをはずしている。男が目をひらくなり、ミスタ・ヘッドは自己紹介をしようとしたが、ちょうどそこへ車掌が後ろからやってきて「乗車券」とうなり声をあげた。

車掌が行ってしまうとミスタ・ヘッドは孫に切符の半券を渡して言った。「ちゃんとポケットに入れておかないと、帰れなくなるぞ。」

「おれ、帰らないかもしれない。」ネルソンは筋の通ったことのような調子でそう言った。

ミスタ・ヘッドは無視することにした。「こいつ、列車に乗るのがはじめてなんだよ。」通路越しにとなりの男に説明した。相手は起きあがって足を床におろし、席のはしにすわっている。

ネルソンは乱暴に帽子をかぶると、怒って窓のほうを向いた。

ミスタ・ヘッドは話し続ける。「なんにも見たことがなくてね。生まれたまんまのもの知らずさ。今日という今日は思いきり見せてやるつもりなんだ。」

少年は首を突きだして、祖父の向こう側にいる知らない人に言った。「おれはあそこで生まれたんだ。アトランタ生まれなんだ。今日行くのは二度めなんだ。」力をこめて、甲高い声でそう言ったものの、通路越しの席の男にはどうも通じていないらしい。男は目の下に紫色のくまができている。

ミスタ・ヘッドは通路越しに相手の腕を軽くたたいて、賢そうに言った。「子供にはね、なんでも全部見せてやるのがいい。なにもかくすことはないんだ。」

「そうさね。」男は腫れた両足を眺め、片方を二十センチばかりもちあげて見た。しばらくして、今度はもう一方の足をもちあげた。客車中の人が目をさまし、身動きやあくびや伸びをはじめた。あちこちで話しあう声がし、やがてざわめきになった。突然ミスタ・ヘッドの平静で明るい表情が変わった。口をとじ、凶暴で用心深い光が目に浮かんだ。客車のはずれのほうを見ている。目をそらさないままネルソンの腕をつかんで前に押し出す。「見ろ。」

コーヒー色の大男がゆっくり進んでくる。薄色のスーツに黄色いサテンのネクタイ、ルビーのタイピンをつけている。ボタンをかけた上着の下に堂々と盛り上がる腹に片手を置き、もう片方の手に黒いステッキをもっている。一歩踏み出すごとにステッキをきれいにあげ、前のほうに振り下ろす。茶色の目は乗客の頭上を素通りして、ごくゆっくりと歩いてゆく。小さな白いひげに、強くちぢれた白髪。その後ろから、やはりコーヒー色の若い女が二人ついてくる。黄色いドレスと緑のドレスだ。先頭の男の歩きかたにあわせてゆっくり進みながら、のどにかかる声でしゃべっている。

ネルソンの腕をつかむ手にますます力が入った。行列が行きすぎる時、ステッキをにぎる茶色の手を飾るサファイアの指輪が光り、ミスタ・ヘッドの目に止まった。だが老人は目を上げず、大男のほうも老人を見ようとはしなかった。一行はその車両を通り抜けていった。腕をつかむ手の力が抜けた。「あれはなんだ？」と老人がたずねた。

「人間さ。」少年は自分がばか扱いされるのにうんざりし、怒っていた。

「どういう人間か言ってみろ。」祖父は抑揚のない声で、しつこくきく。

「太った人だ。」ネルソンは、気をつけたほうがよさそうだと思いはじめている。

「どういう人間かは、わからないんだな。」老人は結論を下す調子で言った。

「年とった人だ。」ネルソンは急に予感した。今日は楽しい一日にはなりそうもない。

「あれが黒いやつさ。」ミスタ・ヘッドは座席に深くかけなおした。

ネルソンは座席に飛び上がって車両の端を見たが、例の黒人の姿はもうなかった。

「最初アトランタにいた時にたくさん見たんだから、もう知っているはずじゃなかったのか。」ミスタ・ヘッドは続いて通路向こうの乗客に言った。「この子は今のが黒いやつに初対面だったんだ。」

少年は座席にすわった。「おじいちゃんは黒いって言ったじゃないか。」怒った声だ。

「茶色だって一度も言わなかったぞ。そっちがちゃんと話してないなら、おれにわかりっこないじゃないか。」

「おまえはなんにも知らない。それだけのことさ。」そう言うとミスタ・ヘッドは席を立ち、通路向こうの男のいる空席に移った。

ネルソンはまた振り返って、黒人が去ったほうを見た。あの黒人が、自分をばかにするためにわざわざこの車両を通ったような気がした。黒人に対して、はじめての生々しい、強烈な憎しみを感じた。祖父がなぜきらうのか、そのわけもわかった。窓に映る自分の顔は、今日の強制的な都会行きには不適当な表情をしている。着いたとしても、そこがどこだかわからないだろう。

向かいの男にあれこれ話をしたのだが、相手が眠っているのに気がついて、ミスタ・

ヘッドは立ちあがった。ネルソンに、列車の中を見物しようと声をかけた。トイレをぜひ見せたかったので、まずそこへ行き、水洗というものの仕組みを説明した。飲料水冷却機から水を出す実演を、まるで自分が発明した機械のようにやってみせ、それから乗客が歯をみがく、蛇口が一つついた洗面台を見せた。車両をいくつか通って食堂車に行った。

列車中でいちばんきれいな車両だった。濃い卵色の壁で、床にはワイン色のカーペットが敷いてある。テーブルの横の窓は広く、外を流れる広大な景色がコーヒー・ポットやグラス類に小さく映っている。とても色の黒い黒人が三人、白い制服にエプロンをつけて盆をもち、通路をいそがしく行ったりきたりして、朝食を食べている客の給仕をしていた。その一人がミスタ・ヘッドとネルソンめざしてやってきて、指を二本立て、「お二人さん」と言った。ミスタ・ヘッドは大声で答えた。「朝飯は乗る前に喰った。」そのウェイターは茶色の大きな眼鏡をかけていて、そのせいで白目が拡大されて見えた。「そんならこっちにこないでください。」そう言って、ハエを追うような手つきをした。

ネルソンも老人も、断固その場を動かない。「見ろ。」老人が言った。

食堂車の手前の隅にある二つのテーブルが、サフラン色のカーテンでほかの席と区切ってある。ひとつはセットしてあるが空席で、もうひとつのほうに、仕切りのカーテンを背にしてこっち向きに、さっきの巨大な黒人の男性がすわっている。マフィンにバターを塗りながら、やさしい声で連れの女性二人に話しかけている。重々しい悲しげな顔で、太った首が白いシャツのえりからはみ出している。「ああやって隔離しているんだ」とミスタ・ヘッドは説明した。それから「調理場を見にいこう」と言って、食堂車の通路を抜けていった。だが、黒人のウェイターがいそいで追いかけてきた。

「調理場は立ち入り禁止です！」えらそうな声で言った。「乗客は入れません！」

ミスタ・ヘッドはその場で立ち止まって振り返った。黒人ウェイターに向かって大声で言った。「そりゃもっともなことだ。中に入ったらゴキブリがうようよいて、客が飛んで逃げるからな！」

いあわせた乗客はいっせいに笑い、老人とネルソンはにやにやしながら食堂車を後にした。村ではミスタ・ヘッドといえば頭の回転が早いので有名だ。ネルソンは突然、こういう祖父をもつことに強烈な誇りを感じた。これから行く見知らぬ都会で、自分が頼れるのはこの老人だけだと気づいた。祖父とはぐれたりしたら、この世界でひとりぼっちになってしまう。そう思うと胸がどきどきした。小さい子供がやるように、祖父の上着の裾をにぎり、ずっとつかまったままでいたかった。

もとの座席にもどると、窓の外を流れる景色には小さな家や小屋がまじるようになり、線路に沿ってハイウェイが見えた。そこを走る車はとても小さく、とても速い。ネルソンは三十分前よりも空気が少なくなったように感じた。通路の向こう側にいた男はいなくなり、話しかける相手のいないミスタ・ヘッドは窓に映る自分の姿越しに外を眺め、過ぎてゆく建物の看板を大声で読み上げた。「ディクシー化学！　南部娘製粉！　ディクシー建具会社！　南部の美女製綿！　パティー印ピーナツバター！　南部のかあちゃん印シロップ！」

「うるさいよ！」ネルソンが小声でおさえた。

車内ではそこら中で人が立ちあがり、網棚から荷物を下ろしていた。女たちはコートを着て帽子をかぶる。車掌が顔を出して「ファーストプームリー」とどなり、ネルソンは立ちあがってぶるぶるふるえた。ミスタ・ヘッドが肩をおさえてすわらせた。

「すわってろ。」威厳のある声だった。「はじめの停車駅は郊外にあるんだ。二つめのが市の中央駅。」この知識を得たのははじめての旅の時だった。郊外の駅で降りてしまい、市街地の中心まで車に乗せてもらうのに十五セント払うはめになった。ネルソンは青ざめた顔ですわった。生まれてはじめて、祖父が自分にとってどうしても必要な人間だとわかった。

何人か乗客が降りると、列車は停まったのがうそのように、すぐに前進をはじめた。くずれそうな茶色の家々の向こうに青いビルが並び、その上にバラ色をおびた灰青色の空が広がっている。列車は駅の構内に入った。下のほうで銀色の線路が幾組も増えて、互いに交差しているのが見える。線路を数えるひまもないうちに、窓に映る灰色の顔がはっきりしてきて、ネルソンは目をそらせた。列車は駅についていた。二人は飛びあがり、ドアめざして走った。昼の弁当を入れた紙袋を座席に忘れたが、どっちも気がつかなかった。

小さな駅構内を緊張して通りすぎ、重いドアをあけて、群衆のはげしい流れの中に入った。出勤時間帯のラッシュだ。ネルソンはどこを見たらいいのかわからない。ミスタ・ヘッドは建物の壁にもたれてまっすぐ前をにらんでいる。

ついにネルソンが言った。「なにもかも見るって言ったけど、どうやって見るつもりなのさ?」

ミスタ・ヘッドは答えない。やがて、通りすぎる人たちのようすが手がかりになったらしく、「歩くんだ」と言うなり、道路を進みはじめた。ネルソンは帽子をしっかりかぶりなおしてついていった。たくさんの光景と音が一度におそいかかり、はじめの一ブロックを歩くあいだはなにもわからなかった。二つめの角でミスタ・ヘッドがふり向いて、さっき出てきた駅を見た。薄茶色の建物で、てっぺんにコンクリートのドームがある。この建物の見える範囲で歩けば、午後の列車にまにあうようにもどってこられるはずだ。

歩くうちにネルソンは細かいところまで目がとどくようになり、ショーウィンドウになにがあるかもわかった。金属製品、衣料品、ニワトリの飼料、酒類など、あらゆるものが並んでいる。ある店の前を通る時、祖父がわざわざネルソンの注意をひいた。客が中に入って椅子にかけ、足を二つの台に置く。すると黒人が靴をみがく。二人はゆっくり歩き、見たいもののある店の入り口で立ち止まって中をのぞく。だが、どの店でも、店内には入らない。ミスタ・ヘッドは都会の商店には決して入らないことにしている。はじめて都会に出た時、大きな店の中で迷ってしまい、大勢の人にばかにされながら、ようようの思いで出口をみつけたことがあるのだ。

つぎの角に出る前のまんなかへんの店で、おもてに体重計がおいてあった。台に乗って一セント硬貨を入れると、券が出てくる。ミスタ・ヘッドの券には「あなたの体重は五十五キログラム。あなたはまがったことがきらいで勇敢。みんなに尊敬されています」と印刷してあった。券をポケットにしまいながらおどろいた。この機械は自分の性格を正確に言い当てるくせに、どうして体重のほうはまちがうのだろう。ついこのあいだ穀物用の秤で計った時には五十キログラムだった。ネルソンの券にはこう印刷してあった。「あなたの体重は四十五キログラム。偉大な運命があなたを待っている。肌の黒い女たちには注意すること。」ネルソンは女など知り合いはいないし、体重は三十一キロしかない。この機械が数字をまちがえて印刷したのだろうと、ミスタ・ヘッドが言った。

二人は歩きつづけ、五つめの角までくると駅のドームが見えなくなり、そこでミスタ・ヘッドは左へまがった。ネルソンは一つのショーウィンドウを一時間見てもあきないところなのだが、つぎからつぎへともっとおもしろそうな店が並んでいるではないか。いきなりこう言い出した。「おれ、ここで生まれたんだ！」祖父はぞっとしてふりむき、孫を見た。汗ばんだ顔が輝いている。「ここがおれの生まれ故郷なんだ！」

ミスタ・ヘッドは呆然とした。いますぐ、なにか思いきった手をうたなくてはならない。「おまえの知らないものをこれから見せてやるよ。」下水溝の口が開いている角にネルソンをつれていった。「ほれ、しゃがんで、頭を突っ込んでみろ。」下水の中をのぞくネルソンの上着をしっかりつかんでやる。歩道の下の深く暗い所でごうごう流れる水音をきいて、ネルソンはすぐにのぞくのをやめた。それからミスタ・ヘッドは下水溝の仕組みについて説明してやった。この都会の地下全体に拡がっていること、あらゆる汚水が流れこみ、ネズミがうじゃうじゃいること、人間が落ちれば、真っ暗闇のトンネルに吸いこまれてどこまでも運ばれてゆくこと。この都会に住む人は、いつ下水溝に吸いこまれるかわからないし、もしそうなったらそれっきり行方知れずになるのだ。ミスタ・ヘッドの話しぶりはとてもうまくて、ネルソンはしばらくのあいだしんからおそろしいと思った。下水溝を地獄の入り口と結びつけてとらえ、世界が地面の底でどうつながっているのかをはじめて理解した。歩道のはずれに近寄らないようにした。

それからこう言った。「わかった。穴に近寄らなければいいだけさ。」そうしてまた例の、祖父にとってはやりきれないあの頑固な表情が戻った。「おれ、ここで生まれたんだ！」

ミスタ・ヘッドは当惑したが、ただこう言うだけにした。「思う存分見るがいいさ。」二人は歩きつづけた。二つめの角でまた左にまがった。こうすれば駅を中心に円を描いてまわることになると思った。やっぱりそのとおりだった。半時間ばかり歩くと、また駅の前に出た。はじめのうちネルソンは、おなじ店をまた見ていることに気づかなかったが、椅子にすわって両足を台にのせた客の靴を黒人がみがく店まできて、自分たちが円を描いてまわっているとわかった。

「ここはもう通ったぜ。おじいちゃん、道がわかってないじゃないか！」

「ちょっと方向をまちがったのさ。」ミスタ・ヘッドはそう言い、二人は別の道をとった。それでもまだ駅のドームからひどく離れないように注意して、新しい道の二つめの角を左にまがった。その界隈は木造二階建て、三階建ての建物が多い。歩道から屋内が見える。ちょっと目をやると、鉄製のベッドにシーツをかけた女が横になって外を見ていた。女の意味ありげな表情にミスタ・ヘッドはぎょっとなった。おそろしい顔つきの少年がいきなり自転車で現れた。避けようとしないので、こっちが飛びのいた。「人をひいたってなんとも思わないんだ。もっとくっついているほうがいいぞ。」

しばらくこんな調子で前進してから、ミスタ・ヘッドはようやく思いだして角を左にまがった。そのあたりの家はペンキが塗ってなくて、木が腐りかかっているようだ。道もせまい。ネルソンは黒人を見かけた。もう一人見た。また一人いた。「ここらへんは黒いやつらが住んでるんだな。」

「さ、早くこい。べつのところへ行くぞ。」ミスタ・ヘッドが言う。「黒いやつをわざわざ見にきたわけじゃないからな。」つぎの角をまがったが、そこも黒人ばかりだ。ネルソンは肌がぴりぴりした。なるべく早くその界隈を離れようと、二人は足をいそがせた。下着姿の黒人の男たちが戸口に立ち、床がへこんだポーチでは黒人の女たちが揺り椅子を揺らせている。溝の中で遊んでいた黒人の子供たちが、遊ぶのをやめて二人をじろじろ見る。そのうち店が並ぶところに出た。黒人の客たちがいる。二人は立ち止まらずに進みつづける。黒い顔と黒い目が、四方八方から二人を見つめている。「そうだ。」ミスタ・ヘッドが言った。「ここがおまえの生まれたところだ。黒いやつらばかりいる、ここで生まれたんだ。」

ネルソンは腹をたてた。「おじいちゃんのせいで道に迷ったんだ。」

ミスタ・ヘッドはくるっとふり向いて駅のドームをさがした。どこにも見えない。「迷ったりしてないぞ。おまえは歩き疲れただけさ。」

「疲れてないよ。腹がへったんだ。」ネルソンが言った。「ビスケットをくれよ。」

そこで弁当を忘れたことに気がついた。

「おじいちゃんが忘れたんだ。おれがもってればよかった。」ネルソンが言った。

「おまえがこの旅行を仕切りたいなら、そうすればいい。おまえをここにおいて、おれは一人で好きなほうに行く。」ミスタ・ヘッドは孫が青ざめるのを見ていい気分になった。だがしかし、いまや方角を見失い、駅からどんどん遠ざかっているのは確実だ。腹がへっているのはこっちもおなじだ。のどもかわいているし、黒人街にいる緊張で汗ばんでいる。ネルソンはいつもは履かない靴を履いている。コンクリートの歩道はとても硬い。腰掛けて休む場所を見つけたいがそれもならず、二人は歩きつづけた。ネルソンのほうは「まず弁当をなくしておいて、今度は道に迷うんだから」とつぶやきながら。ミスタ・ヘッドのほうは「この黒人天国を故郷にしたいやつは、だれでもそうするがいいさ！」と怒った声をあげながら。

今はもう、太陽は空のまんなかまできていた。昼食をつくる匂いが二人のほうにただよってくる。黒人たちはみんな戸口に立って二人が歩いてゆくのを見ている。ネルソンが言った。「なんであいつらに道をきかないんだよ。迷ったのはおじいちゃんだぜ。」

「おまえ、ここで生まれたそうじゃないか。ききたいなら自分で道をきいてくればいい。」

ネルソンは黒人がこわかったし、黒人の子供に笑われるのがいやだった。前方に大柄な黒人の女が、歩道沿いの入り口に立っている。髪が全方向に十センチばかり突きだしていて、はだしの茶色の足は両側がピンク色だ。体にぴったりついたピンクのドレスを着ている。すぐ近くまできた時、女はゆっくりと片手をあげて頭にふれた。指がすっぽりと髪の中にかくれた。

ネルソンが立ち止まった。女の黒い目に自分の息を吸い取られるような気がした。「街のほうに戻るには、どっちへ行くんですか？」いつもの自分の声ではなかった。

しばらくして女は言った。「ここが街だよ。」低くて深い声だった。ネルソンは涼しい水しぶきを浴びるような気がした。

「駅に戻るにはどう行けばいいですか？」また、細くて高い声が出た。

「市電に乗ればいい。」女が言った。

からかわれているとわかるのだが、全身がしびれたようで顔をしかめることもできない。じっと立って、女のあらゆる細部をむさぼるように眺めた。大きなひざから額へ、汗の流れる首すじから大きな胸のふくらみへ、さらにむき出しの腕をさかのぼって、髪にかくれた指まで、三角の線をつくって視線を移動させた。急に強く思った。この人に抱きあげられて、ぎゅっとだきしめてもらいたい。この人の息が自分の顔にかかるのを感じたい。そうして、だきしめる力がだんだん強くなるなかで、黒い目の奥の奥を見つめていたい。こんな気分になったのははじめてだ。暗闇のトンネルの中をぐるぐる廻りながら落ちてゆくような感じがする。

「つぎの角まで行って、市電に乗ればいい。そうすれば駅に行けるよ。」女は言った。ミスタ・ヘッドがすばやく引き戻さなかったら、ネルソンは女の前で崩れ落ちるところだった。「能なしみたいなことをしやがって。」老人はしかりつけた。

二人はつぎの角へいそぎ、ネルソンはふり向いて女のほうを見ようとはしなかった。帽子をぐっと前に引きさげて、はずかしさにほてる顔をかくした。列車の窓に映っていた例の冷笑をうかべた幽霊だの、途中で感じた不吉な予感だのがどっと戻ってきた。それに、あの体重計から出た券には、肌の黒い女たちには注意することと書いてあり、祖父の券には、まがったことがきらいで勇敢と書いてあった。ネルソンは老人の手をにぎった。めったに見せない依頼心のあらわれだ。

市電の線路のある通りに出た。黄色の長い車体の市電がガタガタやってきた。ミスタ・ヘッドは市電に乗ったことがない。一台めは乗らずに見送った。ネルソンはだまっていた。時どきちょっと口もとがふるえたが、祖父は自分自身の問題に精一杯で、孫のようすに気をくばるゆとりがない。街角に立った二人は行き来する黒人と目をあわせないようにしていた。みんな白人とおなじように仕事にいそいでいた。白人とちがうのは、あらかたの人が足をとめてミスタ・ヘッドとネルソンを見ることだった。ミスタ・ヘッドは思いついた。市電は線路を走るのだから、線路に沿って歩けばいいわけだ。ネルソンを軽く押して、線路沿いに歩けば駅に行けると説明し、進みはじめた。

そのうちまた白人の姿が見えるようになってほっとした。ネルソンは建物の壁にもたれてすわりこんだ。「すこし休まなくちゃ。おじいちゃんときたら、弁当は忘れるし、道には迷うし。休むあいだ、しばらく待ってくれたっていいだろう。」

「目の前に線路がある。」ミスタ・ヘッドは言った。「線路から目を離さないで、ずっと歩いていけばいいんだ。弁当は、おまえがおぼえていたってよかったはずだ。ここがおまえの生まれ故郷だ。これで二度めなんだったな。なにをどうしたらいいか、ちゃんとわかってなきゃおかしいぞ。」老人はしゃがんで、この調子でずっと話しつづけたが、ネルソンには返事をする気はなく、ほてった足を靴から出した。

「それにさ、黒い女に道を教えてもらうあいだ、チンパンジーみたいにニタニタしやがって。まったくもう。」ミスタ・ヘッドは言った。

「ここで生まれたんだって言っただけだ。」少年はふるえる声で言った。「ここが好きだとかきらいだとか、そんなことなにも言ってないじゃないか。第一、ここにきたいなんて一度も言ってないぞ。ここで生まれたって言っただけのことで、ここことはなんにも関係ねえよ。家に帰りたいよ。だいたい、こんなとこにきたくなんかなかったんだ。おじいちゃんが思いついたことだろ。線路沿いに駅に行くっていうけど、逆のほうだったらどうするんだ？」

それはミスタ・ヘッドも考えていたことだった。「このへんにいるのはみんな白人だろう。」

「こんなとこ、くる時は通らなかったよ。」ネルソンが言った。そのあたりは煉瓦造りの建物で、人が住んでいるのかいないのか、よくわからない。道路の縁石に沿って車が何台かおいてあり、道を歩く人は時たま一人あるかないかだ。歩道の熱気がネルソンの薄い服を通しておそってきた。まぶたが下がり、数分するうちに頭がガクッと前におちた。肩が一、二度ピクッと動き、体を横にした。そのまま疲れ果ててぐっすり眠りこんだ。

ミスタ・ヘッドはだまってそのようすを見ていた。自分も疲れきっていたが、二人とも眠るわけにはいかないし、どうせ眠れはしない。そのわけは、ここがどこなのかわからないからだ。四、五分もすればネルソンは目をさますだろう。眠ったおかげで元気を取りもどし、ひどく生意気な態度をとるだろう。おじいちゃんは弁当だけじゃなく、道まで忘れたんだなんぞと、またやりだすにちがいない。もしおれがここにいなかったら、おまえはがっくりするんだ、と老人は思った。そのうち、別の考えが浮かんだ。横になった孫の姿をしばらく見ていたが、やがて立ちあがった。子供には、決して忘れないようなしかたで教訓をあたえることが時には必要だ。特に、その子が傲慢にふるまう種をつぎつぎにみつけては、自分の立場を主張するような場合は。ミスタ・ヘッドはこんなふうに考えて、これからやる行動を正当化した。足音をたてずに六メートルほど先の角まで行き、角をまがった横町においてあるふたつきのごみバケツに腰掛けた。そこからはネルソンが一人で目をさますようすが見える。

少年はとぎれがちにうとうとしていた。かすかな物音や黒いかたちが、自分の奥底の暗い場所から光の中に出てくるのを、半ば意識していた。眠りの中で顔の表情がかわり、足を動かしてひざをあごのあたりまでもってきた。太陽が、にぶい乾いた光をこのせまい道路にそそいだ。あらゆるものがくっきりと、ありのままの姿で見えた。ごみバケツのふたにすわって背を丸めている年とった猿のようなミスタ・ヘッドは、そのうちこう決めた。ネルソンがなかなか目をさまさなかったら、この金属のごみバケツを蹴って大きな音をたててやろう。時計を見ると二時だった。帰りの列車は六時発だ。もし乗り遅れたら。そんなことは考えるだけでもおそろしい。腰掛けたまま、かかとをごみバケツにぶちあてた。ボーンとうつろな音が通りにひびきわたった。

ネルソンはわっと叫んで飛びあがった。祖父がいるはずの所をじっと見つめた。何度かぐるぐる廻りをすると、足を高くあげ、頭をのけぞらせて、狂った野生の子馬のように通りを駆けだした。ミスタ・ヘッドはごみバケツから飛び降りて後を追ったが、子供の姿は見えなくなりかかっていた。かろうじて、ひとつ先の辻をすごい勢いで斜めに曲がってゆく灰色の筋が目に入った。老人は精いっぱいスピードをあげ、道が交差する場所ごとに左右を見たが、少年は見つからない。すっかり息をきらせて三つめの交差点まできた時、すこし先に展開する光景を見て、びっくりして足を止めた。ごみ箱のかげにかくれてようすを見ることにした。

ネルソンは両足を投げだして尻をつき、そのわきに老婆が倒れて叫んでいる。歩道には食料品がちらばっている。女たちがもう集まっていて、加害者が被害者に補償するのを見届けようとしている。歩道に倒れた老婆が叫ぶ声を、ミスタ・ヘッドはしっかりききとった。「おまえのせいでくるぶしが折れたんだよ！　治療費はおまえの父親に払ってもらうからね！　端数まで、きっちり全額だよ！　警察だ！　警察を呼んでおくれ！」女たちがネルソンの肩をぐいぐい押すが、子供はめまいがして立てないでいるらしい。

なにかの力が働いて、ミスタ・ヘッドはごみ箱のかげから姿を現し、前に進んだ。だが、足どりはひどくゆっくりだった。生まれてこのかた一度も警察に呼ばれたことはない。女たちはネルソンを取りかこんでぐるぐる廻り、今にも飛びかかって八つ裂きにしそうなけんまくだ。老婆はくるぶしが折れたと叫びつづけ、警官を呼んできてと訴える。ミスタ・ヘッドは、一歩前進すればまた一歩後退するくらいの動きかたでそろそろ進んでいった。それでも現場から三メートルくらいのところまでたどりついた時、ネルソンのほうが気づいて飛びあがった。子供は老人の腰にしがみついてあえいだ。

女たちはいっせいにミスタ・ヘッドのほうを向いた。けがをした老婆は体を起こして叫んだ。「いいかい、あんたの子のせいなんだよ。治療費は全額はらってもらうから。この子は少年犯罪者だよ！　警官はまだ？　だれか、この男の名前と住所を書きとめておくれ！」

ミスタ・ヘッドは太ももの後ろをつかんでいるネルソンの指をもぎはなそうとしていた。亀のように首をちぢめ、目は恐怖と警戒で曇っていた。

「お宅の子がこのくるぶしを折ったんだよ！」老婆が叫んだ。「警察を呼んでおくれ！」後ろのほうから警官がやってくるのをミスタ・ヘッドは感じた。まっすぐに女たちのほうを見た。女たちはこのできごとに腹をたて、逃げられないようにびっしりと前方をふさいでいる。「おれの子じゃないよ。」老人は言った。「見たこともない。」肉に食いこんでいたネルソンの指がはなれるのを感じた。

女たちは後ろにさがり、ぞっとして老人を見つめた。こんなにそっくりでいながら、平気で子供とのつながりを否定する人間のいやらしさにおそれをなして、手をふれるのもごめんだと思っているらしい。女たちはだまって道をあけ、ミスタ・ヘッドはネルソンを残したまま前に進んだ。ゆくてには空洞のトンネルのほか、なにも見えなかった。そこはもとは街の通りだったのに。

少年はもとの場所に立ったまま、首をのばし、両手をだらんとさげていた。帽子はつぶれて折り目は消えてしまった。けがをした老婆は立ちあがってこぶしをふりあげ、ほかの女たちは同情の目で少年を見た。だがネルソンはまったく注意を払わなかった。目のとどくかぎり、警官の姿はない。

やがてネルソンは機械的に歩きはじめた。祖父に追いつこうとはせず、ただ二十歩ほどおくれて後についてゆく。そうして五つめの角まできた。ミスタ・ヘッドは肩をがっくり落とし、後ろから顔を見られないような角度に頭を突きだしている。後ろを見るのがこわかった。ついに、肩越しにちらっと期待の目を向けた。六メートルほど後ろに小さい目が見えた。その目は鋭い熊手の先のようにミスタ・ヘッドの背中に突きささった。

ネルソンは簡単に人を赦すような性格ではないが、赦す対象をもつのはこれがはじめてだった。ミスタ・ヘッドはこれまで面目を失ったことはなかった。さらに角を二つ越えたところで、ミスタ・ヘッドはふりかえり、やけっぱちの陽気な大声で言った。「どっかでコーラでも飲もうや！」

ネルソンは、これまで見せたことのない威厳をもって、祖父に背中を向けた。

ミスタ・ヘッドは、自分が孫とのつながりを否定したことの重大さを感じはじめた。歩くうちに顔がまとまりを失い、くぼみと出っ張りだけになった。通る道にあるものはなにも目に入らない。だが、市電の線路を見失ったことだけはわかっていた。駅のドームはどこにも見えないし、午後の時間はどんどんたってゆく。暗くなるまでここにいれば、なぐられて身ぐるみはがされるにちがいない。神の正義の裁きがたちまち自分に下るのは当然のことだ。しかし、自分の罪に対する裁きがネルソンの身におよぶのは耐えられない。今の今も、自分が孫を破滅へと導いているのだ。

煉瓦造りの小さな家がどこまでもつづく道の角を、二人はいくつも越えて進んでいった。そのうちミスタ・ヘッドは、芝生のへりから十五センチばかり突き出た水道栓につまずきそうになった。今朝早くに飲んだきり、水はまったく飲んでいないのだが、今となっては、自分には飲む資格がないと感じた。それから考えた。ネルソンはのどがかわいているにちがいない。いっしょに水を飲んで、それを仲直りのきっかけにしよう。そこにかがんで水道に口をつけ、栓をひねってつめたい水をのどに流しこんだ。それから、やけになったかん高い声で呼んだ。「こっちにきて、水を飲めよ。」

今度は少年は六十秒ばかり祖父を見つめていた。ミスタ・ヘッドは毒でも飲んだような顔で立ちあがり、歩きはじめた。ネルソンは列車の飲料水冷却機から紙コップで一杯飲んで以来、なにも飲んでいないのに、水道栓を無視して通りすぎた。祖父が飲んだ後でなんぞ飲めるものか、という態度だ。ミスタ・ヘッドはその気持ちを知ってすっかり望みを失った。かたむく午後の日射しのなかで、老人の顔は荒廃して見えた。ネルソンの不動の憎しみが規則正しい歩調で後を追ってくるのを感じる。もしも運よく、この都会で殺されないですむとしたら、あの憎しみはまったく変わらないまま、自分が死ぬまでつづくだろう。今や老人は、すべてのものが以前とはちがってしまって、自分が黒いなじみのない場所をさまよっているのがわかった。尊敬を受けることのない長い老年期、そして、やっとこれで人生が終わるからありがたいと思うような死。自分を待つのはそういう未来だ。

ネルソンのほうは、祖父の裏切りを心の氷に閉じこめてまるごと冷凍保存し、最後の審判の日にそっくりそのままもちだすつもりでいた。ネルソンはわき目もふらずに歩いた。だが、時どき口がぴくっと引きつれる。心のどこか奥深いところから、黒いふしぎなものが表面に浮かんでくるのを感じるからだった。その黒い姿は、凍りついた幻影をぎゅっとにぎりしめ、とかしてしまうような気がした。

太陽は家並みの向こうに沈んだ。気がつかないうちに、二人は郊外の高級住宅地に入っていた。大きな邸は道路からずっと引っこんだところに建っていて、前庭は鳥の水浴び場のある芝生になっている。人影はまったくない。いくつも角を通りすぎたが、犬一匹出会わない。白い大きな家々は、一部が水面下にかくれた氷山のように遠く思えた。歩道はなくて車道があるだけで、しかもその道は際限もないおかしな輪を描いてぐるぐる続いている。ネルソンは全然間隔をちぢめようとはしない。老人は、そのへんに下水溝がみつかったら飛びこんで流されていってしまいたい気分だ。そうなっても少年はおそらく、ただその場にいるだけで、ほんのわずか興味をもって見送るだけだろう。

犬の吠える声で老人ははっとした。見ると太った男がブルドッグを二匹つれてやってくる。老人は孤島に漂着した難船者のように両腕をあげて振った。「迷ったんだ！」と声をあげた。「どこにいるのかわからなくなっちまった。おれもこの子も、この列車に乗らなくちゃならないのに、駅に行く道がみつからない。ああ、すっかり迷っちまった。どうか助けてください！　道に迷ったんです！」

はげ頭でゴルフズボンをはいた男は、どの列車に乗るのかとたずね、ミスタ・ヘッドは切符を出そうとしたが、手がひどくふるえてうまく切符をもてない。ネルソンが近くまでやってきて、じっとそのようすを見ている。

太った男が切符を調べてから返してよこした。「そう、この列車だと、街の中心の始発駅までもどる時間はないですね。でも、郊外の駅で乗れば間にあいますよ。ここから三つめの交差点だから。」男はその駅までの道を説明してくれた。

ミスタ・ヘッドは死者の中からゆっくりとよみがえるようなようすで、じっと道順をきいていた。説明を終えて、二匹の犬をつれた男が立ち去ると、老人はネルソンに向かって息をきらせて言った。「これで家に帰れるぞ！」

子供は三メートルばかり離れて立っている。灰色の帽子の下の青ざめた顔。勝ち誇るつめたい目。その目には光がなく、感情も関心も示さない。小さい姿が、ただそこにいて、待っている。家などこの子にとってなんの意味もない。

ミスタ・ヘッドはゆっくりと向きを変えた。季節のない時間とはどんなものか、光のない熱とはどんなものか、救済のない人間とはどんなものか、今わかったと思った。列車に間にあわなくても、そんなことはどうでもよかった。突然注意をとらえたもの、それは次第に濃くなる闇から生じた叫びのような音だったが、もしそれがきこえてこなかったら、これから駅をめざして歩くのだということも忘れてしまったかもしれない。

五百メートルも行かないうち、手のとどくくらいのところに、石膏の黒人像があった。広い芝生をかこむ低い黄色の煉瓦塀があり、その上に取りつけてある。大きさはネルソンくらいで、塀に取りつけた接着剤にひびが入ったせいで、不安定な角度で外にかしいでいる。片方の目は欠けて白くなり、手には茶色の西瓜を一切れもっている。

ミスタ・ヘッドは足を止め、ネルソンが近づくまでだまって像を眺めていた。二人が像の前にそろうと、ミスタ・ヘッドはささやいた。「人造黒人だ！」

その黒人像は若いのか、それとも年寄りのつもりなのか、よくわからなかった。どっちをあらわしているにしろ、ひどくみじめに見えた。口の両端が上にあがっているから、うれしそうな表情につくられたのだろうが、欠けた片目と前にかしいだ姿勢のせいで、逆に悲しげに見えた。

「人造黒人！」ネルソンはミスタ・ヘッドそっくりの口調でくりかえした。

二人はほとんどおなじ角度で首を前に突きだし、肩をそっくりおなじように曲げ、ポケットに入れた手を、これまたおなじようにふるわせていた。ミスタ・ヘッドは年とった子供のようで、ネルソンは小型の老人のようだ。その像はだれかほかの人の勝利の記念碑であり、それが共通の敗北をもたらして、二人をまた結びつけた。偉大な神秘に直面するように、二人はじっと黒人像を見つめた。その像が神の憐れみの働きのように、互いのあいだの不和をとかしてゆくのを二人は感じた。ミスタ・ヘッドはこれまで憐れみを受けるとはどんな感じか、まったく知らずにきた。そういうものを受けるには善良すぎたからだが、今は憐れみなるものを知ったと感じていた。ネルソンを見て、自分がまだ賢いことを示すためになにか言ってやることが必要だとわかった。少年の表情には、その保証を求める切実さがこもっていた。ネルソンの目は存在の神秘についての明確な説明を求めていた。

ミスタ・ヘッドはおもむろに口を開いて立派なことを言おうとしたが、実際に出てきたのはこういう言葉だった。「このへんにはほんものがいないからな。人造ので我慢してるんだ。」

やがて少年は口の端を微妙にふるわせてうなずくと、こう言った。「また道に迷わないうちに、家に帰ろうよ。」

郊外の駅につくなり列車がすべりこんできて、二人はいっしょに乗りこんだ。すれちがい用の複線になった場所につく予定時間よりも十分前から降り口に行き、もしも停車しなかったら飛び降りるつもりでいた。だが列車はちゃんと止まった。ちょうどその時、みごとな満月が雲のあいだからあらわれて、森の中の空き地は光であふれた。二人が歩きだすと、セージ・グラスは銀色の影の中で静かにゆれ、足の下の石炭殼は月光を反射してあざやかに黒く光った。庭をかこむ塀のようにこの空き地を取り巻く木々の梢は空よりも暗かった。空には大きな白い雲がかかり、ランタンのように明るく光っていた。ミスタ・ヘッドはとても静かに立ち、神の憐れみがもう一度自分にふれるのを感じていた。だが今度は、その働きに名前をつけるような言葉はこの世に存在しないことがわかっていた。その憐れみは苦しみから生じる。憐れみはどんな人にも拒まれることなく与えられ、子供たちにはふしぎなしかたで与えられる。人間が死ぬとき、造り主なる神のもとへ持ってゆけるのは、神から与えられた憐れみがすべてなのだ。ミスタ・ヘッドはそのことを理解し、突然、自分が持ってゆけるもののわずかさを自覚して、はずかしさで体がかっと熱くなった。ショック状態で立ち、神の十全さをもって自分を裁いた。すると憐れみの働きが老人の誇りを炎のようにおおい、焼きつくした。これまで自分が大罪を犯した罪人だと思ったことはなかった。だが、こういうほんとうの堕落でありながら、しかも堕落した当人が絶望に陥らないように、これまでかくされていたのだとわかった。時のはじめ以来、自分の心にアダムの原罪をやどした時から今にいたるまで、つまり、あわれなネルソンとのつながりを否定した時にいたるまで、自分の罪は赦されているとき悟った。自分が犯したとはっきり認められないほどおそろしい罪など存在しない。神の愛は、神の赦しに釣り合うほど大きいのだから、自分はこの瞬間、天国に入れるようになったのだ。

ネルソンは帽子のつくる影の下で表情をととのえ、疲れと疑いのまじる目つきで祖父を見ていたが、列車がすべりだし、おどろいた大蛇のように森の中へ姿を消すと、ほっと明るい顔になってこうつぶやいた。「あそこに行けてよかったよ。でも一度でたくさんだ。もう二度と行くもんか！」

火の中の輪

森の樹冠がつくる輪郭は、空よりもわずかに暗い、どっしりした灰青色の壁をなすこともある。だが、この日の午後はほとんど真っ黒に見え、その後ろで鉛色をおびた白熱する空がぎらぎらしていた。「奥さん、あの話を知ってます？　赤ん坊を鉄の肺の中で産んだっていう人のこと。」ミセス・プリチャードが言う。女の子が中から見おろしている窓の下で、農園主で雇い主の母親と話しているのだ。暖炉の外壁に寄りかかり、太ってせり出した腹の上で腕を組んでいる。片足を曲げ、爪先で地面をかいている。大柄なのに顔は小さくとがっていて、あらさがしの好きなきつい目つきだ。女の子の母親、ミセス・コープはその逆で、ひどく小柄でやせているのに、顔だけ大きくて丸く、のべつおどろいているみたいに、眼鏡をかけた黒い目を大きくあけている。二人は家のまわりの花壇の雑草取りをやっている。お揃いの日よけ帽をかぶっているが、ミセス・プリチャードのは色があせて形もくずれている。ミセス・コープのはしっかりしていて、買った時のあかるい緑色を保っている。

「その記事は読みましたよ。」

「あの人、旧姓はプリチャードで、ブルッキンズって男と結婚したんですよ。だから私とは親戚で——血はつながってないけど、七親等か八親等の遠いいとこに当たるんです。」

「へえ。」ミセス・コープはつぶやくと、大きなカヤツリグサの株を引き抜いて後ろへ投げた。雑草やカヤツリグサは、悪魔がこの家を破壊すべく直接つかわした悪だといわんばかりに、集中して草取りに励んでいる。

「なにしろ親戚だからね、私たち、遺体を見にいってきたんです。それで、あの赤ん坊も見てきましたよ。」

ミセス・コープはなにも言わない。こういった悲惨な話には慣れっこなのだ。そのたぐいの話をきかされると疲れてしまうといつも言う。この人ときたら、葬られる死体を見たいばかりにわざわざ五十キロの距離をいとわず出かけたわけだ。ミセス・コープはこういう時、いつでもなにかあかるい話題に切り替える。だが、その結果は、子供の観察するところでは、ミセス・プリチャードのきげんをそこねるだけだ。

なにもない空は、森のつくる城壁を突き破ろうとしてぐいぐい押してくるようだ。子供はそう思った。近くの草地に生えた木々は灰色と黄ばんだ緑色のつぎはぎ細工だ。ミセス・コープはいつでも、敷地内の森で火が出はしないかと心配している。風の強い夜には子供にこう言う。「どうか火事がありませんようにって、お祈りしなさい。こんなに風が強いからね。」これが口ぐせになっているので、子供は本から顔も上げずに生返事をしたり、時にはきき流してしまうこともある。夏の夕暮れ、ポーチにすわっている時、残照のあるうちにと本を読みいそいでいる子供に、ミセス・コープはよくこう言う。「日が沈んでいくよ。なんてきれいなんだろう。読むのをやめて、あれを見てごらん。」子供は顔をしかめて無視するか、ちょっとだけ顔を上げ、芝生やポーチに面したほうの牧場、その向こうに歩哨のように立っている灰青色の森の輪郭を無感動に眺めて、またすぐ読書に戻る。時には意地悪くこんなことを言う。「火事みたいね。森で火が出てるのかもしれない。すぐ行って、燃えるにおいがしないかどうか確かめたら?」

「その女はね、お棺の中で赤ん坊を抱いていましたよ。」例の話を続けるミセス・プリチャードの声は、黒人のカルヴァーが納屋からトラクターを運転してくる音のせいでよくきこえない。トラクターの後ろにつけたワゴンには別の黒人が乗っていて、両脚をぶらぶらさせている。トラクターは門を通らずに左側の畑に向かっていった。

ふり向いたミセス・コープは、カルヴァーが門を通らなかったのに気づいた。いったん降りて門をあけるのがめんどうなのだ。トラクターのガソリン代はおかまいなしで遠回りをしている。「トラクターを止めて、すぐここへくるように言いなさい!」と叫んだ。

暖炉の外壁にもたれていたミセス・プリチャードは身を起こし、片腕を激しくふり廻したが、カルヴァーは気がつかないふりをしている。ミセス・プリチャードは芝生のはしまで行って大声をあげた。「降りなってば！　奥さんが御用だよ！」

カルヴァーは降りてこっちへやってきた。一歩ごとに頭と肩を前に突き出して、いかにもいそいでいるらしくする。突き出した頭には汗で濃淡のしみができた白い布製の帽子をかぶっている。帽子のつばを下げているので、赤くなった目は下半分しか見えない。

ひざをついたミセス・コープは移植ごてを土に突き刺した。「なぜあの門を通らないの？」そうきくと、口を結び、目をとじて待った。どんなこっけいな答えにも驚かない構えだ。

「門を通れば、草刈り機の刃を上げなくちゃならねえ。」そう言ったカルヴァーはミセス・コープのすぐ左のあたりに目をやった。まったく、うちの雇い人ときたら、カヤツリグサみたいになんでもだめにして、けろっとしているんだから。

ミセス・コープは目をあけた。その目はどんどん大きくひらいて、しまいに裏側が出てきそうなくらいだ。「刃を上げなさい。」女主人は移植ごてを手にとって道の向こう側をさした。

カルヴァーはトラクターを動かして去っていった。

「なんとも思っていないんだから。責任感なんて全然ない。いろんなことが一度にふりかかってこないのを、神様に感謝するわ。あの連中のおかげで破産してしまう。」

「そうですとも。」ミセス・プリチャードはトラクターの音に負けまいと声を張り上げた。カルヴァーは門をあけ、草刈り機の刃を上げて門を通り抜けて、畑へ降りていった。ワゴンが視界から消えると、やかましい音も低くなった。「どうしてあの女が、鉄の肺の中でお産なんぞしたのか、私にはわからないんですよ。」ミセス・プリチャードはいつもの声に戻って話を続ける。

ミセス・コープはかがんで、カヤツリグサ退治に懸命になっている。「私たち、感謝することがたくさんあるんですよ。毎日、感謝の祈りを捧げなくては。あんた、そうしてる?」

「してますとも。あの女、お産をするまで四カ月も鉄の肺に入っていたんですよ。ああいうものに入れられてたら、私ならお産なんて……奥さんはどう思います? あの人たちはなんだってまあ……」

「私は毎日、感謝の祈りを捧げてます。こんなにもいろいろ与えられていて。」ミセス・コープはため息をついた。「私たちはなんでも持っているのよ。」豊かな牧場を、それから、いつでも製材できる木々の生い茂ったいくつもの丘を見渡した夫人は、そういう莫大な財産が背に重くのしかかるのを払いのけたいとでもいうように頭をふった。

ミセス・プリチャードは森をじっと眺めた。「私がもっているものっていえば、歯周病でまわりが膿んだ歯が四つだけですもんね。」

「なら、そういう歯が五つじゃないことを感謝しなさいよ。」ミセス・コープはぴしゃりと言い返して、雑草の根を後ろに投げた。「大嵐がきて、なにもかもぶちこわすことだってあるんだから。私はね、いつだってなにか感謝することを見つけられるのよ。」

ミセス・プリチャードは家の外壁に立てかけてあった鍬をとって、煙突を組んである煉瓦のすき間に生えた雑草めがけて軽く振りおろした。「奥さんならできますともさ。」いつもより鼻にかかった声で、軽蔑がこもっている。

「気の毒なヨーロッパ人たちのことを考えてみなさいよ。」ミセス・コープはひるまない。「家畜みたいに貨物車に押し込められて、シベリアにつれていかれたのよ。ああ、神様。それを思えば私たち、一日の半分をひざまずいて暮らさなくちゃならないくらいよ。」

「私がもし鉄の肺に入れられたら、決してお産なんぞしない。それはわかっているんですよ。」ミセス・プリチャードは鍬のはしで裸の足首を掻いた。

「鉄の肺に入れられた女の人だって、感謝すべきことはたくさんあったんですよ。」ミセス・コープは言う。

「それまで死なずにいられたことを感謝すべきだってわけで。」

「そうですとも。」そう答えたミセス・コープは移植ごてを相手に向けた。「私はね、この郡でもいちばん手入れのゆきとどいた牧場をもっているけど、なぜそうだかわかる？

働くからですよ。ここをなんとか保とうとして働いてきたし、いまだって働いてるのよ。」一言ごとに移植ごてを振りたてて強調した。「私はどんなことにも負けたくないし、好んで災難を求めるわけではありませんよ。災難がおこった時にはそのまま受け入れます。」

「いろんな災難が一度におきることもありますよね。」ミセス・プリチャードがいつもの調子ではじめる。

「一度におきるなんてこと、ありゃしません。」ミセス・コープは強く言い返した。

子供のいる場所からは、土の道がハイウェイにつながるところが見える。そこにある門でピックアップ・トラックが停車して、三人の男の子が降りた。三人はピンク色の土ぼこりをたててこっちに向かってくる。縦一列になり、まんなかの子は背を曲げて、豚のようにふくらんだかばんを運んでくる。

「まあね、もし一度におこったらですよ。奥さんでもどうしようもない。お手上げってことになるんじゃないですかね。」ミセス・プリチャードが言う。

ミセス・コープは返事もしない。ミセス・プリチャードは腕を組んで道の向こうを見渡した。いくつも連なるみごとな丘が丸坊主になる光景を、いとも簡単に想像しているらしい。三人の少年たちが前庭の通路までやってきているのにミセス・プリチャードは気づいた。「ほら、見て。あの子たち、だれなんですかね?」

ミセス・コープは片手で背中を支え、振り返ってそっちを見た。三人はこっちへやってくるが、この家のわきを通り抜けるつもりらしくも見えた。かばんをもった少年が今は先頭を歩いている。ミセス・コープから一メートルばかりの所でかばんをおろした。三人とも似たような感じで、かばんを運んできた中くらいの背丈の子だけが銀ぶちの眼鏡をかけている。片方の目が斜視気味なせいで、二つ別々の方向から一度に見つめられるみたいで、見られているほうはその視線に取り囲まれたような気分になる。その子は駆逐艦（a destroyer. もとの意味は「破壊する者」）の模様のある色あせたトレーナーを着ている。だがとてもやせていて、胸のへんが落ちくぼんでいるので、駆逐艦はまんなかへんで折れて沈没寸前に見える。汗で髪が額にくっついている。十三歳くらいだろうか。三人とも刺すような白い目をしている。「おれのことはおぼえてないよね、ミセス・コープ。」かばんを置いた子が言った。

「見覚えはあるんだけど。」ミセス・コープはつぶやいて相手をじっと見た。「ええと……」

「おやじがここで働いてたんだ。」その子は手がかりをくれた。

「ボイド？　お父さんはボイドさんで、あんたはJ・C？」

「ちがう。おれパウエル。二番めのほう。あのころより大きくなっただけさ。おやじは死んだよ。死んじゃったんだ。」

「死んだって？　それはまあ。」死はいつでも特別なできごとというふうにミセス・コープは言った。「どういうことでなくなったの？」

パウエルは片目で農園をぐるりと見渡しているらしい。家、その後ろの白い給水塔、いくつもある鶏小屋、左右に広がる牧場、牧場のさらに向こうは森に接している。もう片方の目はミセス・コープに向けられている。「フロリダで死んだよ。」パウエルは足でかばんを蹴った。

「それはまあ。」ミセス・コープは小声で言った。すこしたって、こうきいた。「それで、お母さんは？」

「再婚した。」パウエルはじっと自分の足もとを見ながらかばんを蹴っている。ほかの二人の子はいらいらしてコープ夫人を見つめている。

「それで、今はどこに住んでるの？」

「アトランタ。あの郊外の団地に。」

「ああ、そう。」ミセス・コープはしばらくしてもう一度言った。「そうなの。」沈黙が続いた後、ミセス・コープはほかの子たちに笑いかけてたずねた。「で、この人たちは？」

「これ、ガーフィールド・スミス。こっちがW・T・パーカー。」背の高いほうの子を最初にあごでさし、それから小さいほうをさした。

「はじめまして。」ミセス・コープは挨拶した。「こちらはミセス・プリチャード。だんなさんといっしょに今ここで働いているの。」

三人はミセス・プリチャードを無視した。無視されたほうはビーズのような強い目で少年たちをじろじろ見ている。三人はそこに居すわって、ミセス・コープを見ながら待っている。

女主人はかばんに目をやりながら言った。「まあまあ、よく寄ってくれたわね。とてもうれしいですよ。」

パウエルの視線はやっとこでぎゅっと相手をはさむように強くなった。「どうしてるかと思って、戻ってきたんだ。」少年はしわがれ声で言った。

いちばん小柄な少年が言い出した。「あのなあ、こいつと遊ぶようになってからずっときかされてるんだよ、ここのことを。なんでもあるんだって。馬だって何頭もいるって。ここにいたころがいちばんよかったって言うんだ。いつだってここの話ばっかりしているよ。」

「ここの話になるときりがねえんだ。」大きいほうの少年が、自分の言葉を消そうというように腕で鼻先をおさえて、低い声で言った。

「いつだって、ここで乗った馬の話さ。」小柄なほうがつづける。「おれたちも馬に乗せてやるって言うんだ。ジーンていう馬だって。」

自分の地所内でだれかがけがをして、自分を告訴し、財産をはたいて弁償しろと迫るようなことになっては大変だ。ミセス・コープはいつもそれをおそれていた。いそいでこう言った。「うちの馬には蹄鉄が打ってないの。ジーンていう馬はもう死んだのよ。馬に乗せるわけにはいきません。けがをするかもしれない。とてもあぶないんだから。」夫人はひどく早口でしゃべりたてた。

大きいほうの少年は不愉快そうな声をあげて地べたにしゃがみ、テニス靴に入った石を取りはじめた。小柄なほうはあちこちを鋭い目で眺め、パウエルは例のかなてこのような視線でミセス・コープをとらえたまま、ひとことも言わない。

しばらくして小柄な少年が言った。「奥さん、こいつがなんて言ってたか教えてやろうか。死んだらここにきたいって言ったんだぜ！」

ミセス・コープは一瞬表情を失い、それから顔を赤くした。そうだ、この子たちはお腹をすかせているんだ。そう気づいて夫人はつらそうな表情をうかべた。お腹がへってるから、この子たちはこんなふうににらみつけるんだ！　ミセス・コープは相手に息を吹きかけんばかりにあえぎ、せきこんで、なにか食べたくないかとたずねた。少年たちは食べてもいいとは言ったものの、落ち着いてしかも不満げな表情はいっこうに明るくならない。腹がへるのは慣れている、そんなことは放っておいてくれと言わんばかりだ。

二階にいる子供は興奮で顔を赤くした。窓から額と目だけしか出ないようにひざをついている。ミセス・コープは少年たちに、家の反対側、屋外用の椅子が置いてある場所にくるように言って、そっちへ案内した。ミセス・プリチャードが後をついてゆく。二階にいる子供は右の寝室からホールを通って左側の寝室に移動し、そこから反対側の庭を見下ろした。芝生用の白い椅子が三脚、二本のはしばみの木のあいだに赤いハンモックが吊ってある。女の子は十二歳で顔色が青白い。太っていて斜視ぎみで、大きな口の中には銀の歯列矯正ブリッジがぎっしりかかっている。女の子はまた窓ぎわにひざをついた。

三人の少年は家のかどをまわってやってきた。大柄な子はハンモックにどさんと横になって、短くなった煙草に火をつけた。小柄な子はかばんを枕にして草の上に寝ころんだ。パウエルは椅子に浅くかけ、この農園全体を視線の中に包みこもうとするように、あたりを凝視している。女の子の耳に、母親とミセス・プリチャードが台所で声をひそめて相談しているのがきこえてきた。女の子は立ち上がってホールに出ると、階段の手すりから身を乗り出した。

階下の裏口ホールで、二人の足が向き合っている。「あの子たちはお腹をへらしているのよ。」ミセス・コープの声には力がない。

「奥さん、あのかばん見ました？　ここに泊まるつもりだったらどうします？」とミセス・プリチャードがきいている。

ミセス・コープは短い悲鳴をあげた。「私とサリー・ヴァージニアしかいないのに、三人も泊められやしない。食べものを出してやれば、きっと帰るでしょ。」

「ただ、かばんをもっていますからね。」ミセス・プリチャードが言う。

子供はいそいで窓に戻った。ハンモックに長々と寝そべった大柄な少年は、両手を頭の下に組み、短くなった煙草を口のまんなかにくわえている。ぷっと吐き捨てた煙草が弧を描いて落ちる、ちょうどそこへ、ミセス・コープがクラッカーを盛った皿を手にして現れた。行く手に蛇を投げられでもしたように、びくっとして立ち止まった。「アッシュフィールド！　煙草をひろって。火事になったらたいへん。」

「ゴーフィールドだい！」小柄な少年がおこって叫んだ。「ゴーフィールドだってば！」

大柄な少年はなにも言わずに起きあがり、重い足どりで吸い殻をさがした。それをひろうとポケットに入れ、コープ夫人に背を向けたまま、自分の腕のハート型の入れ墨をしげしげと眺めた。ミセス・プリチャードはコカコーラのびんを三本、首のところでまとめて片手で運んできて、少年たちに渡した。

「おれ、ここのことならなんだって憶えてる。」パウエルはびんの口から中を見ながら言う。

「ここをやめてから、どこへ行ったの？」クラッカーの皿を椅子のひじかけに置くと、ミセス・コープはたずねた。

パウエルは皿を見たが、食べようとはしない。「馬の名前はジーンていうのと、ジョージってのと。ここをやめてからフロリダに行って、そこでおやじがさ、死んだんだ。それから、おれの姉ちゃんのとこへ行って、それからおふくろがさ、再婚してさ、それでずっとそこにいるんだ。」

「クラッカーはどう。」ミセス・コープはそう言って、向かいの椅子に腰掛けた。

「こいつ、アトランタにいるのが好きじゃないんだ。」小柄な少年はそう言うと、関心もなさそうにクラッカーに手をのばした。「こいつは、自分のいるところに満足したことなんぞないのさ。好きなのはここだけだってさ。どんなふうだか、話してやろうか、おばさん。今いる団地で野球をやるだろう。やってるうちに急にゲームを放りだしてさ、『ちくしょう、あすこにはジーンていう馬がいたんだ。あいつに乗って、こんなコンクリートなんぞぐちゃぐちゃに蹴散らしてやりたい!』って言うんだ。」

「そんなひどい言葉を使ったりしないでしょ、ねえパウエル。」ミセス・コープは言う。

「使わないよ。」パウエルは顔を別の方向にむけ、牧場にいる馬たちの気配に耳をすませているようすだ。

「こういうクラッカーは好きじゃねえな。」小柄な少年はつまんだクラッカーを皿に戻して立ち上がった。

ミセス・コープはすわりなおした。「それじゃ、君たちはあの新しいすてきな団地に住んでるのね。」

「どれが自分ちのあるビルだか、匂いをかいで見当をつけるしかないんだぜ。」小柄な子が会話を買って出た。「四階建てでさ、それが十棟もぎっしり建ってるんだ。さあ、馬を見にいこうぜ。」

パウエルは左右からぎゅっとはさむような目つきをミセス・コープに向けた。「おれたち、お宅の家畜小屋で一晩だけ泊まろうと思ってきたんだ。おれのおじさんがピックアップ・トラックでここまで送ってきた。明日の朝、またここでひろってくれることになってるんだ。」

ミセス・コープはしばらくなにも言わなかった。窓ぎわにいる女の子は思った。母さんはあの椅子から飛び上がって、あそこの木にぶちあたるかもしれない。

ミセス・コープはいきなり立ち上がって言った。「それはだめ。家畜小屋は干し草でいっぱいでね、煙草の火で火事になるかもしれない。」

「煙草は吸わないよ」とパウエルが言う。

「それでもやっぱり、家畜小屋で泊まるのはこまります。」ミセス・コープはくり返した。ギャングに向かってていねいにものを言っているような口調だ。

小柄な少年が口を出した。「そんなら森でキャンプするよ。毛布をもってきたんだ。

あのかばんの中にあるんだ。さあ、行こうぜ。」

「森だなんて！」ミセス・コープが叫んだ。「だめですよ！　森は今とても乾燥してるの。森で煙草を吸ったらたいへんなことになる。草地ならいいですよ。家のとなりの、この草地。ここなら木もないし。」

「つまり、母さんの目のとどく所ってわけ。」女の子は息を殺してつぶやいた。

「自分の森だってよ。」そうつぶやくと、大柄な少年はハンモックから降りた。

「草地で寝るよ。」パウエルはそう言ったが、ミセス・コープに向かってというのではなさそうだった。「今日の午後はここを二人に見せてやるんだ。」その二人はもう歩きだしている。パウエルも立ち上がってその後を追う。女たち二人は黒いかばんをはさんで椅子にすわりこんだ。

「いりませんとも言わないし、挨拶ひとつしない。」ミセス・プリチャードが意見をのべた。

「せっかく用意してやったのに、いじくりまわしただけなんて。」ミセス・コープは傷ついた声で言った。

ミセス・プリチャードは、あの子たち、アルコールなしの飲み物じゃ気に入らなかったんでしょうよ、とほのめかした。

「あの子たち、たしかに飢えているように見えたのに。」ミセス・コープは嘆いた。

日が沈むころ、三人は汚れて汗まみれで森から出てくると、裏のポーチにやってきて水をくれと言った。食べものをくれとは言わなかったが、じつはほしいのがわかる。ミセス・コープは言った。「ホロホロチョウの冷たいのしかないけど、サンドイッチでもつくりましょうか？」

「ホロホロチョウなんて、あんな頭のはげた鳥なんか食いたくないよ。ニワトリか七面鳥なら食うけど、ホロホロチョウはいやだ。」小柄な子が言った。

「あんなもの、犬だって食うもんか。」大柄な少年が言った。その子はシャツを脱いでズボンの後ろから尻尾みたいにぶらさげている。ミセス・コープはその子のほうを見ないように気をつけた。小柄な少年は腕に切り傷をつくっていた。

「あんたたち、馬に乗ったりはしなかったでしょうね？　乗っちゃいけないって言ったんだから。」「乗ってませーん！」すぐさま、田舎の教会でとなえるアーメンのように熱心な声がいっせいに返ってきた。

ミセス・コープは家に入ってサンドイッチをつくった。つくりながら、外の三人と話をかわした。お父さんはなにをしているか、兄弟は何人か、どこの学校に行っているか。少年たちは険悪な調子で短く答え、質問がこっちの気づかない意味をもっているように、肩を押し合ったり笑い声をあげたりした。「学校じゃ、男の先生？　それとも女の先生？」

「どっちもいるけど、なかにゃ男か女かわかんないのもいるぜ。」大柄な少年がばかにしたように言った。

「で、パウエル、お母さんは働いてるの？」と、あわてて別の質問をした。

「おまえの母ちゃんは働いてるかってよ！」小柄な少年が大声をあげた。「こいつ、いま見た馬のことで頭がいっぱいなんだ。こいつの母ちゃんは工場で働いてて、家のめんどうはこいつに見させてるのさ。あんまりやってるふうもないけど。話してやろうか。こいつったら、いつだったか、小さい弟を箱につめて、火をつけたんだよ。」

「パウエルがそんなことをするはずはありません。」ミセス・コープはサンドイッチの皿をもって出て、出入り口の階段に置いた。皿はたちまち空っぽになった。夫人は皿を取り上げて、ちょうど正面にあたる森の樹冠に沈んでゆく夕陽を眺めた。夕陽はふくれ上がり、炎をあげているようで、きれぎれの網のような雲に引っかかり、今にも燃えさかって森に落ちてきそうだ。二階の窓ぎわにいる女の子には、母親がふるえて両腕を体の脇に押しつけるのが見えた。「私たち、感謝すべきものがこんなにもあるわ。」ミセス・コープは突然、驚きをこめた悲しげな口調で言い出した。「あんたたち、神様のしてくださったことを毎晩感謝している？　すべてのものについて、神様に感謝しているの？」

これで一同はしんとなった。サンドイッチをほおばっても、味がしなくなったらしい。

「どうなの？」夫人は追及をゆるめない。

三人はかくれている泥棒のように静かにして、音をたてないでサンドイッチを噛んでいる。

「私はね、ちゃんと感謝してますよ。」しばらくしてミセス・コープはそう言うと、後ろを向いて家に入った。二階にいる女の子には、少年たちががっくりと肩を落とすのが見えた。大柄な少年はわなから自由になろうとするように両脚を伸ばした。夕陽はせわしく燃え立ち、見渡すかぎりに火をつけんばかりだ。白い給水塔はピンク色に輝き、草はガラスに変身したように不自然な緑色になった。突然、女の子は窓から身を乗りだすと、「ウグーッ」と大声をあげ、眉をしかめて、力いっぱい舌を突きだした。吐きそうだといわんばかりだ。

大柄な少年は目をあげて女の子をじっと見た。「やれやれ、また女だぜ。」

女の子は窓から引っ込むと、壁にもたれた。平手打ちをくわされたのに、だれにやられたかわからないといった顔で、口惜しそうに目を細めた。少年たちが裏口の階段からいなくなると、女の子は台所に降りていった。コープ夫人は皿を洗っている。「あの大きいやつをつかまえて、コテンパンにのしてやりたい。」女の子は言った。

ミセス・コープはふりむいて強い口調で言った。「あの子たちに近寄っちゃいけません。レディーはね、人をコテンパンにのしたりはしないものよ。離れていなさい。明日の朝には行ってしまうんだから。」

だが、朝になっても少年たちは行ってしまわなかった。朝食をすませてポーチに出ると、少年たちは裏口のそばにいて階段を蹴飛ばしていた。朝食に焼いたベーコンの匂いをかぎつけたのだ。ミセス・コープは言った。「おやまあ！　おじさんが迎えにくるんじゃなかったの？」三人ともこわばった飢えの表情をうかべていた。昨日はそれを見るのがつらかったが、今日はミセス・コープは軽い反感を感じた。

大柄な少年はぷいと背を向け、小柄なほうはしゃがんで砂を掻きはじめた。パウエルが言った。「けど、そうじゃないんだ。」

大柄な少年はミセス・コープのほうにいくらか顔を向けて言った。「おばさんのものには一つだってさわっちゃいないぜ。」

相手の目がどれほど大きくなったか、少年には見えなかったが、意味深長な沈黙には十分気づいた。しばらくたってから、ミセス・コープは声の調子を変えて言った。「あんたたち、朝食を食べる？」

大柄な少年が言った。「食べものならたっぷりもってるよ。おばさんのものなんぞほしかあない。」

ミセス・コープはじっとパウエルを見ている。やせて血色のわるい顔は負けん気を示してはいるものの、こっちをまっすぐ見ようとはしない。「あんたたちがきてくれてうれしいのよ。だけど、行儀はよくしてもらわなくちゃ。紳士らしくしてもらいたいものね。」

三人はそれぞれちがう方向をむいて、女主人がいなくなるのを待っているらしい。急に声が高くなった。「なんといったって、ここは私の家なんだから。」

大柄な少年がはっきりしない声を出し、三人はそのまま背を向けて馬小屋のほうへと立ち去った。残されたミセス・コープはショックを受けた。真夜中に、いきなりサーチライトを浴びせられたような顔だ。

しばらくするとミセス・プリチャードがやってきた。台所のドアのはしにほほをつけて立っている。「奥さん知ってるんでしょうね。あの子たち、昨日は夕方まで、馬を乗りまわしてたんですよ。馬具室からくつわと手綱を盗み出して、鞍なしで乗ってたんです。うちのホリスがちゃんと見たんですから。馬小屋から三人を追い出したのが午後九時。今朝は今朝で、搾乳室から追い出したんですよ。口のまわりがミルクだらけ。ミルクの缶からじかに飲んだらしいですよ。」

「もうがまんできない。」流しの前にいたミセス・コープはぎゅっとこぶしをにぎった。「もうがまんできない。」カヤツリグサを退治する時とおなじ表情になっている。

「奥さんには手の打ちようがないですよ。」ミセス・プリチャードが言う。「学校がはじまるまで、一週間かそこら、おいてやることですね。あの子たち、田舎で休暇を過ごす気でいるんだから、腕を組んで放っておくしかどうしようもないです。」

「放ってなんぞおくもんですか。ミスタ・プリチャードに言いなさい。すぐ馬を畜舎に入れるようにって。」

「もう入れてあります。男の子が十三にもなれば、わるいことをするのは一人前だと思ったほうがいいですよ。なにをしでかすかわかったもんじゃない。次にどこをねらうか、見当もつきゃしない。今朝うちのホリスがね、雄牛の小屋の後ろであいつらを見たんですよ。あの大柄な子がきいたそうです、どこか体を洗える所はないかって。それでうちの人は、そんな所はないって言って、それから、おまえたちが煙草の吸い殻を森に落とすんじゃないかって、奥さんが気にしているって言ってやったんだそうです。そうしたらあの大柄のが『この森はあの人のもんじゃねえ』って言うから、うちのが『いいや、あの人のだ』って言ったんだって。そうするとあの小柄なのが、『森だってあの女だって、みんな神様のもんだい』って言ったんだって。それからあの眼鏡をかけたのが『あの人はこの牧場の上の空までもってるんだろうな』って。そうするとあのちびが『空までもってて、あの人がうんと言わなきゃ、飛行機もこの上を飛べないんだ』って。それでもって、あの大柄のが、『ここみたいにくそったれ女ばっかりの所ははじめて見たぜ。なんでこんな所でがまんしてるんだよ』って言うから、うちのホリスは、てめえらのばか話なんぞきいていられねえって言って、なんにも返事をしないでそこを離れたんだそうです。」

「あの子たちのところへ行って、ミルク運搬車に乗れば出ていけるからって言ってやるわ。」ミセス・コープは裏口から出ていった。台所にはミセス・プリチャードと女の子が残った。

「私なら、もっと手早くあいつらを片づけてやるのに。」女の子が言った。

相手はあざけるようにじっと女の子を見た。「へえ、どうやって?」

女の子は両手をぎゅっとにぎりしめ、相手を絞め殺さんばかりに顔をゆがめた。

「あの子たちのほうがあんたを片づけちゃいますよ。」ミセス・プリチャードは満足げに言った。

女の子はその場を避けて二階にゆき、窓から見下ろした。三人の少年たちは給水塔の下にしゃがんで、クラッカーの箱からなにかつまみ出して食べている。三人に話しにいった母親がこっちに戻ってくる。台所に入ってきた母親の声がする。「ミルク運搬車に乗っていくって言ってるわ。お腹が減らないわけもわかった。あのかばんの半分くらいも食料をもってたわ。」

「どうせ全部盗んだんでしょうよ。」ミセス・プリチャードが言う。

ミルク運搬車がきた時、少年たちは姿を見せなかった。三人を乗せずに車がいってしまうと、そのとたんに子牛小屋のいちばん上の開口部から、少年たちはそろって首を出した。「どうしようもないわ。」ミセス・コープは腰に両手をあてて二階の窓から外をにらんだ。「あの子たちのいるのがいやだとは言わない。そうじゃなくて、あの態度がたまらないのよ。」

「母さんはだれの態度だって気にいらないんでしょ。私が言いにいってやる。五分以内に出ていけって言ってやる。」女の子が言う。

「あの子たちに近寄るんじゃありません。わかった？」

「なんで？」

「私が行って、はっきり言ってやるから。」ミセス・コープは断言した。

　女の子は窓ぎわに位置を占めた。すこしすると、かたい緑色の帽子が日光を反射するのが見えた。母親が子牛小屋めざして道を横切ってゆく。そのとたんに三人は顔を引っこめ、大柄な少年がたちまち空き地を駆け抜けた。すぐ後ろにほかの二人が続く。ミセス・プリチャードも家から出てきた。二人の女たちは少年たちが姿を消した森をめざして進んだ。やがて二つの日よけ帽子が森に消えると、左のほうから少年たちが出てきて、ゆっくりした足どりで草地を通り、また別の森に入っていった。二人が草地に出てきたころには、もうそこにはだれもいない。女たちはどうしようもなくなって家に戻ってきた。

それからいくらもたたないうちに、ミセス・プリチャードがなにか叫びながら家をめざして駆けてきた。「あいつら、雄牛を出しましたよ! 雄牛を放しちゃったんです!」そう言う後ろから黒い雄牛そのものがのんびりとついてきた。そのまた後ろをガチョウが四羽、鳴きながらついてくる。きげんよくしていた雄牛だが、いざ囲い場へ追い立てられるとなると反抗して、ミスタ・プリチャードと二人の黒人が総がかりで半時間もかかった。男たちが雄牛にかかりきりになっている間に、少年たちは三台のトラクターからガソリンを抜いて、また森に隠れた。

こめかみに青筋をたてているミセス・コープを、ミセス・プリチャードは満足そうに眺めた。「ほら、私の言ったとおりですよ。奥さんには手の打ちようがない。」

ミセス・コープは日よけ帽子をかぶったままなのにも気づかず、いそいで昼食を食べた。なにか音がするたびに飛びあがった。食事がすむとすぐ、ミセス・プリチャードがやってきて言った。「あいつら、今どこにいるか知ってます?」そうして、私はなんでも知っているし、私の期待は酬われたのだという顔でにっこりした。

「どこなの?」ミセス・コープは軍隊式の気をつけをするみたいにきっとなった。

「道の向こう側ですよ。お宅の郵便箱に石をぶつけてます。」ミセス・プリチャードは気持ちよさそうに台所のドアにもたれた。「箱はもう、台から落っこちかけてますよ。」

「車に乗りなさい。」ミセス・コープは言った。

女の子も乗りこんで、三人は門までの道を進んだ。少年たちはハイウェイの向かい側の土手にいて、道路をへだてた郵便箱に石を投げていた。ミセス・コープは少年たちのいるすぐ下で車を止めると、窓から見上げた。少年たちはまるではじめて会うような顔でこっちを眺めた。大柄な子はふきげんそうににらみ、小柄な子はにこりともせずに目を光らせた。眼鏡ごしに両側からはさみこむようなパウエルの凝視は、しわだらけになったシャツの胸にある駆逐艦模様のあたりをうつろに見つめていた。

「パウエル、あんたのお母さんがきっと恥ずかしく思うでしょうよ。」ミセス・コープはそこで言葉を切って、相手がどう出るか、効果のほどを計った。顔がちょっと引きつったようだが、なにごともなかったようにパウエルは夫人を無視しつづけている。「私はね、今までずっと我慢していたのよ。あんたたちによくしてあげようとつとめてきました。そうだったでしょう?」

三人は彫像のようにじっとしていた。大柄な少年がほとんど口をあけずに言った。「おれたち、あんたの土地の側にいるわけじゃないんだぜ。」

ミセス・プリチャードが声をひそめるふりをして、しかも大声で言った。「奥さんには手の打ちようがないですよ。」女の子は後部座席の窓寄りにすわっていた。強い怒りの表情を浮かべているが、少年たちに見えないように窓から身を引き、頭を後ろにそらせていた。

ミセス・コープは一語一語強調しながらゆっくり言った。「私はね、あんたがたによくしてあげたつもりです。食事も二度出してあげました。これから町に行きます。帰ってきた時、まだあんたたちがいたら、保安官を呼びますからね。」そう言い捨てると発車してその場を去った。女の子はすばやく振り返って後ろの窓から少年たちを見た。三人ともじっとしていた。こっちを見ようともしなかった。

「あの子たちをおこらせちゃいましたね。こうなったら、なにをするかわかりませんよ。」ミセス・プリチャードが言った。

「帰るころにはいなくなってるわ。」ミセス・コープは言う。

そんなあっけない結末などまっぴらだった。ミセス・プリチャードという人は、自分の精神の平衡を保つためには時どき血の味を求めるのだ。「私の知ってる人の奥さんですがね、養子にした子に毒殺されたんですよ。まったくの親切で養子にしたのに。」町から帰ってみると、土手に少年たちの姿はなかった。ミセス・プリチャードは言った。「見えないよりも、見える所にいてもらいたいもんだ。なにをしてるかわかりますからね。」

ミセス・コープはつぶやいた。「ばかなことを。あれだけおどしてやったんだから、もう出ていったに決まってる。これであの子たちのことは忘れられる。」

ミセス・プリチャードは言った。「私は忘れたりしませんからね。きっとあのかばんの中にはピストルの一丁ぐらいはあるでしょうよ。」

ミセス・コープには、こういうタイプの人をちゃんと扱える自信があった。不吉な前兆だと相手がさわぐたびに、落ちついて、それは気のせいなのだと明らかにしてやる。だが、その日の午後はすっかり神経が参っていた。「もうたくさん。あの子たちはいなくなったし、これでおしまい。」

「さあ、どうですかね。」ミセス・プリチャードが言う。

その日の午後はなにごともなく過ぎた。だが、夕食の時、ミセス・プリチャードがやってきて、豚小屋の近くの茂みから、甲高い不気味な笑い声がしたと言う。悪意のある、陰険で下劣な笑いかたで、三回もはっきりきこえたのだそうだ。

「なにもきこえなかったわ。」ミセス・コープが言った。

「暗くなったら、すぐにおそってきますよ」とミセス・プリチャードは言う。

その晩ミセス・コープと女の子は十時近くまでポーチで起きていたが、なにごともなかった。きこえてくるのは雨蛙の声と、暗闇のどこかでじっと動かず、次第に間を縮めて鳴くヨタカの声だけだった。「行っちゃったのよ。かわいそうに。」ミセス・コープは娘を相手に口ぐせの説教をはじめた。私たちはどんなに感謝すべきか。境遇がちがえば、あの団地で暮らさなくちゃならなかったかもしれないのだし、黒人に生まれついていたかもしれないし、あの鉄の肺に入れられたかもしれない。ヨーロッパで生まれていたら、家畜運搬車で強制収容所に運ばれていたかもしれないのだ。それから夫人は感動した声で、自分がどんなに恵まれているかを数えあげるお決まりの話をはじめた。女の子のほうはきいていない。暗闇から突然叫び声があがるのではないかと、そっちに気をとられている。

翌朝になっても少年たちの気配はなかった。砦をなす森の、空を背景とする輪郭は厳しい灰青色を帯び、夜のうちに起こった風が吹きつのり、青みがかった金色の朝日が昇った。季節の変わりめがきていた。天候のわずかな変化でもミセス・コープはありがたがった。だが、はっきり季節が変わると、今度はなんにしろ自分を追うものから無事に逃げおおせた幸運さを思い、おどろきに近いものを感じるらしかった。あることが終わり、つぎにくることがはじまろうとする時のくせで、夫人は女の子に注意を向けた。胸当てのついた作業ズボンをドレスの上に着こみ、男ものの古いフェルト帽子を目深にかぶって、腰には飾りのついたホルスターをつけ、拳銃を二丁ぶちこんでいる。帽子はひどくきつくて、そのせいか顔が赤くなっている。眼鏡にくっつくくらい深くかぶっているのだ。ミセス・コープは悲痛な顔で娘を見た。「なんだってそんなばかげたなりをするわけ？　仲間がやってくるとでも思ってるの？　いつになったら大人になるんだろう。いったいおまえはどうなるんだろうね。おまえを見ていると泣きたくなってしまう。まったく、ミセス・プリチャードの子供になるほうがいいと思う時があるわ。」

「放っといて！」女の子はいらいらして甲高い声をあげた。「放っといてちょうだい！私は母さんとはちがうんだから。」頭を突き出し、左右の拳銃に手をかけて、女の子は敵を追跡する勢いで森に向かった。

ミセス・プリチャードがふきげんな顔でやってきた。これといって報告できるようないやなことがなにもないのだ。それでも、なにかを探し出さずにはいない。「今日は私につらいことが起こったんですよ。ほら、この歯。ひとつひとつ、ぐらぐら煮え返るみたいにうずくんですから。」

女の子は不穏な音をたてて落ち葉を踏みつけながら、ずんずん森に入っていった。すこし高く昇った太陽は、そこから風が吹き出してくる、空にあいた白い穴のように見えた。空の色も太陽とそれほど変わらず、ただいくらか色が濃いだけだ。空の色を背景にした森の樹冠は黒々としている。女の子は言った。「つかまえてやるからね。ひとりひとりとっつかまえて、あざができるまでぶったたいてやる。並んで！　**列をつくって！**」自分の背丈の四倍ほどある、幹がはだかになった松の木立を過ぎる時、女の子はそう言って片手で拳銃を振りまわした。ひとりごとを言ったりうなったりしながら女の子は森の中を進んでいった。行く手をさえぎる枝があったりすると、手にした拳銃でたたき伏せた。足を止めるのはシャツに引っかかるツルイバラをはずす時だけだ。そんな時、女の子はうるさそうに言う。「放っといてって言ったでしょ。放っといて。」それから ツルイバラを拳銃でたたくと、また猛然と前進をつづける。

やがて女の子は木の切り株に腰をおろして一息いれたが、ゆだんなく両足をしっかり踏みしめていた。何度か足をあげたりおろしたりして、なにかを踏みつぶすようにかかとで地面を激しくえぐった。突然、笑い声がきこえてきた。

女の子はぞっとして、背筋をのばした。また笑い声がきこえる。水をはねかえす音がして立ちあがったが、どっちに向かって走ればいいのかわからない。今いる場所はこの森のはずれで、そこを出ると裏の牧場だ。音をたてないように気をつけながら、ゆっくりと裏の牧場に向かった。森を出るところで、三人の少年の姿が目に飛びこんできた。七メートルと離れていない。雌牛に水を飲ませるための水槽の中に入って、少年たちは体を洗っている。水槽の縁からあふれる水のかからない場所に例の黒いかばんが置いてあり、その上に脱いだ衣類が重ねてある。大柄な少年は立っていて、小柄な少年がその肩によじ登ろうとしている。パウエルはすわって、水にぬれた眼鏡ごしにまっすぐ前を見ている。ほかの二人のほうは見向きもしない。ぬれた眼鏡ごしに見る木々はきっと緑色の滝のようだろう。女の子は松の木の幹にほほをあて、半身をかくして立っていた。

「ここに住めたらいいのになあ！」と小柄な少年が叫んだ。大柄なほうの肩に乗り、両ひざで相手の頭をはさんでバランスをとっている。

「ちぇっ、おれは住んでなくてありがてえや。」大柄な少年はあえぐような声で言うと、乗っているやつを振り落とそうとして飛びあがった。

パウエルはじっとすわったままでいる。後ろに二人がいることなど念頭にないらしい。棺から起きあがった亡霊がまっすぐ前を見つめているようだ。そして言った。「ここがなくなっちまえば、もう二度とここのことを考えずにすむんだ。」

大柄な少年は、小柄なほうを肩に乗せたまま、そっと水の中にすわり、それから言った。「なあ、ここはだれのものでもないんだぞ。」

「おれたちのもんだい。」小柄な子が言った。

木の後ろにいる女の子は身動きもしない。

パウエルは水槽から飛んで出て走りだした。なにかに追われるように草地を一周し、また水槽のところにきた。今度はほかの二人も水から出ていっしょに駆けだした。少年たちの濡れた細長い体は日の光をあびて光った。大柄な子がいちばん早くて、先頭に立った。草地を二周して、衣類の置いてある場所で走りやめた。寝ころんで荒い息をしている。しばらくして大柄な少年がかすれた声で言った。「もしここがおれのものになったら、どうするかわかるかい?」

「わかんない。どうするつもりなんだ?」小柄な少年が起きあがって、相手の言うことに注意を集中する。

「おれならここに、でっかい駐車場かなんかつくってやる。」大柄な少年は小声で言った。

三人は服を着はじめた。太陽の光が反射して、パウエルの眼鏡は白い点になり、目の表情を隠している。「こうしようじゃないか。」そう言うとパウエルはポケットから小さいなにかを取り出して仲間に見せた。一分間ばかり、少年たちはパウエルの手にしたものをだまって見ていた。それっきりだまったまま、パウエルはかばんをもち、みんな立ちあがると、女の子のいる場所から三メートルほどのところを過ぎて、森の中に入っていった。女の子は木からすこし離れて立っていた。幹に押しつけていたほほに白く樹皮の跡がついている。

女の子がぼうっとなって見つめるうち、少年たちは足を止め、それぞれがもっているマッチを全部集めて、藪に火をつけた。少年たちが歓声を上げ、手をたたくうち、はじめは女の子のいる場所と向こう側とのあいだを走る細い線だった火は、たちまち幅をひろげた。見るまに火は藪から高く燃え上がり、木々のいちばん低い枝をとらえた。切れぎれになった炎を風が高いほうへ運んでゆき、少年たちは叫びながら火の向こうに姿を消した。

女の子は火に背をむけ、草地を横切って走ろうとしたが、足が重くて動かない。これまで感じたことのない、言いようのない悲哀がはじめて湧きあがり、その重さに抑えつけられて身動きできないでいる。それでも、とうとう女の子は駆けだした。

ミセス・コープとミセス・プリチャードは家畜小屋の後ろの草地にいた。牧場の向こうの森から立ちのぼる煙にコープ夫人が気づいて、叫び声をあげた。ミセス・プリチャードは道のほうを指さした。女の子が重い足どりでこっちへ走ってくる。「ママ、ママ、あの子たち、ここに駐車場をつくるんだって！」

ミセス・コープは黒人たちを呼びたて、ミセス・プリチャードはすっかり張り切って、大声をあげながら牧場の道を駆けていった。ミスタ・プリチャードは家畜小屋の出口から現れ、二人の黒人は空き地に置いた堆肥ならしの機械に堆肥を入れるのをやめ、シャベルをもったままミセス・コープのほうに近づいてきた。女主人は叫んだ。「早く、早く！　火に土をかけて！」黒人たちは命令する人にはほとんど目を向けずにそこを通り過ぎ、ゆっくりと牧場を横切って煙の見えるほうへ進んでいった。ミセス・コープは途中まで男たちの後を走りながら叫んだ。「早く！　早く！　あれが見えないの？　ほら、あれが！」

「行きつくまでちゃんと燃えてまさあ。」カルヴァーがそう言って、二人は肩をいくらか前にかがめ、いそぐ身振りを示しただけで、あいかわらずの速度で進んでいった。

母親が足を止めたので女の子もいっしょに止まり、新しいものを見るように母親の顔をじっと見上げた。その顔には、女の子がはじめて感じたあの悲哀がそっくり現れていた。ただ、母親の顔にうかぶと、その悲哀は昔ながらのものに見えた。黒人、ヨーロッパ人、それからパウエル自身、だれのものであってもふしぎはない悲哀。女の子はすばやく母親から目をそらして前を見た。ゆっくり進む黒人たちの行く手では、木々の樹冠がつくる花崗岩色の輪郭の内側で煙の柱が立ちのぼり、なんのさまたげも受けずに拡がってゆくのが見えた。女の子は緊張して耳をすませた。二度、三度、遠くからかすかに、荒々しく高らかな喜びの叫びがきこえてきた。旧約聖書に出てくる、燃えさかる炉に投げこまれたユダヤの預言者たちが、天使の切りひらいた熱をさえぎる輪のなかで踊っている、その声のような気がした。

旧敵との出逢い

サッシュ将軍は百四歳。孫娘のサリー・ポーカー・サッシュと同居している。六十二歳になるサリーは、私が大学を卒業する日までおじいさんが生きていますようにと、毎晩ひざまずいて祈っている。将軍は大学を卒業するなどいっこう気にもしなかったが、もちろん当日まで生きるつもりでいた。生きているのがしっかり根付いた習慣になっていて、それ以外は到底考えられない。軍服を着てステージにすわってもらいたいという大学側の要望を、孫娘からきかされてはいるものの、卒業式なんてものはどうもあまりありがたくない。教授や学生がガウンを着て行列するんだけど、軍服姿のおじいさんがいちばん立派に見えるわ、とサリーは言う。そんなことはわざわざ言われなくてもわかっている。行列だと？　そんなもの、地獄めざして行進して、また戻ってきたって、おれはびくともしない。好きなのは祭りのパレードだ。ミス・アメリカやミス・デイトナ・ビーチやミス「女王綿花」生産会社を乗せた屋台の行列だ。ただの行列なんぞなんの役にもたたない。この老人の考えかたからいえば、教師どもの行列など、三途の川みたいに気を滅入らせるだけだ。それでもやはり、軍服姿でステージにすわるのはいい気分だ。注目の的になるのだから。

サリー・ポーカーのほうは、卒業式までおじいさんがもつかどうか、当人ほど楽観はしていなかった。ここ五年ほど、これといった変化はおこっていない。だが、なんとなく、今度もいよいよというところでだめになりそうな気がする。これまでの人生で何度となくそういう目にあってきた者の直観だ。この二十年間、大学の夏期講座で単位を取りつづけてきた。サリー・ポーカーが教師をはじめたころには学位なんぞ問題にならなかった。昔はなにもかも正常だったのにと彼女は言うものの、十六歳で代用教員として教えはじめたというのは、後から見ると正常と受けとってはもらえなかった。ここ二十年というもの、夏期休暇をとるはずの時期に、うだるような暑さの中をトランクに荷をつめて、州立教育大学に出かけなくてはならなかった。秋に職場にもどると、こういう教授法はいけないと大学で教えられた、まさにそのやりかたで教える。制度へのやんわりした仕返しのつもりだが、正しいことをしているという満足感はない。卒業式に将軍をひっぱり出すのは、自分の立場をはっきりさせたいからだ。サリー・ポーカー自身の言いかただと、「私がどういう過去を背負う人間か」を見せたい。彼らにそういう過去はない。彼らといっても、特定のだれかれではない。成りあがりもの全体をさす。この世界の進む方向を変えてしまい、まともな暮らしかたをぶちこわした連中のことだ。

八月の卒業式にはなにがなんでも、車椅子にのった将軍といっしょに壇上に立つつもりでいる。頭をきっとあげて、身振りでこう宣言してやる。「成りあがりども！　この人を見るがいい！　昔ながらの伝統のために戦った、栄光ある高潔な老人を見るがいい！　品位。名誉。勇気。この人を見るがいい！」こんな夢を見たこともある。「この人を見るがいい！」と叫んでふり返ると、後ろに車椅子で控えた将軍はおそろしい顔をして、すっぱだかで将軍用の帽子だけをかぶっている。そこで目がさめると、もう寝つけなくなった。

将軍のほうは、ステージに席を占める確約がなければ、卒業式に出るなどまっぴらだった。どんなステージだろうと、ともかくそこにすわるのが好きなのだ。自分のことを、いまでもなかなかの男まえだと思っている。立っていたころには身長一六二センチ。純血種の闘鶏のように精悍だった。白髪を肩までのばし、入れ歯はつくらなかった。入れ歯なしでほほがこけているほうが、横顔の線がきつくなっていいと思ったからだ。将軍の正装をすると、ほかのだれもかなわないほど立派に見える。そのことはちゃんとわかっている。

南北戦争の時に着ていた軍服は、これとはちがう。じつは戦争中は将軍ではなかった。たぶん、歩兵だったのだろう。自分がなんだったか、もうおぼえていない。ほんとうのところ、あの戦争のことなどなにもおぼえていない。ちょうど今の自分の足みたいなものだ。感覚がなくなって、体の下のほうでぶら下がっている。足には青灰色のアフガン編みが掛けてある。サリー・ポーカーが子供のころに編んでくれた。息子が戦死した米西戦争のこともおぼえていない。息子がいたことさえ忘れてしまった。歴史などおぼえていてもなんの役にもたたない。あんな目にあうのは二度とごめんだ。老人にとって、歴史というのは行列と関係があり、パレードのある人生と関係がある。ともかくパレードはいい。人からはいつも、おぼえていないかとあれこれきかれる。過去についての質問ばかり。そういうのは退屈な黒い行列だ。過去のできごとでただ一つはっきりおぼえていてよく話すのは、十二年前に将軍用の軍服をもらい、それを着てプレミアショー（一九三九年の映画「風と共に去りぬ」の有料試写会）に出たことだ。

「アトランタでやったプリーミ（言いまちがいだが、この音だと「未熟児」になる）に出たんだ」と、自宅のポーチで来客を相手にしゃべる。

「きれいな女の子に取り巻かれてな。地方向けのものじゃない。そうじゃないんだ。いいかな。国全体の規模の行事だったんだよ。それに出席をたのまれて、ステージに上がったんだ。くずどもは出られない会さ。タキシードを着て、入場料に十ドル払うんだ。おれは軍服着用さ。当日、ホテルの部屋できれいな娘さんが渡してくれたのさ。」

「ホテルの特別室でね。私もいっしょにいたのよ、おじいさん。」サリー・ポーカーは来客にウィンクする。「その娘さんと二人っきりでホテルの部屋にいたわけじゃないでしょ。」

「二人だけだった。当然のことをやればよかった。」将軍はきつい顔つきでそう言い、来客は笑いころげる。将軍はつづける。「カリフォルニアのハリウッドからきた子なんだが、あの映画には出演してない。あそこにはきれいな女の子がいすぎて、エキストラにも雇ってくれない。人になにか贈呈して、いっしょに写真を撮るだけの仕事なんだそうだ。いや、二人いたんだっけ。そうだ、左右に一人ずついて、おれがまんなかにいて、両腕を女の子の腰にまわしていたんだ。腰の細いのなんの、半ドル銀貨くらいだったな。」

サリー・ポーカーがまた割って入る。「軍服を渡したのはミスタ・ゴヴィスキーでしょ。私にはすごく立派なコサージュをくれましてね。ほんと、お目にかけたいくらい。グラジオラスの花びらをはずして、金を塗って、バラの花のかたちにまとめてあるの。それはもう、すばらしかった。お目にかけたいくらい。そりゃ……」

「頭くらいもあるんだ」と将軍がどなる。「いまこの話をするところだったんだ。連中はこの軍服をくれて、サーベルをくれて、それからこう言ったもんだ。『さて将軍、われわれに対して開戦してほしいのではありませんよ。今夜、紹介された時にあのステージに登場して、司会者の質問にいくつか答える。やっていただきたいのはそういうことです。できそうですか？』っていうから、なにを言うんだ、おまえさんたちが生まれるずっと前から人間をやってるんだって、そう言ってやったんだ。そうしたら連中、大笑いさ。」

「ショーの中でいちばん受けたんですよ」と言いはするが、サリー・ポーカーはあのプレミアショーのことをあまり思い出したくない。足のことで大失敗をやったのだ。会に出るためにドレスを新調した。黒い絹のロングドレスで、ラインストーンで飾ったバックルとボレロがついている。それと、服に合った銀色のハイヒール。おじいさんの介添人として、彼女もステージに上がることになっていた。至れり尽くせりだった。ほんもののリムジンが八時十分前に迎えにきて、劇場に二人をつれていった。ぴったりの時間に到着した。つまり、大スター、監督、著者、州知事、市長、脇役の俳優たちが到着した直後、ということだ。警官が交通整理をしていて、劇場を取り巻く人をさえぎる綱が張ってあった。リムジンから下車して煌々たる光をあびた二人は、劇場に入れない大勢の人たちの視線をあびた。それから赤と金色のロビーを通った。南軍の軍帽をかぶったショートスカートの娘が特別席に案内した。観客はもう席についていて、将軍の制服姿を見るなり、「南部婦人連盟」のメンバーたちが拍手をはじめた。全員がそれにならった。二人の後から何人か特別席に案内されると、劇場の扉が閉まった。ライトが消えた。ちぢれた金髪の青年が現れて映画会社のものですと名のり、このすばらしい催しに参加できてほんとうにうれしいと述べた。それからステージに登る人を順番に紹介しはじめた。将軍と孫娘はプログラムの十六番めだった。南軍のテネシー・フリントロック・

サッシュ将軍と紹介された。祖父の名はジョージ・ポーカー・サッシュで、階級は曹長だったと、映画会社のゴヴィスキー氏にはちゃんと伝えておいたのに。祖父に手を貸して立たせたが、胸がどきどきする。ステージにちゃんと登れるかどうか心もとない。

老人は白髪の頭をしゃんともたげ、軍帽を胸にあてて、ゆっくり足を運んだ。オーケストラが音量をおさえて南軍の軍歌を演奏しはじめた。一角にかたまっている「南部婦人連盟」のメンバーはいっせいに起立し、将軍が登壇し終えるまですわろうとしなかった。ひじを支えるサリー・ポーカーを従えた老人がステージ中央にたどりついた瞬間、軍歌の演奏は一挙に高鳴り、老人はほんものの舞台度胸を発揮して、力強く敬礼の姿勢をとった。ふるえる手で、軍歌の終わるまで敬礼を続けた。南軍の軍帽をかぶったショートスカートの案内嬢が二人出てきて、老人の後ろで南軍旗と北軍旗を交差させた。

将軍はスポットライトの中心にいた。不気味な月のような光の一片がサリー・ポーカーをとらえていた。例のコサージュ、模造宝石つきのバックル、白い手袋とハンカチをにぎりしめた片手。ちぢれた金髪の青年がライトの中に割りこんできた。これからスクリーンでみごとに再演される戦争を実際に戦い、血を流したかたを、今夜の記念すべき会にお迎えできたのはじつにうれしいことだとのべ、こうたずねた。「将軍はおいくつでいらっしゃいますか？」

「きゅうーーじゅうーーにさーい」と将軍が叫んだ。

青年は今夜の発言の中でいちばん感銘深いことをきいたという顔をしてみせた。「お集まりのみなさん、どうぞ将軍に盛大な拍手を!」大拍手が湧き起こる中で青年はサリー・ポーカーに、老人をつれて席にもどれと親指で合図した。つぎの人の番だ。ところが将軍はまだ降りる気はない。スポットライトの中心に立ち、首を突きだして口をあけ、灰色の目でまばゆい光と喝采を堪能している。孫娘を乱暴にひじで押しのける。「老けないでいる秘訣はなあ、かわいい女の子にキスしまくることよ!」

これが大受けで、拍手は一段と高まった。その瞬間、足元に目をやったサリー・ポーカーは気がついた。会に出る興奮のあまり、靴を履きかえるのを忘れたのだ。ガールスカウトの履くようなひも付きの茶色の靴がドレスの下に見えている。将軍をぐいと引っぱると、大急ぎでステージを降りた。まだお礼の言葉ものべていないのにと、将軍は腹を立てた。席に戻る途中、あらんかぎりの声をしぼって、「ここに呼んでくれてありがとう。きれいな女の子がたくさんいて、とてもけっこうだ!」と叫んでいた。だがつぎの有名人がもう登壇していて、みんなの注意はそっちに向かい、だれもきいていない。映画上映中はずっと寝ていて、時どき強い調子の寝言を叫んだ。

それ以来、あまりおもしろいことはなかった。足はすっかりきかなくなり、ひざの動きは古くなった蝶つがいのようで、腎臓の機能が落ちた。だが心臓だけは頑強に働きつづけている。過去も未来も老人にとってはおなじことだ。片方は忘れ、もう片方はおぼえていない。猫とおなじで、死ぬことはまったく念頭にない。南軍戦没者記念日には毎年、州都の博物館に貸しだされて、一時から四時まで展示される。昔の写真、軍服、武器、歴史的文書などのおいてある陰気な一室に。展示物はどれもガラスケースに収められ、子供たちがさわったりしないようになっている。将軍は例の映画のプレミアショーの時の軍服を着て、綱でかこんだ場所にけわしい顔ですわっている。にごった灰色の目が時どき動く以外は、生きている気配はしない。一度だけ、勇気のある子が軍刀にさわった時、腕を動かして子供の手をはらいのけたことがある。春に旧家が観光客に屋内を見物させる時、軍服できてもらいたいとたのまれて出かけてゆき、めだたない場所にすわって、その場に雰囲気をそえる。観光客に向かってうなることもあるが、時にはプレミアショーのことや、きれいな女の子のことを話したりもする。

卒業式よりも前におじいさんが死ぬようなことがあれば、私も死んでしまう。サリー・ポーカーはそう思った。夏の学期がはじまるとすぐ、まだ卒業できるかどうかもわからないのに、学長に会いにいってこう話した。祖父は南軍のテネシー・フリントロック・サッシュ将軍です。卒業式に出席すると言っています。百四歳で、頭は全然ぼけていません。大学としてはりっぱな人の出席は大歓迎で、ステージに登ってもらって紹介をしようということになった。甥でボーイスカウトに入っているジョン・ウェズリー・ポーカー・サッシュにたのんで、当日に車椅子を押してもらうことにきめた。勇者のしるしである灰色の軍服の老人と、さっぱりしたカーキ色の制服の少年。旧世代と新世代。二人がどんなに見栄えすることか。私が卒業証書を受ける時、この二人がステージの上にいる。サリー・ポーカーはその光景を想像してうっとりした。

ものごとは大体のところ、彼女の計画通りに進んだ。夏の学期に出ているあいだ将軍は親戚の家で世話になり、その家の人たちがボーイスカウトのジョン・ウェズリーと将軍を大学のある町まで送ってくれた。新聞記者がホテルに取材にきて写真を撮った。将軍がまんなかで、左右にサリー・ポーカーとジョン・ウェズリーが並んだ。きれいな女の子たちにかこまれて写真におさまったことのある将軍は、今回の撮影に関心がない。これから出席するのがどんな会なのかはすっかり忘れ、ただ軍服と軍刀をつけることだけおぼえている。

卒業式の朝、初等教育学士取得予定者の行列に並ぶサリー・ポーカーは、祖父がステージに登る時につきそえない。だが、太って金髪できびきびした表情の十歳の少年ウェズリーが、ちゃんとめんどうをみると請けあってくれた。卒業式用の黒いガウンを着たままホテルにやってきて、サリー・ポーカーは老人が軍装になるのを手伝った。老人はひからびた蜘蛛のようにもろくなっている。「おじいさん、どきどきしない？　私、死にそうなくらいどきどきする。」

「軍刀はひざの上に横におくんだ、ばかめ！　そのほうがよく光る。」

言われたとおりにすると、サリー・ポーカーはすこし後ろに下がって眺めた。「ほんとにりっぱよ。」

「ちくしょうめ。」心臓の鼓動にあわせるような調子で老人はゆっくり言った。「ちくしょう。なにもかも地獄へ行っちまえ。」

「じゃあね。」サリー・ポーカーはうれしさいっぱいで行列にもどっていった。

卒業予定者は科学教室棟の後ろに並んでいる。列に入ったとたん、行進がはじまった。昨夜はあまり眠れなかった。とろとろするたびにおなじ夢をみる。「この人を見るがいい」と小声で言い、祖父のほうをふり返る、その直前に目が覚める。一行は暑いさなかを黒いウールのガウンで三ブロック歩かなければならない。ぼーっとして歩きながら考えた。この行列を見てなかなかのものだと思う人がいるとしたら、見ものはこれからよ。勇者のしるしである灰色の軍服の老将軍と、さっぱりしたカーキ色の制服のボーイスカウトが、凜々しく車椅子を押して登場する。軍刀が日光を反射してきらっと光る。ジョン・ウェズリーはもうステージの裏手に老人をつれていったはずだ。

黒い行列は二ブロック歩いて、講堂に向かう最後の道路を進んでいった。卒業予定者の家族は芝生に立って、うちの子がどこにいるか見きわめようとしている。家族の集団では、男たちは帽子をずらして額の汗をぬぐい、女たちは肩のところでドレスを浮かしている。汗で背中にべったりつくのをふせぐためだ。厚いガウンを着た卒業予定者は、体内の無知をすべて外に流しつくすつもりか、汗びっしょりになっている。強烈な太陽光が車のフェンダーや建物の柱に反射して、人目をひく。講堂のすぐわきにある大きな赤いコカコーラの自動販売機が、サリー・ポーカーの目に入った。そのそばに将軍の車椅子が止まっている。帽子なしでかんかん照りの太陽にさらされて、眉をしかめている。ジョン・ウェズリーのほうはシャツの裾を外に出し、赤い自動販売機にもたれかかってコカコーラを飲んでいる。列から飛び出して駆けつけて、びんを取り上げた。少年をこづき、シャツの裾をたくしこんで、老人に帽子をかぶせた。「早くあそこにつれていって!」と叫んで、こわばる指で講堂の横手の入り口をさした。

将軍のほうは、頭のてっぺんに小さな穴があき、それがだんだん大きくなるような気がしていた。少年は乱暴に車椅子を押して斜道を登り、取り決めどおり講堂内のステージの袖で位置についた。将軍は前方に広がる大群衆の顔をにらんだ。どの人の目もきょろきょろしている。黒いガウン姿の人が何人かやってきて握手をした。荘厳な音楽につれて、客席のあいだの通路から目の前のプールに黒い行列が流れこんできた。音楽は頭のてっぺんにあいた穴から中に入ってくるような気がする。一瞬、あの黒い行列もおなじ穴から自分の中に侵入してくるのではないかと思った。

その行列がなにかはわからないが、似たものを以前知っていたような気がする。こっちに向かってくるのだから、なじみのあるものなのだろう。だが、黒い行列は好きではなかった。将軍はいらいらした。なんの行列だろうと、きれいな女の子を乗せた山車《だし》がなくてはいけない。あのプレミアショーの前にやったパレードのように。これはなにか、連中のいつもやっている歴史と関係のあるものらしい。そういうのはごめんだ。昔のできごとなど、いま生きている人にはなんの意味もない。おれはいま生きているんだ。

行列がすべて目の前の黒いプールに流れこむと、黒いガウン姿の人が一人立って演説をはじめた。その人はなにか歴史について話しているが、将軍はきかないことにきめた。ところが演説は頭のてっぺんにあいた穴からじわじわ入りこんでくる。自分の名前がきこえ、車椅子が手荒く押し出されて、例のボーイスカウトが深くおじぎをした。会衆は将軍の名を呼び、太ったがきがまたおじぎをした。老人は声をだそうとした。このがきめ、そこをどけ！　おれは立てるんだぞ！　だが、立ちあがっておじぎをする前に、車椅子はぐいと引き戻された。あの歓声はおれに向けたものだったろうに。出番が終わったのなら、もうなにもきく気はない。この頭の穴さえなければ、話が自分の中に入ってこないですむのに。穴にふたをしようと手をあててみたが、穴は指の幅よりも大きくて、しかもだんだん深くなるようだ。

また別の黒いガウン姿の人が出てきて話している。自分の名前を言うのがきこえたが、将軍について話しているのではなく、歴史のことらしい。「われわれの過去を忘れるなら、われわれは未来を考えることはできません。未来はないも同然になるでしょう。」

こういう言葉が切れぎれに将軍の頭に入ってきた。歴史なんぞもう忘れてしまったし、いまさら思い出す気もなかった。妻のことは名前も顔も忘れたし、子供たちの名前も顔も同様だ。場所の名も、場所そのものも忘れたし、そこでなにがあったかもおぼえていない。

頭にあいた穴のせいでいらいらする。この会に出て頭に穴があくなんぞ、思ってもいなかった。穴をあけたのは、あのゆっくりした陰気な音楽だ。外ではもう音楽はやんでいるのに、穴の中ではまだ残っていて、だんだん深く入りこみ、頭の中をかきまわす。言葉が脳の奥の暗い場所にとどく。チッカモーガ（南北両軍の交戦地。ここでは北軍が敗退）、シャイロウ（交戦地）、ジョンストン（アルバート・シドニー・ジョンストン。南軍側の将軍。シャイロウの戦いで戦死）、リー（ロバート・エドワード・リー将軍。南軍の総指揮者）。自分にはまったく意味をもたないこういう名前が、ここに自分がいるせいで聴衆の心に訴えかけている。そのことはわかっていた。おれはいったい、チッカモーガとかリーとかいう所で将軍をやっていたのだろうか。老人は努力して、きれいな女の子でいっぱいの山車に乗った馬と自分の姿を思いだそうとした。山車はアトランタの繁華街をゆっくり進んでゆく。だが、うまくゆかない。昔の言葉が頭の中をかきまわして、場ちがいにもここで生き返ろうとしている。

演説者はあの戦争の話を終えて、つぎの戦争のことを話し、またそのつぎの戦争について話している。その言葉はすべて、あの黒い行列のように、昔知っていたもののような気がしていらいらさせられる。音楽の長い指が将軍の頭の中をさぐり、あちこちに探針をあてる。すると沈んでいた言葉がかすかに照らしだされ、生き返ってくる。言葉の群れが将軍に迫ってくる。ちくしょうめ、そんなものはまっぴらだ！　言葉の群れを避けて後ろに下がろうとした。その時、黒いガウン姿の人が着席するのが見えた。会場がざわざわして、目の前の黒いプールが低い音をたて、ゆっくりした陰気な音楽につれて将軍のいるほうに流れ出しはじめた。やめろ！　おれは一度にひとつ以上のことはできないぞ！　迫ってくる言葉の群れをふせぎながら、同時に行列に立ち向かうなんて無理だ。しかも言葉はますます激しく迫ってくる。自分が走って退却しているような気がする。言葉は小銃の射撃のように襲いかかり、いまのところ当たりはしないが、ますます接近してくる。背を向けていっさんに逃げだしたつもりだのに、逆に言葉めざして走っている。一斉射撃のまんなかに走りこみ、口早にののしりまくる。音楽が盛り上がって迫ってくる。そのとたん、いきなり過去全体がぱっくりと口をあけ、体に百カ所もの銃弾を受けて激しい痛みを感じた。ばったり倒れ、銃弾が命中するたびにののしった。妻の細い顔が見える。金縁の眼鏡ごしに、とがめるようにこっちを見ている。息子のだれか、頭のはげたのが、目を細めてこっちを見ている。母親が心配そうに駆けつけてくる。それから地名が続々とやってくる。チッカモーガ、シャイロウ、マーサズヴィル。いまや過去こそが唯一の未来であり、それに耐えなければならないというように。その時突然、黒い行列がまさに襲いかかろうとしているのに気がついた。老人は行列をしっかり認めた。その黒い行列はこれまでの一生、ずっと自分につきまとってきたものなのだ。老人はやぶれかぶれの努力で行列を見渡した。過去の後からなにがやってくるのかを見きわめようとして、軍刀を力のかぎりにぎりしめた。

卒業生は長い列をつくってステージに登り、証書を受け取って学長と握手をかわした。列の最後尾に近いサリー・ポーカーがステージを横切る時、将軍のほうを見た。こわい顔でじっとすわり、目をかっとあけている。正面に向きなおったサリー・ポーカーは、人目につくほど頭をぐっともたげて卒業証書を受け取った。式がすべて終わり、講堂を出て暑い日射しの中に戻ると、親戚の人たちをさがした。木陰のベンチにかたまって待っていた。ジョン・ウェズリーが将軍の車椅子を押してどこかに行ったのだそうだ。あのずる賢いボーイスカウトは、講堂の横手の斜道をさっさと下り、がたがたのじゃり道をすごいスピードで走り抜けて、コカコーラの自動販売機前の長い行列に、死体といっしょに並んでいた。

田舎の善人

一人でいる時の淡々とした顔のほかに、ミセス・フリーマンには二つ表情がある。前向きのと後ろ向きのとで、あらゆる対人関係で使いわけている。前向きのほうは大型トラックが前進するようにしっかりして精力的だ。決して左右に目をそらさず、黄色いセンターラインに沿うように、話につれてカーブを曲がる。後ろ向きの表情のほうはめったに使わない。いったん言ったことはまず引っこめないからだ。たまにそういうめぐりあわせになると、表情がすっかり停止し、黒い目の中がかすかに動き、奥に引っこんでゆくように見える。そうなったミセス・フリーマンは、穀物袋をいくつも積み上げたくらいの存在感があるくせに、心ここにないとわかるのだった。こうなると、なにかわからせようとしても無駄だ。ミセス・ホープウェルはあきらめてしまう。相手はなんの見さかいもなく、ただしゃべるふりをするだけになる。ミセス・フリーマンはなにごとについても、まちがいを決して認めようとしない。じっと立って、なにか言わせようとすれば「まあね、あたしとしては、そうだと言うつもりもなかったし、そうじゃないと言うつもりもなかったんですよね」みたいなことを口にする。または、台所の棚の上のほうに目をやって、ほこりだらけの瓶詰を眺め、「去年つくったイチジクの瓶詰がたくさん残ってますね」などと話をそらす。

いちばん大事な仕事の打ち合わせは台所で、朝食の時にもちだす。ミセス・ホープウェルは毎朝七時に起き、自分のとジョイのと、ガスヒーター二つに点火する。娘のジョイは大柄な金髪で、義足をつけている。三十二歳にもなって、おまけに高い教育を受けているのに、母親は娘を子供扱いにする。ジョイはいつでも母親が朝食をたべているころに起きて洗面所に入り、ドアをばたんと閉める。そのうちミセス・フリーマンが裏口から入ってくる。「さあお入り」と母親の声がする。それからしばらくのあいだ、低い声でなにか話すが、洗面所にいるジョイにはきこえない。台所に顔を出すころには今日の天気予報の話が終わって、ミセス・フリーマンの娘二人に話題が移っている。グリニーズとキャラミーのどっちかについてだ。ジョイはグリセリンとキャラメルと呼んでいる。グリニーズは赤毛で十八歳。言い寄る男がたくさんいる。金髪のキャラミーはわずか十五歳だが、もう結婚して妊娠中だ。食べものがお腹におさまらない。ミセス・フリーマンは毎朝、娘が昨日は何度吐いたかを報告する。

ミセス・ホープウェルは人をつかまえては言っている。グリニーズとキャラミーは二人とも、とてもいい娘ですよ。それにミセス・フリーマンはレディーで、どこにつれていっても、だれに紹介してもはずかしくない人です。それから、フリーマン一家を運よく雇うことになった次第を話してきかせる。神様がつかわして下さったんです。きてもらって四年になります。こんなに長く雇っているのは、この一家がくずではなくて、田舎の善人だからですよ。フリーマン一家を雇う前、ミセス・ホープウェルは身元保証人に電話をしてみた。ミスタ・フリーマンはりっぱな農夫だが、あのかみさんはこの世で一番のおしゃべりだときかされた。「どこにでも頭を突っこむんですよ。なにかあれば必ずやってくる。もうまちがいなく。なんでも知りたがる。あの男はなかなかいいやつなんですがね。私も家内も、あのかみさんにはこれ以上がまんできないんです。」その話をきいてミセス・ホープウェルは二、三日考えてみた。

結局雇うことに決めた。ほかに応募者がなかったからだ。ただし、そのうるさい女をどう扱うか、あらかじめしっかり腹を決めた。なんにでも首を突っこまずにはいられないなら、やりたいだけやらせておこう。それどころか、たしかになんにでも首を突っこむように、こっちから気を配ってやる。あらゆることに責任をもたせ、管理をさせてやる。ミセス・ホープウェルにはこれといって欠点はない。他人の欠点に不満を感じないですませるには、その欠点を建設的に利用するにかぎる。こうしてフリーマン一家を雇って以来、これで四年になる。

「なんだって完全なものなどありません。」これがミセス・ホープウェルの口ぐせだ。もう一つは「これが人生なのよ！」まだある。いちばん重要なのは、「他人にはその人なりの意見があるもの」だ。こういう言葉が出るのはたいてい食卓で、自分以外にはこういう意見の人はいないとばかり、おだやかな口調だが強い確信をこめて言う。大柄でぶかっこうなジョイは、のべつ腹をたてているせいでほかの表情が消えてしまっている。怒りが固定した顔を母親からそらしている。氷のように青い目はなにも見ていない。意志の力で盲目になり、その状態を続けているようなふうだ。

「これが人生なのよ」とミセス・フリーマンに言うと、相手はさっそく言い返す。「あたしはいつでもそう言ってますよ。」だれがなにを考えつこうと、ミセス・フリーマンを追い越すことはできない。夫より頭の回転が速い。雇ってからしばらくして、ミセス・ホープウェルがこう言って目くばせしたことがある。「ねえ、あんたは車の後輪なのよね。」それに対して相手はこうのべたものだ。「わかってますさ。あたしはいつだって頭の回転が速いんです。ふつうより速い人もいるんですよ。」

「人はそれぞれよ」とミセス・ホープウェルが言った。

「そう、たいがいの人はね」とミセス・フリーマン。

「いろんな人がいて、それで世の中が成り立っているのよ。」

「あたしはいつでもそう言ってますよ。」

娘のジョイは朝食や昼食の時にかわされるこの手のやりとりに慣れていた。夕食の時もこんな話になることもあった。客がなければ母娘は台所で食事をする。そのほうが手間がかからない。ちょうど食事どきになると、きまってミセス・フリーマンが姿をあらわし、終わるまで見ている。夏なら出入り口の近くに立つ。冬は冷蔵庫にひじをついて食事中の二人を見下ろすか、ガスヒーターの前でスカートの後ろをすこしもちあげているかだ。壁に寄りかかって頭を左右にぐるぐるまわしていることもある。帰りをいそぐようなことは決してない。こうして食事どきにこられるのはいやでたまらなかったが、ミセス・ホープウェルは忍耐の人だ。ものごとに完全を望めないのはよくわかっていた。フリーマン一家は田舎の善人なのだし、今のような時勢に田舎の善人を雇うことができたら見つけもので、大事にしなくてはならないのだ。

くずのような人間を相手に、これまでたっぷり経験を積んできた。フリーマン一家のくる前には、平均して一年に一度は住み込み農夫を替えていた。流れ者の農夫のかみさんたちは、ずっと住みついてもらいたいような人ではない。ずっと前に離婚したミセス・ホープウェルは、耕地に出ているあいだいっしょにいてくれる人が必要だった。ジョイに無理強いすると、いつでも陰気な顔で不愉快な口答えが返ってくる。それで母親はこう言ってしまう。「気持ちよくきてくれないなら、こないほうがましです。」そうすると娘は肩をいからせ、首を突きだして言いはなつ。「用があるなら、ここにいるわ。**私にふさわしく。**」

足のことがあるので、母親はこういう態度を大目に見た（ジョイは十歳の時、狩猟事故で片足を失った)。娘が三十二歳になること、もう二十年以上も片足だけでやってきたことを、ミセス・ホープウェルはなかなか認められないでいる。今も子供のままだと思っている。体の頑丈な女性でいながら、三十代にもなって、まだダンスひとつ踊ったこともなければ、人並みにいわゆる楽しい経験をしたこともない。その事実に直面すると胸が引き裂かれる思いがするからだ。名前はほんとうはジョイなのだが、本人は二十一歳になって家を離れて暮らすようになるなり、法律上の手続きをとって名前を変えてしまった。ミセス・ホープウェルは確信している。あの子は考えに考えたあげく、あらゆる言葉のなかでいちばんいやな音の名前を選んだにちがいない。それから家を出ていって、ジョイという美しい名を、母親にひとことの相談もなく変えてしまって、手続きを終えてから知らせてきた。法律上はハルガという名になった。

ミセス・ホープウェルにとって、この名、ハルガというのは、戦艦のだだっ広い船体を思わせる。決してこの名を使うまいときめて、あいかわらずジョイと呼びつづけている。娘は返事はするものの、まったく機械的に応じるだけだ。

母親といっしょに歩きまわるわずらわしさから解放されるので、ハルガはミセス・フリーマンを大目に見るようになっていた。グリニーズとキャラミーだって役に立つ。二人がいなければ、母親の関心はいつでも自分に向けられっぱなしなのだから。はじめのうちハルガは、ミセス・フリーマンには耐えられないと思っていた。この女を侮辱するのは不可能だとわかった。ミセス・フリーマンはわけのわからない怨みをいだき、何日いっしょにいてもふきげんな顔をしているのだが、その理由はまったくわからない。面と向かって攻撃しようと、あからさまに嘲笑しようと、はっきりいやな顔をしてみせようと、そんなことはいっこうにこたえない。そしてある日、なんの前ぶれもなく、ミセス・フリーマンはジョイのことをハルガと呼びはじめた。

腹をたてるにきまっているので、ミセス・ホープウェルのいるところでは言わない。家の外で、たまたま二人だけになったような時、なにか言った後に「ハルガ」とつけ加える。そうすると大きな眼鏡をかけたジョイ＝ハルガは、プライヴァシーを侵害されたように赤くなり、顔をしかめるのだった。ハルガという名は個人的なことだと考えているのだ。はじめこの名を選んだのは純粋に音のきたなさからだったが、やがてほんとうに打ってつけの名だと気づいて、自分でもおどろいた。その名が、鍛冶場で汗をかいている醜いヴァルカンのような作用をするという幻想をもった。ヴァルカンの妻、美の女神ヴィーナスは、呼ばれればその暑い鍛冶場にやってこなくてはならない。この名こそは自分の最高の創造行為だ、と考えた。これまであげた勝利の一つは、母親が我が子の肉体をジョイ、つまり喜びに変えることができなかったことだ。だが、もっと大きな勝利といえば、自分で自分をハルガに変えたことなのだ。ところが、そのせっかくの名をミセス・フリーマンがおもしろがって使うと、ひどく気にさわる。あの女の鋼鉄のように鋭い小さな目が、うわべを貫いて、奥深くにある秘密の事実をあばいているような気がする。ミセス・フリーマンを夢中にさせるなにかが自分にはあるらしい。やがて、それは義足なのだとわかった。人に言えない病気、人目から隠している奇形、子供への暴行といった話が大好きなのだ。病気なら、長患いや不治の病いが好みだ。母親がミセス・フリーマンに例の狩猟事故の話をこと細かくしゃべるのを、ハルガはきいたことがある。片足が文字通り吹っ飛んだとか、娘の意識はずっとしっかりしていたとか。何度きいてもミセス・フリーマンは、つい一時間前に起きた事故の話のように、じっとききいるのだった。

朝、ハルガは大きな足音をたてて台所に現れ（そんなにしなくても歩けるのだが、いやな音をたてたくてわざとやっているのだと、母親は確信している）、二人をじろりと見て、無言でいる。ミセス・ホープウェルは赤い着物型のガウンを着て、頭には布を巻いている。テーブルについて朝食を終わりかけている。ミセス・フリーマンは冷蔵庫の上にひじをついて食卓を見下ろしている。いつもハルガは卵を火にかけると、ゆだるのを待ちながら腕を組んでじっとしている。母親はミセス・フリーマンを見るふりをしながらちらちらと娘のようすをうかがう。もうすこしシャンとしさえすれば、そんなに不器量には見えないのにと思う。明るい表情が似合わないような容貌上の欠点は別にないのだ。ものごとの明るい面を見る人は、たとえ美人でなくてもきれいになるものだと、ミセス・ホープウェルは言う。

こういう目で娘を見ると、博士号など取らないほうがよかったのにと思ってしまう。博士号をもっているからといって特にきわだつこともないし、とってしまったからにはこれ以上大学にいく口実もなくなった。女の子が学校にいってたのしくすごすのはいいことだと、ミセス・ホープウェルは思っている。だがジョイの場合は徹底して終わりまでやってしまった。ともかく、もう一度やりなおすだけの体力は残っていない。十分に手をつくせば、ジョイは四十五歳までは生きるでしょうと医者から言われている。心臓が弱いのだ。こういう故障さえなければ、ここの赤土の丘や田舎の善人から遠く離れて暮らしていたろうと、ジョイはあからさまに言っている。大学で、話の内容のわかる人たちを相手に講義しているはずだ。ミセス・ホープウェルは大学で講義しているジョイの姿をはっきり想像することができた。かかしのようなかっこうをして、かかしのような連中に向かって話しているところを。自宅にいるジョイは六年も着古したスカートに、馬上のカウボーイの模様がぼやけた黄色いスエット・シャツを着て一日をすごす。着ている本人はおもしろがっているが、母親のほうはばかげていると思い、そういう好みは、ジョイがまだ子供のままでいる証拠だと受けとる。頭は切れるのだが、美的センスがない。年ごとに人とはちがう存在になり、まぎれもないジョイ自身になってゆくように見える。太って、粗暴で、斜視がひどくなる。それに、なんてへんなことを言うのだろう！　食事の途中、食べものを口に入れたまま立ちあがり、母親に向かって、前置きも説明もなしに、顔を紫色にして言い出したことがある。「女よ！　あんたは自分の内面を見たことがある？　内面を見て、自分とはちがう存在を見たことがあるの？　まったく！」そう叫ぶと椅子に沈みこんで皿をじっと見つめた。「マルブランシュ（十七世紀末のフランスの哲学者・神学者）は正しかった。私たちは自分を導く光ではない。光ではない！」どうしていきなりこんなことを言い出したのか、嚙みつかれたミセス・ホープウェルにはさっぱりわからなかった。ただ自分の意見として、ジョイが受けいれてくれることを願いながら、ほほえみはだれも傷つけないものよ、と言っただけなのに。

娘は哲学の博士号を取り、おかげでミセス・ホープウェルは途方にくれた。「娘は看護婦でして」とか、「教師をしています」とか、「娘は化学工学士です」くらいまでは言えるだろう。「うちの娘は哲学者です」とは口にできない。哲学者など、古代ギリシャ人、ローマ人とともに終わったものだ。ジョイは背もたれの高い椅子にすわって一日中本を読んでいる。散歩に出ることもあるが、犬も猫も鳥もきらい、花も自然も、若いすてきな男もきらいだ。若いすてきな男を見ると、その愚かさかげんをかぎあてたような顔をする。

ある日ミセス・ホープウェルは、娘がそこにおいた本を取り上げてぱらぱらページをくり、一節を読んでみた。「いっぽう科学は、その正気さとまじめさをこと新しく主張せねばならず、科学が問題にするのは実在するものにかぎると宣言せねばならない。無――それは科学にとって恐怖と幻影以外のなにものでありえようか？　かりに科学が正しいとすれば、ここにひとつのことが確立する。科学は無についてなにごとも知ろうとはしない。無に対する厳密な科学的探究とは、結局のところこういうものである。無について知りたいとはいっさい望まない。そのことを通して無を知ることになる。」青鉛筆で線を引いてあるところだ。その文章は、早口でわけのわからない呪文のような働きをした。ミセス・ホープウェルは悪寒におそわれたような気分がして、いそいで本をとじ、部屋から出た。

今朝、娘が台所に出てゆくと、ミセス・フリーマンはキャラミーのことを話していた。「夕食の後で四回吐いたんですよ。明けがたの三時すぎに一度も起きてね。昨日なんか、たんすの引き出しをかきまわすだけで、ほかになんにもしないんです。ただじっとして、衣類をあれこれ見ているんですよ。」

「なにか食べなくちゃね。」ミセス・ホープウェルはコーヒーをすすりながらつぶやき、卵をゆでているジョイの背中を見ていた。いったいこの子は、あの聖書のセールスマンになにを言ったのだろう。あの男とどんな会話をかわしたのか、想像もつかない。

背が高くてやせた無帽の若い男で、昨日聖書を売りにやってきた。黒い大きなスーツケースをさげ、重みで体をかしげて、入り口のドアにもたれかかった。倒れそうなほど疲れているが、それでも陽気な口調で「おはようございます、ミセス・シーダーズ！」と言って、マットの上に荷物を降ろした。けばけばしい青のスーツに、ずり落ちた黄色の靴下という身なりだが、顔だちはわるくない。顔の骨格がはっきり見え、汚れた茶色の髪が額に垂れている。

「私、ホープウェルですけど。」

「ああ！」ちょっとこまったような顔をしたが、青年は目をきらきらさせている。「郵便箱にシーダーズと書いてあったもんで」と言うと、愉快そうに大笑いした。荷物をもちあげ、息が切れるふりをして、すっとホールに入ってきた。スーツケースがまず動いて、それにつられて人間が入ったように見えた。「ミセス・ホープウェル！」そう言って手をにぎった。「お元気でいらっしゃいますか《アイ・ホープ・ユー・アー・ウェル》。」また大声で笑ったと思うと、いきなり大まじめな顔になった。しばらくだまって、じっと相手の顔を見た。「奥さん、まじめなことでお話があるんです。」

「それじゃ、お入りなさい。」ミセス・ホープウェルは低い声で言った。昼食の支度が終わるまぎわなので、人を迎えるのは気が進まなかった。若い男は客間に入って、背もたれのまっすぐな椅子に浅くかけ、両脚にスーツケースをはさんで、あたりを見まわした。部屋のようすでこの家の主を値踏みするような感じだった。二つの棚に銀の食器の揃いが輝いている。この男はこんな優雅な客間に入ったことはないにちがいないと、心の中で決めつけた。

「ミセス・ホープウェル」と、男は弁じはじめた。ひどく親しげな調子で名前を口にする。「クルスチャン（「クリスチャン」のなまった発音）のなすべきことを、奥さんは信じてますよね。」

「ええ、まあね。」はっきりしない口調で答える。

「わかってますとも。」青年はそこで言葉を切り、首をかしげて、ひどく賢そうな顔をした。「奥さんはとてもいいかたです。友達がそう言ってました。」

ミセス・ホープウェルはばか扱いされたくはなかった。「なにを売るんです？」とたずねた。

「聖書ですよ。」青年はいそがしく部屋を見まわして、こうつけ加えた。「この客間には家族用聖書がおいてないですね。なくてはならないものが欠けていますよ。」

「娘が無神論者で、客間に聖書をおかせてくれないのです」と、ここで事実をのべるわけにもゆかない。ちょっとかたくなってこう言った。「聖書は寝室に、ベッドのわきに置いてますよ。」実際はそうではない。屋根裏の物置のどこかにある。

「奥さん、神の御言葉は客間に置くべきですよ。」

「それは好みの問題でしょ。私はね……」

「奥さん、クルスチャンなら、神の御言葉は心の中だけでなく、家中どの部屋にも置くべきなのです。奥さんはクルスチャンだと、ありありとわかります。お顔の線のひとつひとつに現れています。」

ミセス・ホープウェルは立ちあがって言った。「あのね、聖書を買う気はありません。それに、料理がこげてしまう。」

相手は立とうとしない。両手を組み合わせて目を落とし、静かな声で言った。「奥さん、ほんとのことを申し上げます。最近は聖書を買う人はめったにいませんし、自分が世慣れない人間だということもわかっています。うまい言いまわしはできないし、率直に話すだけです。ただの田舎者なんです。」青年は立っている夫人のよそよそしい顔にちらっと目をやった。「奥さんのようなかたは、こういう田舎者を相手にするのがいやなんです！」

「なにを言うの！　田舎の善人は地の塩です！　それに、人間のやりかたは人それぞれなのよ。いろんな人がいて、それで世の中が動いてゆくんです。それが人生というものよ！」

「そのとおりですね。」

「でも、世の中には善人が少なすぎるんですよ！」夫人は興奮していた。「そこがまちがっているんです！」

青年の顔が輝いた。「自己紹介がまだでした。マンリー・ポインターです。ウィロビーの近く。あそこじゃなくて、その近くの田舎の者です。」

「ちょっと待って。お昼のかげんを見なくちゃ。」台所に行くとジョイがドアのそばで立ち聞きをしていた。

「あの地の塩をさっさと追っ払ってよ。お昼にしましょう。」

ミセス・ホープウェルはつらそうに娘を見て、野菜を煮ている火を細くした。「私はね、だれに対しても失礼なことはできないの。」声をおとしてそう言うと、客間に戻った。

青年はスーツケースから取り出した聖書を二冊、両ひざにのせていた。

「それはしまってくださいな。いらないんですよ。」

「正直に言ってくれてありがとうございます。ほんとに正直な人には、ずっと田舎に行かないとなかなか会えないものです。」

「私はね、ほんとにまっとうな人たちを知っていますよ」とミセス・ホープウェルが受けると、ドアのすきまから低いうなり声がきこえた。

「大学に進む学資を稼いでいるなんて言う若いのが大勢くるんでしょう。おれはそういうことは言いませんよ。なんでだか、大学へは行きたくないんです。人生を、クルスチャンとしての仕事に捧げたい。じつは、」ここで声を低くした。「心臓に故障があるんです。長くは生きられないんです。どこかに故障があって、長く生きられないとわかるとね、奥さん……」言葉を切って、口をあけたままじっとミセス・ホープウェルを見つめた。

この人とジョイはおなじ病気なのだ！　目に涙が浮かぶのがわかったが、なんとか平静をたもって、小声でこう言った。「お昼を食べていって。ぜひどうぞ！」言ったとたんに後悔した。

「ええ。」青年はあっけにとられた声で言った。「それはもう、よろこんで。」

ジョイは紹介された時にちらりと相手を見ただけで、食事のあいだ中一度も目を向けなかった。何度か話しかけられたが、きこえないふりをしていた。ミセス・ホープウェルはこうしたわざとやる無礼を理解できなかった。もっとも、自分はそういう無礼な態度を日常受け慣れている。だからこそ、ジョイの無礼さの穴埋めに、ますます愛想よくもてなさなくては、と思う。あなたのことを話してと客に言い、青年はそれに応じた。十二人姉弟の七番目で、父親は自分が八歳の時、木の下敷きになって死んだ。ひどいつぶれかたで、体がほとんど二つにちぎれ、だれだか見分けがつかないくらいだった。母親が必死に働いて、子供たちをみんな日曜学校へ行かせ、毎晩聖書を読んだ。今十九歳で、聖書を売りはじめて四カ月になる。これまでに七十七冊売り、あと二冊予約がある。宣教師になりたいと思っている。人のためにつくすにはそれがいちばんだと考えるから。「わたしのために命を失う者は、かえってそれを得るのである」（「マタイ伝」十章三十九節）と簡潔に言う、そのようすがいかにもまじめで熱意がこもっているので、ミセス・ホープウェルはほほえむなどとんでもないことだと感じた。青年は豆がテーブルにこぼれないようにパン切れで押さえ、それからそのパンで皿をきれいにぬぐった。ナイフやフォークを使う手さばきをジョイがじろじろ見ている。青年のほうは娘の注意をひこうとして、時どき好意のこもった強い視線を向けている。

食事がすむと、ジョイはテーブルから皿を下げて姿を消し、ミセス・ホープウェルは一人で若者の相手をするはめになった。子供のころの話、父の事故のことそのほか、身の上話のおさらいになった。五分おきにあくびを嚙み殺していた。二時間もすわりこまれたあげく、ついにこう切りだした。約束があって、町まで行かなければならないのです。青年は聖書をかばんに入れ、礼を言って出ていこうとしたが、戸口で立ち止まって握手し、ほうぼう歩いたけれど、奥さんのようなすばらしいかたは初めてです、またきてもいいですか、と言った。ミセス・ホープウェルはいつでもどうぞと答えた。

ジョイは道に立って、なにか遠くのものを眺めていた。戸口の外の段を降りた青年が、重いかばんで体をかしげながらそっちに歩いていった。ジョイのいるところで立ち止まり、まっすぐ向かいあった。男の言葉はきこえなかったが、ジョイが相手に言いそうなことを思ってミセス・ホープウェルはぞっとした。しばらく間をおいてジョイがなにか言い、それからまた青年が話しはじめ、かばんをもたない手のほうをさかんに振って、興奮した身ぶりを見せた。しばらくしてジョイがまたなにか別のことを言い、青年がまたしゃべりはじめた。おどろいたことに、二人はそのまま連れだって門のほうへ歩いていく。門につくまでずっといっしょに歩いていくのを眺めるミセス・ホープウェルは、二人がなにを話していたのか想像もつかないし、たずねる気にはなおさらなれなかった。

ミセス・フリーマンがしきりに気をひこうとしている。冷蔵庫のある場所からヒータ
ーのほうへ移動しているので、きいているふりをするにはそっちにふりむかなくてはならない。「グリニーズがね、昨夜またハーヴェイ・ヒルと出かけたんですよ。目にものもらいができてて。」

ミセス・ホープウェルはうわのそらで言った。「ヒルって、自動車修理工場で働いてる人？」

「じゃなくて、脊椎矯正師学校へいってるほうですよ。グリニーズはものもらいができてて。二日前から。あの子の話ではね、昨夜出かけた時、ハーヴェイが言ったんだそうですよ。ものもらいを治してやろうって。どうやって、ってきくと、車の座席に横になればいいって。言われたとおりにすると、手でポンポン首のへんをたたいたんだそうです。何度もやるので、もういいってやめてもらったって。そしてまあ、今朝になったら、ものもらいがすっかり治っていたんですよ。跡も残ってない。」

「そんな話、はじめてきくわ。」ミセス・ホープウェルが言った。

「ハーヴェイはね、役所の係員立ち会いで結婚式をあげようって娘に言うんです。だけ

ど娘のほうは、役所で式をあげるなんていやだって、きかないんですよ。」

「そう、グリニーズはいい子ね。グリニーズもキャラミーも、ほんとにいい子だわ。」

「キャラミーが言うんですよ。結婚した時にライマンが、結婚はほんとうに神聖なものに感じられるって言ったんだそうですよ。たとえ五百ドルやろうと言われても、説教師に結婚式をあげてもらうのをやめる気はないって。」

「なんドルもらえばやめるわけ？」ヒーターのそばにいるハルガがきいた。

「五百ドルもらいたくはないって、ライマンは言ったんですよ。」ミセス・フリーマンがくりかえした。

「さ、仕事があるでしょ。」ミセス・ホープウェルがきりをつけようとした。

「ライマンはね、そのほうが神聖に感じられるって、そう言ったんです。キャラミーはプルーンを食べるといいって、お医者が言うんです。薬のかわりに。ああいう痛みは圧迫のせいで起こるんだそうですよ。どこが圧迫されているのか、あたしにはわかる気がするんです。」

「しばらくすればよくなるわ」とミセス・ホープウェルが言う。

「輸卵管ですよ。こんなにつわりがひどいのはそのせいなんです。」

ハルガはゆで卵二つの殻をむいて皿にのせ、つぎすぎたコーヒーカップといっしょにテーブルに運んだ。用心深く椅子にかけると、食べはじめた。ミセス・フリーマンが出てゆく気配を見せたら、質問責めにして足を止めてやるつもりでいた。母親がさぐるように自分を見ている。まず最初に、例の聖書売りのことを遠回しにきくにきまっている。その話になるのを避けたい。「で、どんなふうに首をたたいたの？」とハルガはたずねた。

ミセス・フリーマンはどうやって首をたたいたかを説明した。ハーヴェイの車は五五年型のマーキュリーだが、グリニーズが言うには、説教師に式をあげてもらう人なら三六年型のプリマスの持ち主でもかまわないのだそうだ。それじゃ三二年型のプリマスだったらどうなのよとハルガがきき、ミセス・フリーマンは、いえね、グリニーズは三六年型のプリマスって言ったんですよと主張した。

グリニーズのように常識のある娘は、そうたくさんはいないとミセス・ホープウェルが言った。あの子たちで感心するのは、常識が豊かなことだ。それで思いだした。昨日、すてきな来客があった。聖書を売りにきた若い人だ。「まったく、死ぬほど退屈したけど、ほんとにまじめで誠実な人。すげなく扱うなんてとてもできなかったわ。ああいうのが田舎の善人なんでしょうよ。地の塩なのよ。」

「ここへくるのを見かけましたっけ。」ミセス・フリーマンが言った。「それから、出てゆくところもね」という声が、途中で微妙にかわったのをハルガは感じとった。出てゆく時には一人じゃなかったですよね？　ハルガはあいかわらずの無表情でいたが、首のへんが赤くなり、卵を一匙飲みこんでごまかすつもりのようだ。ミセス・フリーマンは秘密を共有するような顔をして見つめている。

「ねえ、人はそれぞれ。いろんな人がいて世の中が動いているんですよ。そうでしょう。」ミセス・ホープウェルが口ぐせをはじめた。「人はそれぞれちがうって、いいことなのよ。」

「中にはね、よく似た人もいるもんですよ。」ミセス・フリーマンが言った。

立ちあがったハルガは、不必要に大きな足音をたてて自室にもどり、ドアに鍵をかけた。十時に門のところで聖書売りと会う約束をしていた。昨夜は一晩の半分くらい、そのことを考えていた。はじめはすごくこっけいなことだと思ったのだが、やがて、その約束には深い意味があったのだと思うようになった。横になったまま、表面上はきちがいじみた会話が、聖書売りにはとてもわからないような深い意味があったのだと想像した。昨日かわした会話はそういう種類のものだったのだ。

ハルガの前で立ち止まった青年は、ただそこに立っていた。骨張った顔は汗まみれで明るく、小さい鼻が上を向いている。食事の席にいた時とはようすがちがう。あからさまな好奇心をもち、子供が動物園ではじめてのめずらしい動物を見るように、夢中になってじっと見つめている。長い距離を走ってきたように息をきらせている。以前にもそんな目つきで見られたことがある気がするが、いつのことだったか思いだせない。一分ほど、青年はなにも言わないでいた。それから、息を吞むようにして、こうささやいた。

「卵からかえって二日めのひなを食べたことがある?」

ハルガはむすっとして相手を見た。この人は、この出逢いに哲学的意味づけを与えようとしてこんな問いかけをしてみただけなのかもしれない。「ええ。」その答えかたは、あらゆる角度から問題を検討した結果のように重々しかった。

「すごくちっぽけだったろうな!」勝ち誇ったように言い、顔を赤くし、全身をふるわせて神経質に笑った。笑いがおさまると、この上ないあこがれをこめてじっと見つめた。

ハルガのほうはまったく表情をかえない。

「年はいくつ?」青年がやさしくたずねた。

答えるのにいくらか間があいた。それから、ぶっきらぼうな声で「十七」と言った。

青年のほほえみは、小さい湖の水面におこるさざ波のように、絶えることがない。

「木でつくった足なんだね。勇気があるんだね。あんたはほんとにかわいい。」

ハルガは無表情のまま、堅苦しく、だまって立っていた。

「門まで送ってくれないか。あんたは勇気があってかわいい人だね。ドアから入ってくるのを最初に見た時からそう思ってたんだ。」

ハルガは門のほうに歩きはじめた。

「名前は?」並んで歩きながら、頭の上からほほえみかけてきいた。

「ハルガ。」

「ハルガ。」相手はつぶやいた。「ハルガ、ハルガ。そういう名は一度もきいたことがないな。あんた、はずかしがりなんだね。そうだろ、ハルガ。」

大きなかばんをさげている赤い手を見ながら、ハルガはうなずいた。

「おれ、眼鏡をかけてる女が好きなんだ。おれ、よく考えごとをするんだよ。まじめにものごとを考えようとしない連中とはちがうのさ。おれはそのうち死ぬかもしれないから。」

「私も死ぬかもしれないの。」いきなりこう言って相手を見上げた。青年のひどく小さな茶色の目が、熱をこめてぎらぎら光っていた。

「あのなあ、似たもの同士がめぐりあうってことがあるじゃないか。両方ともまじめにものを考えているとかさ。」かばんを別の手でもちかえ、ハルガに近いほうの手を自由にした。それからハルガのひじをにぎってゆすった。「土曜は休みにするんだよ。森を散歩して、母なる自然を眺めるのが好きなんだ。丘を越えてずっと遠くのほうまで。ピクニックみたいなことさ。明日、二人でピクニックに行かないか？　そうしようよ、ハルガ。」体の中身が外にもれそうな気でもするのか、青年は死にそうな目つきでハルガを見た。体が倒れかかってきそうだ。

その夜、青年を誘惑することを想像した。牧草地を二つ横切ったところにある干し草小屋まで、二人で歩いて行く。そこで、成りゆきでごく簡単に性的行為に誘う。ことの終わった後で青年は後悔するだろう。その点は無論、慎重に考えておかなくてはならない。真の天才は、劣った頭脳に対しても思想を伝達できる。彼の後悔を自分の手に取り上げて、人生の深遠な理解に変えてやる場面をハルガは想像した。相手の恥の意識をぬぐい去り、それをなにか有用なものに変える。

母親の目を避けて、ちょうど十時に門に向かった。ピクニックには必ず食べものをもっていくという常識を忘れ、なにも用意していない。スラックスと汚れた白のシャツを着てから、ちょっと考えて、えりのあたりに鼻風邪用の噴霧剤ヴェイペックスをしゅっとかけた。香水はもっていない。門につくとだれもいなかった。

なにもないハイウェイを見渡して、だまされたと思い、ひどく腹が立った。男に会おうと門まで無駄に歩かせて、かついだんだ。その時突然、青年がすっと立ちあがった。とても背が高い。道の向かいの草藪の中にかくれていたのだ。帽子をあげてにっこりと挨拶した。つばの広い新品の帽子だ。昨日はかぶっていなかった。この約束のためにわざわざ買ったのだろうか。トーストのような薄茶色で、赤と白のリボンが巻いてあり、いくらか大きすぎる。藪から出てきたところを見ると、あいかわらずあの大きなかばんをさげている。昨日とおなじ青のスーツ。歩いてきたせいで黄色の靴下がずりさがっている。ハイウェイを横断しながら言った。「きっとくると思ってたぜ。」

ハルガはいらいらした。どうしてそんなことがわかるのだろう。かばんをさして言った。「なんで聖書なんかもってきたの？」

男はこぼれるような笑顔で見下ろした。「神の御言葉はいつ必要になるか、わからないだろう、ハルガ。」こういうことがほんとに起こっているのだろうかと、一瞬疑う気持ちになった。それから二人は道路わきの土手を登りはじめた。牧草地に入り、さらに森をめざした。青年は爪先ではねるようにして、ハルガのそばを軽々と歩く。例のかばんは今日は重くないようで、振りまわしている。二人は口をきかずに牧草地を半分横切った。それから青年は気軽に片手をハルガの背中にあてて、やさしくきいた。「木の足はどのへんで体とつながっているんだい？」

ハルガは顔を真っ赤にし、険悪な表情で相手をにらんだ。とたんに若者ははずかしそうにした。「わる気はないんだ。あんたがとても勇気があるとか、そういうことなんだよ。神様があんたを守っていなさるんだ、きっと。」

「ちがう。」ハルガは正面を向いたまま足を早めた。「私、神なんか信じてない。」

そうきいて青年は足を止め、ひゅーっと口笛を吹いた。「うそだ！」あんまりおどろいて、なにも言えないでいる。

ハルガは足を止めない。相手はすぐ追いついてきて、帽子で顔をあおいだ。「女の子にしては、ずいぶんかわってるじゃないか。」横目でうかがいながらそう言う。森のはずれにつくと、男はまた片手をハルガの背中にあてて、ものも言わずぐっと引き寄せ、強くキスをした。

気持ちよりも押しつけがましさがこもっているそのキスで、ハルガのほうはアドレナリンの分泌が活発になった。そういう時には火事場から重たいトランクを持ち出したりできるものだが、ハルガの場合は、その馬鹿力はまっすぐ脳のほうに作用した。明晰で客観的でともかく皮肉な脳は、男が腕をゆるめる前に、その男をずっと距離をおいて観察し、おもしろがり、しかも憐れんでいた。これまでキスされたことはなかったが、それが特別な体験ではなく、精神の力で支配できるものだとわかって愉快だった。人によっては、ウオッカだと言われればその気になって、よろこんでどぶの水を飲むこともあるだろう。青年は期待をこめて、やや不安そうに体をはなすと、ハルガはなにも言わずに向こうをむいて歩き続けた。こんなことには慣れきっているという態度だ。

青年ははあはああえぎながら後を追ってきた。木の根が出ていると、つまずかないように手を貸そうとしたり、とげのある長い蔓草を持ち上げて通してやったりした。ハルガはずんずん進み、連れは息をきらせてついてくる。やがて日に照らされた丘の上に出た。なだらかな斜面がもうひとつのすこし小さい丘に続いている。行く手にさびたトタン屋根の古い納屋がある。余分の干し草の置き場だ。

丘のほうぼうにピンクの雑草がはえている。青年は立ちどまると、急にたずねた。

「じゃ、あんたは救われていないんだね?」

ハルガは笑みをうかべた。男に笑顔を見せたのはこれがはじめてだ。「私の考えかたからいえば、私は救われていて、あんたは呪われているの。だけど、さっき言ったとおり、私は神を信じてないの。」

なにを言おうと、青年のあこがれのこもった顔つきはかわりそうもない。動物園でめずらしい動物が檻のあいだから前足を出し、親しげにつついたとでもいうように、興味いっぱいの目でハルガを見ている。またキスをしたそうなようすなので、ハルガは機会を与えないようにさっさと歩いた。

「どっかすわれるところはないかな?」小声で言った、その語尾がやさしい調子にきこえた。

「干し草小屋で」とハルガが言った。

列車におくれまいとする人のようないそぎかたで、二人は干し草小屋をめざした。大きな二階建てで、中はひんやりしていて暗かった。彼は二階にあがるはしごをさして言った。「上に行けないのは残念だな。」

「なんで?」

「あんたの脚がさ。」うやうやしい口調だった。

ハルガは軽蔑したような顔で相手を見ると、両手をはしごにかけてのぼっていった。

彼は下にいて、おそれに打たれたように見ていた。ハルガは慣れた動作で二階の床の穴を通り抜け、下を見て言った。「ほら、くる気があるならあがってきなさいよ。」すると不器用にかばんをさげたままはしごをのぼりだした。「聖書なんていらないでしょ」とハルガが注意した。

「それはわからないさ」と青年はあえぎながら言った。のぼり終えるとしばらく息をきらせていた。ハルガは麦わらを積んだ上にすわっていた。幅の広い日光が斜めにハルガのいるところに射しこんでいる。光の中に細かい埃が舞っている。わら束にもたれ、顔をそむけて、二階正面にあいた口から外を眺めた。荷車で運んできた干し草を二階に入れるための開口部だ。雑草のピンク色がちらばる二つの丘の向こうに暗い森が見える。冷たい青色の空には雲ひとつない。青年はすぐ脇にすわり、片腕を背中に、もういっぽうの腕を前において、丹念なやりかたでハルガの顔にキスしはじめた。ぴちゃぴちゃと魚のような音がする。帽子はかぶったままで、つばがつかえないように押し上げている。ハルガの眼鏡がキスのじゃまになると、彼ははずして自分のポケットに入れた。

はじめはキスを返さずにいたハルガは、やがて自分からもやりだし、まず相手のほほに何度かくちびるをつけた。そのうち相手のくちびるにたどりつくと、そこに止まって何度も何度もキスをくりかえした。相手の息を全部吸い取ってしまいそうだ。青年の息は子供の息のようにきれいで甘くて、キスすると子供の口のようにねばついた。彼は愛しているとか、ひとめ見た時から好きだったとかつぶやいていたが、寝かしつけられる子供が母親に向かってぐずっているような口調だ。この間ずっと、ハルガの理性の働きは一瞬たりとも感情に負けるようなことはなかった。「おれを愛してるって、全然言ってくれないね。」青年はとうとう体を起こしてこうささやいた。「それを言わなくちゃまずいよ。」

ハルガは顔をそむけ、からっぽの空、その下の黒い縁取り、二つのふくらんだ緑の湖のようなものを眺めた。眼鏡を取られたことには気がついていないし、景色がいつもとちがって見えるのも気にならない。もともと自分の周囲を注意して観察したことがないのだ。

相手はくりかえす。「言わなきゃだめだよ。愛してるって言うんだ。」ハルガはいつも、確約するには慎重だ。「ある意味ではね、」と口をきった。「愛という言葉を漠然と使う場合は、そう言ってもかまわない。でも、それは私の使う言葉ではない。私は幻想をもたない。私はその向こうに無を見とおす人間なの。」

青年は眉をしかめた。「言わなきゃだめだよ。おれは言ったんだから、そっちも言えよ。」

ハルガは相手をいくらかやさしさのある目で見た。「かわいそうな赤ちゃん。あんたにはね、わからないことなの。」相手の首に手をかけて顔を自分のほうに引き寄せた。

「私たちはみんな地獄にいるの。だけど、そのうち何人かは目かくしをはずして、何も見るべきものはないと見きわめたの。それもある種の救いでしょう。」

相手はおどろいた目をして、ハルガの髪ごしにぼんやり向こうを見ていた。「いいよ。」泣くような声だ。「だけど、おれを愛してるのか、そうじゃないのか、どっちなんだ？」

「ええ」と言って、すぐつけくわえた。「ある意味では。だけど、言っておくべきことがあるわ。二人のあいだには欺瞞があってはならないから。」ハルガは頭をあげて相手の目をじっと見た。「私、三十歳なの。学位をいくつももってるのよ。」

いらだったようすだが、青年は頑固だ。「そんなの気にしないよ。なにをやったにしろ、気になんぞかけない。それより、おれを愛してるのかいないのか、それはどうなんだ。」ハルガを引き寄せて荒々しく顔にキスをあびせる。とうとうハルガは「愛してる」と言った。

「そうか、そんなら」と、腕をゆるめて相手は言う。「証拠を見せてくれよ。」

ハルガはぼんやりした風景を夢見るように眺めてほほえんだ。やってみる決心さえしないうちに、彼を誘惑してしまった。「どうやって？」すこしじらしてやろうと思ってそうきいた。

相手はかがみこんで、耳にくちびるをつけてささやいた。「木の脚がつながってるところを見せてくれよ。」

ハルガは短く鋭い叫びをあげ、顔からさっと血の気がひいた。この要求のわいせつさにショックを受けたわけではない。子供のころは時どき恥を感じることがあったのだが、教育のおかげで、いい外科医がガンをすっかり取り除くように、そういうことはきれいさっぱりなくなっていた。今のようなことを言われても、聖書の内容を信じていないのと同様、べつに気にならない。ただ、義足そのものについては、孔雀が尾羽根を気にするのとおなじくらい、ひどく敏感だった。ほかの人にはだれもさわらせない。だれか別の人なら自分の魂にそそぐような丹念さで、なるべく義足に目を向けないようにして、ひとりで手入れをする。「だめ」とハルガは拒んだ。

「そう言うだろうと思ったよ。」青年は体を起こした。「おれのことをばかにして、からかってるんだ。」

「そんなことない！」ハルガは叫んだ。「ひざでつながってるの。ひざのところだってだけ。なんでそんなものが見たいの？」

青年は貫き通すような目で長いことハルガを見ていた。「なんでって、あんたが人とちがうのはそこのところだからさ。あんたはそこらへんの人とは別なんだ。」

ハルガは青年を見つめた。顔にも、丸くて冷たいブルーの目にも、動揺したようすはない。だが実際には、心臓が止まってしまい、頭が心臓のかわりに血を送りだしているような気分だった。決心をかためた。ほんものの無垢な存在に、生まれてはじめて面と向きあうのだ。この青年は、智恵よりもずっと深いところからくる直観によって、ハルガについての真実にふれた。やがてハルガはかすれた高い声で言った。「いいわ。」相手に完全に屈服する口調だった。自分の生命をいったん失い、それを青年の生命の中にふたたび見出す。奇跡のようだ。

青年はとてもていねいにスラックスの裾をめくり上げていった。白いソックスに平たい靴をつけた義足は、厚地のキャンバス布で巻いてあり、上の端はみにくい接続器具で切れた脚に取りつけてある。それを見た青年は深い尊敬をこめた表情で、うやうやしく言った。「はずして、またつけてみせてくれないか。」

ハルガははずしてみせ、またつけてみせた。青年は今度は自分の手ではずし、まるでほんものの足のようにやさしくいじった。子供のようにうれしげな顔だ。「ほら、おれにもできる！」

「もとの通りにして。」ハルガは想像した。この青年といっしょにかけおちする。毎晩この男が義足をはずしてくれ、朝になるとちゃんと取りつけてくれる。「もとのところにつけて。」

「まだ」とつぶやいて、青年は義足をハルガの手のとどかないところに立てた。「しばらくはずしておこうよ。おれが義足のかわりになるさ。」

おどろいて叫んだハルガを押し倒して、青年はまたキスをはじめた。義足なしだと、すっかり相手まかせになってしまう。頭の働きはまったく停止したらしく、あまり得意としない別のことをやっているようだ。いろんな表情がつぎつぎにハルガの顔に現れる。青年は時どき鋼鉄のスパイクのように鋭い目で、義足の置いてある場所をふりかえる。とうとうハルガは相手を押しのけて言った。「あれをつけて。」

「待てよ。」青年は反対側に体を向け、かばんを引き寄せてあけた。薄青い水玉模様の内張りがしてあって、聖書が二冊だけ入っていた。一冊取り出すと、表紙をあけた。中が箱になっていて、ウィスキーのポケットびんが一つ、トランプが一組、なにか印刷してある青い小箱が一個入っている。ハルガの前にひとつずつ、等間隔に並べてゆく。女神の神殿に供物を捧げるようだ。青い小箱をハルガの手に渡す。「**この製品は病気予防のためにのみ使用すること**」と書いてある。ハルガは読んで、箱を床に落とした。青年はポケット・ウィスキーのふたをはずしかけていた。手を止めてにっこりすると、トランプを指さした。ふつうの品ではなく、それぞれの裏にわいせつな絵が描いてある。

「一杯飲みなよ」とびんをさし出されたが、ハルガは催眠術にかかったように身動きできない。

やっと声が出たが、相手の情けを乞うような口調になった。「あんたって、あんたって、ただの田舎の善人じゃないわけ？」

青年は首をかしげた。ハルガが自分を侮辱するつもりかもしれないと、やっとわかってきたふうだ。くちびるをきゅっと上にあげて言った。「田舎の善人だともさ。だからって、しりごみなんかしないぜ。おれは週の何曜日だろうと、あんたとおんなじくらい善人さ。」

「足を返して。」

青年は自分の足で義足を遠くへ押しやった。「さあ、いよいよだ。いっしょに、いいことをはじめようよ。」なだめるような言いかただ。「おたがいに、まだ十分知り合ってるとは言えないんだ。」

「足を返してよ！」ハルガは甲高く叫んで義足のほうへ体を乗りだしたが、男はあっさり押し戻した。

「急にどうしたんだよ？」眉をしかめると、酒びんのふたをしめて、手早く聖書の箱にしまった。「ついさっき、なんにも信じてないって言ったじゃないか。なかなかの女だと思ったんだぜ。」

ハルガの顔は紫色になった。「あんたはクリスチャンでしょ！りっぱなクリスチャンね。ほかの連中とおなじことよ。言うこととすることがちがうのよ。完璧なクリスチャンよ。あんたはね……」

青年は怒って歯をかみしめた。堂々と、腹立ちをこめて言った。「考えちがいはしないでもらいたい。おれはああいうことを信じてはいない。聖書は売っていても、ものの道理はわかっている。昨日生まれたばかりじゃないし、自分がなにをめざすかもわかっている！」

「足を返してよ！」ハルガはわめいた。青年の動きはとても素早くて、トランプや青い小箱を聖書の中にかくし、その聖書をかばんに投げこむのがほとんど見えないくらいだった。義足をつかみ、あっという間にかばんの中に入れるのが見えた。義足はさみしげに斜めになって、両側に聖書が一冊ずつ納まった。ふたを閉じ、錠を掛けると、さっとかばんを持ち上げて床の穴から降ろし、自分も穴を通りぬけた。

頭だけのぞかせて振り返った青年の顔には、さっきまでの尊敬の念は跡かたもなかった。「いろんなめずらしいものを集めてるんだ。このやりかたで、女の義眼を手に入れたことがある。おれをつかまえようとしたって無駄だよ。ポインターなんて、偽名なんだから。家ごとにちがう名前を使うし、おなじ場所にずっといるようなことはしないんだ。そうだ、もうひとつ言っておいてやろう、ハルガ。」そんな名前などどうでもいいという調子だ。「あんた、あんまり利口じゃないな。おれなんぞ、生まれて以来、なんにも信じたことはないよ。」薄茶色の帽子が下に降りて見えなくなり、ハルガは埃のうかぶ日射しをあびて、わらの上にひとりで残された。苦しみにゆがんだ顔を開口部に向けると、青い服を着た姿が成功を誇りながら、緑の湖のように見える丘を元気に登ってゆくのが見えた。

家の裏側の菜園でタマネギを掘っていたミセス・ホープウェルとミセス・フリーマンは、森から出てきた男が牧草地を横切ってハイウェイのほうへ行くのを見かけた。「あれ、あの気のいい退屈な若い人じゃない？ 昨日聖書を売りにきた。」ミセス・ホープウェルは目を細くして遠くを眺めた。「今日はあっちのほうの黒人に売りに行ってたのね。ほんとに単純な人。でもね、私たちみんながあんなに単純だったら、世界はきっともっとよくなるんだわ。」

ミセス・フリーマンの視線は、丘の向こうにかくれる直前の青年の姿をとらえた。それからまた、いま掘っている腐ったタマネギに注意を集中した。「人によってはそれほど単純じゃいられませんけどね。あたしなら、単純じゃいられませんね。」

強制追放者*

＊displaced person　略称D.P.。流民、強制追放者。特にナチス・ドイツ政権によって本国から連れ去られ、強制労働者にされた人。

孔雀がミセス・ショートレイについて、丘の上まで登ってきた。後になり、先になりして、非のうちどころのない行列をなしている。ミセス・ショートレイは腕を組み、見晴らしのいい場所に立つ。危機がおとずれるきざしを感じ、それがなになのか見きわめようと出かけてきた、田舎の巨人の妻といったおもむきだ。山ひとつ分ほどのゆるがぬ自信をこめてふとい両脚を踏みしめた。突き出た岩のような堅肥りの胸から上はせまくなり、さらに上方に到ると、冷たく青い眼光が一対、サーチライトのように前方を照らし、すべてを見抜こうとしている。午後の白い太陽が、ここでは御用がないようでとばかり、破れ雲のかげに入る。それを無視して、彼女はハイウェイから枝分かれする赤土の道路を見つめた。

孔雀はすぐ後ろにいる。日光を反射して金色がかった青緑に光る尾羽根を、地面すれすれに保っている。尾羽根はたなびく裳裾のように両側に流れ、長く青い葦のような首にのった頭を後ろに引いて、孔雀にしか見えない、遠くにあるなにものかに注意を集中しているようだ。

ハイウェイの出口から黒い車がやってくるのを、ミセス・ショートレイはじっと見ていた。道路から五メートルばかり離れた道具小屋のわきで、二人の黒人、アスターとサルクが仕事の手を止めて、車を見ている。二人の姿は桑の木の茂みに隠れているが、ミセス・ショートレイにはちゃんとわかる。

農園主のミセス・マッキンタイアが車を迎えに玄関の段を降りてきた。この上ない、満面の笑みをたたえているものの、こんなに遠くからでもわかるほど緊張している。やってきたのは、ショートレイ夫妻や黒人たちと同様、ただの雇い人のはずだ。ところが農園主みずから出迎えをする。しかも、よそゆきの服にネックレスという装いで、ニコニコしながら小走りで近寄ってゆく。

女主人が足を止めた歩道のところで停車した車から、まず神父が降りてきた。黒服をきた背の高い老人で、白い帽子をかぶり、えりのカラーを後ろ向けにつけている。あれは一目で聖職者とわからせるためなんだ、とミセス・ショートレイは思った。この神父が仲立ちをして、今度の連中がくることになったのだ。神父が後ろのドアをあけると、子供が二人飛び出してきた。男の子と女の子だ。そのあとから、ピーナッツに似たかたちの茶色の服をきた女が、これはゆっくり降りてきた。それから前のドアが開いて、男が現れた。これが強制追放者というやつだ。背が低くて前かがみで、金ぶちの眼鏡をかけている。

ミセス・ショートレイの観察の目はこの男に集中し、それから、女と二人の子供をふくむ全体像へと広がった。連中は、ほかの人たちとおなじように見える。それがひどく奇妙なことに思えて、まずドキッとした。想像の中では、連中はオランダ人のように木靴をはき、水夫帽をかぶり、たくさんボタンのついた原色のコートを着て、列になって歩く三匹の熊の姿だった。ところが女は、ミセス・ショートレイが着てもおかしくないような服を着ているし、子供たちもこの近所の子とおなじような服装をしている。男はカーキ色のズボンに青のシャツだ。ミセス・マッキンタイアが握手しようとすると、突然、男は腰をかがめて夫人の手にキスをした。

ミセス・ショートレイは思わず自分の手を口にもっていった。気がついて手を下ろすと、そこらにはげしくこすりつけた。夫のショートレイが女主人にあんなまねをしたら、翌週まで起きられないほどたたかれるに決まっている。もっとも、うちのはあんなことをやる気づかいはない。余計なことをやってるひまはないから。

さらに目をこらしてじっと見た。男の子がまんなかにいて、話している。この子がいちばん英語ができる。ポーランドでもいくらか習ったことがある。そこで少年は、父のポーランド語をきいては英語にし、ミセス・マッキンタイアの言うことをきいて、それをポーランド語に言いかえている。神父が言うには、この子の名はルドルフで年は十二歳、女の子の名はスレッジウィグで、九歳になる。スレッジウィグなんて、虫の名みたいだ、とミセス・ショートレイは思った。男の子にボルウィーヴィルと名づけるのとおなじようにおかしい。どの名も、連中自身と神父しか発音できないような、変なものばかりだ。どうやらそうらしいとわかったのはゴブルフックという姓だけだった。話がもちあがってからこの一週間、ミセス・マッキンタイアとミセス・ショートレイは、この家族のことをゴブルフックたちと呼んでいた。

この家族のために準備してやるのは大仕事だった。家具類もシーツも食器も、自前のものはなにひとつ持っていないので、女主人の使い古しからあれこれかき集めて調達しなければならない。はんぱものの家具を集めたり、花模様のついたニワトリの餌の空き袋でカーテンを縫ったりした。二つは赤い花模様で、一つは緑の花模様だ。赤で揃えるには袋の数が足りなかった。こっちもお金がありあまっているわけじゃなし、カーテンまで買ってやるわけにはいかないとミセス・マッキンタイアは言う。「連中は話せないんですよ。色のちがいなんてわかるもんですか」とミセス・ショートレイが言う。ミセス・マッキンタイアは、あの人たちがくぐってきたことを思えば、手に入るものはなんでもありがたいはずですよ、と言った。ああいう所から逃げてきて、こういう所へ来られる幸せを思えばね。

ミセス・ショートレイは前に見たニュース映画を思い出した。せまい部屋にはだかの死人たちが山積みになり、手足がからみあっている。あちこちから頭が、足が、ひざが突き出し、かくすべき場所がさらされている。なにかをつかもうとした手が、むなしく伸びている。これが現実に起こったことだと頭に収める前に、画面はかわり、うつろに響く声が「時は前進する！」と言う。この国とちがって進歩していないヨーロッパでは、こういったことが毎日のように起こっている。自分のほうを優位に置いて見ると、突然直観が働いた。ゴブルフックたちは、チブスを媒介する蚤をもつねずみのように、ああいう殺人的なやりくちを、海を越えてまっすぐここに運びこんできたのだ。ああいう仕打ちを受けた所からきたとすれば、彼らもまた、やられたとおなじことを他人に向かってやりかえすかもしれないではないか。この問題の大きさに、ミセス・ショートレイは圧倒された。山のふところ深くで軽い地震が起きたように胃が痙攣した。反射的に高台から降りて、紹介を受けに近寄っていった。この人たちの実力のほどを、いますぐ見定めておかなければならない。

ミセス・ショートレイは腹を突き出し、頭をそらせ、腕組みをして進んだ。ふとい脚にはいた長靴がこすれる音がする。身振りまじりで話している人びとから五メートルばかりのところで立ち止まり、背を向けている農園主の首にじっと視線を当てて、自分の存在を感じさせようとした。ミセス・マッキンタイアは六十代の小柄な人で、しわのよった丸顔。オレンジ色で細く描いた眉にとどくあたりで、赤毛の前髪を切りそろえている。人形めいた小さな口。目は、大きくあけた時は淡いブルーになるが、おなじ目が、しぼった牛乳の缶を調べようとして細めた時には、鋼鉄か花崗岩のような色を見せる。夫は、一人と死別、二人と離婚した。だれにもだまされないこの女主人に、ミセス・ショートレイは敬意をもっていた。もっとも、ショートレイ夫妻にかかっては、この女主人でさえ簡単にだまされるのだが。農園主は腕で紹介の身振りをして、ルドルフ少年に言った。「こちらがミセス・ショートレイ。うちの搾乳係の奥さんです。で、ミスタ・ショートレイはどこ？　ミスタ・ガイザック一家に会ってほしいのよ。」ミセス・ショートレイは腕組みをしたままだ。

今度はガイザックか。面とむかっては、ゴブルフックとは呼ばないのか。ミセス・ショートレイは答えた。「チャンシーは牛舎ですよ。あの黒い連中みたいに、藪でのんびり休んでるひまなんかないんです。」

ミセス・ショートレイのなめまわすような視線は、難民の家族の頭にまずそそがれ、それからゆっくりと下のほうに向かった。ハゲタカがゆっくりと空中を旋回し、めざす死体の上に舞い降りるようだ。男から手にキスされるのを避けて、十分距離をとっている。男は緑色の小さな目をまっすぐ向けて、にっこりした。片側の歯が欠けているのが見えた。ミセス・ショートレイは笑いを返さず、母親のそばで肩をゆすっている女の子に目を向けた。長い髪を二本に編んでたらしたその子は、虫みたいな名をしているくせに、否定しようもないほどかわいらしい。自分の娘たち、十五になるアニー・モウドや、十七になるサラ・メエよりも美人だ。アニー・モウドは発育不全で、サラ・メエには斜視がある。外人の少年を息子のH・Cとくらべると、うちのほうがだいぶ分がある。H・Cは二十歳で、母親似のがっちりした体型で、眼鏡をかけている。いまは聖書学校にいっていて、卒業したら自分の教会をはじめるつもりでいる。賛美歌向きの強い美声の持ち主で、なんでも売りつけることができる。ミセス・ショートレイは神父に目をやって気がついた。この連中は進歩した宗教をもっていないのだ。おろかな妄信が改革されないままなのだから、どんなことを信じているかわかったものではない。彼女はまた、例の死体が山積みになった部屋のことを思いうかべた。

神父からして、外国なまりでしゃべっている。干し草を口いっぱいにつめたような英語だ。鼻が大きくて、角張った長い顔で、頭がはげている。こう観察していると、神父は大きな口をあんぐりあけ、ミセス・ショートレイの後ろを見つめながら指さして、

「アールルルル」と声をあげた。

いそいでふりかえると、後ろに孔雀がいた。軽く首をかしげている。

「なーんてみごとなとーりーでしょう」と神父がつぶやいた。

「養う口がひとつよけいにありましてね。」ミセス・マッキンタイアは鳥に目をやって言った。

「で、どういう時、あのすばらしい尾羽根をひろげます？」と神父がたずねる。

「気が向いた時に。前には二十羽から三十羽もいたんですけど、ほうっておいたら死んでしまいました。真夜中にぎゃあぎゃあ鳴くのがうるさかったですよ。」

「じつにきれいです。無数の太陽のある尾羽根だ。」神父は忍び足で鳥に近寄って、つやつやした金と緑の模様がはじまるあたりを見つめた。孔雀はじっとしている。一同の幻想となるために、どこかにある陽光にひたされた高みから、たった今もどってきたというようすだ。神父は平凡な赤ら顔をうれしげに輝かせて、孔雀をじっと見ている。

ミセス・ショートレイは口をゆがめた。「なんてことない、ただのちび孔雀さ。」

ミセス・マッキンタイアはオレンジ色の眉をあげて、この老人はぼけがきているのだと、目つきで知らせた。「さあ、ガイザックのみなさんに、新居を見てもらわなくちゃ。」気みじかに言うと、一同を車にのせた。孔雀は二人の黒人がかくれている桑の木のほうに歩いてゆき、神父も熱中していた顔をあげて車にのると、難民一家を新しい住まいへとつれていった。

車が見えなくなるまで待ってから、ミセス・ショートレイは遠まわりをして桑の木をめざし、二人の黒人から三メートルばかり後ろで足を止めた。一人は老人で、子牛の餌が半分ばかり入ったバケツをもち、もう一人は黄色がかった若者で、もぐらのような寸のつまった頭に丸いフェルト帽子をかぶっている。ミセス・ショートレイはゆっくりと言った。「さて、もうたっぷり見物したろ。あいつらのこと、どう思うかね？」

老人のアスターが腰をあげた。彼女が事件を見のがしたと思っているらしい。「ずっと見てたんだ。あれはいったい、だれだね？」

「海を渡ってきたのさ。」ミセス・ショートレイは腕で波を描いてみせた。「なんでも、強制追放者とか、難民とかいう連中らしいよ。」

「へえ、強制追放者ねえ。そりゃいったい、どういうことだね？」

「生まれついた所にいられなくなって、どこにも行き場がない人たちさ。おまえさんがここから追い出されて、だれにも雇ってもらえないってようなものさ。」

老人は考え深い声で言った。「連中はここにおちつくようだがね、そうなれば、だれかが立ち退かされるな。」

もう一人の黒人が同調した。「そうとも。ここにおちつくだろうよ。」

理の通らない、こういう黒人特有のもの言いにはいつもいらいらする。ミセス・ショートレイは言った。「あの連中は、いるべきじゃない所にいるんだよ。あいつらは、なにもかもあいかわらずの、もとの自分たちの場所にもどるのさ。ここは向こうよりずっと進歩してるんだからね。だけど、気をつけたほうがいいよ。」ミセス・ショートレイは一人でうなずいた。「ああいうのが、それこそ何百万人もいるんだって、奥さんがそう言ってたよ。」

「奥さんがなんて言ったって?」若いほうがたずねた。

「最近は暮らしをたてる場所を手にいれにくいって。白人でも黒人でもさ。だけど、奥さんの言うことで、あたしゃ察しがつくね。」ミセス・ショートレイの声は歌うような調子になった。

「あんたなら、信用がおけるから、なんでも言えるんだろうな。」老人は身をかがめ、立ち去るそぶりを見せながら、うまくその場にとどまっている。

「奥さんはね、『これでなまけものの黒人たちに、神を畏れることを知らせてやれるわ』ってさ。」ミセス・ショートレイは朗々と言ってのけた。

老人は歩きはじめた。「奥さんは、よくそういうことを言うのさ。ハハ、まったくその通りさ。」

ミセス・ショートレイは若いほうに言った。「牛舎にいって、ミスタ・ショートレイの手伝いをしたらどうだい。奥さんはなんのためにおまえさんに給料を払ってるのかね。」

「ミスタ・ショートレイが、外へ行けって言ったんだ。ほかのことをしろって。」

「そんならさっさとその仕事をやればいい。」若者が立ち去るまで、彼女はじっとその場にいた。それから、まだそのままで、孔雀の尾羽根を見るともなく見つめながら、考えごとをはじめた。孔雀は木の茂みに飛びこみ、その尾羽根がちょうど目のまえに垂れている。緑の輪の中にあるたくさんの目が、日光を浴びて一瞬金色に輝き、つぎの瞬間には鮭の色に変わり、凶暴な惑星群のようだ。彼女は宇宙の地図を眺めていたのかもしれない。だが、そのことには気づかず、木々の鈍い緑をすかして点々と見える空にも注意を向けない。彼女は心の内に幻像を見ていた。何百万、何千万という難民が、ここをめざして押しかけ、そして、家ほどもある翼をもつ巨大な天使となった彼女が、黒人たちに別の場所をさがせと告げている幻像だ。ミセス・ショートレイはこのまぼろしについて考えながら、牛舎のほうに向きをかえた。その顔には崇高さと満足感が浮かんでいた。

牛舎の入り口に向かって、正面からでなく斜めに進む。中から見られる前に、自分が先に中を見るためだ。チャンシー・ショートレイはいちばん終わりの牛に搾乳機を取りつけていた。入り口からすぐのところにいる、白に黒いぶちのある雌牛だ。ショートレイは二センチたらずの吸いかけの煙草を下唇のまんなかへんだけで支えている。妻はそれにしっかり目をとめてから、声をかけた。「牛舎で煙草を吸ってるなんて、奥さんが見るか聞くかしたら、たいへんなことになるよ。」

深いしわ、こけたほほ、ただれた口の端から下へ長いくぼみが二つある顔を、ショートレイは振り向けた。「まさか奥さんに言いやしねえだろうな。」

「言わなくたって、においでわかるのさ。」

ショートレイは舌先を使って煙草を口に入れ、ぐっと唇を引きしめた。その曲芸を誇るふうもなく、立ち上がって外に出た。いとしげに妻を見つめながら、くすぶる煙草を草の上に吐き落とした。

「いやだよチャンシーったら。」妻は爪先で穴を掘って吸殻を埋めた。この小さな芸はショートレイにとって、妻と愛をかわすのに等しいものだった。この求愛行動をするようになってからというもの、ショートレイはギターの演奏も贈りものもすっかりやめた。ただ、女の家のポーチの段に腰掛け、体の麻痺した老人が煙草を吸おうとするようすをまねた。煙草が適当な短さになると、女のほうを見て、口の中に煙草を入れる。それを呑みこんだふりをしながら、想像を超えた優しい目つきで女を見つめる。そのたびに女は狂ったようになり、男の帽子を目の下まで押し下げて、死ぬほど抱きしめたいと思ったものだ。

女は夫の後から牛舎に入った。「あのゴブルフックとかいう一家が着いてさ。奥さんが、あんたに紹介するっていうんだよ。ミスタ・ショートレイはどこってきくから、あれはいそがしくて、そんなことしてるひまはないですって言ってやったよ。」

「役にたちそうなやつなのかな。」ショートレイはまた雌牛の下にしゃがんだ。

「あの外人、英語も知らないくせに、トラクターが運転できるなんて信じられるかい？奥さんは、あの連中にお金をつぎこんでも、もとはとれないだろうよ。息子は英語を話すけど、体力がなさそうだし。働けるほうはしゃべれない。しゃべれるほうは働けない。それじゃ、黒いやつを雇うほうがましだろうに。」

「おれなら、黒いやつのほうがいいね。」

「ああいう人が何百万人もいるんだとさ。あの神父さんが、いくらでも奥さんの要るだけ連れてくるって言ってるらしいよ。」

「奥さんも、神父なんてのと手を切らなくちゃな。」

「あの神父さん、間がぬけてるよ。頭が悪いんじゃないかね。」

「おれは酪乳の仕事にローマ法王の口出しなんぞまっぴらだぜ。」

「イタラア人（「イタリア人」の言いまちがい）じゃなくて、ポーランド人だとさ。ほら、死体が山積みになってた、あそこだよ。おぼえてるだろ。」

「まあ、ここにいるのは、いいとこ三週間だろうな」と夫が言った。

　三週間後、農園主のミセス・マッキンタイアとミセス・ショートレイは、低地の飼料用トウモロコシ畑へ車で出かけた。買ったばかりの飼料カッター機をガイザックが運転する。それを見るためだ。機械を操作できる人がやっと見つかったから買ったのだと、農園主は言う。ガイザックはトラクターも、干し草まとめ機も、飼料カッターも、コンバインも、レズ・ミルも、農場にある機械はなんでも操作できる。熟練した技師で、大工仕事も石工仕事もこなす腕をもっている。つましくて、よく働く。修理費だけでも毎月二十ドルの節約になる勘定だと、ミセス・マッキンタイアは言う。この人を雇ったのはこれまでで一番いいことよ。搾乳機も使えるし、おまけに徹底して清潔だし。第一、煙草を吸わないからね。

畑の端に停車して、二人は降りた。若い黒人のサルクがカッター機にワゴンを取りつけ、ガイザックはそのカッター機をトラクターに接続している。さっさと仕事を終えると、ガイザックは黒人を押しのけて自分でワゴンの取りつけをはじめた。ハンマーやドライヴァーを渡せと身振りで要求する顔は、怒りで輝いていた。黒人の動作はすべてのろくて、彼の手早さに追いつかない。黒人に対する緊張感もある。

一週間まえ、夕食どきに彼はサルクを見かけた。サルクは袋を手に、若い七面鳥用の飼育小屋に忍びこんだ。見ていると、ちょうど食べごろのを一羽選びだして袋に入れ、それをコートの下にかくした。ガイザックは牛舎の後ろまでサルクを追跡し、飛びかかって抑えこむと、ミセス・マッキンタイアの住まいにつれてゆき、出来事を身振りで夫人に説明した。黒人のほうは不平を鳴らし、七面鳥を盗む気など決してない、ただ、そいつの頭の腫れものに靴墨を塗ってやろうとしただけだ、と言い立てた。イエス様に誓って、これがうそなら、罰が下って死んだっていい。女主人は七面鳥をもとに戻すように言いつけた。それから長い時間をかけて、黒人はみんな盗みをするものだとポーランド人に説明した。しまいには彼の息子のルドルフを呼んできて、英語で説明し、それを通訳させた。ガイザックはショックを受け、気落ちしたようすで出ていった。

ミセス・ショートレイは、サイレージ・マシンに故障が出るのを待ちかまえていたが、平穏無事だった。ガイザックの動作はすばやくて正確だ。猿のようにトラクターに飛びのって、オレンジ色の大きなカッターをあやつり、飼料トウモロコシ畑に入れる。つぎの瞬間、飼料はパイプから緑色の奔流となってワゴン車にそそぐ。列に沿って進み、やがて姿が見えなくなって、遠くで機械をあやつる音だけがきこえる。

ミセス・マッキンタイアは喜びの吐息をついた。「これでやっと、頼りになる人がきてくれた。長いこと、くだらない連中を相手にやってきたあげくにね。くだらない白人のくずと、黒いやつと。あの連中のせいでこんなに貧乏になったのよ。あんたたちの前はリングフィールド一家、その前がコリン一家、ジャレル一家、パーキンとか、ピンキンとかヘリンとか、だれもかれも、出ていく時にはここの品物をなにか持ち出していくんだから。そろいもそろって！」

このつぶやきをミセス・ショートレイはおちついて聞いていた。私のことをくずだと思っているなら、こうしてくずどもをこきおろす話の相手にするわけがない。くずどもを認めないのはお互いさまだ。もう耳にたこができているひとりごとを、農園の女主人は続けている。「三十年も、ここをやってきたのよ。」眉をしかめて農園を見渡す。「毎年、ようよう食いつなげるだけ。私が金のなる木をもってると思う人もいるようだけど、税金も払うんだし、保険料も、修繕費も、飼料費もあるし。」あらゆる出費を思いだして、ミセス・マッキンタイアは胸をそらせ、小さな手で両ひじをかかえた。「判事がなくなってからは、毎年やっとのことで帳尻をあわせてきたのに。それが連中ときたら、出ていくたびになにか持ち逃げする始末。黒いやつは出ていかないわ。居すわって、盗む。他人はだれでも金持ちだから、盗んでいいと思ってる。白人のくずは、自分たちのようなくだらないのを雇うほどゆとりがあるなら、金持ちにちがいないと思ってるのよ。私の財産といったら、足の下の土だけなのに。」

奥さんときたら、雇っては首にするくせにと思ったが、いくらミセス・ショートレイでも、胸のうちをいつも口にするわけではない。ただそばにいて、雇い主が気のすむまで愚痴をきいてやるつもりだった。ところが今日の結びはいつもとちがっていた。「でもね、これでやっと救われたのよ！　だれかの苦しみが別の人の得になる。あの男はね、働くほかないの。働きたがっているの。」ミセス・マッキンタイアはそう言って強制追放者のいる方を指さし、しわだらけの顔をあかるくした。「あの人は私の救いなの！」

ミセス・ショートレイはまっすぐその方角に目をそそいだ。その透視力がトウモロコシの茂みを貫き、丘を貫いて、その向こう側まで届くようだった。「悪魔からもらう救いなんて、いかがわしいですよ」と、平静な声でゆっくり言った。

ミセス・マッキンタイアは相手を鋭く見返した。「なにを言いたいわけ？」

ミセス・ショートレイは頭をふったが、それ以上なにも言わない。実際、ほかになにも言うことはなかった。というのは、この直観はたった今ひらめいたのだから。これまで悪魔のことなどめったに考えたことはなかった。宗教など、わざわいを避けるだけの頭の働きのない人が頼りにするものだと思っていた。彼女のように勇気のある人にとって、宗教とは歌う機会を提供する社交上の催しにすぎなかった。とはいえ、仮りに宗教についていくらかでも考えるとすれば、悪魔が代表で、神はその取り巻きにすぎないというのが、ミセス・ショートレイの立場だった。難民たちが現れたことで、いろいろ新しいことを考えさせられる。

「あの人の娘がうちのアニー・モウドに言ったそうですよ。」だが、水を向けられたミセス・マッキンタイアは用心深く、先をうながそうとはせずに、ササフラスの茎を手折って噛むだけだった。しかたなく、ただのほのめかしという調子でミセス・ショートレイは続けた。「なんでも、月給七十ドルじゃ、一家四人が食べていくのはむずかしいとか。」

「昇給する値打ちはあるわ。あの働きぶりで利益をあげてくれているんだから。」それじゃまるで、うちのチャンシーは利益をあげたことがないと言うのもおなじじゃないか。チャンシーは寒さ暑さもいとわず、ここ二年というもの朝の四時に起きては牛の乳しぼりをやってあげているのに。この農園で二年も続いた人ははじめてだというのに。感謝されるどころか、利益をあげてないと当てこすりを言われるなんて。

「ショートレイさんの具合はどう?」とミセス・マッキンタイアがたずねた。

その話が出る時分だと思っていた。夫は発作をおこして、ここ二日寝こんでいる。ガイザックが代わって搾乳を引受け、いつもの仕事のかたわらやっている。「まだよくないんですよ。お医者の話だと、過労のせいだって。」

「あの人が過労なら、副業でもやっているんでしょうよ。」そう言うとミセス・マッキンタイアは牛乳の缶の底を調べる時のように目を細めてミセス・ショートレイを見た。

なにも言い返さなかったものの、暗い疑念が雷雲のように湧きおこってきた。実はショートレイは副業をもっている。だが、ここは自由の国だ。ミセス・マッキンタイアが口を出す筋あいはない。ショートレイはウィスキーをつくっている。小さい醸造場を、ずっとはずれの所に置いている。たしかにそこもミセス・マッキンタイアの地所内だが、耕してないただの空き地で、なんの役にもたたない場所だ。ショートレイは仕事をおそれてはいない。朝の四時に起きて搾乳をやり、休んでいるはずの昼間の時間はウィスキー造りに精を出す。あんなによく働く人はめずらしい。黒人たちはその醸造場のことを知っているが、逆にショートレイのほうも彼らの醸造場を知っているので、お互いの秘密は守られている。だが、ここに外人が入ってきた。なんにでも目くじらたてて、無理解なやつが。ひっきりなしに戦争をしている、宗教改革を通ってない国からやってきたやつが。あの手の外人には四六時中、目がはなせない。外人を追い出す法律があって当然だと、ミセス・ショートレイは考えた。海の向こうの国にそのまま住めないはずがない。戦争や大量虐殺で消された人たちの土地を受けつげばすむことだ。

ミセス・ショートレイは突然またしゃべり出した。「それだけじゃないんですよ。娘が言うには、パパはお金がたまったら中古車を買うつもりだって。車を買ったらここを出ていくつもりなんですよ。」

「お金がたまるほど給料は出せませんよ。もちろん、そんな話は気にしないわ。」ミセス・マッキンタイアはやおら言葉をついだ。「ミスタ・ショートレイにできないなら、ミスタ・ガイザックにずっと搾乳をやってもらうことにして、給料をあげてやりましょう。あの人なら煙草を吸わないから。」煙草の話をもち出されたのは、今週に入ってこれで五回めだった。

ミセス・ショートレイは強く言った。「働き者で、牛の扱いがうまくて、おまけにりっぱなクリスチャンで。チャンシーみたいな人が、めったにいるもんですか。」彼女は腕組みをして、はるか遠くを強烈なまなざしでじっと見つめた。トラクターとカッターの音が近づいて、ガイザックがトウモロコシの列の向こうに姿を見せた。「誰でもそうだと思ったら、まちがいだから。」ミセス・ショートレイはつぶやきながら思った。もしあのポーランド人がチャンシーの醸造場を見つけたら、そこでウィスキーをつくってるとわかるだろうか？ あの連中でこまるのは、どこまでわかっているのか、こっちにはっきりわからないことだ。ガイザックがにっこりするたびに、ヨーロッパという場所がするすると伸びてきてミセス・ショートレイの想像を刺激する。わけのわからない、悪のおこなわれる所、悪魔の実験室。

轟音をたて、揺れながら、トラクターとカッターとワゴンが二人の前を通りすぎた。ミセス・マッキンタイアがさけんだ。「これまではずっと、男たちが何頭ものラバを使ってやっていた仕事よ。このぶんじゃ、二日でここが全部かたづくわ。」

「そうなりますかね。万一、なにも事故がおこらなけりゃね。」ミセス・ショートレイはトラクターがラバを用なしにしたことを考えていた。近ごろは、ラバはただでも引き取り手がない。そのつぎに用なしになるのは黒いやつだろう。気をつけなくちゃ。

その日の午後、牛舎で厩肥を集めていたアスターとサルクをつかまえて、なにが起こっているかを説明してやった。牛用の塩の塊のわきに腰をおろすと、彼女はひざの上に出っ張った腹を据えて、腕を組んだ。「あんたたち黒人は、みんな気をつけたほうがいいよ。ラバに値がつかないことを知ってるだろ。」

「一文にもならない。全然だめ」とアスター老人が言う。

「トラクターになる前は、ラバも役にたったのさ。強制追放者がくる前は、黒いやつでも役にたった。そのうち、黒いやつの話さえ出なくなる時期がくるんだろうよ。」ミセス・ショートレイは予言した。

老黒人は世辞笑いをした。「いや、まったくだ。ハハハ。」

若いサルクは無言でふくれていた。彼女が家に入ってしまうと、「あのデブ、なんでもわかってるような顔をしやがる」と言った。

「ほっとけよ。相手と口論するような身分じゃないんだから」と老人が言う。

夫が搾乳の仕事から戻っても、妻はウィスキー醸造場にまつわる心配を口にしないでおいた。翌日の夜、床についてから、「あいつがねらってるよ」と言い出した。

夫はあばら骨の見える痩せた胸に手を組んで、死体のふりをした。

「かぎまわってるんだよ。」妻はひざで夫の脇腹をぐいと突いた。「あいつらにどこまでわかってるのか、だれも見当がつかないだろ。密造用の蒸留器を見つけたら、あいつはそのまま奥さんに報告するかもしれないんだよ。ヨーロッパでは酒をつくるのかつくらないのか、だれにわかる？　トラクターを動かせる。いろんな機械を扱えるらしい。どうなのさ。なんとか言いなさいよ。」

「いまは放っといてくれ。おれは死んでるんだ。」

「あのよそものくさい目つき。肩のすくめかた。」ミセス・ショートレイは自分で肩を何度かすくめてみた。「なんだって肩をすくめたりするんだろう？」

「みんながおれみたいに死んでいれば、なにもめんどうは起きないのさ」と夫が言う。

「あの神父ときたら。」ミセス・ショートレイはしばらくだまりこんだ。「ヨーロッパのほうじゃ酒のつくりかたがちがうんだろうけど、きっといろんなやりかたを知ってるんだろうよ。心の曲がった連中だから。進歩もしないし、宗教改革もしないで、千年も前の宗教をそのまま信じて。あの宗教でたしかなのは悪魔だけさ。しょっちゅう内輪もめを起こして、争いごとだ。そこにこっちまで巻きこもうとする。もう巻きこまれているじゃないか。向こうまで出向いていってもめごとを収めてやったり、そのあげくには、向こうの人間がこっちまでやってきて、そこらをかぎまわってさ、あんたの密造場を見つけて、まっすぐ奥さんに言いに行くんだろうよ。奥さんの手にキスなんかしてさ。あんた、きいてるのかい？」

「きいてない。」

「まだあるんだよ。あいつは、他人の言うことを、英語であれなんであれ、なにもわかってない。」

「おれは英語しかしゃべらないさ。」夫はつぶやいた。

「そのうち、ここには黒いやつがいなくなるんじゃないかと思うよ。言っとくけど、あたしはポーランド人なんかよりあいつらのほうがいいね。もっと言えば、いざとなったらあたしは黒いやつの肩をもつよ。はじめてきた時、ゴブルフックのやつはあいつらと握手したじゃないか。肌の色のちがいなんかないような顔をして。ところが、サルクが七面鳥を盗むのを見つけると、その足で奥さんに言いにいった。あたしだってサルクが七面鳥を盗《と》っているのは知ってたし、あたしが奥さんに話しに行くこともできたのに。」

夫は眠りこんだのか、静かに呼吸している。

ミセス・ショートレイはさらに続けた。「黒いやつは味方がいてもそれがわからないのさ。まだあるんだよ。あのスレッジウィグって娘が、まあ大ぼらをふいて。ポーランドでは、煉瓦造りの家に住んでいたんだとさ。ある晩に男がやってきて、夜があける前に家から出ていけって言ったんだって。あいつらが煉瓦造りの家に住んでたなんて、だれが信じるものか。

あんなこと言って、気取ってるだけさ。あたしは木造の家で十分。ねえチャンシー、こっちを向いて。黒い連中が虐待されて、ここから追い出されるなんてまっぴらだよ。黒い連中や貧しい人たちへの憐れみは、これでたっぷり持ち合わせているんだから。ねえ、あたしはずっとそうだったたろ？　黒いやつや貧しい人の味方だったたろ？　いざとなれば、あたしは黒いやつの側に立つからね。あの神父が黒いやつを追いたてるのを、だまって見ているものか。」

機械を操作できる人がはじめてきてくれたのだからと、ミセス・マッキンタイアは新品の砕土機とパワーリフトつきのトラクターを買い入れた。前日に砕土機を使った所を見に、ミセス・ショートレイを連れて家の裏手の農地へ出かけた。「みごとな仕事ぶりだこと。」ミセス・マッキンタイアは赤土の起伏する畑地を見渡して言った。

あの強制追放者が働きにきてから、ミセス・マッキンタイアはかわってしまった。ミセス・ショートレイはその変化をじっくり観察していた。金持ちになったのをかくしているような態度をとり、これまでほどあけすけに話しかけてこない。こんなにかわったのは、あの神父のせいだろうと、ミセス・ショートレイは見当をつけた。カトリックの連中ときたら狡猾だ。まず奥さんを入信させて、それから奥さんの財布に手をのばす。まったく、奥さんときたらなんて間抜けなんだろう。ミセス・ショートレイには秘密にしていることがあった。あのポーランド人がやっていることで、女主人が知れば卒倒するにちがいない。「それにしたって、月給七十ドルじゃ長く居つくわけがない。」そうつぶやくと、彼女は農園主にも夫にも、その秘密をあかさないことに決めた。

ミセス・マッキンタイアが言う。「さて、あの人の給料をあげるには、ほかの人をやめさせなくてはね。」

もうそれはわかっているとばかり、ミセス・ショートレイはうなずいてみせた。「黒い連中をやめさせるなとは言いませんけどね、あれはあれなりに、できるだけ働いてるんですよ。仕事があるたびにいいつけて、それがすむまでそばで見張っていればいいんです。」

「判事がいつもそう言ってたわ。」ミセス・マッキンタイアは自分もそう思うという顔で相手を見た。判事というのは最初の夫で、この農園はその人の遺産だ。うわさでは、この人は三十歳の時、夫が死ねば金持ちになれると思って、七十五歳になる判事と結婚した。ところが判事は人が悪く、遺産整理をしてみると金はまったく残っていなかった。未亡人が手に入れたのは二十ヘクタールの土地と家屋だけだった。それでもこの人はいつも亡夫のことを敬意をもって話すし、たびたび彼の言葉を口にした。「だれかの損は別の人の得」だとか、「知らない悪魔よりはなじみの悪魔のほうがまし」だとか。

ミセス・ショートレイは意見をのべた。「でもやっぱり、〈知らない悪魔よりはなじみの悪魔のほうがまし〉って言いますからね。」そう言うと、顔にうかんだ笑いを相手に見られないように背を向けた。あの強制追放者が老黒人アスターを押し出すことになる。だが、そのことはだれにも話さないでおいた。夫のショートレイ以外には。それをきいた夫は、墓からよみがえったラザロのようにベッドから飛び起きた。

「めったなことを言うんじゃない！」

「ほんとだよ。」

「ちがう！」

「ほんとだよ。」

夫はベッドにのびてしまった。

ミセス・ショートレイは言った。「あのポーランド人だってなにも知らないのさ。あたしの見るところじゃ、みんなあの神父の仕組んだことだよ。悪いのは神父なんだ。」

神父はたびたびガイザックの家を訪ね、その足でミセス・マッキンタイアのところに寄った。夫人は神父といっしょに農園をまわり、改良のあとを見せては、神父の意見に耳をかたむける。ミセス・ショートレイは突然悟った。あの神父は別のポーランド人家族をここに入れるように、農園主を説きつけている。二家族も来られたら、ここではポーランド語以外、めったにきけなくなってしまう！　黒人たちは解雇されていなくなり、二家族対ショートレイ一家だけになる！　彼女は言葉の戦いを想像した。文をなさない、きれぎれの単語になり果てたポーランド語と英語がはびこり、べちゃくちゃやりあい、終いに金切り声になって、二つの言葉が組み打ちをする。きたなくてなんでもわかる、改革されてないポーランドの言葉が、きれいな英語に泥を塗り、しまいにはなにもかも泥まみれにしてしまう。彼女にはそう思えた。ポーランド語も英語もみんな汚れて死に果て、一室に言葉が積み上がっているのが見える。いつかニュース映画で見た裸の死体の山のように。彼女は心のうちで叫んだ。神よ、悪魔のよこしまな力からお助けください！　その日を境に、ミセス・ショートレイは新しい注意力をもって聖書を読むようになった。黙示録に熱中し、預言者の言葉を引用しはじめ、やがて、自分の存在についてより深い理解をもつに至った。世界の意味とは、あらかじめ計画された神秘であり、あたしはとても強いから、その計画の中で特別の役割を果たすことになるのも当然だ。全能の神が強い人々をつくられたのは、なすべきことをなさせるためだ。召命を受けたら、それにこたえる用意はできている。今のところは、あの神父を監視するのが仕事だ。

神父の訪問が、ますます気にさわるようになった。この前など、神父は地べたに落ちた鳥の羽根を拾いまわった。孔雀の羽根を二つ、七面鳥の羽根を四、五枚、老いぼれた雌鶏の茶色の羽根を一つ、花束のようにまとめて持って帰った。こんな子供だましをやってみせても、ミセス・ショートレイの目はごまかせない。このよその土地に、外国人をわんさと連れこんできて、もめごとを起こし、黒い連中を追い出して、正しい信仰をもつ人びとのどまんなかにバビロンの淫婦（「ヨハネの黙示録」十七章参照。地上の忌まわしい者たちの母）を植えようとしているのだ！　神父がくるたびにミセス・ショートレイは物かげにかくれ、帰るまでずっと監視していた。

彼女が幻を見たのは日曜の午後のことだった。ひざが痛いという夫のかわりに牛追いに出かけ、牧草地をゆっくり歩いていた。腕を組み、遠くの地平に低くかかる雲を眺めた。雲の群れは、巨大な青い岸に列をなして打ち上げられた白い魚のようだった。傾斜を登ったあと、ミセス・ショートレイは息をついた。この体重で歩くのは容易ではない。それに、昔とちがって若くはない。時どき、心臓を小さな手がぎゅっとにぎりしめ、また ゆるめるような感じがする。そうなると考えがまったく停止してしまい、中身のない大きな脱けがらになったような気分で、わけもなく動きまわる。それでも気おくれせずにこの傾斜を登りきり、高みに立って、よくやってのけたと愉快な気分になった。突然、目の前で空が二つに裂け、舞台の幕のように巻き上げられ、そこに巨大な姿が現れて、正面から彼女に対した。その姿は正午を過ぎたばかりの太陽さながら白金に輝いた。かたちは定かでなく、猛々しい暗色の目をもつ炎の輪がいくつも、その姿の周囲を激しい勢いで回っている。あまりの荘厳さに打たれて、その姿が前進してくるのか、後退するのかもわからない。見定めようとして目を閉じると、その姿は血の色に変わり、炎の輪は白く見えた。朗々たる声がとどろいて、ただ一言、「預言せよ!」と言った。

彼女はわずかによろめいたが、目をしっかり閉じ、こぶしをにぎりしめ、日除け帽を目深にかぶったまま、その場に立ち続けた。そして声高く言った。「悪しき国々からきた者たちは切りきざまれるだろう。脚は腕に、足は顔に、耳はてのひらに置かれる。誰がそこなわれずにいられようか? 誰がそこなわれずにいられようか? 誰が?」

やがて彼女は目をあけた。空一面が白い魚たちで埋まっている。見えない気流が魚たちをゆっくりと運び、雲の奥の太陽が時々ちらと現れて、雲の群れを太陽の運行と逆の方向に押し流すように見える。木切れのように感じのなくなった足を一歩ずつ前に進めて、ミセス・ショートレイは牧草地をすぎ、家の敷地に着いた。目がくらんだように、夫に話しかけもせず、だまって牛舎を通り抜け、そのまま進み、女主人の家の前に出て、神父の車が停まっているのに気づいた。「またきている。ここをこわしにきている。」

ミセス・マッキンタイアは神父と連れだって家畜用の囲いの方へ歩いていた。顔を合わせるのを避けて、ミセス・ショートレイは左に逸れ、飼料小屋に入った。そこは中仕切りのない小屋で、片側には粉状の撒き餌の袋が積みあがり、砕いた牡蠣がらが隅に置いてある。牛の飼料や新案特許の薬品の広告の載った古いカレンダーがいくつか、壁に掛かっている。ひげの紳士が手にしたびんを示し、その下に「このすばらしい発明のおかげで便秘しなくなりました！」と印刷してある。この男が有名人で、しかも自分の顔見知りの人であるような気がして、ミセス・ショートレイは親しみを感じていた。しかし今は、あの危険な神父のことで頭がいっぱいだ。板壁のすき間の所に立って外をうかがった。二人は七面鳥小屋に向かっている。うまいことに、それは飼料小屋のすぐ外だ。

神父は外国なまりで「ああ、ひなどりはかわいいですなあ」と言ってしゃがみ、金網ごしにのぞいている。

ミセス・ショートレイはぎゅっと口をゆがめた。

ミセス・マッキンタイアがたずねている。「ミスタ・ガイザック一家は出ていくつもりでしょうか? シカゴとか、大都会に行くんでしょうか?」

「なぜ今それする必要ありますかな?」神父は金網に鼻を寄せ、指を振って七面鳥をあやしながら言う。

「お金のことで」とミセス・マッキンタイア。

「ああ、それならいくらか給料をあげればすむ。あの人たち、生きていくこと必要ですね。」神父は無関心な口調だ。

「私のほうも大変なんですよ。そうするには、ほかのだれかをやめさせなくちゃ。」

「で、ミスタ・ショートレイ一家はよくやっていますか?」神父は話の相手より七面鳥のほうに気をとられている。

「あの人は牛舎で煙草を吸うんです。先月見つけただけで五回もですよ。」

「で、黒人たちのほうはどうです?」

「嘘はつくし、盗みはするし、仕事は監督が要ります。」

「いやはや。それで、どっちを解雇します?」

「明日ショートレイさんに、一カ月の猶予つきで解雇を言いわたすつもりです」とミセス・マッキンタイアは言った。

神父のほうはその言葉をきいたかどうか、金網に入れた指を振りまわすのに熱中している。ミセス・ショートレイは口のあいた飼料袋にどっと腰を落とした。粉状の飼料が雲のように立ちのぼった。気がつくと、目の前の壁には例のすばらしい発明品を示す紳士のカレンダーがある。だが、彼女は紳士を見ず、ずっとその先の遠くを見ている目つきだった。それから立ち上がって自宅に駆けこんだ。顔が火山の火のように赤くなっている。

日除け帽子をぬぐ暇もなく、引き出しを全部引き抜き、ベッドの下から箱類や古びたスーツケースをひっぱり出した。それから休みなしに、引き出しの中身を箱にあけていった。娘二人にも手伝わせた。夫が帰ってきても目を向けず、荷造りをしながら片手で扉のほうをさした。「裏口に車をまわしておいて。解雇されるのを待ってなんかいられるものか！」

妻の全知全能を、ショートレイはこれまで一度も疑ったことはない。ただちに事態を悟ると、ちょっと顔をしかめただけで、裏へ車をまわしに出かけた。

車の屋根に鉄のベッド二つ、ベッドの内側に揺り椅子を二つ、椅子のあいだにマットレスをまるめて押しこみ、全体を結わえつけた。さらにその上にはニワトリの籠を置く。スーツケースと箱類は車内に積む。娘のアニー・モウドとサラ・メエがやっと乗れるほどのすき間は残しておく。荷造りはその日の午後いっぱいと夜の前半までかかった。だがミセス・ショートレイは、明けがたの四時まえには断固出発すると決めていた。夫にはここで二度と搾乳機の操作をさせたくない。彼女はずっと働きづめで、赤くなったり青ざめたり、顔色がひんぱんに変わる。

夜明け前に雨が降り出したが、用意はできた。全員が車に乗りこみ、箱や包みや巻いた布団のあいだに身をかがめた。黒い箱型の車は、運ぶものの重さに抗議するように、いつもより大きな音をたてた。黄色い髪のやせた娘が二人、後部座席に置いた箱の上にすわり、ビーグル・ハウンド種の子犬と猫、それに子猫が二匹、毛布の下にもぐりこんでいる。積みすぎて、おまけに水漏れする方舟のように、車はゆっくり進んだ。住んでいた小屋を離れ、ミセス・マッキンタイアの白い家の前を過ぎた。彼女は今朝の搾乳をしてないことも知らないで、ぐっすり眠っている。それから丘の上のポーランド人の家を過ぎ、門に向かう道を進んだ。搾乳助手をやる黒人が二人、前後に並んでやってきた。二人は車と乗りこんだ人たちをまっすぐ見た。黄色いヘッドライトが二人の顔を照らしだしたが、二人とも礼節をわきまえて、なにも見ないふりをし、そこにあるものに意味を認めようとはしなかった。荷物でふくれた車は、朝の薄明に現れた霧も同然、すぐに消えてゆくだろう。二人はふりむきもせず、おなじ歩調で道を進んでいった。

にぶい黄色の太陽が、ハイウェイ同様に水分を帯びた暗灰色の空に昇りはじめた。耕作の足りない雑草だらけの畑地が両側を飛びすぎてゆく。「どこへ行くんだね?」ショートレイがはじめてたずねた。

ミセス・ショートレイは片足を箱にのせているので、ひざを腹に押しつける姿勢になっている。夫のひじが鼻をかすめそうで、娘の靴なしの左足が運転席に伸びて、耳にふれる。

「どこへ行くんだね？」もう一度きいたショートレイは、返事がないのでとなりを見た。

おそろしい熱が、最後の攻撃とばかり、ゆっくりと力強く湧き起こってきた。片足は体の下に、片ひざは首につくという無理な姿勢に負けず、彼女は背筋をしゃんとしてすわっていた。だが、青くつめたい目にはいつもとちがって光がない。その目が見た幻のすべてが内側を向いて、彼女の内部をのぞいているようだった。ミセス・ショートレイは突然、夫のひじと娘の足を握って引っ張りはじめた。まるで腕と足を余分に自分の体に取り付けんばかりの勢いだ。

ショートレイは罵り声をあげて、すばやく車を停めた。娘のサラ・メエは引っ張るのをやめさせようと大声をあげた。だがミセス・ショートレイはどうも、車全体の荷物の積み替えを今すぐやると決めているらしい。激しく身をもがき、夫の頭、娘の足、猫、寝具、果ては自分の丸い大きなひざまで、手当たり次第につかんで引き寄せた。突然、けわしい表情が消えて驚きの色を浮かべ、握りしめる力がゆるんだ。片方の瞳が急に目がしらのほうに寄って静かに閉じると、彼女は動かなくなった。

娘二人は、母親がどうなったかわからないまま、しきりに問いかけた。「かあちゃん、ねえ、どこへ行くの?」二人は母親がふざけていると思い、父親までが、じっと母親を見つめたまま死んだふりをしていると思っていた。母親が偉大な体験をしたこと、自分に属していたあらゆるものから離れ、この世から強制追放されたことが、娘たちにはわからなかった。前方に続く灰色の濡れた道路におびえ、二人の声はますます高くなった。「ねえかあちゃん、どこに行くの? これからどこに行くの?」母親の巨大な体はじっとシートにもたれ、青い色ガラスのような目は、彼女の真の祖国の広大な辺境について、はじめて思いめぐらしているように見えた。

II

ミセス・マッキンタイアは老いた黒人に言った。「いいわ、あの人たちなしでもやっていける。黒人も白人も、いつだって入れかわり立ちかわりなんだから。」老人が子牛小屋を掃除するあいだ、女主人はレーキを手にして立っていた。時々トウモロコシのかすを隅からひろいあげたり、よごれの残った場所をやり直させたりした。ショートレイ一家が立ちのいたおかげで、解雇を言いわたす手間がはぶけてうれしかった。彼女が雇った人たちはいつでもやめていく。ああいう連中だから仕方がない。ショートレイ一家は、今度きた強制追放者一家を別にすれば、これまでで一番ましだった。まったくのろくでなしではなかったし、ミセス・ショートレイは善良な人だったし、いなくなるとさびしい。だが、亡夫の判事が言っていたように、二ついいことはないものだ。ミセス・マッキンタイアは強制追放者一家に満足している。「これまでは、きたと思うと行ってしまうんだからね。」満足にひたりながら、彼女はもう一度くりかえした。「で、奥さんとおれはまだここにいる。」老黒人は腰を落として、飼料台の下を掻いていた鍬を引き出した。

彼がその言葉で伝えようとしたことを、ミセス・マッキンタイアは正確に聞きとった。天井の割れ目から差しこむ日光の線が、老黒人の姿を三つに区切っていた。鍬をつかむ長い手と、老いで曲がった体の輪郭をじっと見ながら女主人は思った。おまえは私より前からここにいただろうけど、おまえが行ってしまっても、私はここにいるんだからね。彼女は声に出して厳しく言った。「まったく、人生の半分も、ろくでなしといっしょにやってきたんだからね。でも、もうそれも終わったのよ。」

「黒人も白人も、おなじさね」と老黒人が言う。

「もう終わったの。」そうくり返すと、肩にケープのようにかけていた埃よけの仕事着のえりを直した。彼女は広いつばのある黒い帽子をかぶっていた。二十年前に二十ドルもしたものだが、今は日除け帽に使っている。「お金が諸悪のもとなのよ。判事がいつもそう言っていたっけ。お金は大きらいだって。おまえたち黒人が偉そうにするのは、お金がたくさん出まわっているからだって言ってたわ。」

老黒人は判事を知っていた。「判事さんは言ってたものでさあ、黒い連中に手間賃を支払えないほど貧乏になる日が待ち遠しいって。そんな日がきたら、世の中ひっくり返りまさあ。」

女主人は腰に手を当てて首を伸ばした。「そういう日がくるところだったのよ。毎日、ひとりひとりに、しっかり働けって言い続けてきたでしょ。でも、そういうばかげたことはやらなくてすむようになった。今は働くほかない人がいるんだから。」

老人は、返事をすべき場合と、しないほうがよい場合を心得ていた。しばらく間を置いて、彼は言った。「人はきたと思うと、また出ていく。そういうもんでさあ。」

「でも、ショートレイ一家はなかなかよかったわ。あのガリッツ一家に比べれば。」

「あれはコリン一家の前ですよ。」

「いえ、リングフィールド一家がくる前よ。」

「やれやれ、あのリングフィールドときたら!」老人はつぶやいた。

「ああいう連中は、誰も働きたがらないからね。」

「人はきたと思うと、また出ていく。そういうもんでさあ。」決まり文句を老人はくり返して、ゆっくり体を伸ばし、農園主に面と向かった。「それでも、今いるようなのはこれまできたことがない。」老いたシナモン色の目は蜘蛛の巣が掛かったように曇っている。

　ミセス・マッキンタイアはじっとその目を見返した。ついに相手は鍬を取り上げ、身をかがめて一輪車からかんな屑を床にあけはじめた。彼女は厳しく言った。「あの人なら、ミスタ・ショートレイが仕事をはじめる気になるまでの時間で、牛舎の掃除くらいさっさとやってのけるわ。」

「あれ、ポールからきた。」

「いいえ、ポーランド。」

「ポールはここのようじゃない。やりかたがちがうんだ。」老黒人はその後、口の中でむにゃむにゃつぶやいた。

「なにを言ってるの？　あの人について文句があるなら、はっきり言いなさい。」

　老黒人はだまったまま不安定にひざをかがめて、かいば桶の下を鍬で掻いた。

「あの人が万一、いけないことをしていたら、私に言いにくるんですよ。」

　老黒人はつぶやいた。「前は、していいことだの、いけないことだのって、なかったもんだ。誰も、なにもしなかったんだ。」

　女主人は簡潔に言った。「これといってわるいことはないのね。それなら、あの人にはいてもらいます。」

「あんな人はこれまできたことがない。それだけでさあ。」黒人は控えめに笑った。

「時代の変化よ。世界になにが起こってるかわかってる？　人口が膨脹してるのよ。どんどん人間が増えるから、頭がよくて、しまり屋で、働きものの人だけが生き残れるの。」頭がよくて、しまり屋で、働きもの、という言葉をしっかり強調して言った。子牛小屋から見える道の向こう、開け放した牛舎に、強制追放者が緑色のホースを手にして立っていた。その様子にはぎこちないところが見え、近づくには用心するほうがいいように思えた。なんといっても、話がうまく通じないからそんな気が起こる。なにか言いつける時、はっと気がつくと、いつのまにか、大声を張りあげ、大げさに首を振りたてている。おまけに近くの物陰で、黒人の誰かれがその様子をうかがう気配がする。

「もうまっぴら！」彼女は飼料台に腰かけ、腕組みをした。「くずみたいな連中と一生付き合うのはもう終わり。これからは、ショートレイとかリングフィールドとかコリンみたいな連中と時間をむだにすることはないの。世の中には働かなくちゃならない人がたくさんいるんだから。」

「なんでそんなに人があまる？」老黒人がきく。

「人間は自己中心で、子供を産みすぎるの。いまどき子供の多いのはほめたことじゃないのよ。」

　老黒人は一輪車のハンドルを持ち、外に出るところで立ち止まった。半身は日光を浴び、半身は影の中で、行き先がわからなくなったようにガムを嚙んでいる。

「私がここ全体を管理していることが、あんたたちにはわからない。あんたが働かないと、お金にならない。そうすると給料が払えない。あんたたちはみんな私に頼っているのに、だれもかれも、右と左を逆に履いた靴みたいにとんちんかんなんだから。」

　そう言ったのがきこえたかさえ、相手の表情からはうかがえない。老黒人は一輪車ごと後退した。「知らない悪魔よりはなじみの悪魔のほうがまし。判事さんはよくそう言ってたもんだ。」きこえよがしのひとりごとを残すと、よたよたした足取りで出ていった。

　ミセス・マッキンタイアは後を追った。深いたてじわが突然、赤毛の前髪のかかる額の中心に現れ、きつい声で叫んだ。「判事がここの請求書の支払いをしていたのは、ずっと昔のことよ。」

　雇っている黒人の中で、判事を知っているのは彼だけだ。それで自分のことを偉いと思っている。あの老人は、判事の死後に彼女が結婚したミスタ・クルームズやミスタ・マッキンタイアを評価していなかった。その後の二度の離婚では、ていねいな態度でぼかしながら、別れなすってよかったと言ったものだ。自分の意見をのべる必要があると思うと、老黒人は女農園主のいる部屋の窓下で作業をしながら、ひとりで議論を展開する。気をつけて遠回りの表現をとりながら、問いを出し、自分で答え、延々とそれをくりかえす。一度、夫人はそっと立って、いきなりぴしゃりと窓を閉じた。その勢いで老黒人はのけぞってひっくり返った。時どき、孔雀を相手におなじようなひとりごとを言っている。孔雀は老黒人のポケットからのぞくトウモロコシをじっと見つめながら後をつけ歩いたり、すぐ隣にすわって羽づくろいをしたりする。開けはなった台所の扉ごしに、彼がこんなことを孔雀に言うのが聞こえたこともある。「ここでおまえたちが二十羽も動きまわっていたもんだ。今はおまえ一羽と雌が二羽だけ。クルームズのころは十二羽、マッキンタイアになったら五羽。今は雄一羽と雌二羽になっちまった。」

そこで女農園主はポーチに出ていった。「呼び捨ては許しません。**ミスタ・クルームズ**と**ミスタ・マッキンタイア**です！　あの人たちのことをかれこれ言うのは二度と聞きたくないからね。言っておくけど、あの孔雀が死んだら、あとはもう補充しません。」

孔雀を飼い続けているのは、墓にいる判事をおこらせないようにという迷信的おそれのためだけだった。判事は屋敷内を孔雀が歩きまわるのを見るのが好きだった。豊かな気分になると言っていた。三人の夫のなかでは、判事がいちばん存在感があった。もっとも、自分の手で埋葬したのはこの夫だけだが。裏側のトウモロコシ畑の中に囲った家代々の墓地があり、判事はそこに葬られている。彼の両親、祖父、三人の大伯母、子供のころ死んだ二人の従兄弟の墓もそこにある。二度めの夫クルームズは六十キロあまり離れた州立脳病院にいる。三度めの夫マッキンタイアは、フロリダあたりのどこかのホテルで飲んだくれているのだろう。だが判事は、彼の家族と共にトウモロコシの茂みに埋もれて、常にここにいる。

結婚した時、相手はもう老人だった。金目当てで結ばれたのだが、じつはもうひとつ、当時は自分でも認めまいとした理由があった。相手を愛していたのだ。不潔で嗅ぎ煙草中毒の、金持ちと評判の高い判事。深靴に紐ネクタイ、グレー地に黒の縞のスーツ、夏冬通して黄色のパナマ帽をかぶっていた。髪も歯も煙草色で、あせたピンク色の顔には、先史時代の化石といっしょに出土したように神秘的なしみがあった。手ずれのした紙幣に似た独特の体臭があったが、五セント硬貨ひとつでも、現金を持ち歩くことは決してなかった。秘書として何カ月か働くあいだに、この老人は鋭い目で見通していた。この女はおれのことをしんから敬愛していると。結婚後の三年間は、彼女の人生で最も幸福で裕福な時期だった。ところが判事の死後、彼は破産に瀕していることがわかった。遺産は抵当に入った家屋敷と二十ヘクタールの土地で、それだけがかろうじて残った。成功した人生の最後の勝利として、彼はあらゆる財産を使い果していったのだ。

だが彼女は生きのびた。老判事でさえ扱いに手こずった、来てはやめてゆく作男や搾乳人に耐え、予測しようもない気分屋の黒人たちの流出に耐え、つぎはぎのトラックで時どきやってきてはクラクションを鳴らす家畜商人、製材業者、仲買人や行商人といった吸血鬼たちに対しても、しっかり立ち向かった。

仕事着の腕を組み、斜め後ろをみた彼女は、強制追放者がホースを手に牛舎に入っていく姿に満足の色を浮かべた。ポーランドを追い出されてヨーロッパを横断し、異国で作男の小屋に住むことになった人を気の毒に思った。だが、彼女はそういう成り行きについてまったく責任はない。私だってつらい思いをしてきたのだ。生きるための苦労とはどういうものか、よく知っている。人間は苦労しなければならないのだ。あの人はヨーロッパを通ってここにやってくるのに、自費ではなく、すべて便宜をはかってもらったのかもしれない。とすれば、苦労はまだ不十分というものだ。私は仕事を与えてやった。それをあの男が感謝しているかどうかはわからない。よく仕事をするということ以外、彼についてはなにも知らない。実のところ、まだあの男の存在が本当とは思えない。奇跡が起こったのを自分の目で見、それを人に語りはしたものの、まだ信じられずにいるのだ。

強制追放者が牛舎から出てきて、物置の後ろから現れた黒人の若者サルクに近づくのが見えた。ポーランド人は手まねで話しかけ、なにかをポケットから出した。二人は立ったまま、それを見ている。ミセス・マッキンタイアは小道を歩いて二人に近づいた。サルクは背が高く締まりのない体型で、丸い頭を間のぬけた感じでうつむけている。知力は常人の半分をいくらか上まわる。だが、そういう人はよく働くから、雇うにかぎる。判事がいつもそう言っていた。仕事を切り上げる潮時がわからないで、いつまでも働くからだ。ポーランド人はいそがしく身振り手振りを続けた。やがて黒人の青年になにか手渡すと、その場を立ち去った。彼女が小道の角をまがるころにはもうトラクターの始動する音がした。畑に出ていったのだ。サルクはまだそこにいる。渡されたなにかをじっと眺めている。

牛舎に入った農場主は、しみひとつなく洗い上げたばかりのコンクリートの床を満足げに眺めた。まだ九時半だ。ショートレイなら十一時までかかる仕事だ。牛舎を通りぬけて反対側の出口を出たところで、サルクを見かけた。道路を斜めにゆっくり横切りながら、ポーランド人から受け取ったものをまだ眺めている。農場主に気づかぬまま、立ち止まったサルクはひざをかがめ、唇をなめまわしながら、手にしたものに顔を寄せた。写真だった。サルクは指で軽く写真の姿をなぞった。目をあげて、農場主に気づくなり、笑いかけた口をあけたまま、指もそのままで、凍りついたようになった。

「どうして畑に出ないの？」

サルクは片足をあげ、口をさらに大きくあけ、写真を持った手を後ろにまわしてポケットに入れようとした。

「それはなに？」

「たいしたもんじゃないです」とつぶやいて、サルクは自動的に写真をさし出した。

白いドレスを着た十二歳くらいの少女の写真だ。金髪に花輪を飾り、まっすぐ前に視線を向けた薄色の目は柔和でおちついている。「この子、だれ？」ミセス・マッキンタイアがきく。

「あの人のいとこ。」サルクは声がうわずっている。

「で、その写真がどうしたの？」

「この子、おれの嫁さんになる。」声はさらに高くなる。

「結婚する？」ミセス・マッキンタイアが声をあげた。

「旅費の半分はおれがもつ。週に三ドルずつ、あの人に払う。これ、子供の時の写真なんだ。今はもっと年がいってる。あの人のいとこなんだ。結婚相手はだれでもいいって。こっちにこられさえすればいいんだって。」

興奮したかん高い声が奔流になって空に吹き上がり、落ちてきて彼女の顔を直撃した。ミセス・マッキンタイアの目は、怒ると青い花崗岩の色を帯びる。だが、今その目はサルクではなく地面に向けられていた。遠くで動いているトラクターの音が伝わってくる。

「ほんとにくるのかどうか、そこがわからなくて。」青年はつぶやいた。

「あんたのお金はそっくり返してもらうように、ちゃんと言ってあげますからね。」彼女は抑揚のない声で言うと、二つ折りにした写真を手に、道を引き返した。その小柄でぎこちない姿には、度を失っているようすはまったくなかった。

家につくなり、ミセス・マッキンタイアはベッドに横になり、目をとじた。心臓をあるべき場所に落ちつかせようと、胸に手を置いた。口をあけて、二、三回小さな声をあげた。やがて起きあがると、はっきり声に出して言った。「連中はみんなおなじ。いつだってこうなんだから。」またべったり横になった。「二十年もやられっぱなしで、つけこまれて。連中はあの人のお墓まで盗んだ！」それを思いだして彼女は声をたてずに泣きはじめた。時どき、仕事着の裾で涙をぬぐった。

思いだしたのは判事の墓に建てた天使の像のことだ。それは花崗岩製の天使ケルビムの裸像で、老判事が町に出た時、墓石屋の展示窓で見つけたものだった。その像の顔が妻に似ていたのと、もうひとつには、自分の墓をほんものの芸術品で飾りたかったので、判事はその場で像を買いこんだ。帰りは一等車の座席の隣に大事に置いて運んできたのだ。ミセス・マッキンタイアのほうは、像が自分に似ているとは思えなかった。ひどい作品だと思っていたのだが、ヘリンという雇い人がそれを墓から盗んだ時はショックを受け、怒りにかられた。ヘリンの妻がその像をとてもきれいだと言って、よく墓へ眺めに行っていた。ヘリン一家がやめて出ていく時、像も姿を消した。爪先だけが残っていた。ヘリンのおやじが斧で像をはずそうとした時、ねらいがすこし高すぎたのだ。その像を買いなおすだけのゆとりはもうなかった。

泣けるだけ泣くと、ミセス・マッキンタイアは起きあがって裏側のホールに行った。祈禱室のように静かな、暗くてせまいその部屋で、判事の黒い回転椅子にすわり、机にひじをついた。その机は巻き上げ式のふたのついた巨大なもので、あちこちに引き出しや物入れがある。古い書類がつまっている。半分あいた引き出しには古い預金通帳や元帳が入っている。机のまんなかには、中身はからっぽなものの、ちゃんと鍵のかかった小さい金庫が、契約の箱のようにおごそかに置いてある。家のここばかりは、老判事のいたころのままに置いてある。そこは判事の記念堂だった。彼が仕事をしていた神聖な場所だ。いくらかゆがみのきた椅子は、きしむ音をたてる。金がないと嘆いた時の判事の声に似ている。自分が世界一貧しいと言いたてるのが判事のやりかたで、彼女もそれにならっていた。言っていただけでなく、実際に金がなかったせいもある。思いつめた深刻な顔でからっぽの金庫を眺めながら、たしかに世界中で私ほど貧しい人はいないと確信した。

十分から十五分ばかり、机の前で動かずにいた。やがていくらか力を取り戻したようすで、立ち上がると車でトウモロコシ畑に向かった。

道は薄暗い松の繁みを抜け、丘の頂きに通じている。丘をかなめに扇状の下り斜面から、さらに向こうの登り斜面をおおって、穫り入れを待つトウモロコシ畑が続いている。ガイザックが、外側から渦巻き状に円を描いて刈り取っている。トウモロコシにかくれて見えないが、畑の中心には墓地がある。刈り取り機と運搬車をつけたトラクターが、向こう側の丘の斜面に見える。時どきトラクターを降りて運搬車に登り、収穫物の山を平らにしている。その役をするはずの黒人がまだきていないからだ。ミセス・マッキンタイアは黒い乗用車を降りて仕事着の腕を組み、いらいらしながら待った。トラクターは広い畑の外周をのろのろと廻りながら進んでくる。ようやく合図がとどく距離に達したところで、夫人は手を振って、降りてくるように命じた。ガイザックは機械を止め、トラクターを降りて、赤くなったあごのあたりをグリース用の布でふきながら走ってきた。

「話があります。」そう言って灌木ぎわの日かげにさそった。ガイザックは帽子をとり、微笑をうかべてついてきた。彼女が向きなおるなり、ガイザックの微笑は消えた。彼女は蜘蛛の足のように細くて険悪な眉を寄せ、赤毛の前髪の下、眉間のあたりに深い縦じわを見せていた。二つ折にした例の写真を無言のまま手渡した。一歩後ろにさがると、彼女は言った。「罪もないかわいそうな子を来させて、あの手くせのわるい薄ばかの黒人と結婚させるなんて！　ミスタ・ガイザック、あんたは人でなしです！」

写真を手にしたガイザックはゆっくりと微笑を取り戻した。「いとこ。これ十二歳。初聖体の時。いま十六歳。」

人でなし！　ミセス・マッキンタイアは声に出さずにののしって、相手の顔に目を注いだ。はじめて見るような気がした。帽子でかくれる額や頭は白いが、顔は赤く日焼けして、短く刈った髪は黄色の直毛だ。折れたつなぎを針金で補強した金ぶち眼鏡。その後ろの、新しい釘の色をした目。この男の顔は、あちこちから寄せ集めたもので作ったような感じだ。「ミスタ・ガイザック」と、あらためてゆっくり話しはじめたが、途中からだんだん口調が速まり、息がきれて終わりまで話せなかった。「あの黒人は、ヨーロッパからくる白人と結婚などできないのです。黒人にあんなふうに話しかけるのはいけません。できもしないことを言ってきかせて、興奮させるなんて。ポーランドではそれもありかもしれないけど、ここではできないことですよ。やめるんです。まったくばかげている。あの黒人は頭がたりないのに、むやみに刺激して……」

「いとこ、収容所に三年いる。」

女農園主は声の調子を取り戻して言った。「あんたのいとこはね、こっちにきて、うちの黒人と結婚することはできません。」

「いま十六歳。ポーランド生まれ。ママ死ぬ。パパ死ぬ。いとこ、収容所で待つ。収容所三つ。」ガイザックはポケットから財布を出して、別の写真を取りだした。さっきのよりいくつか年のいった、おなじ少女が、黒っぽいぼろを着て写っている。塀ぎわに立って、となりには歯がなくなった背の低い女がいる。「いとこママ。二つめの収容所で死ぬ。」

女農園主は写真を押し返した。「ミスタ・ガイザック、うちの黒人を混乱させたら承知しませんよ。黒人なしでは農場をやっていけないんだから。あんたがいなくてもやれる。だけど黒人なしではやれない。サルクにまた嫁取り話をもちだしたら、あんたにここをやめてもらうからね。わかった？」

わかったようすはない。自分に浴びせられた言葉を頭の中でつぎあわせて、考えをまとめているようすだ。

ミセス・ショートレイは言っていたものだ。「あの人、じつはなんでもわかるんですよ。ただ、わからないふりをするほうが自分にとって都合がいいから、そうしているだけなんですよ。」それを思いだすと、不意打ちを受けた怒りがまた戻ってきた。「クリスチャンだと名のる人のくせに、罪もないかわいそうな娘を呼び寄せて、あんな男と結婚させるなんて、どうかしてますよ。そんな話があるものですか。」ミセス・マッキンタイアは頭をふって、苦痛をうかべた青い目を遠くに向けた。

やがてポーランド人は肩をすくめ、疲れたふうに両腕をたれた。「いとこ、黒人気にしない。収容所三年いる。」

ミセス・マッキンタイアは急に足の力がなくなったような気がした。「ミスタ・ガイザック、もうこの話は終わり。またおなじことをもちだしたら、ここを出ていくこと。わかった？」

相手の寄せ集めめいた印象の顔からはなにもつかめない。そもそも、私を見ようとしていない、と彼女は思った。「ここは私の土地です。きていい人、いけない人は、私が決めることですよ。」

「そう。」ガイザックはそう言うと帽子をかぶった。

「世界の苦しみは、私の責任じゃないんだから。」彼女はそうつけ加えた。

「そう。」

「あんたはいい職をもっている。ここにいられることを感謝しなくちゃね。どうも、感謝するふうもないようだけど。」

「そう。」ガイザックは肩をすくめ、トラクターのほうへ戻っていった。

機械を操作してトウモロコシ畑に入ってゆく姿を、彼女は眺めていた。トラクターが立っている場所から遠くなると、丘の頂点に登り、両腕を組んで厳然と畑を見渡した。

「あの連中はみんなおなじ。ポーランドからこようと、テネシーからこようと。ヘリン一家、リングフィールド一家、ショートレイ一家をちゃんと働かせてきたんだもの、ガイザックひとりに手を焼く私じゃないから。」そうつぶやきながら、彼女は銃のねらいを定めるように、目を細めてトラクターの上の姿を追った。終いにぴたりと照準が合った。これまでずっとこの世の余計者と戦ってきたのだが、それが今はポーランド人の姿をとってここにいる。「結局あんたもほかの連中とおなじよ。まあ、頭がよくて、しまり屋で、よく働くことは認めるけど、その点は私だってそうなんだし。ともかく、ここは私の土地なんだから。」黒い帽子に黒い仕事着、赤ん坊姿の天使が年老いたような顔の小柄なミセス・マッキンタイアは、なにものに対しても一歩も引くまいと、両腕を組んで胸をそらせた。だが、すでに内側に暴力を受けてしまったかのように、心臓の鼓動は早くなっていた。細めていた目を開き、畑全体を見渡した。その広大な拡がりの中で、トラクターの上の姿はバッタくらいにしか見えなかった。

夫人はしばらくそこに立っていた。そよ風が吹くと、凹地をはさむ両斜面のトウモロコシが大きな波をなして揺れる。巨大な刈り取り機が単調なうなりをたてて、運搬車の中へ家畜の飼料になる収穫物を吐きだし続けている。日没まで、この強制追放者は次第に中心に近づく円周運動をくり返し、ついには丘の両斜面に刈り株しかなくなるまでやるだろう。いや、それでも残るものがある。凹地の中心に、孤島のように小高くなった墓地だ。そこでは天使像を取り去られた記念碑の下に、亡夫の判事がにやりと笑いながら横たわっている。

III

神父は面長でおだやかな顔に指を当てたまま、もう十分以上、煉獄について話し続けていた。向かいの椅子にかけたミセス・マッキンタイアは、いらいらしていた。正面のポーチでいっしょにジンジャーエールを飲んでいるのだが、落ちつきなく、馬具につけた鈴を鳴らす気短かな子馬のように、グラスの氷をかきまわしたり、ネックレスや腕輪をいじって音をたてたりしている。この人をがまんする道徳的義務はない、と胸の中で言った。そう、そんな道徳的義務なんて、全然ない。ミセス・マッキンタイアはいきなり立ちあがった。相手のなまりのある英語に錐をもみこむように強く言いはなった。「もうけっこう。私は神学に興味ないんです。実際的なことでお話がありまして。」

神父は話の途中で止められて声をつまらせた。

神父はいったんくるとなかなか帰らない。その長い訪問に耐えられるよう、ミセス・マッキンタイアは自分のグラスにウィスキーをすこし混ぜておいた。また腰を下ろしてみると、どうも椅子の位置が神父に近すぎるようで、具合がわるかった。「ミスタ・ガイザックには手を焼いているんです。」

老神父はさも驚いたように眉をあげた。

「あの人、ここのやりかたになじまないんです。だれか別の人をさがさなくちゃ。」

神父はひざに置いた帽子をゆっくりまわした。会話をしばらくとぎらせ、沈黙の後でいきなり自分につごうのいい方向に話を展開させるこつを心得ている。年齢は八十歳くらいだろう。強制追放者雇用のことで出向いた時が初対面だ。例のポーランド人をここに世話して以来、仕事上できたつながりを手がかりに、ミセス・マッキンタイアをカトリックに改宗させようとしてやってくる。そうなるのではないかと思っていたとおりだ。

神父は言う。「しばらくようすを見ることですね。そのうち慣れますよ。あの、お宅のすばらしい鳥はどこです？　ああ、あそこだ！」立ちあがって芝生のほうを見る。じっと視線を注ぐその場には孔雀の雄が一羽、雌が二羽いる。雄は凶暴な青色の、雌は銀緑色の長い首を毛羽立て、かたむいた日射しをあびている。

ミセス・マッキンタイアは抑揚のないしっかりした声で話を続けた。「ミスタ・ガイザックは有能ですよ。私もそれは認めます。だけど、あの人はうちの黒人たちとのつきあいかたがわからないし、黒人たちもあの人がきらいなんです。黒人がいなくなったらやっていけません。それに、あの人の態度はとても我慢ならなくて。ここにいられるってことをちっとも感謝してないんです。」

神父は逃げだすかまえで網戸に手をかけて、小声で挨拶しながら戸をあけた。「ああ、そろそろ失礼しませんと。」

「言っておきますけど、黒人の気ごころのわかる白人がいれば、その人を雇って、ミスタ・ガイザックにはやめてもらうつもりですからね。」夫人はそう言って立ち上がった。

神父はふり向いてまっすぐ彼女の顔を見た。「あの人はどこに行くあてもないんです。奥さん、あなたは些細なことで人を追い出すようなかたではない。それはよくわかっています。」相手の答えをまたず、神父は片手をあげてがらがら声で祝福を与えた。

彼女は怒りのまじった笑いを浮かべた。「言うまでもないけど、あの人の置かれた境遇をつくったのは、私じゃありませんよ。」

神父は孔雀のほうに目をやった。孔雀はいま、芝生のまんなかに進み出ている。雄孔雀がいきなり足を止めた。首を後ろにそらし、尾羽根をあげ、あのざわざわした特有な音をたてて、それを開いた。孔雀の頭上には無数の豊かな小さい太陽が、きらきらと緑金の地色の中に浮かんだ。神父は身動きもせず、口をぽかんとあけたまま見とれている。こんなに愚かな老人にはいままで会ったこともない、とミセス・マッキンタイアは思った。「まさにキリストの再臨だ！」神父は大声で明るく言うと、手で口もとをぬぐい、あえぎながらじっと立ちつくした。

夫人はピューリタン的な厳しい表情をうかべ、顔を赤らめた。彼女の母親はセックスが話題にでるといやがったものだ。キリストを話題にするのも同様に不謹慎だ。「ミスタ・ガイザックに行き場所がないからって、私のせいじゃありませんよ。世界中の余計者について私に責任があるなんて、そりゃおかしいでしょう。」

老人はきいていないようすだ。孔雀に集中しきっている。その鳥は拡げた尾羽根を背景にして頭を動かさず、しずしずと、すこしずつ後退している。「ああ、聖なる変容だ。」老人はつぶやいた。

この人はいったいなにを言っているのだろう。ミセス・マッキンタイアはきつい目で神父を見た。「ミスタ・ガイザックはそもそも、ここにくる必要はなかったんです。」

孔雀は尾羽根を閉じて草をつつきはじめた。

「あの人はそもそも、ここにくる必要はなかったんです。」彼女はもう一度、語気を強めて言った。

老神父は放心状態でほほえんだ。「あの人は、私たちをあがなうためにきたんです。」そう言うと、おだやかに手をのべて握手をし、ではこれで、と帰っていった。

ショートレイが舞い戻ってきた。もう二、三週間おそかったら、ミセス・マッキンタイアは新規の人を雇いに出かけるところだった。戻ってきてほしくはなかったが、見慣れた黒の自動車が道をやってきて家のわきに停車すると、妙なことに彼女は自分自身が、長いみじめな旅のあげく、やっとわが家にたどりついたような気がした。ミセス・マッキンタイアは急に謎が解けた。ずっと心に穴があいたような思いがしていたのは、ミセス・ショートレイがいなくなったせいだったのだ。彼女が出ていってこのかた、話し相手がだれもいなくなっていた。あのふとった体が階段をのぼってくるのに会おうと、戸口にいそいだ。

戸口にいるのはショートレイだけだった。黒のフェルト帽子に、赤と青のやしの木模様のシャツ。ほほにきざまれた縦じわは、一カ月前にくらべると深くなっている。

「あれ、奥さんはどこ？」

答えはない。顔つきのかわりようの原因は心の中にあるらしい。長いこと飲み水なしでさまよった人のように見える。「あれはほんとうに天使でしたよ。世界でいちばん優しい女でしたよ。」

「どこにいるの?」ミセス・マッキンタイアは小声できいた。

「死んじまった。ここを出た日に、心臓まひで。」ショートレイの顔は死体のように落ちついている。「あれを殺したのはポーランド人だ。あいつがやってきた時から、あれはちゃんと見抜いてましたよ。悪魔がつかわしたやつだって。うちのが、ちゃんとおれにそう言いましたよ。」

ミセス・ショートレイの死を受け入れるのに三日かかった。まるで血縁の人をなくしたようだ。ミセス・マッキンタイアはショートレイをまた雇った。いてもらいたいのは妻のほうで、ショートレイだけでは実のところ気が進まなかったのだが、当分は畑仕事の担当にする。例の強制追放者には一カ月の猶予を与え、勤務は月末までと解雇通告をする予定とし、そのあとは搾乳の仕事も引き継ぐことにするとショートレイに言いわたした。ショートレイは農作業より搾乳のほうが好きだが、それでも一カ月待つことに異存はなかった。あのポーランド人が農園を出ていくのを見られれば、胸のつかえがいくらか取れる、と言った。ミセス・マッキンタイアは、あの人が出ていけば大満足だと言った。もとはといえば、今までの雇い人で満足せず、外国からきたよそ者など雇った私が悪かったのよ、と言った。ショートレイは、おれなんか、第一次大戦で兵隊に行った時ヨーロッパの連中を見てるから、もともと外人はきらいなんだと言った。いろんな外人を見たけど、おれたちのようなのは一人もいなかったからね。おれに向かって手榴弾を投げた敵の顔をおぼえてるがね、そいつはガイザックとそっくりおんなじの丸い眼鏡をかけていたっけ。

「でも、ミスタ・ガイザックはドイツ人じゃなくてポーランド人よ。」

「どっちにしろ、たいしたちがいはないですよ。」

黒人たちはショートレイが戻ったのをよろこんだ。強制追放者は自分とおなじくらい働くことを黒人に求めるが、ショートレイのほうは黒人の限界を知っている。だいたいショートレイ自身働くのがきらいで、妻に尻をたたかれてようやく仕事をこなしていたのだ。その妻をなくした今は、以前よりもさらに忘れっぽく、のろくなっている。ポーランド人は解雇されることを感づいていないのか、あいかわらず猛烈な勢いで働く。農園主がこれまで思ってもみなかったほどの早さで、仕事が片づいてゆく。それでもミセス・マッキンタイアは解雇する決心を変えない。あちこち素早く動きまわる小柄なぎこちない姿が目に入ると、いらいらする。やっぱりあの神父に一杯くわされたのだという気がしてくる。あの時神父はこう言った。あの強制追放者が働き手として適さない場合は、雇い続ける責任はないのですよと。だがその後で、神父は道徳上の義務という問題を持ちだしてきた。

ミセス・マッキンタイアとしては、こう言いたい。私に道徳上の義務があるとすれば、それは同国人に対するものだ。つまり、第一次世界大戦で祖国のために戦ったショートレイに対して負うべきもので、この国にきて日も浅く、貪欲に仕事をしているガイザックに対してではない。強制追放者を解雇するまえに、神父にこのことをはっきり言っておかなくてはならないと思った。つぎの月がはじまったが神父が訪ねてこないので、彼女はポーランド人に一カ月後の解雇を言いわたすのをすこし延期した。

ショートレイは心の中で毒づいていた。女なんてものは口先ばっかりで、いつまでたっても実行しないってことに、もっと早く気づくべきだった。農園主の気まぐれにつきあうにも限度がある。あのポーランド人を追い出せば、別の仕事を見つけるのにさぞ苦労するだろうと思って、弱気になったにちがいない。それなら真相を言ってやろうか。ここを出されれば、三年とたたないうちに、あのポーランド人は自宅、それもテレビのアンテナつきのやつを建てているだろう。ショートレイは農園主の台所に毎晩やってきて、あれこれ申し立てをするようになった。根まわしだ。「黒い連中が受けてるような思いやりを、白人は受けられないってこともあるもんですね。それでも白人である以上、別に問題にはならない。それでも場合によっては」と、ここで言葉を切り、遠くに目をやる。「祖国のために戦って、血を流したり死んだりした者が、その時敵にまわした者の同類よりも低い扱いを受ける。こんなことがあっていいもんですかね。」こういう質問をして相手の顔をうかがい、自分の言ったことが効果をあげていることを確認する。ミセス・マッキンタイアはこのところ顔色がすぐれない。白人の雇い人がショートレイ夫妻だけだったころにはなかったしわが、目のまわりにできている。なくなった妻のことを思いだすたびに、ショートレイは涸れ井戸に古バケツを下ろすように気落ちする。

老神父は前回の訪問でこりたのか、しばらく足が遠のいていたが、強制追放者がまだ解雇されていないと知って、またやってきた。このまえミセス・マッキンタイアに説いた教えを、中断したところから続けるためだ。彼女のほうは教えを望んだわけではないが、ともかく教えるのだ。相手かまわず、秘跡や教理のあれこれを簡単に定義しては、会話にはさみこむ。神父はポーチに腰をすえた。彼女は足をふるわせ、口をはさむ機会をねらっている。その半ば軽蔑し、半ば腹をたてている表情を無視して神父は話し続ける。その口調は、町でつい昨日起こった出来ごとを話すようだった。「神がそのひとり子、主イエス・キリストを……」キリストへの敬意を示して頭を軽く下げた後、「人類のあがない主としてこの世につかわされた時……」

「フリン神父様！」と呼びかけた彼女の口調に、神父はぎょっとした。「私はまじめなお話があるんです！」

神父の右の目の下がぴくりとふるえた。

ミセス・マッキンタイアは険しい目つきでにらんだ。「私の立場から言えば、キリストはあのポーランド人とおなじで、ただの強制追放者です。」

神父は両手をすこしあげ、それからひざに落とした。「ああ、ええと」とつぶやき、今の発言を思いめぐらしているようだ。

ミセス・マッキンタイアは言う。「私、あの人に出ていってもらいます。こっちにはなんの義務もありませんよ。祖国のためにつくした人に対しては負い目があるけれど、つい最近外国からやってきて、なにか利益を手に入れるつもりでいる人まで、めんどうは見きれません。」これまで頭の中でくりかえしてきたことを一度に話そうと、彼女は早口でまくしたてた。その勢いが一段落するまで、神父は自分の中に引きこもって待った。二度ばかり芝生に目をやって、話題を変えるきっかけを求めようとしたが、彼女は容赦なく続けた。風のように来てはまた去ってゆく渡り者の雇い人たちに悩まされながら、この農園を三十年も続けた苦労話だ。まったく、白人の雇い人たちときたら、自分の車を手に入れたとたん、出ていくんだから。ポーランドから来ようとテネシーからだろうと、みんなおなじことです。ミスタ・ガイザック一家は準備ができ次第、ぐずぐずしないで出ていってもらいますよ。金持ちに見える人ほど貧乏なんです。経営を続けるのはたいへんな出費なんですよ。肥料の請求書の支払いにどんなやりくりをしているか、ご存じですか。家の手入れをしたくても、そのゆとりさえないんですよ。亡夫の墓をもとの形に戻して、天使像を置きたいけど、費用がないんです。保険料が一年分でいくらにつくと思いますか。この長口舌の締めくくりは次の問いだった。あんたは、私が金の成る木だとでも思っているんですか？　その言いぶんをこっけいに感じたのか、神父は笑いをこらえるように、いきなり不謹慎な大きい声を出した。

客が引きあげるとミセス・マッキンタイアはがっくりした。神父を言い負かしてやったのはたしかなのに。来月早々、あの強制追放者に一カ月の猶予つきで解雇を言い渡すと心に決め、そのことをショートレイに話した。

ショートレイはなにも言わない。亡くなった妻は例外として、女はだれでも、言った通りに実行するのをためらうものだ。あのポーランド人は悪魔と神父が送りこんできたのだと、妻は言っていた。どうもあの神父は、ミセス・マッキンタイアに特別な影響力を及ぼしているらしい。このぶんでは、そのうちカトリックのミサに行きはじめるかもしれない。心の中のなにかが彼女を消耗させているように見える。だんだんやせてきて、そわそわしがちで、以前の鋭さを失った。牛乳の缶を調べはするが、よごれていても気づかないし、唇を動かして声にならないひとりごとを言う。例のポーランド人はなにもかも完璧にやっているが、それでもやはり彼女の気にさわる。ショートレイのほうは自分のやりたいように仕事をしている。彼女の望むやりかたに沿わないこともあるが、それでも彼女は気にかけないふうだ。いっぽう、ポーランド人とその家族全員が太ってきたことを、彼女は見逃さなかった。こけていたほほがふっくらしてきて、おまけに給料はまるまるためこんでいるのよ、とショートレイに言った。ショートレイは敢えて言ってみた。「そうですよ。そのうちあいつはこの農園を買い取って、奥さんを追い払うようになるかもしれませんよ。」この言葉が彼女に衝撃を与えたのは、はっきり目に見えた。

「私はただ、今月の第一月曜日まで待っているだけよ」と彼女は言った。

ショートレイも待っていた。第一週がはじまり、そして終わったが、解雇通告はなかった。そんなことだろうと思っていた。おれは別に乱暴な男じゃないが、女が外人にふりまわされるのは見ていられない。男であるからには、ただ傍観していることはできない。

即座に解雇してもなんの不都合もないのに、ミセス・マッキンタイアはガイザックへの通告を一日延ばしにした。請求書の支払いに追われたり、体の具合を気にしたりしていた。不眠が続き、やっと眠ったと思うと、あの強制追放者の夢を見る。彼女はこれまで一人も解雇したことがない。雇い人のほうから出ていったのだ。ある夜、彼女は自分の家にガイザック一家が引っ越してきて、彼女のほうはショートレイの家に引っ越すという夢をみた。あまりのことに目がさめて、それっきり眠れず、二、三夜その不眠は続いた。また別の夢では、神父がやってきていつまでもくどくどしゃべり続けた。「奥様、ああの気の毒な人を追い出したら、あなたの優しい心が痛むにちがいありませんよ。ああいう人が何千何万といるのです。焼却炉や貨車での輸送、強制収容所、病気の子供たち、そして主イエス・キリストのことを考えてみてください。」

ミセス・マッキンタイアは言い返す。「あのポーランド人は余計者なんです。あの人はここのバランスをすっかり乱してしまったんですよ。それに私は理にかなった、実際的な人間です。ここには人間を焼く焼却炉も強制収容所もなければ、主イエス・キリストもいません。それにあの男は、ここを出ればもっとお金が取れるんです。工場で働いて、車を買ってね。おしゃべりはやめてください。雇い人が欲しがるのは車だけですよ。」

神父はまだ話し続ける。「焼却炉、貨車での輸送、病気の子供たち、そして主イエス・キリスト。」

ミセス・マッキンタイアは言う。「一人だけ余分ね。」

翌朝、朝食をたべているうちに夫人は決心をかためた。今すぐ解雇通告をしてしまおう。立ち上がって台所を出ると、食事用のナプキンを手にしたまま歩いていった。ガイザックは牛舎に水をまいていた。脊柱湾曲症じみた姿勢で、片手を腰にあてている。ホースの水を止めて、仕事の邪魔だと言いたそうにいらいらと彼女に目を向けた。この男になんと言うか、彼女は考えていなかった。ともかくやってきたのだ。牛舎の入り口に立ち、しみひとつなく洗いあげた床、雫のたれる仕切り柱を厳しい目で調べた。「これでいい?」とガイザックがきいた。

「ガイザックさん、私はもうこれ以上義務は負えません。」いったん切りだすと、彼女の声は大きく強くなり、一語一語に力をこめた。「支払いの請求書がたくさんあるんです。」

ガイザックが言う。「それ、私もそう。支払いたくさん、金すこし。」そう言って肩をすくめる。

牛舎の反対側で人影が動くのに気づいた。大きなとがった鼻のある人影は、日のあたる出入り口のまんなかあたりまで、蛇のように忍び足で進むと、そこで足を止めた。彼女の背後では、黒人たちが使っていたシャベルの音が止んだ。きき耳をたてている。彼女は腹立たしげに言った。「ここは私のものです。あんたがたはみんな余計もの。それぞれ、だれもかれも余計もの!」

「そう。」ガイザックはそれだけ言うとまたホースで水をまきはじめた。

ミセス・マッキンタイアは手にした食卓用ナプキンで口をぬぐうと、ここにきた目的はこれだけでもう達したと思うのか、その場を立ち去った。

ショートレイの影が出入り口から引っ込んだ。影の主は牛舎の外壁にもたれ、ポケットから半分になった煙草を取り出した。今はなにもせず、神が罰を下すのを待つだけだ。しかし一つだけ、やることがある。なにも黙って待つことはない。

さっそくその朝から、ショートレイは白人黒人を問わず会う人ごとに不平をこぼし、自分の立場を訴えた。食料品店で、郡役所で、道ばたで、さらに直接ミセス・マッキンタイアに向かって訴え続けた。別に陰険なことをやっているわけではない。あのポーランド人だって、英語がわかるならショートレイの言い分を理解して、おなじことを言うはずだ。ショートレイはミセス・マッキンタイアに説いた。「すべての人間は自由平等だって言いますよね。そのことを証明するために、おれは命がけで戦ったんですよ。あっちに送りこまれて、血を流して死ぬほど戦って、帰還してみれば、おれが戦った敵とおなじようなやつがおれの仕事についていやがる。手榴弾ですよ。戦死すれすれだった。投げた敵の顔を見ましたよ。あいつとおなじ、丸い眼鏡をかけた小柄なやつでしたよ。たぶんおなじ店で買ったんだ。あっちはせまいからね。」そこで苦い笑い声をあげる。よくしゃべる妻をなくしたので、自分がしゃべることにした。やってみると、意外なことに自分にもしゃべる才能がある。自分の主張に理があると、きき手に思わせることができる。黒人たちを相手にたっぷりしゃべった。

ある朝、サイロの掃除をしながらショートレイはサルクに言った。「なんでアフリカに帰らないんだ？　あそこがおまえの国だろうが？」

「行かないよ。喰われちまうかもしれないだろ。」

ショートレイは親切そうに言った。「まあな、ちゃんとやるなら、ここにいたって別にかまわないさ。おまえはどこかから逃げてきたわけじゃない。おまえの祖父さんがここに連れてこられたんだ。祖父さんは自分からきたわけじゃない。やりきれないのは、国があるのにわざわざ逃げてきて、ここにいるやつさ。」

黒人は言う。「おれは旅をしたいなんて思ったこともないよ。」

ショートレイは言う。「おれは、今度旅をするなら中国かアフリカだな。どっちに行っても、その国の人とおれのちがいがはっきりわかるからな。それ以外の国だと、言葉を話す段にならないとちがいがわからない。もっとも、言葉でちがいがわかるとは限らないな。連中の半分くらいは英語をしゃべるから。だれにでも英語を教える、それがまちがいのもとだ。自分の国の言葉がわかるだけなら、混乱はずっと減るのになあ。うちのかみさんは言ってたもんだ。二カ国語しゃべれるなんてのは、頭の後ろにも目がついてるようなもんだってな。うちのかみさんを出しぬくようなことはできないぜ。」

「そうだとも。」若者は小声で言って、こうつけくわえた。「あれはほんとに立派な人だったよね。おれの知ってる白人の女では、あの人がいちばんよかった。」

ショートレイは背中を向け、だまってしばらく仕事に精を出した。やがてかがめた腰を伸ばすと、シャベルの柄で黒人の肩をつついた。濡れた目で、思い入れたっぷりに相手の顔を眺めた。それから小声で言った。「主は言われた、復讐は我にありと。」

ミセス・マッキンタイアはやがて町の人たちの意見を知った。だれもが農園の人事についてショートレイの考えを支持し、彼女の態度を批判する。あのポーランド人を解雇するのが道徳上の義務であり、単に言い渡すのがつらいのでそれを避けているのだと、彼女も事態を理解しはじめた。日ましにつのる自責の念に耐えきれなくなり、土曜日の朝食後、解雇を通告しに出かけた。冷えこみのきつい日だった。トラクターを始動する音がきこえてくる農機具置場をめざした。

土は一面の霜におおわれて、畑は羊の背のように白くなっている。太陽は銀色をおび、森の木々は空を背景に、乾いたとげのようなぎざぎざを描いている。農機具置場からきこえるトラクターの騒音に、あたり一帯の農地はじりじりと後退していくような気がする。ガイザックは小型トラクターの横にしゃがみこんで部品を取り付けている。ミセス・マッキンタイアは思った。解雇までの猶予期間一カ月のあいだに、畑の鋤き返しをすませてくれれば具合がいいのだが。そばには黒人の若者が修理道具を手にして立っている。ショートレイはおなじ建物にある大型トラクターに乗りこみ、バックで外に出ようとしている。不愉快な義務を果たすのはほかの二人が外に出た後にしようと思って、待つことにした。かたい地面に立ち、足踏みをしながらガイザックを見ていた。足の裏からだんだん上に麻痺が広がるように寒気が上ってくる。ミセス・マッキンタイアは厚い黒のコートを着込み、赤いスカーフを頭にかぶり、さらにその上に黒の帽子をかぶっている。目の表情をかくすためだ。黒いつばの下の顔は放心状態で、一、二度唇が動いたが言葉は出なかった。エンジンの騒音の中でガイザックは大声をあげ、黒人の若者にスクリュー・ドライバーをよこせと言った。道具を手にすると、ガイザックは凍る地面に背中をつけ、仰向けになってトラクターの下に入った。顔がかくれ、不謹慎にも下半身だけがトラクターの横に突き出ている。泥でよごれたひびだらけの長靴をはいた足だ。片ひざをあげ、またおろすと、すこし体をずらせた。ミセス・マッキンタイアがこの男のせいで腹立たしく思うことはたくさんあるが、なによりも腹に据えかねるのは、自分のほうからここを出ていかないことだ。

ショートレイは大型トラクターに乗り、バックで農機具置場の外に出ようとしていた。トラクターが彼を興奮させているようだった。大型機械の発する熱と力が乗り手に衝動を与え、乗り手のほうもすぐさまそれに飛びついた。ショートレイは大型トラクターの進路を小型トラクターのほうへ向け、ブレーキをちょっとずらして軽くかけると、運転席から飛びおりて農機具置場に戻った。ミセス・マッキンタイアは地べたに並ぶガイザックの両足をじっと見ていた。大型トラクターのブレーキが外れる音がきこえ、はっとして目をあげると、そのまま小型トラクターのほうへ直進してくるのが見えた。後になって思いだすと、黒人の若者が声もなく、さっと飛びのいた。地中に仕掛けたばねがはじけたようだった。背を向けたショートレイが信じられないほどゆっくりと首をまわし、無言のまま肩ごしに見つめていた。彼女自身は大声をあげて強制追放者に危険を知らせようとしたが、そうはしなかった。自分の目、ショートレイの目、黒人の目がおなじ表情をおび、永遠の共謀の視線となって凍結した。ポーランド人の背骨がトラクターの車輪の下で砕ける。その音が彼女の耳にとどいた。男二人が助けにかけ寄り、彼女は気を失った。

そうだった。気がついた時、その場を離れてどこかへ走っていった。たぶん家にかけこんだのだったろう。それからまた外に出たが、なにをしようとしたのか覚えていない。現場に戻ってまた気を失ったのだったろうか。トラクターのところへ戻った時、ちょうど救急車が着いた。ガイザックの体に妻と二人の子供たちが取りすがっていた。もうひとり、黒衣の姿が身をかがめて、なにかわからない言葉を唱えていた。きっと医者だろうと思ったが、やがて神父だと気づいていやな気がした。救急車に乗ってきた神父は、トラクターにひかれた人の口になにかをすべりこませていた。やがて神父は立ちあがった。血まみれになったズボンが最初に目に入った。それから視線が合った。神父は目をそむけはしなかったが、その顔はまわりの風景とおなじように無表情で内面にこもっていた。ミセス・マッキンタイアはただじっと神父に目を据えていた。あまりのショックで自分を取り戻せなくなっていた。起こっていることをつかめない。どこか知らない国にいて、死体にすがっているのはその国の人たちで、自分は関係ない行きずりの人としてそれを眺めているような気がした。死体は救急車で運び去られた。

その晩ショートレイは無断で農園を去って、新しい仕事をさがしにいった。黒人の若者サルクは突然、もっと世間を見たい気分に取りつかれ、おなじ州の南の地方に行ってしまった。アスター老人は相棒なしでは働けない。ミセス・マッキンタイアは神経を病んで入院し、農園をやってゆく手伝いが全くなくなったことにも気づかなかった。退院して家に戻ってみると、ここの経営はもはや自分の力にあまることがわかった。そこで乳牛を仲買人の手に渡し（買った時より安くしか売れなかった）、衰えていく健康を気づかいながら、残った財産で隠居暮らしに入ることにした。半身が麻痺して耳鳴りが続くようになり、黒人の女に身のまわりの世話をしてもらって、寝たきりの生活になった。視力が衰えてゆき、口もきけなくなった。彼女のことを覚えていてこの田舎まで訪ねてくる人は少なかった。ただ、老神父は例外だった。週に一回、パンくずの袋をもってやってくる。孔雀に餌をやったあと、家に入って彼女のベッドのそばにすわり、カトリック教会の教義を説いてきかせるのだ。

初期作品

ゼラニウム

だんだん自分の体になじんできた椅子に、体を折りたたむようにすわった老ダッドリーは、窓から向かいの建物の窓を見た。四メートルあまり離れていて、黒ずんだ赤煉瓦でふちどりした窓だ。老人はゼラニウムを待っていた。その家の人は毎朝十時ごろに花を窓の外に出し、五時半ごろ取り入れる。住み慣れた故郷では、ミセス・カーソンが窓辺にゼラニウムを咲かせていた。あっちにはほんとうにたくさんゼラニウムがあった。ここのよりきれいなのが。あっちのゼラニウムのほうがほんものだ、と老人は思った。ここのは薄ぼけたピンクの花に、緑色の紙を蝶結びにしたような葉っぱの情けないものだ。ゼラニウムはこんなものではない。ここの人が窓に出すゼラニウムを見ると、あっちのグリズビーのところの息子のことを思いだす。小児マヒで、毎朝車椅子で連れ出され、日向に置かれてまぶしそうにしていた。ルティーシャなら、あのゼラニウムを鉢から土に移植して、三、四週間もすればちゃんと見られるようにしたてあげるだろう。向かい側のあの連中ときたら、花の扱いかたも知らない。外に出して、一日中暑い日射しにさらして、しかも、風が吹いたら落っこちそうな棚の隅に平気で置く。ゼラニウムなんぞどうでもいいのだ。なんとも思っていないのだ。ゼラニウムはあんなところにあってはいけない。老ダッドリーはのどが詰まるのを感じた。ルティーシャはなんでも根付かせることができた。ラビーもそうだった。またのどが詰まった。頭を椅子の背にもたせ、意識をはっきりさせようとした。のどが詰まったりしないようにできそうな方法など、あまり思いつけそうになかった。

娘が入ってきた。「散歩に行きたい？」ときいた。怒ったような顔をしている。

老人は返事をしなかった。

「どうなのよ？」

「いやだ。」娘はいつまでそこに立っているつもりだろうと思った。見ていると、のどとおなじように目もおかしくなる感じだ。目がうるんできて、娘にもそれが見えるはずだ。前にもそういうことがあって、それを見た娘は気の毒そうな顔をした。娘は自分自身のことも気の毒に思うらしい顔だった。そうだ、あのままこっちをひとりにしておいてくれれば、娘は自分を救えたのに、と老ダッドリーは思った。住み慣れたあっち、故郷に親を置いたまま、子としての務めなんぞにこだわらなければよかったのに。娘はきこえよがしのため息を一つついて部屋を出ていった。そのため息に反応して肌がむずむずし、娘のせいではまったくないのだが、あの決定的瞬間を思い出した。つまり、ニューヨークに行って娘と同居したいと、いきなり思ってしまった時のことだ。

ここへ来なくたってやれたのだ。ずっと暮らしてきたところで暮らしたいと頑固に言い張り、毎月送金をしてくれようとくれまいと、自分には年金があるし、手間仕事だってできる、と言ってやることもできたはずだ。おまえの大事な金は自分用にとっておきなさい。おれよりおまえのほうが金がいるんだから。娘のほうも、そんなふうに自分の子としての務めにかたをつけられたら、きっとよろこんだはずだ。そうしたら娘も、死ぬ時子供がそばにいないで、ひとりで死ぬことになっても、父さんのせいですからね、と言えただろう。病気になって、世話をしてくれる人がいなくても、自分が選んでそうなるわけよ、と言えただろう。ところが、ニューヨークを見たいと思う気持ちが、自分の心のどこかにあったのだ。子供のころ一度アトランタに行ったことがあり、ニューヨークは映画で見ていた。「大都市のリズム」という題だった。大都市というのはたいしたところだ。その気持ちがあっという間に頭をもたげた。映画で見たような、ああいうところなら、自分が住める余地がある！　たいしたところで、しかも自分のために場所がある！　いいよ、行くことにするよ、と老人は言ったのだ。

あんなことを言ってしまうとは、きっとその時に体の調子が悪かったにちがいない。正気の状態であんなことを言うはずがない。気分がよくない時に、娘のやつが例の子としての務めに熱中してわあわあ言うものだから、つい口走ってしまったのだ。だいたい、なぜ娘はあんな遠くまで出かけてきて親を困らせたのか？　自分はちゃんとやっていた。

年金と手間仕事があるからちゃんと暮らしは成り立つし、老人専用の食事付き下宿屋に部屋を借りて住んでいた。

あの部屋からは河が見えた。岩や湾曲をけずって流れるうちに濁った赤い河だ。水の色が赤くてゆっくり流れる、そのほかにどんな特徴があったか、老人は思い出そうとした。両岸に木々があったので緑色の大きなしみを加え、上流のほうにごみ捨て場の茶色のしみを加えた。老人とレイビーは毎週水曜に平底のボートに乗って釣りをした。上流から下流三十キロにわたって、レイビーはよく河を知っていた。コア郡では、あの子ほどによく河を知っている黒人はいない。河が好きでしようがないのだ。だが、ダッドリー老人にとっては河のことなどどうでもよかった。ともかく魚がとりたいのだ。日が暮れてから、ひもに通した獲物を持って帰り、流しにどさりと投げ出す。老人はそうするのがたまらなく好きだった。「ちょっとしかとれなかったがね」といつも言うのだ。下宿屋の年取った女たちは、こんなにとれるなんて、魚釣りはやっぱり男にかぎるね、と言ったものだ。老人とレイビーは水曜の朝早くボートを出し、一日中釣っていた。レイビーはよく釣れる場所を見つけて漕ぎよせる。老ダッドリーはいつでもしっかり魚をとる。レイビーは釣りにはあまり興味がない。ただ河が好きなのだ。「そんなところで釣っても無駄だよ、だんな。そこに魚はいねえよ。この河の魚はね、このへんには隠れちゃいねえんだ。」それからクックッと笑って、ボートを下流に向けて漕いでゆく。レイビーはそういう子だ。イタチよりもあざやかに盗みをやるが、どこに魚がいるかわかっている。老ダッドリーはいつでも小さい魚をくれてやる。

一九二二年に妻が死んでこのかた、老ダッドリーはその下宿屋の二階の角部屋でずっと暮らしてきた。おなじところに住む老女たちの保護者だった。そこでは男は彼ひとりで、暮らしの上で男の仕事とされることはすべてやっていた。夜になると、年とった女たちは客間兼居間に集まって、かぎ針編みをしながら口げんかをする。主人役の男として、間をおいてはまたはじまるツバメのさえずりのようなけんかをしっかり聞きとり、裁きをつけなければならない。それは退屈な仕事だった。だが、日中はレイビーがいてくれる。レイビーとルティーシャは地下室に住んでいた。ルティーシャは料理をつくり、レイビーは掃除と菜園の世話をする。だがあの子は要領がよくて、自分の仕事は途中で投げ出して、鶏小屋をつくるとか、ドアのペンキを塗りなおすとか、ダッドリーがその時その時にやっている仕事の手伝いにきてくれる。レイビーは話をきくのが好きだ。老ダッドリーがアトランタへ行った時の話とか、銃の中はどうなっているかなど、老人の知っていることをよろこんできいた。

夜にはときどき二人でオポッサム狩りに出かけた。とれたことは一度もないが、それでも、たまには御婦人がたから逃げだしたかったので、狩りに行くというのはいい口実になった。レイビーはオポッサム狩りが好きではなかった。オポッサムは一匹もとれなかった。追いつめたこともなかった。それに、あの子はだいたい、水のほうが性に合っていた。「今夜はオポッサム狩りには行かねえよな、だんな。おれ、やらなきゃならない仕事があるんだ。」老人が猟犬と銃の話をはじめると、レイビーはよくそう言ったものだ。「今夜はどこのニワトリを盗みに行くんだ?」そういう時、ダッドリーはにやりと笑って言ったものだ。「いいよ、今夜はオポッサム狩りに行くよ。」レイビーはため息をついてそう言う。

老ダッドリーは銃を持ち出して分解し、部品を掃除するレイビーに機械の構造を説明した。それからもう一度全体を組み立てた。そういうことができるのにレイビーはいつもほとほと感心していた。レイビーにニューヨークのことを話してやりたかった。あの子にニューヨークを案内してやれば、ここがこんなにも大きいと感じないでいられたのに。街にでるたびに押しつぶされるような気持ちにならずにすんだのに。「それほど大きくはないんだよ」と言ってきかせてやる。「いいかレイビー、びくびくすることはないんだ。ここだってほかの都会とまったくおなじだし、だいたい都会ってものはそんなに複雑なものじゃないんだから。」

ところが、都会は複雑なものだった。ニューヨークは一瞬人が渦巻いて湯気をたてていたと思うと、つぎの瞬間にはだれもいなくなって汚ればかりがめだつ。娘はなんと、家にさえ住んではいない。ビルの中で暮らしている。赤黒いのや灰色の、どれもおなじようなビルのまんなかで、耳障りな声で話す人たちが窓から乗り出してよその窓を眺め、見られたほうもおなじように眺め返している。ビルの中は昇ったり降りたりできて、廊下に出ると巻き尺を思い出す。引っ張り出すと目盛りごとにドアがついているのだ。最初の一週間は、そのビルにいるだけでめまいがしたものだ。朝目がさめると、寝ているうちに廊下のようすがかわっているかもと期待して、ドアからのぞく。だが、廊下はあいかわらずドッグレースのコースのようにまっすぐ延びていた。街の通りもおなじだった。まっすぐの道を終わりまで歩くとどこに行くのだろうと、老人は思った。ある夜、夢の中でそれを実行したが、行き着いた果てはどこでもない、住んでいるこのビルの廊下のはずれだった。

二週めになると、老人は娘や義理の息子、孫の男の子を意識するようになった。どこにも逃げ場がなく、鼻をつき合わせているほかないのだ。義理の息子はかわったやつだった。トラックの運転手で、週末しか帰ってこない。「ノー」のかわりに「ナー」と言い、オポッサムなんてものはきいたこともないと言う。老ダッドリーは孫とおなじ寝室に寝る。孫は十六歳で、こっちが話しかけても相手にならない。それでも、アパートにいるのが娘と老人だけの時には、娘はすわって話をしようとする。娘はまず、なにを話すか考える。たいていは、話題を思いつくまえに、いますぐしなければならない仕事を思いついて、立とうとする。そこで老人のほうがなにか言わなければならないことになる。前に話したのとはちがうことを話そうといつも考える。娘は二度めの話などきこうとしない。父親が晩年を、頭をぐらぐらさせる老女ばかり住んでいる朽ちかけた下宿屋で送るのではなく、自分の家族といっしょにいられるようにと、娘はこうして引き取ってめんどうをみているのだ。子としての務めを果たしている。ほかの子供たちはその務めを果たしていない。

娘は一度、買い物に父をつれていったが、老人の動きはとても鈍かった。「地下鉄」というのに乗った。地面の下につくった大きな洞穴のようなものの中を走る鉄道だ。湯が沸きたつように、大勢の人が車両からあふれ出してきて、階段を上り、地表の道路に出る。地表から階段を下りて車両になだれこむ。野菜スープのように、黒いのも白いのも黄色のも、みんなごたまぜになっている。なにもかもが沸きたっている。列車はトンネルを飛び出し、運河の上を渡り、いきなり停まった。降りる人と乗る人とが押し合い、なにか合図の音がして、列車はまた急に動き出した。めざすところにつくのに、老ダッドリーと娘は三回乗り換えなくてはならなかった。なぜ人びとは自宅から出かけてくるのか、老人はそれがふしぎだった。舌が胃の中に落っこちたような気がした。娘は老人のコートの袖をつかんで人ごみをかきわけた。

高架線鉄道にも乗った。娘はそれのことを「エル」と呼んだ。乗るには高いところにあるプラットホームまで昇らなくてはならない。老ダッドリーは柵ごしに下をのぞいた。

ずっと下で、人や車がたくさん行き来するのが見えた。気分がわるくなった。片手で柵につかまったまま、プラットホームの木の床にしゃがみこんだ。娘は悲鳴をあげて老人をホームのはしから引きよせた。「落ちるじゃないの！ 自殺するつもり？」

床板のあいだから下の道路を走る車が見えた。「どうだっていい。」老人はつぶやいた。「落ちたって落ちなくたって、どっちでもかまわん。」

「しっかりして」と娘が言った。「うちに帰れば元気になるから。」

「うちに帰れば？」老人はくり返した。車は下のほうで規則的に動いている。

「しっかりして。ほら、電車がきたわ。ちょうど間にあった。」なにをするにもちょうど間にあうのだった。

その買い物は終わった。二人は例のビルに、あのアパートに帰ってきた。アパートはせますぎた。どこへ行ってもだれかがいる。キッチンはバスルームに通じ、バスルームはほかのどの部屋にも通じていて、いつでも出発したところに戻ってしまう。故郷の下宿屋には二階と地下室があり、河があり、フレージャーズの前には商店街があり……またのどが詰まってきた。

今日はゼラニウムの登場がおそい。もう十時半だ。いつもなら十時十五分には出ているのに。

廊下のどこかで、女が外に向かってなにかききとれないことを叫んだ。ラジオが連続ドラマのすりきれた音楽を流している。ごみバケツが非常階段をころがり落ちる音がする。隣のアパートのドアがばたんと閉まり、よく響く足音が廊下を去ってゆく。「あれは隣の黒いやつだな。」老ダッドリーはつぶやいた。「ぴかぴかの靴をはいたやつだ。」ここへきて一週間後に、その黒いやつは引っ越してきた。木曜日のことだった。老人がドアをあけて、ドッグレースのコースのような廊下を眺めている時、隣のアパートにその黒人が入っていった。ごく細い縞の入った灰色のスーツに、こげ茶色のネクタイをしていた。のりをきかせた白のワイシャツで、首まわりはきれいにサイズが合っていた。こげ茶色の靴はぴかぴかで、肌の色ともネクタイともよく合っていた。老ダッドリーは頭をかいた。こんなせまいアパートに住んでいるのに使用人を雇う人がいるとは、考えてもみなかった。老人は声をたてて笑った。正装した善良な黒人が大勢、使用人をつとめているにちがいない。あの黒人はこのあたりの郊外にくわしいかもしれない。ともかく、郊外に行く道は知っているだろう。いっしょに狩りに行けるかもしれない。どこかで河が見つけられるかもしれない。老人はドアをしめて娘のところへ行った。「おい！」と叫んだ。「隣の人は黒いやつを使ってるぞ！　掃除かなんかやらせるんだろう。毎日通わせるのかね？」

ベッドを整頓していた娘は顔をあげた。「なんのこと？」

「隣では使用人を雇ってるんだ。きちんとした服装の、黒いやつなんだ。」

娘はベッドの逆の側に取りかかった。「頭がどうかしたんじゃない？　隣は空いてるし、それに、このへんで使用人を雇うような人はいるわけがないわ。」

「ちゃんと見たんだ。」老人はくすくす笑った。「白いワイシャツにネクタイで、隣に入っていった。先のとがった靴をはいてな。」

「もしそうなら、自分が入居するために見にきたのよ。」娘はつぶやくと、鏡台に向かってなにかいじりはじめた。

老ダッドリーは笑った。こいつは気が向くとひどくこっけいになれるやつだ。「そうだ。いつなら休みがとれるのか、行ってきいてみよう。釣りが好きになるように説得できるかもしれない。」老人はポケットの中の二十五セント硬貨二枚をちゃらちゃらいわせた。廊下に出る寸前、娘が追いかけてきて引き戻した。「きこえないの？」とどなりつけた。「ほんとにそうなんだってば。隣に黒人が入っていったのなら、そこを自分で借りるつもりなのよ。その人になにかきくとか、話すとか、そういうことをしないでね。黒い人とはめんどうをおこしたくないから。」

老ダッドリーはつぶやいた。「つまり、あいつが隣に越してくるってわけか？」

娘は肩をすくめた。「そうだと思う。父さんは自分のことだけやっていれば十分だからね。あの人とかかわり合いにならないで。」

娘はそういう言いかたをしたのだ。まるで、おれには分別というものがないみたいに。

だが、その時すぐに言い返してやった。言い分ははっきりさせたし、娘もその意味はわかったはずだ。「おまえをそんなふうに育てたおぼえはない！」雷のような大声でどなりつけた。「おれたちと対等だと思っているような黒人と隣り合って暮らす、そういう育ちはしてないはずだ。おれがああいうやつとかかわりをもつと思っているのか！　あいつらといっしょにおれがなにかやるだと？　そんなことを考えるおまえは狂っている！」そこまで言ったところでまたのどが詰まったので、怒るのをやめた。娘は体をこわばらせた。私たちは自分の稼ぎで住める場所で暮らしているので、これで精一杯のところよ、と言った。親に向かって説教するとは！　それ以上なにも言わず、娘はぎくしゃくと向こうへ行ってしまった。そういう子なのだ！　肩を落とし、首をまっすぐに立てた、聖者ぶった姿勢をつくって。親をばか扱いして。北部の連中は黒人を裏口ではなく玄関からまねき入れ、おなじソファにすわらせる。それくらい知っている。しかし、黒人が隣に住むようになっても、ちゃんとした白人として育った自分の娘が、おなじ場所に住みつづけるとはなんということだ。おまけに、おれが黒人とつきあいたいだろうと思いこみ、それはやめておけと説教するとは、いったいどういうことだ。このおれに向かって！

老人は立ち上がって、別の椅子においてある新聞を手にした。娘がまた入ってきた時、新聞を読んでいるふりをしようと思った。なにかやらせることを思いつこうとして、立ったままじろじろこっちを見る、あれはまっぴらだ。新聞ごしに路地の向こう側の窓を見た。ゼラニウムはまだ出ていない。こんなにおそいのは初めてだ。最初に見た日、老人はこっちの窓から向かいの窓を眺め、朝食を食べてからどれくらいたったかと思って、腕時計をのぞいた。向かいの窓にゼラニウムがあった。どきっとした。花は好きではない。だが、そのゼラニウムは花らしく見えなかった。故郷のグリズビーの家の、病身の子供のようだった。色は下宿の老女たちが客間兼居間に掛けているカーテンのようで、紙の蝶結びめいた葉は、日曜日にルティーシャが着る仕着せの後ろについた蝶結びに似ていた。ルティーシャは蝶結びにしたベルトが好きだ。黒いやつはだいたいそうだ、と老ダッドリーは思った。

娘がまた現れた。やってきたら新聞を読んでいるふりをするつもりだったのに。「頼みたいことがあるんだけど。」老人にもできる用事をやっと思いついたふうに言った。「食品店に行ってくれという用事でなければいいが、と老人は思った。このまえは道に迷ってしまった。生え揃ったビルがどれもおなじように見えたのだ。老人はうなずいた。「三階に行って、ミセス・シュミットからシャツの型紙を借りてきてくれない？　息子さんのジェイク用のを。」

なぜ、ただすわらせておいてくれないのか。シャツの型紙など要りはしないのに。

「いいとも。何号室だね？」

「十号室。ここと おなじ位置。三階下がった真下になるわ。」

老ダッドリーはせまい廊下に出るのがいつでもこわかった。よそのドアがいきなりあいて、下着のままで窓の柵から乗り出して外を見ている連中のだれかが現れ、「おまえ、ここでなにやってるんだ？」とどなりつけそうな気がするのだ。黒人が住む部屋のドアはあいていて、窓に近い椅子に女がすわっていた。「北部の黒人か」と老人はつぶやいた。女はふちなし眼鏡をかけ、ひざに本をひろげている。黒人というのは、ちゃんとした身なりには眼鏡がかかせないと思っているんだ、と老人は思った。ルティーシャの眼鏡のことを思い出した。眼鏡を買おうと、彼女は十三ドル貯めこんだ。それから医者に行って、何度のレンズを入れたらいいか、目の検査をしてもらった。医者は鏡板ごしに動物の絵を見させたり、目に光線を当てて頭の奥をのぞいたりした。それから、あんたは眼鏡はいらないと言った。ルティーシャはすっかり腹をたて、三日たてつづけにコーン・ブレッドを焼きまくった。だが結局、十セント・ストアに行って、出来合いの眼鏡を買った。たったの一ドル九十八セントだった。日曜になるとその眼鏡をかけて教会に行った。「あれが黒人ていうものさ。」老ダッドリーは声をたてて笑った。自分が声をたてたのに気づいて、手で口をおさえた。アパートのだれかにきこえたかもしれない。

最初の階段を降りて向きをかえた。二つめの階段を降りていると、だれかが昇ってくる足音がきこえた。手すりから下をのぞくと、女だった。エプロンをした、太った女だ。

上から見ると、故郷のミセス・ベンソンにちょっと似ている。あの人が話しかけてくれないものか、と老人は思った。互いの距離が四段にせまった時、老人は思いきって相手に目を向けたが、むこうはこっちを見ようともしなかった。おなじ段まできた時、ちらっとうかがうと、相手は冷たい目でまっすぐ老人の顔を見ていた。それからすれちがって、上に行ってしまった。ひとことものを言わずに。老人は胃が重くなるのを感じた。

三階降りるのでなく、四階降りてしまった。一階後戻りして、十号室をさがしあてた。ミセス・シュミットはわかりました、すぐ型紙をとってくるからちょっと待って、と言った。子供に言いつけて取りに行かせ、ドアのところまでもってこさせた。子供はひとことも話さなかった。

老ダッドリーは階段を戻りはじめた。昇りは降りる時よりも足がおそくなる。昇るのはきつい。なにもかも自分を疲れさせる、そんな気がした。レイビーに使い走りをさせるようなわけにはいかない。レイビーは足の速い子だった。雌鶏も気がつかないほどそっと鶏小屋に忍びこんで、フライ用にぴったりのいちばん太ったのを、声ひとつたてさせないで盗み出してくる。そのすばやさといったらない。ダッドリーは昔から足がおそかった。太った人はそういうものだ。レイビーといっしょにモールトンの近くでウズラ狩りをした時のことを思い出した。優秀なポインター犬よりもっと早く野鳥の群れを探し出せる猟犬をつれていた。その犬は撃った獲物を運んでくるのはだめだったが、必ず群れをさがしあて、人間が野鳥にねらいをさだめるあいだ、枯れ木の切り株のようにじっとしていた。モールトンでの猟の時は、その犬は凍りついたようにじっと動かなくなった。「こりゃ、大きな群れらしいよ」とレイビーがささやいた。「そういう感じがするよ。」老ダッドリーは歩きながらゆっくりと銃をかまえた。松の落ち葉に気をつけなければならなかった。地表をおおい、すべりやすくしているのだ。レイビーは左右に重心を移し、無意識の用心深さをもって、つるつるした松の落ち葉を踏みしめていた。まっすぐ前を見て、すばやく前進した。老ダッドリーは片方の目で前を、もう一方の目で地面を見ていた。斜面は上り坂だと前にすべってころびそうだし、下りだと後ろに倒れそうだ。

「だんな、今度はおれが撃つほうがいいんじゃないかな？」レイビーがそうすすめた。「月曜日には、だんなはいつでも足がもつれるからな。坂でころぶと、銃を撃つ前に鳥が逃げちまうよ。」

老ダッドリーはその群れを撃ちたかった。一発で四羽は倒せるだろう。簡単だ。「おれがやる」とささやいた。目の高さまで銃を上げ、前かがみになった。なにかが足の下ですべり、かかとを軸にして仰向けにころんだ。銃は発射し、野鳥の群れはいっせいに空に飛び立った。

「逃がしちまったけど、すごくいい鳥だったよ。」レイビーはため息をついた。

「また見つけるさ。」老ダッドリーはそう言った。「さあ、この穴ぼこから出してくれよ。」

ころびさえしなければ、五羽は撃てたかもしれない。塀の上に並べた缶を撃つようにやれたはずだ。老人は片手を耳の後ろへ、もういっぽうの手を前にのばして射撃の姿勢をとった。標的として空中に投げる土器の皿を撃つように簡単だったはずだ。バン！階段のきしむ音がしたので、老人は射撃のかまえをしたままふり返った。隣の黒いやつがこっちに向かって階段を昇ってくる。きれいに整えた口ひげのあたりに、おもしろがっているらしい微笑が浮かんでいる。老ダッドリーはぽかんと口をあけた。黒人は笑いをこらえるように唇をへの字にしている。老ダッドリーは身動きできない。黒人のシャツの衿が肌の色に対してくっきりと線を描いているのを、老人はじっと見つめた。「先輩、なにを撃っているんです？」その声は黒人の笑いのようでもあり、白人の嘲笑のようでもあった。

老ダッドリーはおもちゃの銃を手にした子供になったような気がした。あけたままの口の中で舌がこわばった。ひざから下の感覚がなくなった。足がすべり、三段すべり落ちて、べったり腰をついた。

「気をつけたほうがいいですよ。」黒人が言った。「この階段ではちょっとしたことで怪我をしますからね。」黒人は老ダッドリーを引き起こそうと手をさし出した。幅のせまい、指の長い手で、爪の先をきれいに切って手入れしてある。やすりで磨いてあるらしい。老ダッドリーはひざのあいだに手をかくした。黒人は老人の腕をとって上に引いた。「うわ!」息を切らせている。「重い!　自分でも立とうとして下さいよ。」老人はひざをのばし、よろけながら立ちあがった。黒人は老人の腕をとった。「私も昇るところです。支えてあげますよ。」老ダッドリーは泡を喰ってまわりを見まわした。後ろの階段が閉じてゆくような気がした。老人は黒いやつといっしょに階段を昇っていった。黒人は一段ごとに足を止めて、待ってくれた。「狩りをなさるんですね?　ええと、私も一度、鹿狩りに行ったことがありますよ。銃はたしか、三十八口径のダッドソンでした。あなたはどういう銃を使います?」

老人はよく光る茶色の靴をじっと見た。「おれが使うのは猟銃だ」とつぶやいた。「私はどっちかというと、狩猟よりも銃をいじるほうが好きなんですよ」と黒いやつがしゃべっている。「生きものを殺すのは気が進まなくて。野生動物の数を減らすのは、なんだか恥ずべきことのような気がするんです。もっとも、金と時間があれば、銃の蒐集はやってみたいですがね。」黒人は老ダッドリーが昇るまで、一段ごとに待っていた。いろんな銃の構造を説明していた。黒い刺繡が一つしてある灰色の靴下をはいていた。二人は階段を昇り終わった。黒人は老人の腕をとったまま廊下を歩いた。これでは、黒いやつに腕を押さえこまれているように見えるだろう。

二人は老ダッドリーの住まいのドアまでまっすぐ歩いた。それから黒いやつがきいた。

「この近くの地方からこられた？」

老ダッドリーはドアを見つめたまま頭を振って否定した。まだ相手の顔を見ていない。階段を昇るあいだ中、ずっと見なかったのだ。「まあね、ここはなかなかいいところですよ。慣れさえすればね。」黒人は老ダッドリーの背中をたたくと、自分のアパートに入っていった。老ダッドリーも自分の住まいに入った。のどの痛みが、今は顔全体にひろがり、涙がこぼれてきた。

足を引きずって窓ぎわの椅子にたどりつき、そこに沈みこんだ。のどがくっくっと音をたてはじめた。あの黒いやつのせいでのどがこんなになっている。背中をたたいたり、「先輩」なんぞと言ったりしやがって。そんなことがあってはいけないとよく知っている、このおれに向かってだ。ちゃんとしたところからやってきたおれに対して。ちゃんとしたところからきたんだ。こういうことは決して起きない、ちゃんとしたところから。まぶたの裏で目がおかしくなった。急にふくれあがり、まぶたからはみだしそうな感じがする。黒いやつが「先輩」なんぞと声をかけてくる、そんな場所に、だまされてつれてこられた。いや、だまされるものか。だまされてたまるか。首のあたりの凝りをほぐそうと、老人は椅子の背にもたせた頭を左右に動かした。

男が老人を見ていた。路地をはさんだ向かい側の窓から、男がまっすぐに老人を見ていた。泣くところを見ていたのだ。そこはゼラニウムが出ているはずの窓で、男は下着姿で、老人が泣くのをじっと眺め、のどがひくひく動くのを見てやろうと待ちかまえていた。老ダッドリーは男を見返した。ゼラニウムが出ているはずなのだ。その場所はゼラニウム用で、男のためではない。「ゼラニウムはどこだ？」老人は出にくい声をふりしぼって叫んだ。

「なにを泣いてるんだね？」男がたずねた。「男がそんなふうに泣くところをはじめて見たよ。」

「ゼラニウムをどこへやった？」老ダッドリーは体をふるわせた。「そこに出ているはずなんだ。おまえなんかじゃなくて。」

「ここはおれの窓だぜ。」男が言った。「気がむけば、ここにこうしている権利があるさ。」

「どこへやった？」老ダッドリーは叫んだ。のどがほんのわずかしか開かない。

「落ちたのさ。なんでそっちが気にするのか知らないが。」

老ダッドリーは立ちあがって窓の柵ごしに下をのぞいた。六階下の路上に土がひろがり、割れた植木鉢があり、蝶結びにした緑色の紙のような葉からなにかピンク色のものが伸びているのが見えた。六階ぶん落ちたのだ。六階下でくだけてしまっている。

老ダッドリーは男を見た。男はチューインガムを嚙みながら、こっちののどがひくひくするのを見てやろうと待ちかまえている。「あんな端のほうに置くのがよくない。」老人はつぶやいた。「なんで取りに行かないんだ?」

「じいさんが自分で行けばいいじゃないか。」

老ダッドリーはゼラニウムがあるべきところにいる男をじっと見つめた。

取りに行きたい。降りていって、ひろってきたい。それを自分の窓に置いて、気が向けば一日中眺めていたい。老人は窓をはなれて部屋を出た。細長い廊下をゆっくりと歩き、階段についた。階段は、床にできた深い傷のようにぱっくり口をあけている。裂け目にできた洞窟のように、ずっと下へ下へと続いている。その階段を、黒いやつのすぐ後ろにくっついて昇ってきたのだった。黒人はころんだ老人を、足をふんばって引き起こし、腕を取って階段をいっしょに昇り、先輩、私も鹿狩りをしたことがありますよと言い、老人が銃をかまえる身振りをしているのを目にし、子供のように階段に腰掛けているのをみたのだ。よく光るこげ茶色の靴をはき、笑うまいとつとめていた。あいつのやることなすこと、全部がお笑いぐさだ。黒い一点刺繡つきのしゃれたソックスをはいた黒人が、たぶんどの階にもいるのだろう。笑うまいとして口をひきしめているやつが。階段は下へ下へと続いている。降りていって、黒人に背中をたたかれるのはかなわない。老人は部屋に戻り、窓に行って、落ちたゼラニウムを見下ろした。

例の男はゼラニウムがあるはずの場所にのさばっている。「ひろうところは見なかったぜ」と言った。

老ダッドリーは男を見つめた。

「前にも見かけたがね、じいさんは、毎日その古椅子にすわって、窓から外を見ている。おれのアパートをのぞき見しているんだ。おれが自分のアパートでなにをやろうと、じいさんの知ったことじゃない。そうだろうが。自分のしていることを他人にのぞかれるのはごめんだぜ。」

ゼラニウムはいちばん下の路面でひっくり返り、根を空気にさらしている。

「おれは一度しか言わないよ。」男はそう言って窓をはなれた。

床屋

ディルトンでは、自由主義者でいるのはなかなかたいへんだ。民主党の白人直接予選会の後、レイバーは床屋をかえた。三週間前のこと、ひげを剃ってもらっていると、床屋がたずねた。「だれに投票します？」

「ダーモンに」とレイバーは答えた。

「じゃ、黒いやつの味方なんですか？」

レイバーは椅子にすわったままぎくりとした。こんなに荒っぽく問題を持ちかけられるとは思わなかった。「ちがう」と答えた。落ちつきを失っていなければ、「私は黒人の味方でも白人の味方でもない」と言っていただろう。以前、哲学科のジェイコブスにそう言ったことがある。すると、ディルトンでは自由主義者でいるのはなかなかたいへんだということを思いしらせるように、教育のあるジェイコブスはこうつぶやいた。「気の毒な立場だな。」

「なぜだ？」レイバーはむきつけに問い返した。相手がジェイコブスなら言い負かせるとわかっていた。

ジェイコブスは言った。「その話はやめよう。」授業があるのだ。論争に巻きこまれそうになるたびに、授業があると言って逃げてしまう。

「私は黒人の味方でも白人の味方でもない。」そう床屋に言ってやればよかった。床屋は革砥ですっと砥いだかみそりをレイバーに向けた。「いいですか。今はね、白と黒、この二つの立場しかないんです。今度の選挙運動を見れば、だれでもわかることですよ。ホークソンがなんて言ったと思います？　百五十年前、あいつらはお互い同士、追いつめてつかまえては喰っていたんだって。宝石の原石を投げて鳥を捕っていたって。歯で馬の皮をはがしていたって。アトランタでは、白人用の理容店に黒いやつが入ってきて、『刈ってください』と言ったって。店の人たちは外へほうり出したっていいますがね、あれはそうされるところを外の人に見せるためなんだって。まだあってね。先月、マルフォードあたりの黒いハイエナ野郎が三人でね、白人を撃って、家にあったものを半分がたも持ち出したって。それで、やつらが今どうしてるかっていうと、郡の監獄で、合衆国大統領が食べるような結構ずくめのものを喰ってるそうですよ。ギャングの組織とつながりがあるのか、それとも、だれか黒人の味方がきて、粗末なものを喰っているのを見て、かわいそうに思ったのか、そのへんはわかりませんがね。私に言わせりゃ、『マザー・グース』に出てくるマザー・ハバードみたいな、しけた政治家をやめさせて、黒いやつらをちゃんと分相応のところにいさせる人をかつぎ出さなくちゃ、ものごとはよくなりっこないです。」

「おいジョージ、きこえたか？」洗髪台の下の床をふいていた黒人の少年に、床屋はそう声をかけた。

「きこえました。」ジョージが答えた。

ここでレイバーがなにか言うところだが、適当なことが思い浮かばない。ジョージにわかるようなことをなにか言いたい。このやりとりにジョージが引っぱりこまれたので、レイバーはおどろいていた。黒人の大学で一週間講義をした時のことをジェイコブスが話していた。ニグロと言ってはいけなくて、ニガーと言う。有色人種と言ってはいけなくて、黒人種と言う。ジェイコブスは自宅に帰ると毎晩、裏側の窓をあけて、「**ニガー**、**ニガー**、**ニガー**」とどなったのだ。ジョージはどういう政治的傾向なのだろうかとレイバーは思った。すっきりした様子の少年だ。

「黒いやつがここへきて、刈ってくださいなんぞと言ったら、おれならちゃんと、やつらに相応のやりかたで刈ってやるね。」床屋は息巻いた。「で、あんたはマザー・ハバードの仲間ですか？」

「だれを支持するかということなら、私はダーモンに投票する。」レイバーが答えた。

「ホークソンの演説をきいたことがあります？」

「きいた。」レイバーが言った。

「いちばん最近の演説は？」

「いや。あの人の話の内容はいつでもおなじだからね。」レイバーはそっけなく言った。

「そうですかね？　ともかく、このまえの演説はたいしたもので！　鷹《ホーク》がマザー・ハバードの仲間を胸のすくほどやっつけてね。」

「ホークソンは煽動者だと、たくさんの人が考えている。」ジョージには煽動者の意味がわかるだろうか。レイバーは不安だった。「うそつき政治家」と言えばよかった。

「煽動者！」床屋はひざをたたいて歓声をあげた。「どんぴしゃり、ホークソンがそう言っていた！」と叫んだ。「うまいじゃないか。『みなさん、マザー・ハバードどもは、私のことを煽動者だと言います。』それから反り身になって、なんだかものやわらかに言ったんだ。『みなさん、私は煽動者でしょうか？』そうすると、集まった人たちが叫んだね。『ちがう！　あんたは煽動者じゃない！』そしたらホークソンは前に出て、大声で言ったもんだ。『私は煽動者だ！　この州でいちばんの煽動者なんだ！』それをきいた人たちのはしゃぎようったらなかったね。あれをきかせたかったですよ。」

「見ものだったろうね。」レイバーが言った。「しかし、それはただ……」

床屋が発言の腰を折った。「マザー・ハバードの側にね、あんたはすっかり取りこまれてるから。でもまあ、ききなさいよ。」床屋は七月四日、独立記念日のホークソンの演説を紹介した。それもたいした出来栄えで、最後は詩の引用で締めくくったのだという。ダーモンとはなにものだ？　鷹としてはそれが知りたい。そうとも、ダーモンとはなにものなのか？　聴衆は吠えた。あんたたちは知らないのか？　なら言おう。あいつはリトル・ボーイ・ブルーなんだ。牧場で笛を吹いている、『マザー・グース』の登場人物だ。そうとも、牧場にいる子供たちと、トウモロコシ畑にいる黒いやつらがいっしょなんだ。まったく！　あれはぜひきくべきだったのに！　マザー・ハバードの仲間で、あれをきいて対抗できる人はいないだろう。

レイバーは反論した。すこしはあれを読んでみたら……

床屋は言う。なにも読む気はない。考えることがかんじんだ。最近の人たちは考えることをしなくなった。これはこまったことだ。あたりまえの良識というものを使おうとしない。レイバーさん、あんたはなぜ考えないのです？　あんたの良識はどこへいった？

なんで自分はこんなに緊張するのか？　レイバーはいらいらしてそう考えた。

「ちがうんだな！」床屋が言った。「むずかしい言葉はなんの役にもたちませんよ。考えるには不向きだからね。」

「考えるだと！」レイバーは叫んだ。「あんた、自分が考えているつもりなのか？」

「まあ、ききなさいよ。」床屋が言った。「ティルフォードでホークソンがどんな演説をしたか。」ティルフォードの聴衆にホークはこう言った。分をわきまえている黒人なら、自分は好きだ。しかし、そうでないやつらには、私が思いしらせてやるって。ほらね、どうです？

レイバーは、それが考えることとどうつながるのかわからないと言った。

床屋は、もちろんつながりがあるし、それは豚がソファにすわったくらいはっきりしていると言った。ほかにもいろいろ考えているのだと言って、レイバーに話してきかせた。マリンズ・オーク、ベドフォード、チカヴィルでのホークソンの演説をレイバーにぜひきかせたかったそうだ。

レイバーは椅子にすわりなおし、ひげをそってもらいにきたのだが、と注意した。

床屋はひげそりに取りかかった。スパルタズヴィルでの演説をレイバーにきかせたかった、と言う。「マザー・ハバードの仲間はもうかたなしでしたね。ボーイ・ブルーはみんな、笛が折れてしまうって。ホークソンが言うには、今こそそのるかそるか……」

「約束があるんだ。いそいでいる。」レイバーが言った。こんなくだらない話につきあってはいられない。

くだらないことだったが、あのばかばかしい会話全体が一日中頭にこびりついて離れず、夜になって寝床に入ってからも、細かいことまでしつこくよみがえった。準備さえあればこう言い返したはずだという台詞を入れて、あのやりとりを始めから終わりまで再現しているのに気づいて、うんざりした。あの場合、ジェイコブスならどうさばいただろうか。彼は、他人に自分のことを物知りだと思わせるこつを身につけている。レイバーが知っている彼の実態以上に見せかけるのだ。あのこつは、大学教授という職にとってわるくない。レイバーは彼のその能力を時どき分析してはおもしろがった。ジェイコブスなら、冷静にあの床屋に対しただろう。ジェイコブスならこう言ったにちがいないというかたちで、レイバーはまたあの会話を始めからやりなおした。終わりでは自分が話しているつもりになっていた。

つぎに床屋に行った時には、あの言い合いのことはすっかり忘れていた。床屋のほうも忘れているらしく、天候の話だけで会話を打ちきった。レイバーのほうは、今夜の夕食はなんだろうと考えていた。ああ、今日は火曜日だ。火曜日だと、妻は缶詰の肉を使う。缶詰の肉にチーズを添えてオーヴンで焼く。切った肉とチーズを交互に置いて、縞に見えるようにする。なぜ火曜日ごとにおなじ料理を食べなくてはならないのだろう？きらいなら、なにも我慢して食べることはないではないか。

「まだマザー・ハバードの味方なんですかね？」

レイバーの頭がびくっと動いた。「なんだって？」

「まだダーモンを支持してるんですか？」

「支持している。」そう答え、かねて練習して貯えておいた台詞を繰り出そうとした。

「へえ、まあね、先生がたってものは、こう、なんていうか……」床屋は混乱していた。

この前にくらべてかなり自信をなくしているらしい。新しく強調すべき点があると思っているのかもしれない。「ホークソンが教員の給料を上げるって言ってたのでね、教員はみんなホークソンに投票するんだろうと思って。なんでそうしないんですかね？　もっと金が入ればけっこうじゃないですか。」

「もっと金が入る！」レイバーは笑った。「いいかね。腐敗した州知事をもてば、給料が上がったとしても、結局失う金のほうが多いんだよ。」とうとう床屋とおなじ水準まで落ちたことに、レイバーは気づいた。「ホークソンは、いろんな種類の人間を毛ぎらいするんだ。きらう種類が多すぎる。ダーモンにくらべて二倍は高くつくね。」

「だからって、別にいいじゃないですか。」床屋が言った。「いいとわかれば、私は金を惜しんだりしませんや。いつだって、質のいいものは高いんだから。」

「私はそんなことを言ってるんじゃないんだ。」レイバーがいよいよ始めた。「それはちがう。つまり……」

「この人は、ホークソンの言う教員の給料引き上げの対象にはならない。」店の奥でだれかが言った。自信たっぷりな重役ふうの太った男がレイバーのそばまでやってきた。

「この人は大学の教員だろう。」

「そうですよ。」床屋が言った。「ホークソンの言う給料引き上げはないでしょうがね。それでも、ダーモンが選ばれたところで、この人の給料は上がらないんだ。」

「あは、なにか利益があるんだろうよ。学校関係者はみんなダーモン支持だ。それぞれが自分の取り分を待っているわけさ。無料の教科書とか、新品の机とか、そういったことさ。それが選挙っていうものの鉄則だよ。」

「学校がよくなれば、すべての人が益を受ける。」レイバーがまくしたてた。

「その話はずっと前からきかされている気がするな。」床屋が言った。

「いいかね、」と重役ふうの男が説明した。「学校をよくしようとして予算をつけても、なにも産まないんだよ。すべての人に益をというやりかたで、全部無駄にしてしまうからだ。」

床屋が笑った。

「考えてもみるといい……」レイバーが始めた。

「たぶん、新品の教卓がくるんだろうよ。」そう言って男は笑い、床屋をつついた。「ジョー、どうだね?」

レイバーは男のあごを蹴飛ばしてやりたかった。「あんたは推論の過程というものについてきいたことはないのか?」とつぶやいた。

「まあききなさい、」と男が言った。「なにを言おうとかまわないがね、お互い、見解のちがいがあるということが、あんたにはわかっていないようだ。教室の後ろのほうに黒い顔の学生が二、三人いたら、あんたはどう思う?」

　レイバーは、見えないなにかに打ち倒されたように感じて、一瞬呆然とした。ジョージが入ってきて流しを洗いはじめた。「学習する気のある人になら、白人でも黒人でも、喜んで教える。」レイバーが言った。ジョージがこっちを見たろうかと気になった。

「そりゃけっこう。」床屋が賛成した。「それでも、いっしょにやるわけじゃないですよね？　ジョージ、おまえ、白人の学校に行くとしたらどうだね？」床屋が大声で言った。

「行きたくないです。」ジョージが答えた。「もっとパウダーが要ります。この箱のはなくなりました。」ジョージは残ったのを流しにあけた。

「なら、取ってくるんだ。」床屋が言った。

「ホークソンが言っていたように、その時がきたのだ。」重役ふうの男が言った。「しっかり足を踏ん張って、黒人への締めつけを強化すべきなんだ。」それから男は七月四日独立記念日のホークソンの演説を講評しはじめた。

　レイバーは男を流しに押しこんでやりたかった。暑い日だった。ハエがたくさん飛びまわってうるさい。こんな太ったばかの話などきくまでもない。色ガラスの窓ごしに、郡役所前の広場が涼しげな青緑色をおびて見えていた。床屋のやつ、さっさとやればいいのに。レイバーは広場のほうに注意を集中し、そっちに自分がいると想像した。木々の枝が動くところをみると、いくらか風があるらしい。郡役所に向かう道を何人かつれだって歩いている。じっと目をこらすと、ジェイコブスがいる。今日の午後の後半、ジェイコブスは授業があるはずだが。いや、やっぱりジェイコブスだ。どうだろう？　あれがジェイコブスだとしたら、彼が話している相手はだれだろう？　ブレークリーか？　それとも、ジェイコブスだと思った人がブレークリーか？　レイバーは目を細めた。長い上着に裾をくったズボンをはいた黒人の少年が三人、歩道をぶらぶらしていた。一人は歩道にすわりこんでいて、レイバーの位置からは頭しか見えない。あとの二人は理容店の窓にもたれる姿勢で、すわった少年の上のほうに頭を寄せ、景色をさえぎるかたちになった。足をとめるなら、どこか別の場所にすればいいものを。レイバーは腹がたった。「いそいでくれ。約束があるんだ」と床屋に言った。

「なんでいそぐのかね？」太った男が言った。「ここは踏みとどまって、ボーイ・ブルーのために一席弁じるのが筋だろう。」

「なんでダーモンに投票するのか、あんたは一度も説明してない。」床屋は声をたてて笑い、レイバーの首のまわりから布をはずした。

「そのとおり。」太った男が言った。「ダーモンを支持するわけを話してもらおう。『いい行政機構』っていう決まり文句ぬきでね。」

「約束があるんだ。」レイバーが言った。「長居はできない。」

「ダーモンのために弁じられないなんて。彼が知ったら、さぞがっかりするだろうよ。」太った男が吠えた。

「いいかね、」とレイバーが言った。「来週またここにくる。その時、ダーモンに投票するわけを、いくらでも話してやろう。ホークソンに投票するわけをいろいろきかされたがね、それよりましな投票理由を説明してやろう。」

「あんたがそうするところをぜひ見たいもんだがね、」と床屋が言った。「言っておくけど、まずそれは無理だろう。」

「そんなら、見ているがいい。」レイバーが言った。

「忘れるなよ。」太った男が難くせをつけた。「『いい行政機構』っていう言葉は使わない約束だぞ。」

「そっちがわからないようなむずかしい言葉は使わない。」レイバーはそうつぶやき、それから、自分のいらだちを相手に見せたのはまずかったと思った。太った男と床屋はにやにやしていた。「火曜日にまたくる。」そう言ってレイバーは店を出た。支持する理由を説明すると約束してしまった自分にあきれていた。その理由をなんとか組み立てなければならない――それも体系的に。あの連中のように、思いついたことをすぐしゃべるようなことは、レイバーにはできない。まったく、あれができたらいいのに。「マザー・ハバード」という悪口があまりはっきりしないものであってほしい。ダーモンが嚙み煙草の汁を吐きちらすような人ならいいのに。さて、理由をでっちあげなければならない。時間がかかるし、めんどうだ。いったいどうしたというのだ？　なぜやってしまわない？　集中しさえすれば、床屋でのやりとりはすべて再現できるではないか？

　家につくころには、議論のあらましがかたちをとりはじめた。余分な言葉でふくらませたり、むずかしい言葉を使ったりすることは、断固避けなくてはならない。なかなかめんどうな仕事だとわかってきた。

　帰るとすぐとりかかった。夕食まで続け、四行書いて、それから全部消した。夕食の途中で立って、机に向かい、一カ所訂正した。食後にその訂正を消した。

「いったいどうしたの？」妻が知りたがった。

「なんでもない。」レイバーは答えた。「たいしたことじゃないよ。仕事があるだけさ。」

「べつに止めないわよ。」妻が言った。

　妻が出てゆくと、レイバーは机の下の足かけ板を蹴飛ばした。板がゆるんでしまった。一ページ書き上げたら十一時だった。翌朝はもっと楽に筆が進み、昼までに書きあげた。十分に単純率直な文章だと思った。はじまりはこうだ。「人間が他の人間を選挙するには、二つの理由がある。」そしてこう終わる。「熟慮なしに思いつきを話す人は、風の中を歩くにひとしい。」この最後の一行はなかなか効果的だとレイバーは思った。文章全体として、十分に効果的な仕上がりだ。

　午後、書いたものをもってジェイコブスの研究室へ行った。ブレークリーがきていたが、出ていった。レイバーはジェイコブスに文章を読んできかせた。

「それがどうした？」ジェイコブスがきいた。「なにをするつもりなんだ？」音読するあいだ中ずっと、ジェイコブスは記録紙を指でいじっていた。

いそがしいのだろうか、とレイバーは思った。「床屋に対して、自分の立場を弁明しなければならなくてね。きみは床屋と論争したことがあるかね？」

「おれは論争はしない。」ジェイコブスが言った。

「それは、この手の無知を君が知らないからだ。」レイバーが説明した。「体験したことがないせいだよ。」

ジェイコブスはせせら笑った。「体験したことはあるさ。」

「どうだったね？」

「おれは論争はしない。」

「自分のほうが正しいとわかっていてもか？」レイバーはねばった。

「論争はしないんだ。」

「おれは論争するつもりだ。」レイバーが言った。「相手がまちがったことを言ったら、すぐさま正しいことを言ってやるつもりだ。これは早さの問題なんだ。わかってくれよ。相手に支持を変えさせるためじゃないんだ。自分の立場を擁護するためなんだ。」

「わかったよ。」ジェイコブスが言った。「そうできるといいね。」

「もうやったんだ！　文章を読んでくれ。あれに書いてある。」ジェイコブスはほかのことに気をとられているのだろうか、とレイバーは不審に思った。

「そうか。なら、そこに置いといてくれ。床屋と議論なんぞしていると、肌の色つやをそこねるよ。」

「やらなくちゃならないんだ。」レイバーが言った。

ジェイコブスは肩をすくめた。

レイバーとしては、書いたものの内容について、時間をかけてジェイコブスと相談したかったのだ。しかたなく、「じゃ、また」と挨拶した。

「またね」とジェイコブスが言った。

だいたい、なぜあの文章を自分で読みあげたりしたのだろう。レイバーはわれながら不思議に思った。

火曜日の午後、床屋に出かける前、レイバーは不安だった。練習として、妻にあの文章を読んできかせようと思いついた。妻がホークソン候補を支持しているのかどうか、それはわからなかった。選挙のことを話題にするたびに、妻はきまってこう言った。

「教えているからって、あなたがなにもかも知っているわけではないのよ。」おれはなんでも知っているなどと言ったことがあるのだろうか？　妻を呼ばないほうがいいかもしれない。だが、あの文章の内容をなにげなく話したらどうきこえるか、ぜひとも実演してみたかった。長いものではないし、妻の時間をそれほど取るわけでもない。妻は呼びつけられるのをいやがるかもしれない。それでも、この話に影響を受けて支持をかえることだってありうる。かえるかもしれない。彼は妻を呼んだ。

妻は、きくけど、いまやってることがすむまで待ってね、と言った。妻はいつでもなにかやっているようだ。いっしょにいても、じきに、やることがあるのと言って、行ってしまう。

一日中待っているわけにはいかないんだとレイバーは言った。床屋の閉店時間まであと四十五分だ。いそいでくれないか。

妻は手をふきながら現れた。はい、はい、ほら、きたわよ。さあ、はじめなさいよ。

レイバーは妻の頭上をこえて向こうを見ながら、楽々と、なにげない調子で話しはじめた。軽快に言葉を繰り出す声の具合は、なかなかのものだった。この効果は内容のせいか、いまの声の出しかたのせいか、どっちのせいなのだろう？　文の途中で言葉を切り、答えをさがそうと、妻の顔に目をやった。椅子の横のテーブルに雑誌がひろげてあり、妻はそっちに視線をやっていた。言葉を切るなり、妻は立ちあがった。「とてもいいわ。」そう言うと、またキッチンに戻った。レイバーは床屋に出かけた。

店でなにを言うかを考えながら、ゆっくり歩いた。時どき立ち止まってぼんやりショーウィンドウを眺めた。ブロック飼料会社ではニワトリ用の自動屠殺機を展示していた。機械の上には「これで臆病な人も自分で飼っているニワトリを殺せます」と書いてあった。臆病な人たちが何人もいて、これを使うのだろうかとレイバーは思った。床屋の近くまでくると、ドアごしに中が見えた。例の自信たっぷりな重役風の男が、店の隅の席にすわって新聞を読んでいる。レイバーは店に入り、帽子を壁に掛けた。

「おいでなさい。」床屋が声をかけた。「まあ、今日が最高気温じゃないですかね。」

「とても暑い。」レイバーが言った。

「狩猟シーズンも、もうじき終わりですね。」床屋が言った。

けっこうだ、とレイバーは言ってやりたかった。成りゆきにまかせよう。彼としては、向こうがなにか言うのをきっかけに議論に入ってゆくつもりだった。太った男はレイバーがきたことに気づいていないようだ。

「このあいだ、うちの猟犬がつかまえたヤマウズラを、ぜひ見せたかったですよ。」レイバーが椅子におさまるあいだ、床屋は話し続けた。「群れが最初に飛び立った時、四羽とって、二度目に飛び立った時には二羽とった。わるくない成績でしょう。」

「ウズラ猟はしないんだ。」レイバーはかすれ声で言った。

「黒いやつを一人、それに猟犬を一匹つれて、銃をもって、ウズラの群れを追いかける。とてもいい気分ですがね。」床屋が言った。「あれをやらないなんて、生きているかいがないってくらいのもんですよ。」

レイバーはせき払いをし、床屋は仕事にかかった。隅にいる太った男は新聞のページをめくった。二人は、おれがここへなにしにきたと思っているのだろう？　レイバーは思った。二人が忘れるはずはない。ハエの飛ぶ羽音だの、裏側で話している人の声だのをききながら、レイバーは待った。太った男はまたページをめくった。ゆっくりした箒の音がする。ジョージが店のどこかで床を掃いているのだろう。掃く音がしては止まり、また音がしては止まる。それから……「ええと、あんたはまだホークソンを支持しているよ？」レイバーは床屋に問いかけた。

「もちろん！」床屋は笑った。「もちろん！　そうだ、忘れてた。なんでダーモンを支持するのか、話してくれる約束だったっけ。ロイ、こっちへこいよ。」床屋は太った男を呼んだ。「ボーイ・ブルーに投票すべしという演説をきかせてくれるそうだ。」

ロイは不満げに鼻を鳴らし、また新聞のページをめくった。「この記事を読んだら行くよ」とつぶやいた。

「なんの話だって？」店の裏手にいるだれかが声をかけてきた。「また『いい行政機構』信者の話かね？」

「そうさ。一席演説をぶってくれるそうだ。」

「もうさんざんきいて、ききあきたよ。」裏にいる男が言った。

「レイバーの話はきいてないだろう。」床屋が言った。「レイバーはいい人だよ。投票のしかたは知らないようだがね、それでも、いい人だよ。」

レイバーは赤くなった。裏から二人現れた。「演説ではない。」レイバーが言った。「ただ、この問題を議論したいだけだ。冷静な議論を。」

「ロイ、こっちへこいよ。」床屋が叫んだ。

「いったいなにをするつもりなんだ?」レイバーはつぶやいた。それからいきなり言った。「だれかれなしに呼ぶつもりなら、お宅のジョージをなぜ呼ばない? 黒人にきかれるのがこわいのか?」

床屋はしばらくなにも言わずにレイバーの顔を見た。

レイバーはすこし言いすぎたかなと思った。

「きくがいいのさ。」床屋は言った。「裏にいてもちゃんときこえる。」

「いや、ただ、ジョージが興味をもつかもしれないと思って。」レイバーが言った。

「きくがいいのさ。」床屋はおなじことをくり返した。「耳に入ることはきけばいい。そのほうが二倍もちゃんときこえる。あいつは、あんたがやることを通して、あんたが言わないことまできき取れるんだ。」

ロイが新聞をもったままやってきた。レイバーの頭に手を置いて言った。「やあ、こんちわ。それじゃ、こっちの演説をきくとするか。」

レイバーはからみつく網と格闘するような気分になった。にやにや笑いをうかべた赤ら顔がいくつものしかかってくる。用意した言葉が自分の口から出てくるのがきこえる。

「ええ、私の見解では、選挙するとは……」荷物を満載した貨物車両のように、言葉がつながって口から出てくる。前後にぶつかりあい、きしんで止まったり、すべったり、後退したり、こすれあったり、そのうちいきなり、急ブレーキをかけたように終わった。はじまりかたとおなじくらい唐突だった。これで終わりだ。こんなに早く終わってしまったのがレイバーには不愉快だった。もっと続くと思っているらしく、しばらくのあいだ、だれもなんとも言わなかった。

それから、「ボーイ・ブルーに投票する者は手を挙げろ!」と床屋が叫んだ。

何人かがふり向いてくすくす笑った。一人は体を折り曲げた。

「おれだ!」ロイが言った。「すっかり納得がいったから、明日の朝いちばんに、ボーイ・ブルーに投票してくるよ。」

「よくきいてくれ!」レイバーが叫んだ。「私はべつに……」

「ジョージ、いまの演説をきいたか?」床屋がどなった。

「ききました」とジョージが言った。

「おまえ、だれに投票するかね?」

「私はなにも……」レイバーが叫んだ。

「おれに投票させてくれるか、それはわからないけど、」とジョージが言った。「させてくれるものなら、ホークソンさんに投票する。」

「よくきくんだ！」レイバーがどなった。「おまえたちのにぶい頭をかえるつもりでやったとでも思っているのか？　私をだれだと思う？」レイバーは床屋の肩をつかんで後ろ向きにした。「おまえたちのどうしようもない無知に干渉するとでも思っているのか？」

床屋はレイバーの手を肩から振りはらった。「かっかしちゃいけないよ。いい演説だったと、みんなそう思っているさ。おれだって、ずっとそう言っていたんだ。よく考えなくちゃいけない、よく考えるようにって……」レイバーがなぐりかかったのを避けようと後ろに飛びのいた床屋は、隣の席の足置きに尻をついた。せっけんの白い泡をつけ、ひげを半分剃り残したレイバーがぐっとにらみつけると、その目をしっかり見返して床屋が結論を言った。「とてもいい演説だった。おれもずっとおなじことを言ってきたんだ。」

首のあたりで血管が激しく脈打ちだした。レイバーは向きなおり、まわりの男たちをすばやく押しのけてドアをめざした。外では太陽が、あらゆるものを熱のプールにひたしていた。走って最初の角を曲がりきらないうちに、せっけんの泡がシャツの衿の下に流れこみ、散髪用の覆い布がひざまで下がってきた。

前にのばした杖をゆっくり左右に動かしながら、老ガブリエルは足を引きずって部屋を横切った。

「だれだ?」玄関に出てきて、小声で言った。「においでわかる。黒人が四人だな。」やわらかい短調の笑い声が蛙のハミングより高い音程であがり、いくつかの声がまじった。

「もっとうまくやれないのかい?」

「じいさん、いっしょにくるかい?」

「ひとりひとりかぎわけて、名前までわかるかと思ったよ。」

老ガブリエルはポーチに踏み出した。「マシューにジョージにウィリー・ミリックだな。もうひとりはだれだ?」

「ブーン・ウィリアムズだよ、じいさん。」

老ガブリエルは杖の先でポーチのはずれをさぐりあてた。「なにをやってるのかね。ここで一休みしてゆけよ。」

「モウズとルークを待ってるのさ。」

「あのオオヤマネコをやっつけにゆくんだ。」

「なにを使ってやっつけるつもりだ?」老ガブリエルがつぶやいた。「オオヤマネコ退治には、それだけのちゃんとした武器がなくちゃ。」老人はポーチのはしに腰掛けて足をぶらぶらさせた。「モウズとルークにはそう言っておいたんだが。」

「じいさんはオオヤマネコを何匹やっつけたことがあるんだ?」闇をとおして老人に語りかける彼らの声には優しいあざけりがあった。

「おれが子供のころ、こんな猫が一匹いた。」老人は語りはじめた。「やってきて生き血を吸うんだ。夜になると小屋の窓から入ってきて、黒人のいるベッドに飛び上がって、のどを喰い裂くんだ。やられたほうは声をあげる間もない。」

「今度の猫は森の中にいるんだよ、じいさん。雌牛をおそいにくるんだ。ジュープ・ウィリアムズが製材小屋に行く途中で見たんだ。」

「見て、それでどうした?」

「すぐ逃げてきたのさ。」また、笑い声が夜のたてる音よりも高くあがった。「ジュープはね、そいつが自分を追いかけてくると思ったのさ。」

「追ってくるとも。」老ガブリエルはつぶやいた。

「そいつは雌牛をおそうんだよ。」

ガブリエルは鼻であしらった。「やつが森から出てくるのは雌牛だけがめあてじゃないさ。人間の血がほしくてやってくるのさ。気をつけることだ。やみくもにやっつけるつもりだけでは、いい結果にはならないぞ。あっちのほうが狩猟はうまいんだから。どうもオオヤマネコのにおいがしてな。」

「オオヤマネコのにおいだって、どうしてわかる?」

「まちがえるはずがない。子供のころにはいたがね、それ以来、このへんにはずっと現れなかった。ちょっと休んでいったらどうだね?」老人はつけくわえた。

「じいさん、ここに一人でいるのがこわいのかい?」

老ガブリエルは鼻を鳴らした。手さぐりで柱につかまって立ちあがった。「モウズとルークを待つつもりなら、もう行ったほうがいい。二人とも、もう一時間まえにおまえたちを迎えに行ったよ。」

II

「こっちへおいで! 今すぐこっちへおいで!」

盲目の少年は一人で段にすわり、正面に顔を向けていた。「男はみんな出かけた?」とたずねた。

「ヘズーじいさんだけ残して、みんな出かけたよ。」

少年は家の中に入るのがいやだった。女たちばかりじゃないか。

「においがする。」少年が言った。

「入るんだよ、ガブリエル。」

家に入って、窓のあるところへ行った。女たちはぶつぶつ言ってきかせた。

「中でじっとしているんだよ。」

「おまえが外にすわっていれば、あの猫をここに引き寄せることになるんだよ。」

窓から入ってくる空気は感じられなかった。少年は掛けがねを動かして窓をあけようとした。

「窓をあけちゃいけないよ。オオヤマネコが飛びこんでくるのはごめんだからね。」

「みんなといっしょにおれが行けばよかったんだ。」少年はふきげんに言った。「おれなら、やつのいる場所をにおいでさがしあてられる。おれはこわくはない。」女たちといっしょに閉じこめられて。まるでおれが女みたいじゃないか。

「レバはね、においでわかるんだって。」

年とった女のうなる声が、すみのほうからきこえた。「男連中は猫狩りに行ったけどね、あんなことをしても無駄なんだよ。だって、猫はここにいるんだもの。この家に入ってきたら、猫はまっさきにあたしを喰う。つぎがあの男の子。そのつぎが……」

「レバ、おだまり。うちの子はあたしが守るからね。」母親の声がした。

自分のことは自分で守れる。おれはこわがっていない。おれはにおいでわかる。おれとレバだけにそれがわかる。オオヤマネコは、鼻のきく者をまずおそうだろう。まずレバ、それからおれだ。かたちはふつうの猫とおなじだが、体が大きい。母親がそう言っていた。猫の足の裏をさわると爪がとがっているのを感じるが、オオヤマネコの爪はナイフのように鋭くて、歯もやっぱり、ナイフのように鋭い。息が熱くて、ぬれてねばねばしたものを吐く。ガブリエルはオオヤマネコの爪が肩に、鋭い歯がのどに喰いこむのをありありと感じた。だが、やられるままでいるつもりはなかった。両腕でそいつをつかまえ、のど首をさぐってしっかりもって、喰いついた頭を引き離す。それから、つかまえたままいっしょにころがって、床にやつの頭をたたきつける。肩に喰いこんだ爪が離れるまで。がん、がん、もうひとつがん……

「ヘズーじいさんにはだれがついてる？」女のだれかがそうきいた。

「ナンシーがひとりだけ。」

「ひとりじゃなく、もっといなくちゃね。」ガブリエルの母が小声で言った。

レバが悲痛な声をだした。「だれが行ったって、向こうにつく前に喰われて終わりさ。このへんにいるって、そう言ってるだろう。だんだん近寄っているよ。きっと、あたしが喰われるんだよ。」

たしかに強烈なにおいを感じた。

「なんでここへくるのさ。わけもなく、ただこわがってるだけじゃないのかね。」子供の時、その声はやせっぽちのミニーだ。彼女は決してあぶない目にはあわない。

魔法使いの女がそういう呪文をかけたのだ。

「あいつは、その気になれば簡単に入れるんだよ。」レバがおこって言った。「あそこの猫用の出入り口を大きくして、入ってくるのさ。」

「その間にナンシーのところへ逃げられるじゃないか。」ミニーがばかにしたように言った。

「あんたなら逃げられるさ。」老婆はつぶやいた。

おれとあのばあちゃんは逃げられない。でも、おれはここを動かずに戦うのだ。ほら、あの目の見えない男の子をごらん。あの子だよ、オオヤマネコを殺したのは！

レバがうめき声をあげはじめた。

「やめなよ！」ガブリエルの母が命令した。

うめき声は歌にかわった。のどの奥で低く歌う。

「主よ、主よ、

今日この日、まみえまつらん

　主よ、主よ、
　今日この日……」

「しいっ！　あれはなんの音？」母がそう言った。

　ガブリエルはだまって前かがみになった。覚悟をきめ、体がこわばった。がさがさと音がし、遠くでくぐもったうなり声がきこえたようだ。やがて、ずっと遠くで悲鳴があがり、その声がだんだん大きく、近くなって、丘の裾をまわり、前庭をぬけてポーチにあがってきた。ドアに体ごとぶつかる勢いで小屋全体が揺れた。みんなはあわただしく動き、悲鳴をあげる人を中に入れた。ナンシーだ！

「じいちゃんがやられた！」ナンシーが叫んだ。「窓から飛びこんできて、じいちゃんののどに喰いついた！　ああ、ヘズー、ヘズーじいちゃん！」

　その夜おそく、男たちが帰ってきた。ウサギを一匹、リスを二匹獲ってきた。

III

　老ガブリエルは闇の中を手さぐりでベッドに戻った。しばらく椅子にすわろうか、それとも横になろうか。老人は横になって掛け布団のキルトに鼻を埋め、肌ざわりとにおいを感じていた。男たちが森へつかまえにいってもなにもならない。子供の時に知ったのとまったくおなじにおいがするのだ。みんながオオヤマネコのことを話しはじめて以来、ずっとおなじにおいを感じている。ある日の夕方から、このへんにあるものとはちがうにおいがしはじめた。黒人でもない、雌牛でもない、土のにおいでもない。オオヤマネコだ。雄牛をおそうのをタル・ウィリアムズが見たという。

ガブリエルは急に起きあがった。あれがさっきより近くにいる。ベッドを出てドアにいそいだ。そのドアにはかんぬきがかかっていた。もうひとつのほうはかけてなかったかもしれない。そよ風が吹いてきて、ガブリエルは風の中を歩き、夜の空気を顔一面に感じた。こっちのドアがあいていたのだ。ぴしゃっと閉めてかんぬきをかけた。こんなことをしてなにになる？　あの猫は、ねらった獲物は逃さない。どこにでも入ってくる。

ガブリエルは椅子に戻って腰かけた。やつは、そうしたければ簡単に入ってくる。そこら中からすきま風が吹いてくる。ドアの横に、猟犬でもくぐれそうな穴があいている。あの猫なら、かじって穴を大きくして入りこみ、こっちが逃げる前におそいかかるだろう。裏口のドアの近くにいれば、ここからよりもっと早く逃げられそうだ。老人は立ちあがり、椅子を引きずって部屋を横切った。においが近くなった。数をかぞえようか。一千までかぞえられる。このへん八十キロ一帯で、そこまでかぞえられる黒人はいない。ガブリエルはかぞえはじめた。

モウズとルークが帰るまで、あと六時間はかかる。明日の晩には二人は出かけないだろう。だが、あの猫は今夜おれをおそってくるのだ。みんな、おれをつれていってくれ。オオヤマネコの居場所をかぎだしてやるから。このへんでは、それができるのはこのおれだけだ。

男たちは、つれてゆけば森の中ではぐれてしまうと言ったのだった。オオヤマネコ狩りはじいさんの仕事ではないと。

おれはオオヤマネコも、森も、こわくはない。いっしょにつれていってくれ。頼むから。

そんなら、ここにひとりでいるのだってこわくないだろう。そう言ってみんなは笑った。なにもおそってきたりしないよ。こわいのなら、マティーの家までつれていってやろうか。

マティーのところだって！　マティーの家につれてゆかれて、女たちの中にすわらされる！　おれをなんだと思っている？　おれはオオヤマネコなんぞこわくない。それでも、やつはやってくるんだ。森の中じゃなくて、ここにいるんだ。森に入っても時間の無駄だ。ここにいればつかまえられる。

そうだ、数をかぞえていたのだ。どこまでいったろう？　五百五だった。五百六……

マティーのところだと！　いったい、おれをなんだと思っている？　五百二、五百……

老人は椅子の中で硬くなり、ひざに横たえた杖をしっかりにぎっていた。簡単にやられてたまるか。女じゃないんだ。汗でシャツが肌にくっついて、体臭がきつくなった。男たちはあの夜おそく、ウサギ一匹とリス二匹を獲って帰ってきた。ガブリエルはあの時のオオヤマネコを思いだし、女たちが集まった小屋ではなく、自分がヘズーの小屋にいたような気がした。自分がヘズーではなかったか？ おれはガブリエルだ。ヘズーみたいにあっさりやられるものか。ぶちのめしてやる。ひっぱがしてやる。ええと、どうするのだったか？ この四年ばかり、ニワトリの首をしめたことさえない。やつはおれを喰うだろう。待つほかない。においがすぐ近くでする。年寄りはただ待つしかない。やつは今夜おれを喰うだろう。歯は熱くて、かぎ爪は冷たいだろう。かぎ爪は肉にすっと通り、歯は鋭く喰いこんで骨を噛み砕くだろう。

ガブリエルは汗びっしょりになった。やつのにおいをはっきり感じる。おなじように、向こうもおれのにおいを感じているだろう。ここにすわってかいでいるおれと、おれをかぎつけてここへやってくるオオヤマネコと。二百四、どこまでかぞえたか？ 四百五……

暖炉のあたりでひっかく音がした。老人はすわったまま前かがみになり、緊張して声が出にくくなった。「さあこい。」小声で言った。「ここにいるぞ。待っていた。」老人は動けない。動こうにも体がいうことをきかない。またひっかく音がした。この苦しさはたまらない。だが、待つのもいやだ。「ここにいるぞ。」オオヤマネコ――いや、別のものだ。小さな音がして、それからパタパタ飛ぶ音。コウモリだ。杖をにぎりしめた手がゆるんだ。あいつではないと気づいていてもよかったのに。やつはまだ、納屋の向こうくらいのところにいる。鼻の働きはどうした？　具合がわるいのか？　このへん六百キロにわたって、おれくらい鼻のきく者はいない。ひっかく音がまたきこえる。さっきとちがう。家のすみ、猫の出入り口のあたりだ。カリ、カリ、カリ。あの音はコウモリだ。そう、あれはコウモリだ。カリッ、カリッ。「おれはここだ」と老人は小声で言った。コウモリではない。老人は立ちあがろうと足に力を入れた。ガリッ。「主はわれを待ちたまう。」ガブリエルはつぶやいた。「神様は、引き裂かれた顔なんぞいやがりなさるだろう。おい、オオヤマネコ、なぜさっさとこない？　なぜおれをねらう？」老人はいまや立ちあがっていた。「オオヤマネコの爪跡のついたおれなど、神様はお望みにならない。」老人は猫用の穴に近づいた。河の向こう岸で神様が待っていらっしゃる。天使の群れを従え、到着したら着せようと、金の衣を用意しておられる。ついたらその衣を着て、神様や天使がたといっしょに立ち、人間の生を裁くのだ。このへん八十キロ一帯で、自分ほど判断力のある者はいない。ガリッ。老人は足を止めた。においがする。すぐ外にいて、穴のにおいをかいでいる。なにかに登らなくては！　立ち向かったところでなにもならない。なにか高いものに登るのだ！　暖炉の上に釘で止めつけた棚がある。老人はその方向へいそぎ、ぶつかった椅子を暖炉まで押していった。棚に手をかけ、椅子を踏み台にして後ろ向きに棚の上に跳び上がった。一瞬、棚のせまい板の上に乗ったと感じたが、とたんに棚は傾き、足がガクンとなり、壁に取りつけたどこかが割れるのを感じた。胃袋が飛び上がって硬くなり、棚板が足の上に落ち、椅子の横桟が頭にぶつかった。しばらくしんとなった。それから、動物のあげる低い悲鳴が、丘を二つ越えた向こうから伝わってきた。さらに、きれぎれのうめき声、苦痛の合間に洩らす怒りと嘆きの叫びがきこえた。ガブリエルは体をこわばらせて床にすわっていた。

「雌牛だ。」ついに、あえぎながらも声が出た。「雌牛だ。」

筋肉のこわばりが次第にゆるんできた。オオヤマネコはガブリエルより先に、雌牛をおそったのだ。やつはこれで行ってしまうだろう。だが、明日の晩にはまたやってくる。ガブリエルはふるえながら椅子から立ってベッドにたどりついた。オオヤマネコは一キロも遠くにいたのだった。自分の感覚はもう、昔のするどさをなくしたのだ。年寄りをひとりで放っておくのはよくない。森に入ってもオオヤマネコはいないと、ちゃんと言ってやったのに。明日の晩、あいつはまたやってくる。明日の晩、男たちがここにいて、やってくるオオヤマネコを殺せばいい。いまは眠ることだ。森に入ってもオオヤマネコは殺せないと、ちゃんと言ってやったのだ。どこに現れるかを言いあてたのは、このおれなんだ。おれの言うとおりにしていれば、男たちも今夜のうちにオオヤマネコをやっつけてしまえたのに。死ぬ時にはベッドで、眠ったまま死にたいものだ。床の上で、オオヤマネコに顔をやられながら死ぬなんぞまっぴらだ。神様が待っておいでだ。

目がさめると、闇は朝の気配にあふれていた。モウズとルークが料理用ストーブで朝食をつくっていて、鍋でベーコンを焼くにおいがした。老人はかぎ煙草に手をのばして一服した。「なにを獲ってきた？」と、手厳しい調子でたずねた。

「昨夜はなにも獲れなかった。」ルークが老人の手に皿をもたせた。「ほら、ベーコンだよ。棚がこわれたのはどうしてだ？」

「棚をこわしたおぼえはない。」老ガブリエルはつぶやいた。「風が吹いたら落ちてきて、その音で夜中に目がさめたんだ。落ちる時期がきていたんだろう。おまえ、しっかりしたものをつくったためしがないじゃないか。」

「わなをかけてきたよ。今夜あの猫がかかるだろう。」

「そんなものにかかるか。」ガブリエルが言った。「やつは今夜、ここへくるんだ。昨夜はここから一キロのところで、雌牛がやられただろう？」

「だからって、こっちへくるとはかぎらないさ。」ルークが言った。

「ここへくるんだ。」ガブリエルが言う。

「じいちゃんは、オオヤマネコを何匹殺したんだっけ？」

ガブリエルはだまった。手にもったベーコンの皿がゆれた。「おまえの知ったことか。」

「そのうちおれたちがやっつけるさ。フォードの森にわなをしかけたんだ。あのへんにいるんだよ。かかるまで、毎晩木に上って、わなを見張るのさ。」

ブリキの皿の上で食物をかき集めるフォークの音が、石に刃物をあてているようにきこえる。

「もっとベーコンを食べるかね、じいちゃん。」

ガブリエルは掛け布団の上にフォークをおいた。「もういい。ベーコンはもうたくさんだ。」まわりの闇はからっぽだった。その闇の底から動物の嘆きの声があがり、老人ののどが脈打つ音とまじった。

収穫

ミス・ウィラートンはいつも食卓のパンくずを掃除する。家事の中ではこれが特技で、たいへんゆきとどいた仕事をする。ルシアとバーサは食器を洗い、ガーナーは居間に行って「モーニング・プレス」紙のクロスワード・パズルをやる。そうすると食堂に一人でいることになるが、ミス・ウィラートンはちっともかまわない。やれやれ！　この家では朝食はいつでも一騒動だ。昼食や夕食とおなじように、朝食もきまった時間にするべきだとルシアはがんばる。朝食を一定の時間にすれば、それがほかの生活習慣も規則正しくするもとになるし、ガーナーの吐きぐせのことを考えれば、食習慣に一定のきまりをつくるのがぜひとも必要だと、ルシアは言う。きまった時間にそろって朝食にすれば、ガーナーが小麦粥に寒天をちゃんといれたかどうかたしかめることもできる、と言う。ミス・ウィラートンは思う。五十年もああして生きてきたのに、いまさらガーナーがなにかをかえたりできるものだろうか。朝食についての言い合いは、いつもガーナーの小麦粥のことではじまって、終わりはさじ三杯のパイナップル・ジャムのことが取り上げられる。「血液が酸性になるのはわかってるんでしょうね、ウィリー。」ミス・ルシアはいつでもそう言う。「血液が酸性になるのよ。」それからガーナーが目を白黒させて吐き気を訴え、バーサが飛びあがり、ルシアは落胆した表情をうかべ、ミス・ウィラートンはもう口に入れていたパイナップル・ジャムを味わう。

パンくずをはらっていると心が解き放たれる。パンくず掃除は考える時間をあたえる。ミス・ウィラートンが小説を書くとすれば、まずそれについて考えなければならない。ふつうはタイプライターに向かっている時がいちばんよく考えられるのだが、とりあえずはパンくず掃除をしながらでもできる。まず、なにについて書くのか、小説の主題をきめなくてはならない。いろんな主題がありすぎて、いつも一つにしぼれない。主題の設定が、小説を書く上でいちばんむずかしい。ミス・ウィラートンはいつもそう言う。実際に書くよりも、なににについて書くかを考えている時間のほうが多い。主題をあれこれと取り上げては捨てる。なにかにきめるまで、だいたい一、二週間かかる。ミス・ウィラートンはパンくず集め用の銀の手箒と小型塵取りをもって、テーブルの上を掃きはじめた。そうね、パンつくりの職人はいい主題になるかもしれない、と考えた。外国人のパン職人はとても見た目がいい、と思った。マーティル・フィルマーおばさんの遺品としてもらった四枚の版画は、きのこ型の帽子をかぶったフランスのパン職人の絵だ。背が高くて、金髪で、それから……

「ウィリー！」食卓用の塩入れをもって食堂に入ってきたミス・ルシアが叫んだ。「たのむから塵取りで受けてよね。パンくずがじゅうたんに落ちるじゃないの。先週は四回も掃除機をかけたんだし、もういやだからね。」

「私が落としたパンくずのせいで掃除機をかけたわけじゃないでしょ。」ミス・ウィラートンはそっけなく言った。「落としたのはいつでもちゃんとひろうもの。」それからこうつけくわえた。「私、めったに落としたりしないわ。」

「そのパンくず集め、しまう前に洗ってね。」ミス・ルシアは食堂を出ていった。

ミス・ウィラートンはパンくずをてのひらにあけて、窓から外へ捨てた。手箒と小型塵取りを台所へもってゆき、流しの蛇口をひねってざっと水で洗った。ふいて引き出しにしまった。さあ、終わった。タイプライターに取りかかれる。昼食までずっと書いていられる。

ミス・ウィラートンはタイプライターに向かってすわり、息を吐き出した。さて！　なにを考えていたのだっけ？　そうだ、パン職人のことだった。うーん、パン職人か。いや、パン職人ではだめ。色どりがたりない。パン職人をめぐって社会的緊張関係はつくれない。ミス・ウィラートンは自分のタイプライターをじっと見つめた。ASDFG――キーの上に目をさまよわせた。うーん。教師はどうだろう？　ミス・ウィラートンは考えた。いや。全然だめ。教師というものはいつでもミス・ウィラートンをへんな気分にさせる。ウィロウプール学院で習った教師はまあよかったのだが、女教師ばかりだった。そうだ、ウィロウプール女子学院だったもの。ミス・ウィラートンはその言葉が好きではなかった。ウィロウプール女子学院――なんだか生物学的な感じがする。いつも、私はウィロウプールを卒業しましたと言うだけにしている。男性教師というものを考えると、まちがった発音をしそうな時のような気分になる。ともかく教師を取り上げるのはやめよう。教師は社会問題にすらならない。

社会問題。社会問題。うーん。そうだ、農作業の季節労働者がいい！　ミス・ウィラートンは季節労働者と直接かかわったことはなかったが、これはなかなか芸術的な主題になりそうだ。この主題ならば、社会的関心をもつ人として彼女を印象づけることになるだろう。ミス・ウィラートンがかかわりをもちたいと願っている文学的サークルの中では、社会的関心がとても重んじられているのだ。「私はいつだって読者の気をひくものを強調できる」とつぶやいた。そう、これこそいい主題だ！　まちがいない！　興奮のあまり、指がタイプライターの上で、キーにふれないまま動いた。それからいきなり、猛烈な速さでタイプしはじめた。

「ロット・モータンは」とタイプは記録した。「犬を呼んだ。」その後、唐突な空白がきた。ミス・ウィラートンはいつでも書き出しの文章がいちばんいい。いつも言っている。「書き出しの文章は閃光のようにやってきます。まったく閃光のように！」そう言って指をぱちっと鳴らす。「閃光みたいに！」そして、書き出しの文章から小説を組み立ててゆく。「ロット・モータンは犬を呼んだ。」ここまでは自動的に、すらすらと出てきた。それを読み返して、ミス・ウィラートンは確信した。「ロット・モータン」という名は季節労働者にふさわしいし、さらに、犬を呼ぶというのは、いかにも季節労働者にふさわしい。「犬は耳を立ててロットのほうに近寄った。」ミス・ウィラートンはそう書き上げたとたんにまちがいに気づいた。おなじ節の中に「ロット」が二つある。これは耳障りだ。タイプライターを戻して、二つめの「ロット」に×印を入れ、その上に鉛筆で「彼の」と書き入れた。これで先に進める。「ロット・モータンは犬を呼んだ。犬は耳を立てて彼のほうに近寄った。」犬が二つ続く。うーん。でも、「ロット」が二つ続くほどには気にならない。このままにしよう。

ミス・ウィラートンは「発音芸術」なるものをかたく信じている。人間は目とおなじように、耳でも読むのだと主張する。彼女はこんなふうに表現する。「目は画像をかたちづくります。」以前、愛国婦人会で講演したときにそう言った。「その画像は抽象で描かれます。そして、文学的冒険の成否は」（ミス・ウィラートンは「文学的冒険」という言葉が好きだ）「心の中に創造された抽象と、音の質によって、」（ミス・ウィラートンは「音の質」という言葉も大好きだ）「つまり、耳が感じとる音の質によってきまるのです。」聴覚でとらえなおすと、「ロット・モータンは犬を呼んだ」には、なにか痛烈ですどい調子がある。「犬は耳を立てて彼のほうに近寄った」とつづくことで、この調子は出だしにふさわしいものになっている。

ミス・ウィラートンは考えた。たぶん、これはやりすぎだろう。だが、季節労働者といえば泥の中をころげまわることが期待されるのだ。それはちゃんとわかっている。季節労働者をあつかった小説を読んだことがあるが、登場人物たちはおなじくらいひどいことをしていた。もっとひどいことをする話が、全体の四分の三を占めていた。ミス・ウィラートンの机の引き出しをかたづけていたルシアがその本をみつけ、偶然あけたところを飛ばし読みした後、親指と人差し指で本をつまみ、暖炉に放りこんだ。「ウィリー、今朝あんたの引き出しをかたづけていたら、本をみつけたの。きっとガーナーがいたずらで入れたんでしょうね。」ミス・ルシアがあとからそう言った。「ひどい本よ。でも、ガーナーはああいう人だからしかたないわ。私が燃やしておいたからね。」それから、くすくす笑いながらつけくわえた。「まさかあんたの本じゃないでしょうね。」もちろん自分の本にきまっていたが、ミス・ウィラートンはそれを言うのにためらいがあった。図書館で借りるのがはずかしかったので、わざわざ出版社に注文したのだった。郵送料こみで三ドル七十五セントした。それに、終わりの四章はまだ読んでなかった。とはいえ、少なくとも、ロット・モータンが犬といっしょに泥の中をころげまわってもおかしくないと言いきれるくらいは、その本から吸収していた。主人公を泥の中でころげまわらせれば、さらに大きく読者の気をひけるだろう。「ロット・モータンは犬を呼んだ。犬は耳を立てて彼のほうに近寄った。彼は動物の短いやせた耳を引っぱり、犬といっしょに泥の中をころげまわった。」

ミス・ウィラートンは椅子に寄りかかった。なかなかいい出だしだ。今度は行動を計画する。もちろん、女がいなくてはならない。ロットがその女を殺すのはどうだろう。いつでもごたごたを引きおこすようなタイプの女。浮気な性格のせいで男を刺激して、殺人に走らせることにしようか。それからたぶん、男は良心の呵責に苦しむ。

ことがそう進むとすれば、この男は道徳規準をもつ人でなければならない。まあ、道徳規準をもつ人を書くのはむずかしくはない。さて、話にかかせない、愛をめぐる利害関係の中に、どうやって道徳規準のことを書きこんだらいいものか。とても暴力的で自然主義的な場面がいくつか必要だ。季節労働者階級にかかわる小説につきものの、サディズム的な場面を入れなければ。これは問題だ。だが、ミス・ウィラートンはこういった問題をかかえるのがたのしい。情熱的場面を考え出すのがいちばんたのしい。だが、それを書く段になると、いつでも妙な気分になり、家族がもし読んだらなんと言うだろうと思ってしまう。ガーナーは指をぱちんと鳴らし、あらゆる機会をとらえて目くばせしようとするにちがいない。バーサはなんてひどい、と思うだろうし、ルシアはあのばかみたいな声でこう言うだろう。「ウィリー？　あんた、なにか隠しごとをやってるの？」それからいつものくすくす笑いだ。だが、ミス・ウィラートンは今はそういうことを気にしていられない。登場人物の人間像をかたちづくらなくてはならないのだ。ロットは背丈はあるが前かがみで、髪はぼさぼさで、目には悲しみをたたえている。日焼けした首と大きなふるえる手をしているのに、目つきのせいで、紳士のように見える。きれいな歯並びで、気性が激しいことを示す赤毛、ということにしよう。服はくたびれているが、自分の皮膚の一部のようになにげなく着こなしている。そこでミス・ウィラートンは考えた。結局、彼は犬といっしょに泥の中をころげまわったりしないほうがいいのかもしれない。女はまあ、そこそこの美人にしておこう。黄色の髪、太い足首、泥色の目。

女は小屋で夕食をつくる。ロットはすわって、かたまりだらけの小麦粥を食べる。女は手抜きをして、粥に塩を入れてない。食べながら、ロットはなにか大きなこと、遠いことを考えている。雌牛をもう一頭手にいれるとか、ペンキで塗った家とか、きれいな水を汲める井戸、さらには自分の農場とか。女はしきりに不平を訴える。薪を十分取ってきてくれないとか、背中が痛むとか。女はすわりこんで、酸っぱい小麦粥を食べているロットを見つめ、食べものを盗んでくるだけの度胸もない男だとののしる。「あんたなんて、つまらない乞食とおんなじなんだから！」そこでロットは女に静かにしろと言う。「だまれ！　おれはせいいっぱい働いてるんだ。」女は目をぐるぐるさせてあざ笑う。「あんたなんて、ちっともこわくはないさ。」そこでロットは椅子を引いて立ちあがり、女に向かう。女はテーブルにあるナイフをつかむ。——この女はなんてばかなんだろうとミス・ウィラートンは思う——女はナイフをかまえて後ずさりする。ロットは飛びかかるが、女は野生の馬のように身をかわす。それから二人はまた、面と向かいあう。互いへの憎しみでいっぱいの目。体が揺れる。ミス・ウィラートンは外のトタンのひさしに落ちる一秒一秒の音がきこえるような気がした。ロットがまた女に飛びかかる。だが女はナイフをかまえ、ロットを突き刺そうとする。ミス・ウィラートンはもうがまんできない。後ろから女の頭をなぐりつける。ナイフが手から落ち、立ちこめた霧が女の姿を消し去る。ミス・ウィラートンは向き直ってロットに対する。「熱い小麦粥をいかが？」料理用ストーブへ行き、清潔な皿に白くてなめらかな小麦粥を入れ、バターをそえる。

「わあ、ありがとう。」そう言ってロットはほほえみかけ、きれいな歯並びを見せる。「いつでも上出来の粥だね。それはそうと、おれは考えていたんだ。雇われはもうやめて、ちゃんとした自分の農場を手に入れよう。今年収穫があがれば、雌牛を手に入れて、そこからはじめる。そうやって未来が開けてゆくのを、想像してみてくれよ、ウィリー。」

ウィリーは男のとなりにすわり、相手の肩に手をまわす。「やりましょう。どの年よりもいい収穫をあげて、来春にはその雌牛を手に入れるのよ。」

「おまえはいつだって、おれの気持ちがよくわかっているんだね、ウィリー。」ロットが言う。「これまでも、いつもそうだった。」

二人はそのまま長いこといっしょにすわって、おたがいがどんなに理解しあっているかを考えていた。とうとうウィリーが言った。「さあ、食べて。」

食事をすませると、ロットは料理用ストーブの灰を出すのを手伝い、それから、どんな農場を手に入れるかを話しながら、暑い七月の夕方、牧草地を歩いて小川まで散歩をした。

三月の末、やがて雨期がはじまるころには、二人は信じられないほどの成果をあげていた。ここ一カ月というもの、天気がいいあいだにできるだけの仕事をすませておこうと、ロットは毎朝五時に起き、ウィリーは四時に起きて働いた。ロットは言う。たぶん来週中には雨期がはじまる。その前に収穫をすませておかないと、ここ数カ月間やったことが全部無駄になる。それがどういうことを意味するか、二人にはよくわかっている。去年とおなじように、かつがつの暮らしをもう一年つづけることになるのだ。それに、今度は赤ん坊が生まれる。雌牛のかわりに赤ん坊だ。ロットはともかく雌牛をほしがっていた。「子供は食べさせるのにそれほどかからないし、雌牛の乳は子供を育てる助けになるからね。」だがウィリーはゆずらない。雌牛はもっと後でいい。子育てに集中する条件をつくりたい。とうとうロットがゆずった。「たぶん、子供と雌牛と両方もてるくらいの収穫があるだろう。」そう言って、新しく鋤き起こした畑を見に出かけた。まるで、鋤いただけのうねから収穫を予想でもするようだ。

二人はわずかなものしかもっていないが、それでもその年はうまくいった。ウィリーは小屋をきれいに掃除し、ロットは炉と煙出しをつくった。入り口の左右にはペチュニアが咲きほこり、窓の下ではキンギョソウが群れ咲いていた。おだやかな年だった。だが、収穫を前にして二人は心配になっていた。雨期のくる前にとりいれを終えなければならない。「あと一週間あればな。」その夜、帰ってきたロットはつぶやいた。「あと一週間あれば全部かたがつく。手伝ってくれるか？　仕事は体によくないがね、だれも雇うゆとりがないんだ。」

「だいじょうぶよ。」ウィリーは震えのきている手を後ろに隠して言った。「とりいれをやりましょう。」

「今夜は曇りだ。」ロットは暗い調子で言った。

翌日、二人は日が暮れるまで働いた。体が動かなくなるまでやって、小屋にたどりつくとすぐベッドに倒れこんだ。

その夜ウィリーは痛みがはじまったのに気づいた。軽い緑色の痛みで、紫の光がさしている。夢をみているのではないかと思った。頭を左右に動かすと、中でなにかのかたちが単調な音をたてながら大きな岩を砕いていた。

ロットが起きあがった。「具合がわるいか？」ふるえながらたずねた。ウィリーはひじで体を支えて半身を起こしたが、また横になった。「川の近くのアンナを呼んできて」とあえぎながら言った。

単調な音はだんだん大きくなり、かたちは灰色の濃さを増した。痛みははじめのうち、その灰色のかたちと一瞬まじるようだったが、やがてだんだん長くなった。何度も何度も痛みがおそってきた。単調な音は次第にはっきりしてきて、夜が明けるにつれ、雨の音だとわかった。しばらくしてウィリーはかすれた声できいた。「いつから降っている？」

「これで二日だな。」ロットが答えた。

「じゃ、もう駄目なのね。」ウィリーは雫を落とす木々を落ちつきなく眺めた。「運がなかったのね。」

「これで終わったわけじゃないさ。」ロットが優しく言った。「娘が生まれた。」

「あんた、息子がほしかったのに。」

「いや、おれはほしかったんだ。ウィリーを、一人じゃなく、二人ほしかった。雌牛よりずっといい。」ロットはにっこり笑った。「こんなにいいものをもらって、お返しになにをすればいい？」ロットはかがんでウィリーの額にキスした。

「私こそ、なにができる？」ウィリーはゆっくりと言った。「あんたを助けるのに、なにをしたらいいの?」

「ウィリー、スーパー・マーケットへ買いものに行ってくれない?」

ミス・ウィラートンはロットの存在を振りはらった。「な、なんだって、ルシア?」

言葉がうまく出ない。

「あのね、今日はあんたが買いものに行ってくれないかと思って。今週は私がずっと行ったしね。それに今日はいそがしいの。」

ミス・ウィラートンはタイプライターを押しやった。「いいですとも。」きつい調子で言った。「なにを買ってくるの?」

「卵を一ダース、トマトを一キロ、熟れたのをね。それから、あんた、すぐに風邪の手当をしたほうがいいわ。目がうるんでるし、声がおかしいわよ。洗面所にエンピリンがあるから飲みなさい。食料品店では家計用の小切手を使うのよ。コートを着てゆきなさい。今日は寒いから。」

ミス・ウィラートンは目を上に向け、それから宣言した。「私、四十四歳なのよ。自分のことは自分でやります。」

「完熟トマトを買うのよ。」ミス・ルシアが言い返した。

コートのボタンをかけちがえたままで、ミス・ウィラートンは大通りをふらふら歩き、スーパー・マーケットに入った。「さて、なんだったっけ?」とつぶやいた。「卵が二ダース、トマト半キロよね。」野菜の缶詰やクラッカーが並んだところを通りぬけ、卵売り場をめざした。ところが卵がない。サヤインゲンを計っている青年にきいた。「卵はどこ？」

「若鶏の卵しかおいてないんですよ。」青年はサヤインゲンを計りながら言った。

「どこにある？　なにがちがうの？」ミス・ウィラートンがきいた。

　青年はサヤインゲンをいくつか取って戻し、かがんで卵の箱からカートンを一つ取って渡してくれた。「ほんとはちがわないです。」ガムを前歯の上に押し出してからそう言った。「つまり、人間でいえば十代の鶏ってことかな、よくわからないけど。これ、買うんですか？」

「ええ。それからトマトを一キロ。よく熟したのを。」ミス・ウィラートンはつけくわえた。買いものは苦手だ。店員がこんなに恩着せがましい態度をとるのはよくない。相手がルシアなら、この店員もこんなふうにしゃべったりしないだろう。卵とトマトの代金を払うと、いそいで店を出た。スーパーにいるとなぜか気が沈む。

　スーパー・マーケットに入ると気が沈むなんてばかげている。ごくつまらない日常的行動しか、そこにはない。女たちが豆を買ったり、子供がゴーカートに乗って走ったり、カボチャが五十グラム多いとか足りないとか騒ぎたてたり、そんなことからいったい、なにを得るというのか。ミス・ウィラートンはふしぎに思った。自己表現、創造、芸術のための機会など、まったくないではないか。まわりもすべておなじことだ。横町は手に買い物をもった人であふれ、だれもが手にした荷物のことしか考えてない。子供につけた革ひもを引っぱって、祭りのカボチャ提灯を飾ったウィンドウから引き離している女。きっとこれから先も一生、子供を押したり引っぱったりするにちがいない。買い物袋の中身をすっかり路上に落とした女。子供の鼻汁をふいてやっている女。向こうから年とった女がやってくる。孫たちがまわりで飛んだり跳ねたりしている。その後ろからは、見苦しいほどぴったりと体を寄せ合った男女がやってくる。

二人が近づき、通り過ぎてゆくのを、ミス・ウィラートンは鋭い目で見つめた。女は小太りで黄色い髪。足首が太く、泥色の目をしている。かかとの高いパンプスをはき、青い足首飾りをつけて、短かすぎる木綿のドレスに格子縞の上着を着ている。肌には斑点があり、首を突きだしている。そのようすは、前をずっと遠ざかってゆくものの匂いをかごうとしているようだ。愚かな笑顔がずっと張りついている。男は背が高く、疲れてやせている。前かがみで、太くて赤らんだ首の横に黄色の結節がいくつもできている。女と握り合った手はこっけいなくらいふるえている。一、二度、女に向かっていやに感傷的に笑いかける。ミス・ウィラートンは気がついた。男の歯はきれいでまっすぐで、悲しげな目をして、額に吹き出ものがひとつできている。

「うっ。」ミス・ウィラートンは身震いした。

買い物を台所のテーブルに置いて、ミス・ウィラートンはタイプライターの前に戻った。入れてある紙を見た。「ロット・モータンは犬を呼んだ。」と書いてある。「犬は耳を立てて彼のほうに近寄った。彼は動物の短いやせた耳を引っぱり、犬といっしょに泥の中をころげまわった。」

「なんて耳障りなんだろう！」ミス・ウィラートンはつぶやいた。「ともかく、主題としてよくないんだわ」と断定した。なにかもっと色彩豊かなもの、もっと芸術っぽいものが必要だ。長いことタイプライターを見つめた。それからいきなりこぶしをあげ、恍惚とした調子でデスクをこつこつたたいた。「アイルランド人！」叫びをあげた。「アイルランド人がいい！」ミス・ウィラートンはいつでもアイルランド人を敬愛していた。アイルランドなまりはとても音楽的だし、それにアイルランドの歴史はすばらしい！それに人間がすばらしい。あのアイルランド人たち！生気にあふれ、赤い髪で、肩幅が広くて、先の垂れた大きな口ひげをはやしている。

七面鳥

木の枝の中で、銃の鋼鉄がきらりと光った。彼は口をあけず、隅から声を押し出すようにしてうなった。「メイスン、もうあきらめろ。万事休すだ。」メイスンのベルトからは身構えたガラガラヘビのように六丁のピストルが突き出ている。彼はそれらを引き抜いて空へ放り投げた。足下に落ちてきたのを、雄牛の乾いた頭骨のように、ひとつ、またひとつと、後ろのほうへ蹴飛ばした。「げす野郎め。」彼は捉えたやつの足首を縛った綱をぎゅっと引いた。「悪あがきするのもこれが最後だぞ。」三歩後ろへ下がって、銃の照準を相手の目に合わせた。「これでいい。」冷静に、ゆっくりと正確に、彼は言った。「これで……」そのとたん、彼は見たのだ。すこし離れた藪をそっとぬけてゆく、青銅色のもの。藪が音をたて、葉のすきまから、今度は目が片方見えた。頭をおおい、首に沿って垂れ下がる赤いとさかがふるえている。彼はじっとしていた。七面鳥はまた一歩前進して、片足で立ったまま気配をうかがっている。

銃があれば。銃がありさえすれば！　水平に構えて、獲物が今いるその場でしとめてやるのに。鳥はあっという間に藪をすり抜けて、こっちがまごまごしているうちに木に登ってしまうだろう。頭を動かさないまま、目だけを使って、そのへんに石はないかとさがしたが、つい最近掃除したみたいになにもない。七面鳥はまた動いた。半分上げていたほうの足が下がり、翼が足をかくすようにかぶさった。翼が拡がって、ララーにはちゃんと見えた。先のとがった長い羽根の一本一本まで見えた。藪に飛びこんで、手でつかまえたらどうだろう……鳥はまた移動し、翼が上がってまた下りた。

鳥が足を引きずっていると、急に気がついた。こっちの動きをさとられないように気をつけて、ララーはすこし近寄った。鳥の頭がいきなり藪から突き出た。距離は三メートルくらい。頭は振り向いて後ろのほうを見ると、また急に藪の中に引っこんだ。ララーは手づかみにしてやるつもりで腕に力をいれ、指を緊張させて、さらに前進した。やつは足を痛めている。はっきりわかる。たぶん飛べないだろう。鳥はまた頭を見せ、ララーを見て頭を引っこめ、また別の方向に頭を出した。体が片側にかしいで、左の翼を引きずっている。つかまえてやるぞ。この郡全体を追いかけまわすことになっても、かならずつかまえてやる。ララーは藪をかきわけて進んだ。見ると鳥は六メートルほど離れたところにいて、注意深くララーのほうを見ながら首を上げ下げしていた。鳥は姿勢を低くして翼を拡げようとし、すこし横に行ってまた姿勢を低くした。飛ぼうとしているのだ。ララーにはわかっていた。こいつは飛べない。こいつをつかまえてやる。この州全体を追いかけまわすことになっても、きっとつかまえてやる。獲物を肩にかけて家の表玄関を入る自分を想像した。家中の者が出てきて「ごらんよ、ララーが野生の七面鳥をとってきた！　ララー！　そんなすごいのを、いったいどこでとってきたの？」と叫ぶ。

ああ、森でとってきたのさ。みんながよろこぶと思って。

「おまえ、ばかだよ」とつぶやいた。「飛べやしないくせに。もう、つかまえたようなもんだ。」鳥の後をつけようと、ララーはおおきな弧を描いて歩いていた。一瞬、手を伸ばせばとどくと思った。鳥は地面に体をつけて片足を投げだしていた。だが、飛びかかる寸前に、鳥はゆっくりとだがいきなり走りだし、ララーをおどろかせた。後を追って走ってゆくと、二十アールばかりの枯れた綿畑に出た。鳥はそこから柵をくぐって、また別の木立に入っていった。ララーは柵をくぐるのに四つんばいになったが、それでも七面鳥から目を離さず、しかもシャツが破れないように気をつけた。それからまた、猛然と鳥の後を追いはじめた。すこしめまいがしたが、さっきよりもっと早く駆けた。木立で見失ったらもうおしまいだ。鳥は木立の向こう側の藪をめざしている。道路に出るだろう。きっとつかまえてやる。鳥が茂みから首を突きだしたのが見えた。ララーはその茂みをめざした。そこに駆け寄ると、鳥はまた首を出し、あっと思う間に生け垣の下に隠れた。いそいで生け垣をくぐると、シャツが破れる音がし、枝で引っかいた腕のあたりがひやりとした。足を止めて、シャツの袖が破れたところを見た。だが七面鳥はすぐそこにいて、丘のはずれを越え、また開けた場所へ出てゆくところだ。ララーは矢のように駆けだした。七面鳥をとって帰れば、家の人たちはシャツが破れていても気がつかないだろう。ヘインはなにかとってきたことなど一度もない。鳥をとって帰ったララーを見たら、両親はどんなにおどろくだろう。きっと寝てからもベッドでそのことを話題にするだろう。ララーとヘインのことを両親はベッドで話し合う。ヘインはそのことを知らない。一度も目をさまさないから。ララーは毎晩、ちょうど両親が話をする時になると目がさめる。ララーとヘインはおなじ部屋で眠り、両親の寝室はとなりの部屋で、あいだのドアはあけてある。ララーは毎晩両親の話にきき耳をたてる。そのうち父親が子供たちのことを話題にする。「小僧たちはどうしている?」すると母親が、あの子たちのおかげでもうへとへとだと言いだす。気にしないほうがいいとわかってはいるけど、ヘインのような子がいたら、心配しないわけにはいかない。あの子は普通じゃない。大人になってもきっとあのままだろう。すると父親が言う。そうだな。つかまって少年院に入れられるなんてことにならなけりゃ。すると母親が、なんてつめたい言いかたをするの、と腹をたて、それからララーとヘインがやるような口げんかがはじまって、ララーはそのまま寝つけなくなることもある。きき終わるといつも疲れたが、それでも毎晩目をさましておなじようにきいてしまう。両親が自分のことを話しだすと、よくきこえるようにベッドで体を起こす。ある時、なぜララーはひとり遊びばかりするのかと父親がたずねた。母親は、そんなこと、私にわかるもんですか、ひとりで遊びたいのなら、それで別にいいじゃないの、と言った。すると父親が、おれは心配だと言い、母親は、そんなつまらないことを心配するなら、やめたほうがましだと言った。そんなことより、売春宿でヘインを見かけたって人がいるのよ。そんなところには行くんじゃないって言ってくれたの？

翌日、父親がララーに、このごろはなにをやっているのかとたずねた。「ひとり遊びさ」と答えて、ララーはわざと片足を引きずりながらその場を離れた。父親はさぞ心配そうな顔をしていたのだろう。七面鳥を肩にかけて家に帰ったら、父親はたいしたものだと思うにちがいない。その七面鳥は道路に飛びだして側溝をめざした。鳥は溝に沿って走り、ララーは快調に間をつめていったが、路面に盛り上がった木の根につまずいてころび、ポケットの中身がこぼれ落ちた。ひろい集めなくてはならない。立ちあがった時には鳥の姿はなかった。

「ビル、おまえは武装隊を率いて南渓谷を下れ。ジョー、おまえは渓流を渡って先回りをしろ。」ララーは大声で手下に命令した。「おれはこっちから追跡する。」それからまた溝に沿って駆けだした。

七面鳥は溝の中にいた。十メートルほど先で、地面に首をつけそうなくらい参っていた。あと一メートルまでせまったところで、鳥は急に駆けだした。溝がなくなるところまで追いつめると、鳥はまた道に出て、反対側の生け垣の下にもぐりこんだ。生け垣のところで立ち止まって息をつかなければならなかった。七面鳥は垣を抜けて反対側にいた。葉の茂みごしに見ると、首をつけて地面に倒れ、全身で大きくあえいでいる。くちばしがあいて、舌が上下するのまで見える。疲れて動けなくなっている今、生け垣のあいだから手を伸ばせば、つかまえられそうだ。ララーは生け垣にぐっと体を寄せてすきまから手をそっと伸ばし、すばやく尾をつかんだ。向こう側では動く気配がしない。たぶん、死んでいるのだろう。葉の茂みに顔を寄せて向こう側を見ようとした。茂った小枝を片手で押しのけたが、片手ではうまくゆかない。ララーは七面鳥をつかんだほうの手を離し、両手で枝をたわめた。できたすきまから向こうを見ると、鳥はよたよたと逃げてゆくではないか。ララーは生け垣のはしまで走って向こう側にまわった。またつかまえてやる。やつがすばしこいなんて、考える必要もないのだとつぶやいた。

鳥は畑をジグザグに横ぎって、森をめざしている。森に入られてはたまらない！ つかまえられなくなる！ 全速力で後を追った。鳥から目を離さずに走るうち、いきなりなにかが胸にぶつかって、息ができなくなった。仰向けに倒れ、胸の痛みを気にして七面鳥のことは頭から消えた。左右でなにか揺れる中で、しばらくそのままの姿勢でいた。やがて、ようやく立ちあがった。走ってきて衝突した木が目の前に立っていた。ララーは顔と腕を両手でさすった。掻き傷が痛みだした。あの鳥を肩に掛けて家に帰るところだったのに。家中の人が飛び上がって叫んだことだろう。「おやまあ、ララーをごらんよ！　野生の七面鳥なんぞ、どこでとってきたの？」父親はきっとこう言っただろう。「いやあ！　こんなのは今まで見たこともない。じつにりっぱな鳥だ。」ララーは足下の石を蹴った。もう七面鳥は見つからないだろう。つかまえられないのなら、だいたいなんだってあんなものを見たのだろう。

だれかに意地悪をしかけられて、だまされたような気がする。

あれだけ走ったのに、なにもならなかった。ララーはふくれ面で、ズボンの裾と靴のあいだからのぞく自分の白い足首を眺めた。「まぬけ」とつぶやいた。腹ばいになって、ほほを地べたにつけた。よごれたってかまうものか。シャツが破れ、腕に掻き傷をつくり、額にこぶができた。すこし腫れてきたのが感じられる。そのうち大きなこぶになるにきまっている。だのに、結局なにもならなかったのだ。地べたは冷たくて気持ちよかった。だが、角のある石が痛かったので、また仰向けになった。ちくしょうめ、と思った。

「ちくしょうめ。」ララーは用心深く声に出してみた。

ちょっと間をおいてから、今度はただ「ちくしょう」と言った。

それから今度は、ヘインがやるように、母音を引っぱる言いかたから目つきまでまねをしてみた。いつだったか、ヘインは「神さまのばか！」と言った。すると母親が後を追いかけていってこう言った。「そういう言葉は二度とききたくないわ。主なる汝の神の名をいたずらに口にすべからず、ですよ。わかった?」ララーの知るかぎり、ヘインはそれ以来そういうことは言っていない。いいぞ! 母さんはあの時、ぼくに向かっては禁じなかった。

「神さまのばか」とララーは口にした。

じっと地べたを眺め、土の上に指で輪を描いた。「神さまのばか」と、もう一度言ってみた。

「神さまのくそったれ」と、小声で言った。そのとたんに顔がかっと熱くなり、胸がどきどきした。「神さまのちくしょう、くそったれ。」きこえないくらいの小声で言ってみた。肩越しに後ろを見たが、だれもいない。

「神さまのちくしょう、くそったれ。エルサレムからわざわざきやがった、ご立派な主よ。」叔父がそう言っているのをきいたことがあった。

「父なる神さまよ、主よ、庭からニワトリを追っ払え。」そう言うとララーはげらげら笑いだした。顔が真っ赤になった。起き直って、ズボンの裾と靴のあいだからのぞく自分の白い足首を眺めた。自分の体ではないような気がした。足首を手で握り、ひざを起こして、あごをひざにのせた。「天にましますの父よ、このきたならしい世界をなんとかしやがれ。」言ってからまた、げらげら笑った。うわ、母さんにきかれたら、頭を一発やられるな。神さまのくそったれ、母さんがぼくのくそったれ頭に一発くらわす。ララーは笑いの発作におそわれてうつむけに転がった。神さまのくそったれ。母さんはぼくを裸にして、くそったれ鶏を絞めるように、ぼくのくそったれ首を絞めるんだ。笑いすぎて脇腹が痛い。笑うまいとするのだが、「くそったれ首」と思うだけで、また笑いだしてしまう。仰向けになり、顔を赤くし、笑いすぎで力が抜けたまま、「母さんがぼくのくそったれ頭に一発くらわす」と思うのを止められずにいた。ひとりごとで何度もおなじ言葉をくり返しては笑ったが、そのうちくり返しても笑わなくなった。もう一度言ってみたが、笑えない。また言ってみたのだが、笑いは戻ってこない。あれだけ追いかけたのに、なにもならなかった。ララーはまたそのことを考えはじめた。もう家へ帰ろうか。なんだってこんなところにすわりこんでいるんだ？　急に、人に笑いものにされているような気がした。ちくしょうめ、と言ってやった。立ちあがると、自分を笑うだれかの足を蹴りつけて言った。「ばかやろう、これでもくらえ！」それから近道を通って家に帰ろうと森に入っていった。

玄関につくなり、家の人たちが大声で言うだろう。「シャツが破れるなんて、なにをやったの？　どうして額にこぶができたの？」穴に落ちたと言うつもりだった。だが、そう言ったとして、どんなちがいがある？　そうだとも、神さまのばか、どんなちがいがあるっていうんだ？

ララーの足は止まりそうになった。そういう調子でものを考えたことは、これまで一度もなかった。もう一回おなじように考えてみようか？　とてもよくない考えかたのような気がする。えいくそ。だって、ぼくはそういうふうに感じたんだ。だからしようがないじゃないか。ララーはそのことを思いめぐらしながらしばらく歩いた。急に気がついた。もしかすると、自分は「悪く」なりかけているのじゃないか。それがヘインの通った道だった。ヘインは賭けごとをやり、煙草を吸い、夜中の十二時半に帰ってきて家に忍びこみ、あきれたことに、そういうことをする自分をたいしたものだと思っているのだ。「手の打ちようはないね」と、祖母が父親に言ったことがあった。「そういう年ごろなのだよ。」そういう年ごろ？　どういうことだ？　ララーは不審に思った。ぼくは十一歳だ。まだずいぶん若い。ヘインが今のようになったのは十五歳の時だった。ぼくのほうがもっと悪いらしいぞ、と思った。戦うべきなんだろうか、と思った。祖母はヘインと差しで話をして、悪魔に打ち勝つただひとつの方法は、戦うことだと言った――もし戦わないなら、私はもう、おまえのことを孫だとは思わないからね――ララーは切り株に腰かけた――見ていてあげるから、もう一度やってごらん、そうしたいだろう？　するとヘインはお断りだね、さっさと消えろよと祖母をどなりつけ、そうすると祖母は、おまえが愛してくれなくたって、私のほうはやっぱりおまえを愛しているし、おまえもララーも、私のかわいい孫なんだよ、と言った。いやだ、ぼくはごめんだ、とララーは反射的に思った。そんなのいやだ。悪魔との戦いとか、愛とか、そういうものを押しつけられるのはいやだ。

よーし、おばあちゃんがひどいショックを受けるようなことをしてやろう。スープの皿に入れ歯をおっことすくらい。ララーはげらげら笑いだした。今度おばあちゃんがパーチージ・ゲームをやろうと誘ったら、お断りだね、神さまのくそったれ、もっとましなゲームを知らないのか、と言ってやろう。さっさとくそったれトランプを出せよ。こっちが教えてやる。ララーは地面をころげまわり、息がつまるほど笑った。「ウィスキーを飲もうぜ」と言ってやる。「酒くさくなってやる。」おばあちゃんはびっくり仰天してひっくりかえるだろう！　顔を赤くしてにやにやしながら地べたにすわり、時どき発作をおこしたようにひいひい笑った。前にきいた牧師の言葉を思いだした。今の時代は、青年たちが大挙して悪魔の導く方に進んでいる。まっとうな道を離れ、サタンが用意した道をたどる。後で後悔するのだ、と牧師は言った。泣き、歯がみして悔いるのだ。「泣き」とララーはつぶやいた。男は泣いたりしない。

歯がみってどういうことだ？　ララーは顔をゆがめ、上下の歯をぎりぎりいわせてみた。何度かやってみた。

盗みだってしてやる。

無駄に七面鳥を追いかけたことを思った。あれはぺてんだ。そうだ、宝石泥棒になってやろう。あれは頭がよくてすばしこい。ロンドン警視庁全員に追跡されたって平気だ。ちくしょうめ。

ララーは立ちあがった。神さまのばか。顔にとさかだのなんだのくっつけて、午後中追いかけさせて、無駄骨を折らせるなんて。

神さまのことをそんなふうに思うのはよくないけど。それでも、そんなふうに感じるのだ。そう感じるのだからしかたないじゃないか。だれかが藪にかくれているような気がして、ララーはすばやくあたりを見まわした。つぎの瞬間、ぎくりとした。

灌木の茂みのはずれに、ひだ飾りのついた青銅色のかたまりがころがっている。赤い頭をぐったりと地面につけている。思考力が停止したまま、ララーはじっとそれを見つめた。やがて、目を疑うように前かがみになった。さわる気はしなかった。なぜ今、すぐ手のとどくところにいるのか？　さわる気はしない。そこにそうやってのびていればいい。その鳥を肩にかけて家の中を歩きまわる自分のようすが、また頭に浮かんできた。ララーが七面鳥をとってきたんだよ！　まあ、ララーを見てごらん！　鳥のそばにしゃがんで、手をふれずに眺めた。羽根の具合が変だったが、どうしてだろう？　羽根の端をつまんでもち上げ、裏側を見た。血だらけになっていた。撃たれたのだ。四キロ半はあると見当をつけた。

やったぜララー。こんなに大きい七面鳥だ。肩にかけたらどんな感じだろう。考えてみると、これはやっぱり、自分のものにするめぐりあわせなのかもしれない。

ララーが七面鳥を獲ってきてくれたのよ。森でつかまえたの。死ぬまで追いつめたのよ。ほんとに、この子は並はずれた子だこと。

ぼくは並はずれた子だろうか。突然ララーはそう考えた。

その考えはいきなり襲ってきた。自分は……並はずれた……子。

ヘインよりも並はずれてはいるさ、と思った。

ヘインにくらべてものごとがわかっている分だけ、心配ごとも多いわけだ。

夜、となりの部屋の話をきいていると、両親が今にも殺し合いになるかと思うほど激しく言い合いをすることがある。翌朝、父親は早く出かけ、母親は額に青い静脈を浮かせ、天井から蛇が落ちてくるのを今か今かと待っているような、いらいらした顔をしている。自分はとても並はずれた子供なんだ、とララーは思った。七面鳥がそこにいるのは、たぶんそのせいなのだ。ララーは自分の首を手でこすった。これは、ぼくが悪い道に進むのを引き止めるためなのだ。神さまがぼくを引き止めようとしているのだ。

起きあがって最初に目をやる、まさにその場所に、神さまが七面鳥を打ち倒しておいたのだろう。

神さまは今、あの茂みの中にいるのかもしれない。ぼくが決心するのを待っているのかもしれない。ララーは顔を赤くした。神さまは、ぼくのことをとても並はずれた子だと思うだろうか。きっとそうにちがいない。急に赤くなってにやにやするのを止めようと、いそいで顔をこすった。鳥をとっておけとおっしゃるなら、よろこんでいただきますよ。七面鳥を見つけたことそのものが、なにかのしるしなのだろう。神さまはぼくが説教師になることをお望みなのかもしれない。ララーはビング・クロスビーやスペンサー・トレイシー（二人とも映画で、少年たちを指導する、魅力のある神父の役を演じた）のことを考えた。悪の道に行きかけている少年たちを引き止める役を、自分は果たせるかもしれない。ララーは七面鳥をもちあげた。ずっしりと重かった。肩にかけた。こうして鳥を肩にかけた自分の姿を見たいと思った。そうだ、遠回りをして、町を通って家に帰ろう。時間はたっぷりある。肩にうまく乗るように七面鳥の位置をずらしながら、ゆっくり歩きだした。七面鳥を見つける前に思っていたことが頭によみがえった。あれはかなりひどかったな、と思った。感謝しなくては。

手遅れにならないうちに、神さまが止めてくださったのにちがいない。

ほい、手下ども、とララーは言った。この七面鳥をもって帰って夕食にするぞ。神さまのおかげです、ありがとう。ララーはそう神に言った。これは四キロ以上ありますよ。神さまって物惜しみしないいんですね。

いいんだよ、と神が言う。ききなさい。少年たちについて話しあわなくてはならない。

少年たちはまったくおまえの手のうちにあるのだ。わかるかね？　この仕事をすべておまえにゆだねる。おまえを信頼しているよ、マクファーニー。

大丈夫ですとも、とララーは答える。きっと成功してみせますよ。

七面鳥を肩にかけて、ララーは町へ入っていった。神さまのためになにかしたいのだが、なにができるのかわからない。アコーディオンを弾いて物乞いをしている人がいたら、今日は十セント硬貨をやろう。それしかもっていないのだが、やってしまおう。だが、たぶん、もっといいことを思いつけるかもしれない。十セントはなにか別のことのためにとっておこう。おばあちゃんが十セントくれるかもしれない。ぼうや、くそったれお小遣いをあげようか？　にやっと笑いそうになる口を、敬虔な表情に引き締めた。もうそんなふうに思うのはやめたのだ。ともかく、おばあちゃんからお金を引きだすことはできない。母親から、今度おばあちゃんにお金をねだったら鞭でたたきますよ、と言われているのだ。たぶん、神さまのためにできることが、なにか見つかるだろう。神さまは、してほしいことがあればきっと示してくださるはずだ。

ララーは商店街に入ってゆき、自分が人びとの注目を集めているのを横目で確かめた。マルローズ郡の人口は八千人。土曜日のことだし、このティルフォード町の商店街にみんな出かけてくる。ララーが通るとみんなふりかえって見る。ララーは店のショーウィンドウに映る姿を見て、七面鳥の位置をちょっとずらし、また足早に進む。だれかが呼ぶ声がしたが、きこえないふりをしてさっさと進む。呼びかけたのは母親の友達のアリス・ギルハードだ。用があるなら追いついてくればいい。

「ララー！ まあおどろいた。その七面鳥、どこでつかまえたの？」いそいでやってきたアリスに肩をつかまれた。「なんてすごい鳥だこと。あんた、射撃がうまいのね。」

「撃ったんじゃないよ。」ララーはつめたく言った。「つかまえたんだ。死ぬまで追いつめたんだ。」

「なんてまあ！ あんた、私をこんなふうに追いつめて、つかまえたりしないでちょうだいね。」

「時間があればやるかもしれないよ。」ララーが言った。このおばさん、自分のことをとてもきれいだと思っていやがる。

二人づれの男がやってきて、七面鳥を見て口笛を鳴らした。鳥を見せようと、横町にいるだれかを大声で呼びたてた。また別の母親の友達が足を止めた。道路の縁石にすわっていた田舎の少年たちが立ちあがって、関心なさそうなふりをしながら七面鳥を見ようとした。狩猟服を着て銃をもった男が立ち止まった。ララーを見て、それから後ろへまわり、七面鳥を眺めた。

「重さはどれくらいあると思う？」知らない女の人がたずねた。

「少なくても四キロ半。」ララーは答えた。

「追いかけた時間はどのくらい？」

「一時間くらい。」ララーが答えた。

「ちくしょう、まるで小鬼だ。」狩猟服の男がつぶやいた。

「なんてすごいこと。」女の人が言った。

「一時間くらいかな。」ララーが言った。

「疲れたでしょう？」

「疲れなかった。もう行かなくちゃ。いそいでいるんで。」ララーは考えごとをしているような表情をつくり、足を止めた人たちから見えなくなるあたりまで早足で歩いた。すばらしいことがこれから起こるか、起こったかしたように、全身があたたかくていい気持ちだった。ふり返ってみると、田舎の少年たちが後をつけてくるのが見えた。あの子たちが追いついて、七面鳥を見せてくれと言えばいいな、とララーは思った。神さまはすばらしいにちがいない。いきなりそう感じた。神さまのためになにかしたい。アコーディオンを弾いたり、鉛筆を売ったりしている人は一人も見かけないまま、商店街を通り抜けた。住宅地につく前に一人くらいはいるだろう。もしいたら、十セント硬貨をやってしまうのだ。しばらくはもらえるあてはないけれど、やってしまうのだ。ララーは物乞いが見つかるように願いはじめた。

田舎の少年たちはまだ後をつけてくる。立ち止まって、七面鳥を見たいのかと声をかけてやろうか。だけど、あの連中はきっと、だまってこっちの顔を見ているだけだろう。あれは小作人の息子たちだ。話しかけても、だまってじろじろこっちを見ることが多いのだ。小作人の息子たちの収容施設をつくってやってもいい。町に戻って、物乞いを見落としていないか確かめようかとも思ったが、まだ七面鳥を見せびらかしたがっていると思われるのがいやで、やめておいた。

神さま、物乞いをおつかわしください。ララーはいきなり祈った。家につく前に一人おつかわしください。これまでは、自分から祈ったことは一度もなかった。これはいい思いつきだ。神さまはあそこに七面鳥を置いてくださった。今度は物乞いをつかわしてくださるだろう。ララーはヒル通りにさしかかった。この通りには住宅があるだけだ。ここに物乞いがいたりしたらおかしい。歩道には小さい子供たちと三輪車のほかはなにもない。ララーはふり返った。田舎の少年たちはまだついてくる。心を決めて、歩く速度をゆるめた。こうすればあの連中が追いついてくるし、物乞いが現れるまでの時間がかせげる。もしくるとすればの話だが。ほんとうにくるのだろうか。もしきたら、神さまがわざわざ寄り道をしてさがしてくれたということだ。神さまがほんとうに自分に関心をもってくれていることになる。物乞いが現れなかったら、と思うと、急にこわくなった。すばやく全体におよぶ恐れだった。

物乞いは現れるさ、と自分に言ってきかせた。ぼくはとても並はずれた子だから、神さまは関心をもってくれるのだ。ララーは歩きつづけた。今、道にはだれもいない。物乞いは現れないらしい。神さまはぼくを信用していないらしい――いや、そんなことはない。神さま、どうか物乞いをおつかわしください！　ララーは強く祈った。顔をしかめ、全身に力をこめて言った。「どうかお願いです！　今すぐ物乞いを！」そのとたん、ヘティー・ギルマンが前方の角を曲がって、まっすぐにララーのほうへ歩いてきた。

ララーは森の中を走っていて木に衝突した時のように感じた。

ヘティー・ギルマンはまっすぐこっちへ向かってくる。七面鳥がすぐそこに倒れていた時とおなじようだ。まるで、ララーが通りかかるまで、道のかどにかくれていたみたいだ。みんなの話では、ヘティーばあさんはもう二十年も物乞いをやっているのだから、町中のだれよりも金を貯めこんでいるという。だまって人の家に入りこみ、なにかもらうまで出てゆかない。ほどこしをしないと、その人を呪う。とはいうものの、やっぱり物乞いにはちがいない。ララーは足を早めた。ポケットから十セント硬貨を取り出した。これで準備はできた。胸がどきどきした。声が出るか確かめようと、せき払いをした。すれちがう時、ララーは手をのばして叫んだ。「ほら！　あげるよ！」

ヘティーばあさんは背が高くて顔が長く、年代ものの長いマントを着ていた。肌の色は死んだニワトリの皮みたいだ。ララーを見たとたん、なにかいやな匂いをかぎつけたような顔をした。ララーは突進して十セント硬貨を相手の手にねじこむと、後も見ずに駆けだした。

ようやく動悸が鎮まると、新しい感じが満ちてくるのがわかった。幸せでもあり、同時に照れくさくもある感じだ。たぶん、とララーは顔を赤くしながら思った。ぼくの金をぜんぶあの人にあげてもかまわない。足の下の地面だって、もうなくなってもかまわない。急に気がついた。例の田舎の少年たちが、足を引きずりながら、すぐ後ろまで追いついてきている。後先を考えずに、ララーはふり返って寛大に声をかけた。「みんな、この七面鳥を見たい?」

少年たちは立ち止まってララーの顔をじっと見た。いちばん前にいるやつがつばを吐いた。ララーはすばやく地面に目をやって、吐いたものを見た。ほんものの嚙み煙草の汁だ!「おめえ、その七面鳥をどこでとってきた?」嚙み煙草のやつがたずねた。

「森の中で見つけたんだ。死ぬまで追いつめたんだ。ほら、翼の下を撃たれている。」ララーは七面鳥を肩からおろして、みんなに見えるようにぶらさげた。「二発撃たれてるみたいだ。」ララーは興奮してそう言うと、翼を持ち上げてみせた。

「よく見るからこっちによこしな。」嚙み煙草のやつが言った。

ララーは七面鳥を渡した。「ほら、そこに弾の傷があるだろう? おなじところを二度撃たれたらしいんだ。それはつまり……」七面鳥の頭がララーの顔をかすめた。嚙み煙草のやつが勢いよく鳥を自分の肩にほうり上げて、くるっと向きをかえた。ほかの連中もいっせいに向きをかえ、もときたほうへぶらぶらと立ち去っていった。七面鳥は嚙み煙草のやつの背中で硬く突っ張り、頭だけがゆっくりと揺れていた。

足が動くようになった時には、少年たちはもうララーを一区画引き離していた。遠くなって、とうとう後ろ姿も見えなくなったことを、ララーは認めないわけにはゆかなかった。這うようにのろのろと家に向かった。四区画歩いたところでいきなり、もう暗くなってきているのに気がついて、走りだした。走って走って、家に向かう最後の曲がりかどまできた時、心臓が足の動きとおなじくらい早くなっていた。ララーにははっきりわかった。腕に力を入れ、今にもつかみかかろうと指をかまえて、おそろしいなにものかが後ろから迫ってきていた。

　ポーターのことを考えていたら、寝台車の自分の場所を忘れそうになった。そう、上段だ。駅で指定券を買う時には、下段がありますよと言われたのだが、ヘイズはそこで、上段はないのかときいたのだ。駅員は、そっちのほうがいいならもちろんありますよと言って、上段の切符を渡した。ヘイズは座席にもたれて見上げ、頭の上がどうなっているかをたしかめた。上段のベッドが天井に押しつけてあって、カーブをなしている。寝る時にはあれを引き下ろすとベッドになるわけだ。上るにははしごを使う。はしごはそのへんに見あたらない。物入れにしまってあるのだろう。車両の中に入ったところに物入れがあった。乗ったとき最初に、ポーターが制服を着て物入れの前に立っているのを見た。ヘイズはその場で立ち止まったのだ。まさにそのポーターがいる場所で。頭の曲げかたといい、首の後ろ側のようすといい、腕の短さといい、そっくりだ。ポーターは物入れから向きなおってヘイズを見つめ、ヘイズは相手の目を見た。目もそっくりだ。はじめの印象ではキャッシュじいさんにそっくりだったのが、やがてそうではなくなった。見ているうちにだんだん似ていなくなり、きつい無表情な目つきになった。

「な、何時ごろにベッドをおろすんですか？」ヘイズはもごもご言った。

「まだまだ先ですよ。」そう言うとポーターはまた物入れのほうに向いて働きはじめた。ほかになにを言ったらいいかわからないまま、ヘイズは指定された自分の場所に行った。

列車は速度を増して、木々は灰色になって飛び去り、野原はすばやく後ろに流れてゆき、空だけが動きがなく、進行方向と逆の側からだんだん暗くなってきている。ヘイズは頭を座席にもたせ、窓から外を眺めた。列車の黄色い光が自分の姿をなまあたたかく照らすのが映った。例のポーターは二度通った。二度後ろに行き、二度前に行った。二度めに前に行く時、一瞬ヘイズの顔をじっと見つめ、それからなにも言わずに行ってしまった。さっきとおなじように、ヘイズはポーターの後ろ姿を見送った。歩きかたまで似ている。

渓谷地帯の黒人はみんな似ているのだ。頑丈ではげていて、全身が岩のようだ。キャッシュじいさんが元気なころは体重が九十キロあった。脂肪なしで筋肉ばかりだ。身長は一メートル五十六センチを越えたことはない。ヘイズはあのポーターと話してみたかった。おれはイーストロッドからきたと言ったら、あの人はなんと言うだろうか？　ほんとうに、なんと言うだろう？

列車はエヴァンスヴィルに停車した。女性客が一人乗ってきて、ヘイズの前にすわった。つまり、この人が下段ベッドを使うわけだ。雪になるかと思いましたよ、とその女性客は話しかけてきた。夫が車で駅まで送ってくれて、家に帰りつくまでにきっと雪になるだろうと言いましてね。家から駅までは十六キロ。郊外に住んでいます。フロリダにいる娘のところへ行くところでしてね。そんなに遠くまで旅行するのははじめてなんです。旅に出ると、つぎからつぎへといろんなことが起こって、時間のたつのが早くて、自分が年とっているのか若いのか、わからなくなりますね。時間にだまされているような気がするんです。眠っている間に二倍も早く時間がすぎたりしてね。ヘイズは話相手ができたのがうれしかった。

子供のころ、母親に連れられてほかの子供たちといっしょに、テネシー鉄道に乗ってチャタヌーガまで出かけたことを思いだした。列車に乗ると母親はいつでも、知らない人たちと話をはじめる。車内を動きまわるようすは、檻から出されたうれしさにあたりを駆けまわり、岩だろうと棒だろうと、行きあうなにもかもをかぎまわって、はあはあ息をする猟犬のようだった。降りるころには、乗り合わせた人たち全部と話をかわしていた。しかも母親はよく憶えているのだった。何年もたってから、あのフォート・ウエストに行くといっていた奥さんはどうしているだろうね、と言ったり、あの聖書売りの奥さんは、無事に退院できただろうか、と言ったりするのだ。母親には人びとに対するあこがれがあった。旅で話しあっただれかに起こったことが、自分にも起こるように受け取っていた。母の旧姓はジャクソン。ヘイズは心の中で言った。

おれの母親はジャクソン。ヘイズは心の中で言った。相手の話をきくのはやめていた。

もっとも、目は相手に向けたままなので、相手のほうはヘイズがずっときいていると思った。おれはヘイゼル・ウィッカーズ。十九歳。母親の姓はジャクソンだった。おれはイーストロッドで育った。テネシー州イーストロッドだ。ヘイズはまたポーターのことを考えた。あのポーターにきいてみなければ。突然ひらめいた。そうだ、あのポーターはキャッシュじいさんの息子かもしれない。キャッシュじいさんの息子は家出した。ヘイズが生まれる前のことだ。ずっと前だが、それでもイーストロッドのことは憶えているだろう。

ヘイズは窓の外に目をやった。黒いとがったかたちのものが通りすぎていった。それをもとに、イーストロッドの夜の景色を思い描こうと、目をとじた。道をへだてて家が二軒、店屋が一つ、黒人の家々、それから家畜小屋があり、牧草地へつづく柵がある。柵は月の光に照らされると白っぽい灰色に見える。ラバの顔を思いだした。しっかりしたイメージだ。柵の上にその頭を配置して、あの夜の感じを出した。ほんとうにそう感じた。夜の気配がそっと自分にふれるような気がした。母親が向こうからくるのが見える。はずしたエプロンで手をふきながら、夜の変化を感じているらしい。家の入り口で立ち止まって呼ぶ。ヘイズィー、ヘイズィー、お入りよ。列車の音がそう言ってくれた。立ちあがってあのポーターをさがしにゆこうと思った。

「お家に帰るところですか？」ミセス・ホーズンがきいた。名前はミセス・ウォーラス・ベン・ホーズンというのだ。結婚する前はミス・ヒチコックだった。

「ああ!」ヘイズはぎょっとなった。「降りる、降りるんです。トーキンハムで。」ミセス・ホーズンは言った。エヴァンスヴィルにいる知り合いのいとこがトーキンハムにいるそうですよ。あなたご存じかもね。名前は……

「おれはトーキンハム出身じゃないんです。」ヘイズは小声で言った。「あそこのことはなにも知らないんです。」相手とは目を合わせずにいた。つぎになにをきかれるかわかりきっていた。ほら、やっぱりきた。「へえ、じゃ、どこ出身なの?」

この女から自由になりたい。「そこはもうなくなったんです」とつぶやいて、座席でもじもじした。それから言った。「トーキンハムはよく知らないんです。行ったことはあるけど……今度行くので三度めです。」早口になった。なにもわからないんです。女性客は体を乗りだしてじっと見つめている。「六歳のときに行って以来で、なにもわからないんです。あの町でサーカスを見たことがあるけど、それでも……」車両の向こうのほうでガチャンという音がして、それが次第に近くなってきた。ポーターがつぎつぎに寝台の用意をしながらやってくるのだった。「ちょっと、ポーターに用があるので」と言って、ヘイズは通路に逃げ出した。ポーターになにを言えばいいのかわからない。そばまで行ったが、まだわからない。「寝台を寝られるようにしているんだね」と言ってみた。

「そうですよ。」ポーターが言った。

「一つすませるのにどのくらいかかる?」ときいてみた。

「七分くらいかかね。」ポーターが言った。

「おれ、イーストロッドからきたんだ。」ヘイズが言った。「テネシー州のイーストロッドだ。」

「この路線じゃないですね。」ポーターが言った。「そこへ行くつもりなら、この列車は乗りまちがいですよ。」

「おれはトーキンハムへ行くんだ。」ヘイズが言った。「イーストロッドで生まれたってことさ。」

「すぐに寝台を用意するんですか?」ポーターがたずねた。

「え? テネシー州のイーストロッド。イーストロッドって、きいたことはないかね?」

ポーターは片側の座席を動かして平らにした。「私、シカゴの者です。」一方の窓の日よけを降ろし、それから別の側の座席を動かした。首の後ろの具合がそっくりだ。かがむと筋肉が三列盛り上がる。シカゴの人か。「通路のまんなかに立っていると、通る人のじゃまになりますよ。」ポーターが急にヘイズのほうを向いて言った。

「どこかにすわるよ。」ヘイズは顔を赤くして言った。

席に戻るあいだ、人びとが自分をじろじろ見ているのに気がついた。ミセス・ホーズンは窓の外を見ていた。向きなおると、うたがい深そうな目でヘイズを見て、それから、まだ雪は降ってないですよね、と言い、くつろいでおしゃべりをする気分になったようだ。主人は今夜、夕食を自分でつくることになるんですよ。たまには自分でつくっても、害にはなりませんからね。男の人には、かえっていい薬だと思いますよ。ウォーレスは怠け者じゃないけど、それでも、一日中家事をして暮らしを保ってゆくのはどういうことか、わかっちゃいませんからね。フロリダに行って、だれかが家事をやってくれたらどんな気持ちになるか、想像もつきませんよ。

あの男はシカゴの人だ。

五年ぶりに出かけてきたんです。五年前はグランド・ラピッドにいる妹のところへ行きましてね。時間のたつのは早いこと。妹はグランド・ラピッドからウォータールーへ引っ越したんですよ。甥や姪たちにいま会っても、とてもわからないだろうと思います。もう父親くらいの背丈になったって、妹が手紙に書いてきましたから。ものごとはどんどん変わるんですね。妹のつれあいはグランド・ラピッドの水道局に勤めていたんです。いい地位にいたんですが、でも、ウォータールーに移ってからは……

「おれ、この前あそこへ帰ったんです。」ヘイズは言った。「町ではあるにしろ、おれはトーキンハムでは降りたくないんだ。あそこはばらばらになって、まるで……」

ミセス・ホーズンは眉をひそめた。「どこか別のグランド・ラピッドのことでしょ。

私の言うグランド・ラピッドは大きな都会で、いつでもちゃんとおなじところにありますよ。」しばらくヘイズを見つめて、それから言葉をついだ。妹の一家があそこにいたころは、いい暮らしをしていたんです。それがウォータールーに引っ越してから、つれあいが急にお酒に溺れるようになって。妹が生活費を稼いで、子供の教育費も見なくちゃならなくなったんです。ほんとに、あの男ときたら、何年も何年も、ただすわっているだけで。

ヘイズの母親は列車の中ではあまりしゃべらなかった。人の話をきいているのだった。母親の旧姓はジャクソンだ。

そのうちミセス・ホーズンはおなかがすいたと言いだし、食堂車に行きませんかと誘った。ヘイズはいっしょに行くことにした。

食堂車は満席で、何人も待っていた。ヘイズとミセス・ホーズンは半時間も列に並び、せまい通路で揺られ、通行人があるたびごとに片側に体を寄せた。ミセス・ホーズンは隣に立つ女性と話しはじめた。ヘイズはばかみたいに壁を眺めていた。一人では食堂車に入る勇気はなかったろう。ミセス・ホーズンに会ってよかった。隣の人としゃべっていなければ、彼女に筋道を通して話してやるところだのに。これが最後の故郷訪問をしてきたところなのだと。あのポーターの出身地はおれの故郷ではなかったと。それでも、故郷の渓谷地帯にいる黒人とそっくりに見えること。キャッシュじいさんの息子のように思えること。食事をしながら話すことにしよう。ヘイズのいる位置からは食堂車の中は見えなかった。中はどんなふうなのだろう？　レストランみたいなんだな、きっと。ヘイズは寝台車のことを考えた。食事がすんで戻るころには、すっかり準備が終わっていて、すぐに横になれるのだろう。息子が寝台車で旅行していると知ったら、母親はなんと言っただろう。そんなことはあるはずがないと言ったにちがいない。列がだんだん入り口に近づいて、中が見えるようになった。都会のレストランとおなじだ！　食堂車がこんなふうだと言っても、母親は決して納得しなかっただろう。

客が出てゆくごとに給仕頭が合図して、列の先頭にいる人を席につかせる。一人の時もあるし、複数のこともある。給仕頭が先頭の二人に合図して、列は前に進み、ヘイズとミセス・ホーズンと、彼女がしゃべっていた女性が先頭になって、食堂車の中をのぞきこんだ。すぐにまた二人出ていった。給仕頭が合図し、ミセス・ホーズンともう一人の女性が入っていった。ヘイズもつづいて入った。給仕頭はヘイズを止めて「お二人様だけです」と言い、入り口に押し戻した。ヘイズの顔は見苦しいほど赤くなった。すぐつぎの人の後ろに入ろうとし、それから列の脇を通って自分の座席へ戻ろうとしたが、通路は人であふれかえっていた。まわりの人たちがいっせいに見つめる中を、しかたなくその場でじっとしていた。なかなか空席ができず、そのままでいなければならなかった。ミセス・ホーズンは二度とヘイズのほうを見ない。とうとう、いちばん奥で女性が一人席を立ち、給仕頭が手で合図した。ヘイズはためらったが、もう一度合図されて、よろめきながら通路を進んだ。途中で二度、テーブルに手をついて体を支え、だれかのコーヒーで手をぬらした。合い席の人の顔は見ないでいた。メニューの最初に書いてあるものを注文し、それがくると、なんだかわからないまま食べた。合い席の人たちはもう食べ終わっていて、ヘイズが食べるようすを見てやろうと待っている。そうにきまっている。

食堂車を出るとがっくり疲れ、両手が自然にぶるぶるふるえていた。給仕頭が席にすわるように合図したのが、もう一年も前のような気がした。車両をつなぐ箇所で立ち止まり、頭をはっきりさせようと冷たい空気を吸った。効果があった。自分の席に戻ると、寝台は全部用意ができていて、通路は濃い緑色に閉ざされ、暗く不気味だった。ヘイズは思いだした。自分は寝台を予約している。上段のほうだ。もう上がって横になっていいのだ。横になって、日よけを少しだけあけ、外を見ることができる。そうしようと計画していたのだ。夜行列車から見る外の景色はどんなふうか、それが見たい。夜が動いているところをそのまま見られるのだ。

ズックの袋をもって男子トイレに行き、寝間着に着かえた。説明書きには、上段に上がる場合はポーターにお命じくださいとあった。ヘイズは突然思った。あのポーターは渓谷地帯の黒人の親戚かもしれない。イーストロッドに親戚はいないかときいてみよう。

いや、ただテネシー州にと言うほうがいいかもしれない。ヘイズは通路を通ってさがしに行った。寝台に上がる時、ちょっと話ができるかもしれない。車両のはずれに行ったところが、そこには見あたらないので、逆のはずれに行ってみた。通路の角を曲がったところで、なにかどぎついピンク色のものとぶつかった。それは息をのみ、それから小声で「間抜け!」と言った。頭にヘア・カーラーを巻きつけてピンクのネグリジェを着たミセス・ホーズンだった。この人のことはすっかり忘れていた。巻き上げた髪が黒っぽい茸のように顔をふちどっている姿は不気味だった。相手はヘイズのわきをすり抜けようとし、ヘイズのほうも通そうとするのだが、何度やっても両方がおなじ側に動いてしまう。彼女の顔は紫色になった。目だけが白く冷たい。体を硬くし、じっと動かなくなって、こう言った。「いったい、どうしたんです?」

ヘイズは彼女をすり抜けて通路を突進し、いきなりポーターと正面衝突した。相手は倒れ、ヘイズも相手の真上に倒れた。倒れたまま顔と顔を突き合わせると、それはやっぱりキャッシュ・シモンズじいさんの顔だった。しばらく上にのったまま、この人はキャッシュなんだ、と思っていた。ごく小さな声で「キャッシュ」と言うと、相手はヘイズを押しのけて立ちあがり、足早に通路を向こうへ行きかけた。ヘイズはなんとか立ちあがると後を追いかけて、上段に上がりたいのだと言った。言いながら、これはキャッシュの親戚なんだ、と考えていた。それから急に、思いがけない方向からなにかを投げつけられでもしたように、これは家出したキャッシュの息子なんだ、と思った。この人はイーストロッドを知っているのだが、そこが好きではなく、そこの話をしたくない。それにキャッシュのことも話したくないのだ。

ヘイズはポーターが上段にはしごを立てかけるのを見つめていた。はしごを上りながらも、まだ見つめていた。やっぱりキャッシュそっくりだ。目つきがちょっとちがうだけだ。はしごの途中で、まだ見つめたまま言った。「キャッシュは死んだよ。豚のコレラがうつったんだ。」ポーターはあんぐり口をあけて、それから目を細くし、じっとヘイズを見た。「おれはシカゴ生まれだ。父親は鉄道員だった。」ヘイズは相手を見つめ、それから笑った。黒人が鉄道「員」だと。また笑った。ポーターがぐいと腕を曲げてはしごをはずしたので、ヘイズは毛布をつかんで寝台にころげこんだ。

ヘイズは腹ばいになり、ころげこんだままの姿勢でふるえていた。キャッシュの息子だ。イーストロッド出身だ。だのにイーストロッドがいやなのだ。あそこを憎んでいる。しばらくのあいだ、腹ばいのまま動かずにいた。通路であのポーターとぶつかってから一年もたったような気がした。

やがて、ほんとうに寝台にいるのだと気がついて、体の向きを変えて見まわした。薄明かりをたよりに窓をさがした。窓はなかった。

列車の側壁には窓がなかった。押し上げて窓をあけるようにはなっていない。壁に隠し窓があるわけでもなさそうだ。側壁には魚を獲る網のようなものがついている。だが窓はない。一瞬、あのポーターがわざとやったのだ、と思った。おれのことがきらいだから、窓がなくて、魚獲りの網がついている寝台をあてがった。だが、どの寝台もおなじなのかもしれない。

寝台の天井は低くて弓なりになっていた。ヘイズは仰向けに横になった。弓なりの頂点が、きちんと合わさっていないようにみえる。閉じかけているところのようなのだ。しばらくじっと動かずにいた。のどに卵の味のするスポンジのようなものがつまっている気がする。夕食で卵を食べた。それがのどでスポンジのような感じになっている。卵がのどにつまっているのだ。のどもとのものを吐きそうで、姿勢を変えたくなかった。あかりを消したい。暗くしたい。仰向きの姿勢のまま、手を伸ばしてスイッチをさぐった。スイッチを押すと暗闇が降りてきた。そのうち、カーテンの下のすきまから洩れる通路の照明で、闇が薄められた。真っ暗闇にしたい。中途半端なのはいやだ。通路の敷物を踏むポーターの足音が、ゆっくりと近づいてきて、緑色のカーテンをちょっと揺し、また遠ざかってきこえなくなった。あの男はイーストロッド出身だ。だのにイーストロッドをきらっている。キャッシュじいさんはあいつとつながりがあると主張したりしないだろう。あいつなんぞいらないだろう。白い制服なんぞ着こんで、ポケットに塵払いのブラシを入れているようなやつはごめんだと言うだろう。キャッシュじいさんの服といえば、岩の下で時間をかけてつぶしたみたいにぼろぼろだったし、黒人らしい匂いがしたものだ。ヘイズはその匂いを思いだした。だが、あのポーターは列車の匂いがする。渓谷地帯出身の黒人はもう、イーストロッドには一人もいない。イーストロッドには。道をまがると見えたものは、闇の中、いや、薄闇の中で釘付けになった店、戸が開いたまま中はからっぽで暗い家畜小屋、半分取り壊された小さい家だった。家はポーチがなくなり、ホールには床がなかった。ジョージア州の軍隊で最後の休暇の時、トーキンハムの姉のところへ行く予定だった。だが、トーキンハムへは行きたくなかった。どうなっているかわかっているのに、イーストロッドへ戻ったのだ。二つの家族は町へ移住し、道の上や下に住んでいた黒人たちも、メンフィスやマーフリースボローなどに移っていた。帰省したヘイズは生家の台所の床に寝た。寝ているところへ、屋根から落ちてきた板が顔に当たって怪我をした。飛び上がって板を手探りでさがした。列車は揺れたり静かになったりしながら走りつづけた。なにか持ってゆくはずのものを忘れていないかと、ヘイズは家の中をさがしてみた。

母親はいつでも台所で寝ていた。だからクルミ材の衣装簞笥は台所に置いてあった。このへんでは衣装簞笥などだれももっていなかった。母親の旧姓はジャクソンだ。三十ドル払って衣装簞笥を手に入れ、値段の張るものを自分用に買うことはそれ以来なかったのだ。その簞笥が置き去りになっていた。大きすぎてトラックに積む余地がなかったろう。引き出しを全部あけてみた。いちばん上の引き出しに荷造り用の紐が二つあって、それ以外はからっぽだった。こんな立派な衣装簞笥が、だれにも盗まれずにあるので、ヘイズはおどろいた。紐を簞笥の脚に結んで、それを床板にくくりつけ、引き出しのそれぞれにこう書いた紙を入れた。「この簞笥はヘイゼル・ウィッカーズの所有。盗むな。盗んだやつは追いつめて殺す。」

簞笥をこうして守ってやれば、母親も安らかに眠れるだろう。夜、この世にやってきたとしても、見えるはずだ。夜中に、あの不安げな顔で道を歩いてきて、開け放しでからっぽの家畜小屋ごしにあたりを見渡し、釘付けになった店の蔭で立ち止まって、それから、ヘイズがすきまごしに見た、例の不安げな顔つきで歩きまわるのだろうか。大人たちが棺のふたを閉じようとした時、ふたのすきまから母親の顔が見えたのだ。ふたの影が顔に落ち、下あごが下がって、長い休息に入ることをいやがっているようだった。躍り上がってふたを押し返し、充足を求めてさまよう霊のように飛び出すかと思えた。それでもみんなは棺のふたを閉じた。母親はあの棺から飛び出すつもりだったのだろう。飛び出すつもりだった。大きなコウモリのようにおそろしいものになって、棺のふたのすきまから飛び出す。飛び出そうとするのに、上からふたが降りてくる。ずっと閉じてきて、閉じつづけて、暗くなる。ヘイズは棺の内側にいた。ふたが閉じてきて、光をさえぎり、部屋をさえぎり、窓から見える木々をさえぎり、ふたのすきまが小さくなる速度がだんだんに増してきて、暗くなる。ヘイズは目をあけて、ふたが閉じかけているのを見た。飛び起きてすきまに体を突っこんだ。体が揺れてめまいがする。通路の敷物が、列車のかすかな照明でだんだん見えてきた。床もめまいをおこしたように揺れている。ヘイズは冷や汗をびっしょりかいて体を乗りだしていた。車両の端にあのポーターがいる。暗い中に白い制服姿が見える。こっちを見ているが、動こうとしない。線路がカーブしているところを通り、ヘイズは列車の活発な静けさへと引き戻された。

解説　生の神秘を描く手法

蜂飼耳

　フラナリー・オコナー（一九二五―一九六四）が好きだと、ある編集者にいったら、「苦手だな、暴力的だしグロテスクだから」と返された。なぜそんなふうに書こうとしたのか、そこのところに意味があると思う、と重ねたのだが、相手は首を横に振るばかりだった。確かに、ある種の異様さや暴力が作品に繰り返し描かれていることは事実だ。そうした場面を描くことに興味の中心があったからだろう、と浅薄な受け取られ方をした場合、オコナーの価値は見過ごされてしまうにちがいない。

　オコナーが作家であることと米国南部に生きるカトリック教徒であることは、分かち難く結びついている。それを知っていることは作品を読むときの助けになると思う。人間の悪を、悪として徹底的に見据え、いびつなものはいびつなまま差し出す。それがオコナーの方法なのだ。とはいえ、この作家の視線の在り方が、冷酷だとか残酷だとかいうことではない。むしろ、なまぬるい人情で折り合いをつけようとする手法などよりもずっと深い愛に満ちている。感傷とは無縁の書き手であり、自身に厳しい。

小説についての論考「物語の意味」(『秘義と習俗』春秋社)で、オコナーは次のように述べている。「短編小説家に特別の問題は、自分の描く劇的行為をとおして、どのようにしたらできるだけ多く生の神秘を露わにできるかということである。それをするのに、使えるスペースは小さいし、意見を形で表わすこともできない。作家は、言うのではなく、示すことによってそれをしなければならないのだ。すなわち、具体的なものを示すのだが、その結果、作家の問題は、いかに具体的なものを使いこなして相応以上の働きをさせるかということになる」。意見や思想を小説のなかの言葉で語ろうとするのではなくて、あくまでも細部の積み重ねから成る具象的な場面を読者の前に示す。何かについて、ではなく、その何かというのがなんなのかを劇的な場面の構築そのもので語る。それが小説なのだと、オコナーは方法について信念を抱いていた。だから、「物語の意味」では、「ある物語についてその主題を論じられる場合、すなわち物語の本体から主題を引き離せるとき、その作品はたいしたものではないと思っていい。意味は、作品の中で体を与えられていなければならない」ともいうのだ。さらに「優れた物語は、縮小できない。つねに拡大されるだけである。中にますます多くのものが見えてくるとき、いつまでも理解の及ばぬ部分を残すとき、その物語はよいできである。小説に関しては、二足す二はつねに四を超えるのだ」と、述べている。オコナーによる小説論をこうして引用すると、この作家の作品について、一篇ごとにいかなるものなのかを解説しようと試みることの意味は、いっそう薄れる。読んで何かについて知る、というのではなくて、読むことそのものが代替物のない経験なのだというほかない。

短篇集『善人はなかなかいない』に収められている「田舎の善人」が好きだ。ぞっとするような思いこみとユーモアを取り混ぜ、掻き混ぜて、信用と裏切りを見事に描き出す。主人公の一人は、子どものころ狩猟事故で片足を失った三十代の女性、ハルガだ。もともとはジョイという名だったのだが、母親にひとことの相談もなく改名の手続きをし、法律上はハルガとなった。母親のミセス・ホープウェルにとって、それは「戦艦のだだっ広い船体を思わせる」名だ。ハルガの事情はこうだ。「はじめこの名を選んだのは純粋に音のきたなさからだったが、やがてほんとうに打ってつけの名だと気づいて、自分でもおどろいた」。ハルガは哲学の博士号を取った。おかげでミセス・ホープウェルは途方にくれた。「娘は化学工学士です」くらいまではいえるけれど、「うちの娘は哲学者です」とは口にできない、というのだ。「哲学者など、古代ギリシャ人、ローマ人とともに終わったものだ」。娘が反抗的な態度を見せても、ミセス・ホープウェルは大目に見ている。ハルガは、事故で失った片足の代わりに義足をつけている。心臓の病も抱えていて、医者からは、手をつくせば四十五歳までは生きるだろうといわれている。ある日、聖書を売り歩く青年が家を訪ねて来る。ハルガの義足をめぐって、予想もつかない出来事が起こる。

展開の先に何が起こるか、起こる直前までオコナー自身にもわからなかったと、「物語の意味」のなかに書かれている。幾度も読んで、物語の隅々まで知っていても、ときおり読み直したくなる短篇だ。オコナー自身もこの作品を気に入っていたらしいことが、書簡などを読むとわかる。先にも引いた作者自身の言葉を借りるならば、読めば読むほど「ますます多くのものが見えてくる」、そんな小説なのだ。

文庫版の上巻には、初期作品として六つの短篇が収録されている。アイオワ州立大学の創作科大学院に、修士論文として提出された六篇だ。年老いた男ダッドリーがその娘に対して感じる隔たりと孤独を描く「ゼラニウム」は、作家が二十一歳のときに手掛けた作品。描こうとする状況を定めたら、少しも目を逸らさないという態度や、人物の性格が生み出す場面を丹念に追って描き取る方法は、この時点ですでに出来ている。

下巻は、短篇集『すべて上昇するものは一点に集まる』を中心に構成されている。表題作は、タイプライターの販売を仕事としている二十代の男ジュリアンと、その母親の確執を描く。母親は減量教室に通っているのだが、バスでそこへ行くのにジュリアンがつきそうことになる。この作品が雑誌に掲載されたのは、一九六一年。交通機関での人種差別、黒人と白人のあいだに横たわる溝を描きこんでいる。とはいえ、黒人ではじめてのオバマ大統領が就任した現代から振り返ると……などという読み方に行き着き留まることを、この作品は拒む。ジュリアンの母親は、善意のつもりで、黒人の子どもに硬貨を渡そうとする。それを子どもの母親から烈しく否定される。内面が崩壊する。ただならぬようすに、ジュリアンはこう声を掛ける。「なにも、世の終わりみたいなまねをすることはないだろう？　この世は終わってないんだ。これからは新しい世界に生きて、これまでとちがう現実に直面するんだよ。元気を出すんだ。それで死ぬようなことはないよ」と。オコナーのすべての作品と同じように、この作品も重層的だ。読み方を限定することはできない。母親の崩壊は、物語の表層では、黒人の親子との接触が原因であるかのように見える。だが、物語のどこを強調して受け取るかによって、もっと遠いところですでに始まっていたことだとも読めるのだ。オコナーの小説はいつも深部へ向かって開かれている。

フラナリー・オコナーは、そのときに書いていることそのもののために小説を書いた。まさにいま書いている人物の性格や場面を、目の前に現わすために、書いた。つまり、ものを書くという仕事、そのおこないに対して、忠実だったということなのだ。だから、その小説の世界は、作者が読者を支配するものでもなければ、読者が作品を押さえこむものでもない状態へ、開かれている。小説とは何か、小説という表現には何ができるのか、短篇の名手といわれるオコナーの作品は、その核心を繰り返しあぶり出す。いくら読んでも、描かれている事柄の全貌がわかることはないので、また読みたくなる。病のために三十九歳でこの世を去るまで、すべてを注ぎこみ小説を書いたフラナリー・オコナー。生の神秘とは、どこか遠くにあるものではなく、自分が生きているこの場のことなのだ。オコナーの作品を読むたびに、それを知らされる。説明することはできない。できることは、作品を読んでその世界を通過することだけだ。フラナリー・オコナーの世界は、まぎれもなく言葉が描き出す一つの現実なのだ。

本書は二〇〇三年五月、筑摩書房より刊行された。

本文中の人種、身分、身体障害、精神障害等に関する表現には、今日の人権感覚に照らして不適切と思われるものがあるが、時代背景や作品の価値、作者の意図などを考え、原文を尊重した訳文とした。

エレンディラ
G・ガルシア＝マルケス
鼓直／木村榮一訳
大人のための残酷物語として書かれたといわれる中・短篇。「孤独と死」をモチーフに、大著『族長の秋』につらなるマルケスの真価を発揮した作品集。

冬の夜ひとりの旅人が
イタロ・カルヴィーノ
脇功訳
読むことで、書くことのよろこびと苦しみが味わえる不思議な作品。作者の分身（男性読者）と理想的読者像（女性読者）の行末は？

くもの巣の小道
イタロ・カルヴィーノ
米川良夫訳
少年が加わった部隊は、"愛すべき落ちこぼれたち"の吹き溜まりだった。パルチザンの行動と生活を少年の目を通して寓話的に描く。（和田忠彦）

魔法の庭
イタロ・カルヴィーノ
和田忠彦訳
アルプスの自然を背景に、どこか奇妙な青年警官、若い犯罪者、無能の猟師など、大人社会の〈はみ出し者〉をユーモラスに、寓話的に描いた11篇。

カポーティ短篇集
T・カポーティ
河野一郎編訳
妻をなくした中年男の一日を、一抹の悲哀をこめ、ややユーモラスに描いた本邦初訳の「楽園の小道」他、選びぬかれた11篇。文庫オリジナル。

マイケル・K
J・M・クッツェー
くぼたのぞみ訳
内戦下の南アフリカを舞台にさすらう一人の男を描く異色の小説。二〇〇三年にノーベル文学賞を受賞した著者の初期の話題作。

ケストナーの「ほらふき男爵」
E・ケストナー
池内紀／泉千穂子訳
「ドン・キホーテ」「ガリバー旅行記」など、おなじみのおはなしもケストナーが語りなおすと、ほら、この通り！　挿絵たくさんの楽しい本。

星の王子さま
サン＝テグジュペリ
石井洋二郎訳
飛行士と不思議な男の子。きよらかな二つの魂の出会いと別れを描く名作——透明な悲しみが読むものの心にしみとおる、最高度に明快な新訳でおくる。

晩夏（上）
アーダルベルト・シュティフター
藤村宏訳
雷雨を避けようと立ち寄った山麓の「薔薇の家」。旅の青年はそこで驚くほど教養豊かな謎の老主人に出会う。ニーチェ絶賛。（小名木榮三郎）

晩夏（下）
アーダルベルト・シュティフター
藤村宏訳
森や川、野原や丘を精細に描きながら、物語は青年の恋の行方を追って高潮して行く。謎の老主人の過去が明かされる時、青年の名も明らかに——。

カサノヴァの帰還　アルトゥール・シュニッツラー　金井英一／小林俊明訳

老いた色事師が夢見た最後の恋の顚末とは。ウィーン世紀末の巨匠が描く老いのエロスと悪の探求。カサノヴァ回想録の後日譚。（丸谷才一）

背徳の人　アンドレ・ジッド　二宮正之訳

死の病に苦しむ美しい妻をおいて、夜の街で快楽にふけるミシェル……緊迫感にみちた生と死のドラマを、格調ある筆致で描いた永遠の問題作の新訳。

ダブリンの人びと　ジェイムズ・ジョイス　米本義孝訳

20世紀初頭、ダブリンに住む市民の平凡な日常をリアリズムに徹した手法で描いた短篇小説集。リズミカルで斬新な新訳。各章の関連地図と詳しい解説付。

クリスマス・ブックス　C・ディケンズ　小池滋／松村昌家訳

ノンキでとぼけた語り口で繰り広げられる、クリスマスの物語二つ――「クリスマス・キャロル」と「鐘の音」。ジョン・リーチの幻想的な挿絵入り。（松村昌家）

バベットの晩餐会　I・ディーネセン　桝田啓介訳

バベットが祝宴に用意した料理とは……。一九八七年アカデミー賞外国語映画賞受賞作の原作と遺作「エーレンガート」を収録。（田中優子）

スロー・ラーナー［新装版］　トマス・ピンチョン　志村正雄訳

著者自身がまとめた初期短篇集。「謎の巨匠」がみずからの作家生活を回顧する序文を付した話題作。驚異に満ちた世界。（高橋源一郎、宮沢章夫）

インドへの道　E・M・フォースター　瀬尾裕訳

イギリス植民地時代のインドの町を舞台に、インド人医師アジズとイギリス人たちの交流と反発を描き、東洋と西洋の出会いを描く代表的作品。

眺めのいい部屋　E・M・フォースター　西崎憲／中島朋子訳

フィレンツェを訪れたイギリスの令嬢ルーシーは、純粋な青年ジョージに心惹かれる。恋に悩み成長する若い女性の姿と真実の愛を描く名作ロマンス。

悪魔の霊酒（上）　ホフマン　深田甫訳

後期ドイツ・ロマン派の奇才の大作奇譚。悪魔が聖アントニウスの誘惑に用いたという美酒を飲んだ修道士メダルドゥスの、瀆神と愛欲の生涯。

悪魔の霊酒（下）　ホフマン　深田甫訳

数奇な遍歴ののち、メダルドゥスは聖ロザーリアの面影を宿すアウレーリエの荘厳な死に救われ、愛と信仰の蘇りにいざなわれる。完結編。

エドガー・アラン・ポー短篇集
エドガー・アラン・ポー
西崎憲 編訳
ポーが描く恐怖と想像力の圧倒的なパワーは、時を超え深い影響を与え続ける。よりすぐりの短篇7篇を新訳で贈る。巻末に作家小伝と作品解説。

コスモポリタンズ
サマセット・モーム
龍口直太郎 訳
舞台はヨーロッパ、アジア、南島から日本まで。故国を去って異郷に住む〝国際人〟の日常にひそむ事件のかずかず。珠玉の小品30篇。（小池滋）

トーベ・ヤンソン短篇集
トーベ・ヤンソン
冨原眞弓 編訳
ムーミンの作家にとどまらないヤンソンの作品の奥行きと背景を伝える短篇のベスト・セレクション。「愛の物語」「時間の感覚」「雨」など、全20篇。

誠実な詐欺師
トーベ・ヤンソン
冨原眞弓 訳
〈兎屋敷〉に住む、ヤンソンを思わせる老女性作家。彼女に対し、風変わりな娘がめぐらす長いたくらみとは？ 傑作長編がほとんど新訳で登場。

チャタレー夫人の恋人
D・H・ロレンス
武藤浩史 訳
戦場で重傷を負い、不能となった夫――喪失感を抱く夫人は森番と出会い、激しい性愛の歓びを知る。名作の魅惑を伝える、リズミカルな新訳。

カフカ・セレクションⅠ（全3巻）
カフカ
平野嘉彦 編
平野嘉彦 訳
〈来るべき作家〉であり続けるカフカの中短篇をテーマ別に編む新訳のコレクション。この巻は、掌篇から「あるたたかいの記」まで、34篇を収める。

カフカ・セレクションⅡ
カフカ
平野嘉彦 編
柴田翔 訳
カフカの中短篇をテーマ別に編む、新訳の作品集。狩人グラフス／ある断食芸人の話／判決／流刑地にて／巣造り 他 を収録。

カフカ・セレクションⅢ
カフカ
平野嘉彦 編
浅井健二郎 訳
カフカの〈動物〉たち――オドラデク、「変身」の虫をはじめ、鼠、猫、犬、蛇、ジャッカルなどが登場する寓意にみちた中短篇。19篇を収める。

シェイクスピア全集（刊行中）
松岡和子 訳
シェイクスピア劇、待望の新訳刊行！ 普遍的な魅力を備えた戯曲を、生き生きとした日本語で。詳細な注、解説、日本での上演年表をつける。

失われた時を求めて（全10巻）
マルセル・プルースト
井上究一郎 訳
二十世紀文学の最高峰――一万枚に近い長篇小説の個人全訳初の文庫化。訳注を大幅加筆。

ちくま文庫

フラナリー・オコナー全短篇《ぜんたんぺん》 上

二〇〇九年三月十日 第一刷発行

著者 フラナリー・オコナー
訳者 横山貞子（よこやま・さだこ）
発行者 菊池明郎
発行所 株式会社 筑摩書房
東京都台東区蔵前二―五―三 〒一一一―八七五五
振替〇〇一六〇―八―四一二三
装幀者 安野光雅
印刷所 株式会社 厚徳社
製本所 株式会社 鈴木製本所

乱丁・落丁本の場合は、左記宛に御送付下さい。
送料小社負担でお取り替えいたします。
ご注文・お問い合わせも左記へお願いします。
筑摩書房サービスセンター
埼玉県さいたま市北区櫛引町二―六〇四 〒三三一―八五〇七
電話番号 〇四八―六五一―〇〇五三

ISBN978-4-480-42591-1 C0197